Knaur.

Im Knaur Taschenbuch Verlag sind bereits folgende Bücher der Autorin erschienen:

Die Liebesbäckerei (2009)
Zucker auf der Fensterbank (2007)
Der Vamp im Schlafrock (2006)
Heute schon geküsst? (2006)
Völlig hin und weg (2004)
Augen zu und durch (2003)

Über die Autorin:

Mit ihren überaus erfolgreichen Romanen, von denen mehrere für ARD und ZDF verfilmt wurden, schreibt sich Dagmar Hansen seit Jahren in die Herzen der Leserinnen. Wärme, Leichtigkeit und ein verschmitzter Blick auf das Leben (und seine Tücken) würzen pikant ihre Geschichten über die Liebe und Menschen wie du und ich.

DAGMAR HANSEN

Herzlinien

Roman

Knaur Taschenbuch Verlag

Der Abdruck der Gedichte von Jalaluddin Rumi
auf den Seiten 5 und 22 erfolgt
mit freundlicher Genehmigung des Schirner Verlags.
Jalaluddin Rumi: Die Sonne von Tabriz.
Schirner Verlag 2005, 1. Auflage.

FSC
www.fsc.org
MIX
Papier aus verantwortungsvollen Quellen
FSC® C083411

Originalausgabe Januar 2012
Knaur Taschenbuch

Ein Unternehmen der Droemerschen Verlagsanstalt
Th. Knaur Nachf. GmbH & Co. KG, München

Redaktion: Michelle Stöger
Umschlaggestaltung: ZERO Werbeagentur, München
Umschlagabbildung: Gettyimages/Chris Ryan
Satz: Adobe InDesign im Verlag
Druck und Bindung: CPI – Clausen & Bosse, Leck
Printed in Germany
ISBN 978-3-426-63260-4

2 4 5 3 1

1

Das Herz
ist nicht wie die Taube,
die, wenn sie auffliegt,
sich wieder niederlässt.

Wenn wir vom Dachfirst
auffliegen,
führt uns kein Flug zurück.

ARAGHI

Fast fünfzig Jahre sind nun seit deiner Geburt vergangen, aber ich erinnere mich noch an jede Einzelheit«, sagte Mutter aus heiterem Himmel. Ihr Gesicht verriet, dass ihre Erinnerungen nicht nur positive Gefühle wachriefen.

Wir saßen bei einer Tasse Kaffee in ihrem Wohnzimmer und hatten uns über Frau Kremers Bandscheibenvorfall, den Unfalltod von Herrn Bärs altem Kater und die unverschämt hohen Preise für deutsche Erdbeeren unterhalten.

»Ich werde morgen erst vierundvierzig, Mutter.«

Sie warf mir einen scharfen Blick zu, was sie immer tat, wenn sie Widerstand witterte. »Das weiß ich. Ich habe ja auch *fast* fünfzig gesagt. Zeit ist relativ. Ich habe damals dreiundzwanzig Stunden in den Wehen gelegen, und glaub mir, das kam mir vor wie eine Ewigkeit, so furchtbar waren die Schmerzen. Ich dachte, es zerreißt mich.«

Die Geschichte meiner Geburt war nichts Neues für mich, und wie immer meldete sich mein schlechtes Gewissen, weil ich mich nicht schneller und vor allem schonender für meine Mutter durch den Geburtskanal bewegt hatte.

»Aber als die Tortur vorbei war, war ich natürlich sehr, sehr dankbar und überglücklich, dass ich endlich meine langersehnte Tochter in den Armen halten konnte«, fuhr Mutter fort. »Aber aus Kindern werden Leute. Wenn sie erwachsen sind, gehen sie aus dem Haus und führen ihr eigenes Leben, und dann kann man als Mutter froh sein, wenn sie sich gelegentlich mal bei einer Tasse Kaffee mit einem unterhalten.«

Mutter schaute mich erwartungsvoll an, in der Hoffnung, dass ich auf den kleinen Seitenhieb einsteigen würde. Aber ich tat ihr den Gefallen nicht, sondern trank den letzten Schluck Kaffee, der inzwischen kalt geworden war, und sagte: »Ich muss jetzt los, Mutter, für Tante Vera einkaufen, und danach lese ich Herrn Becker vor.«

»Der ist verliebt in dich«, hörte ich zu meiner Verblüffung.

»Unsinn«, sagte ich. »Das hätte ich doch wohl merken müssen.«

»Du merkst doch nie was«, meinte Mutter charmant. »Dabei himmelt er dich an, und wie. Jedes Mal, wenn ich ihm über den Weg laufe, bestellt er schöne Grüße an dich und hat glänzende Augen dabei. Und er schenkt dir Salat und Gemüse aus seinem Garten. Sogar von seinen kostbaren Erdbeeren gibt er dir welche ab.«

»Er findet mich eben nett, und ich ihn. Wir sehen uns nun mal öfter, weil ich für ihn arbeite. Das ist alles. Was du in einen Salatkopf und in Grüße hineininterpretierst, ist schon abenteuerlich.«

»Da gibt's nichts zu interpretieren, für jeden Menschen, der mit offenen Augen durchs Leben geht, liegt die Sache klar auf der Hand. Wenn du ihn ein bisschen ermutigen würdest, läge er dir mit einem Liebesgeständnis und roten Rosen zu Füßen, das hab ich im Gefühl. Ganz im Ernst, Stefanie: Wenn du ihn heiraten würdest, hättest du ausgesorgt und bräuchtest keine Besorgungen mehr für alte Leute zu machen, außer natürlich ab und zu für Vera und mich, aber das ist was anderes, wir sind ja Familie. Herr Becker bekommt eine sehr gute Rente, er hat ein Haus, ist vermögend und kinderlos.«

Eigentlich wäre er der perfekte Mann für Mutter, doch die hat seit der Scheidung von meinem Vater vor zwanzig Jahren die Nase voll von den Männern, was sie nicht daran hindert, massenhaft Romane zu verschlingen, in denen das Schicksal und die Liebe sehr eigenwillige Wege gehen. Diese Lektüre hat eindeutig ihre Vorstellungen von Romanzen im echten Leben geprägt. Sie startet immer wieder Versuche, mir diesen oder jenen Mann schmackhaft zu machen, und ist enttäuscht, dass ich an jedem etwas auszusetzen habe. Dass mein Friseur vergeben ist, und der Briefträger und mein Gynäkologe auch nicht in Frage kommen, lässt sie schlussfolgern, dass ich zum Millionenheer reiferer Single-Frauen gehöre, die nie mehr einen Mann abkriegen werden, obwohl sie gerne einen hätten. Möglicherweise hat sie recht, aber was soll ich machen? Ich kann mir schließlich keinen passenden Partner herbeizaubern oder gar selber backen. Und, nebenbei bemerkt, bin ich gar nicht unzufrieden ohne Mann, ein Gefühl, das ich mir im Traum nicht vorstellen konnte, als Ralf mich vor fünf Jahren verließ. Er hatte sich damals in eine andere Frau verliebt, die angeblich seine einzig wahre Seelengefährtin war. Mittlerweile ist er mit seiner dritten einzig wahren Seelengefährtin zusammen, die vierzehn Jahre jünger ist als er. Sie ist schwanger, und von meinen Kindern weiß ich, dass Ralf eine kleine Tochter bekommen wird, die Delfina heißen soll. Es lässt sich nicht vermeiden, dass man sich ab und zu begegnet, Salzstetten ist keine Großstadt, und ich muss zugeben, dass ich auch nach fünf Jahren noch einen Stich in der Herzgegend spüre, wenn ich Ralf engumschlungen mit einer anderen Frau sehe, obwohl ich ganz sicher bin, dass ich mit meinen Gefühlen für ihn und unserer Ehe abgeschlossen habe.

»Ich würde dir ja gern den Gefallen tun, Mutter«, kehrte ich zum Thema zurück, »schon allein, damit endlich Ruhe ist, was mein Liebesleben anbelangt. Aber du wirst es auch diesmal nicht schaffen, mich zu verkuppeln. Mal ganz abgesehen von der Tatsache, dass ich kein bisschen in Herrn Becker verliebt bin, ist er dreiunddreißig Jahre älter als ich. Ist dir das eigentlich klar?«

Mutter räusperte sich. »Na ja ... Ich finde den Altersunterschied nicht so schlimm. Schau dir Helmut Kohl an, der hat eine Frau geheiratet, die sogar fünfunddreißig Jahre jünger ist als er. Ich muss sagen, die junge Frau macht einen sehr glücklichen Eindruck auf den Fotos.«

»Jeder nach seiner Fasson«, erwiderte ich diplomatisch. »Aber ich kann dir versichern, dass weder Herr Kohl noch Herr Becker mich glücklich machen würden. Und jetzt muss ich wirklich aufbrechen, sonst kriege ich die Kurve nicht. Ich muss ja auch noch Kuchen für morgen backen.«

»Ich bringe dich zur Tür«, sagte Mutter und erhob sich aus ihrem Sessel. Sie war für ihre einundachtzig Jahre immer noch rüstig, eine kleine, rundliche Gestalt, die sich sehr aufrecht hielt und adrett kleidete. Heute, an diesem wunderschönen, sonnigen Maitag, hatte sie ihre rosafarbene Lieblingsbluse aus dem Schrank geholt, die mit Blumen bedruckt war, und ihre Rosenquarzkette umgelegt.

An der Wohnungstür umarmten wir uns. »Richte Vera aus, sie kann zum Fernsehschauen heute Abend kommen, wenn sie Lust hat, ich habe noch zwei Pikkolos im Kühlschrank. Es kommt eine Sendung über Australien.«

Ich küsste meine Mutter auf die Wange. »Mach ich. Also, bis morgen Nachmittag.«

»Was für Kuchen gibt es denn?«

»Erdbeerkuchen und Rhabarberstreusel.«

Mutters Augen leuchteten auf. »Lecker! Vergiss die Schlagsahne nicht. Und den Cognac zum Nachtisch.«

Im Supermarkt arbeitete ich Tante Veras ellenlange Einkaufsliste ab. Dann fuhr ich zu ihr und räumte mit ihr zusammen die Lebensmittel ein.

»Du trinkst doch noch einen Tee mit mir?«, fragte Tante Vera, als wir fertig waren.

Ich warf einen Blick auf meine Armbanduhr. »Für eine schnelle Tasse habe ich noch Zeit. Aber um fünf muss ich bei Herrn Becker sein.«

Während Tante Vera, farbenfroh in einem azurblau- und pinkgemusterten Kaftan, den Kräutertee aufbrühte, richtete ich Mutters Einladung zum Fernsehabend aus.

Tante Vera zog eine Schnute. »Immer soll ich kommen. Therese ist ein Faultier. Ich hab keine Lust, heute noch mal aus dem Haus zu gehen. Wenn Therese Wert auf meine Gesellschaft legt, muss sie sich schon hierherbewegen. Allerdings schaue *ich* mir einen Film mit Romy Schneider an, auf ihre Kängurus müsste sie daher verzichten.«

»Ruf sie doch einfach an und besprich das mit ihr«, schlug ich vor.

»Mal sehen«, hörte ich und wusste, dass sie weder anrufen noch hingehen würde, worüber sich Mutter dann morgen beschweren würde. Die Schwestern würden sich bei meinem Geburtstagskaffee eine Weile anzicken, was für beide großen Unterhaltungswert hatte, und dann würde die Sache so lange vergessen sein, bis der nächste Disput am Horizont auftauchte.

Vieles wäre einfacher, wenn Mutter und Tante Vera zusammenwohnen würden oder zumindest getrennte Wohnungen im selben Haus hätten. Vor allem für mich wäre es eine Erleichterung, da ich mir auf diese Weise viel Zeit und unnötige Wege sparen könnte. Leider hatte ich mit meiner tollen Idee auf Granit gebissen, als ich sie letztes Jahr zur Sprache brachte.

»Ich soll mit Vera zusammenziehen? Ja, bist du denn verrückt geworden?«, hatte Mutter entsetzt ausgerufen. »Nie im Leben. Das halten meine Nerven nicht aus. Natürlich liebe ich meine Schwester, sie ist schließlich meine Schwester, aber sie ist ganz schön anstrengend. Schon als Kind wollte sie immer im Mittelpunkt stehen. Kein Wunder, dass sie Schauspielerin geworden ist. Sie hat ein Talent zum Drama.«

Auch mit dem Gedanken an getrennte Wohnungen im selben Haus konnte sich Mutter nicht anfreunden. »Vera würde ständig bei mir ein und aus gehen, ich hätte überhaupt keine Privatsphäre mehr. Sie würde einen Schlüssel zu meiner Wohnung verlangen, und wenn ich ihr keinen geben würde, wäre sie stinkbeleidigt. Muss ich mir so etwas freiwillig antun? Nein. Ich bleibe, wo ich bin, und Vera bleibt, wo sie ist.« Sie funkelte mich an. »Und wo du schon mal dabei bist, unsere Wohnverhältnisse für uns zu planen – komm mir bloß nicht mit der Warteliste fürs Seniorenheim wie die Tochter von Frau Müller! Ich bleibe fit, und Vera auch! Wir brauchen kein Seniorenheim! Unsere Gesundheit haben wir von unserer Mutter geerbt. Du weißt doch, dass deine Oma tot umfiel, als sie sich nach der Gartenarbeit ein Bier aus dem Kühlschrank geholt hat. Da war sie fünfundneunzig. Das nenne ich einen guten Abgang. So etwas in der Art schwebt mir auch vor. Auch wenn ich keinen Garten habe.«

Und Tante Vera sagte damals: »Es gibt kein Haus auf Erden, das groß genug ist für Therese und mich. An dieser Frau ist ein Feldwebel verlorengegangen. Ich hab keine Lust, mich auf meine alten Tage herumkommandieren zu lassen. Immer weiß sie alles besser, und sie mischt sich überall ein.«

Interessanterweise erteilt Tante Vera anderen Leuten ebenfalls gerne Anweisungen, und Mutter, die drei Jahre älter ist, steht wiederum selbst liebend gern im Mittelpunkt, was natürlich beide weit von sich weisen würden.

Jetzt rührte Tante Vera vier Löffel Zucker in ihren Tee, was Mutter zu der Bemerkung veranlasst hätte, dass Vera garantiert noch einen Alterszucker entwickeln würde, woraufhin Tante Vera kontern würde, dass sie bis auf Krampfadern, eine leichte Arthrose im linken Knie, gelegentliche Rückenschmerzen und ein paar andere unbedeutende Zipperlein kerngesund sei und es bleiben werde, bis sie eines Tages friedlich in ihrem Lieblingssessel vor dem Fernseher an Altersschwäche sterben würde. Vera erkundigte sich, wer denn alles zum Geburtstagskaffee geladen sei.

»Nur die Familie. Also du und Mutter, Jannis, Lea und ich. Und Vater. Abends treffe ich mich mit Jette im *Café Lissabon* auf ein Glas Rotwein.«

Ursprünglich hatte ich im Anschluss an die Kaffeetafel noch eine Kleinigkeit zum Abendbrot anbieten wollen, aber Mutter und Tante Vera hatten vehement abgewinkt.

»Zwei Stunden Familienfeierlichkeiten reichen mir«, hatte Mutter gesagt. »Zumal dein Vater dabei sein wird. Danach brauche ich Ruhe.«

Vater hatte sich ähnlich geäußert, was ich Mutter natürlich nicht auf die Nase band. Tante Vera hatte zwar im Prinzip nichts gegen ausgedehnte Familienfeierlichkeiten und kam bestens mit Vater klar, wollte aber auf gar keinen Fall auf ihren geheiligten Fernsehabend verzichten, und die Kinder hatten sowieso keine Zeit. Jannis war mit irgendeiner neuen Flamme verabredet, an sich nichts Ungewöhnliches, da ständig neue Eroberungen in seinem Leben auftauchten und ich es angesichts ständig neuer Gesichter in meiner Wohnung aufgegeben habe, den Überblick behalten zu wollen; und Lea wollte mit ihrer Clique in der Altstadt etwas trinken gehen.

»Erzähl mir was«, sagte Tante Vera jetzt. »Was gibt's Neues?«

»Eigentlich nichts«, erwiderte ich. Ich hatte vor drei Tagen hier geputzt, und seither war nichts Erwähnenswertes passiert. »Na ja, ich hab den Balkon bepflanzt. Rosa Hängegeranien und blaue Lobelien, dazwischen Margeriten. Ist sehr hübsch geworden.«

Tante Vera musterte mich mitleidig. »Als ich so jung war wie du, hatte ich zwei Liebhaber, war auf dem Höhepunkt meiner Karriere und hatte keine Zeit für Balkonpflanzen. Ich hab mit Rudolf Prack gedreht und mit Gert Fröbe, mit Maxl Graf und Beppo Brem … hach, das waren noch richtige Männer.«

Tante Veras Augen glänzten in Erinnerung an diese wunderbaren Zeiten bei Film und Fernsehen. Sie war in vielen kleinen und größeren Nebenrollen zu sehen gewesen und hatte es mit Humor genommen, dass die Hauptrollen mit anderen Schauspielerinnen besetzt wurden.

Ich musste lachen. »Damit kann ich nicht konkurrieren. Schon gar nicht mit den zwei Liebhabern.«

»Ich weiß. Therese hat dich viel zu streng erzogen, das würdest du dich nie trauen«, sagte sie und begann zu kichern. »Therese war immer schrecklich prüde. Sie hat den ersten Mann geheiratet, der sie gefragt hat, das war dein Vater. Kein Wunder, dass das schiefgegangen ist.«

Prüderie war etwas, was selbst Tante Veras schlimmster Feind ihr nicht vorwerfen konnte, sie bekannte sich freimütig zu ihren zahlreichen Abenteuern und hatte sich nie zum Heiraten und Kinderkriegen entschließen können. Mit ihren achtundsiebzig Jahren war ihr Charme ungebrochen. Niemand übersah Tante Vera, wenn sie hoheitsvoll in ihren bunten Kaftanen und den weißen, locker aufgesteckten Haaren durch Salzstetten wandelte. Sie war immer sportlich gewesen und bewegte sich auch heute noch gern, und das sah man ihrem Körper und ihren Bewegungen an. Sie kam noch gut klar im Haushalt, aber genau wie Mutter genoss sie es, ungeliebte Arbeiten an mich zu delegieren, und freute sich auf meine Besuche, die für Abwechslung im Alltag sorgten. Beim Abschied steckte sie mir drei Tafeln Trauben-Nuss-Schokolade zu, eine für Jannis, eine für Lea, eine für mich.

»Damit du dir einen süßen Abend machen kannst, Kind«, sagte sie augenzwinkernd. »Morgen bist du wieder ein Jahr älter, und dann ist es nur noch ein Katzensprung bis zum fünfzigsten Geburtstag. Ich weiß, wovon ich spreche, hab das ja alles schon hinter mir.«

»Danke«, antwortete ich ergeben, verstaute die Schokolade in meinem Rucksack und dachte bei mir, dass

Mutter und Tante Vera mehr gemeinsam hatten, als sie ahnten. Allerdings hätte Mutter niemals grinsend hinzugefügt, dass Zahlen Schall und Rauch seien, denn guter Sex sei eine Frage der Einstellung, nicht des Alters.

Wieder um eine Weisheit reicher, klingelte ich sodann pünktlich um fünf bei Herrn Becker, der in derselben Straße wie meine Mutter wohnte, eine ruhige Gegend, in der gepflegte, ältere Ein- und Mehrfamilienhäuser stehen. Herr Becker nannte ein mit roten Schindeln gedecktes Backsteinhaus, das um die Jahrhundertwende erbaut worden war, sein Eigen. Es war umgeben von einem kleinen, schön angelegten Garten mit vielen Blumen, ein paar Obstbäumchen und einem Hochbeet, in dem er Pflücksalat, ein bisschen Gemüse und Erdbeeren zog. Da ich Mutters Bemerkung noch im Ohr hatte, dass er in mich verliebt sei, betrachtete ich ihn heute mit anderen Augen, als wir auf der Terrasse Platz nahmen. Tatsächlich strahlte der alte Herr übers ganze Gesicht, als er mir Mineralwasser einschenkte und ein Tellerchen mit Apfelspalten hinstellte, und wenn er mich anschaute war ihm anzumerken, dass er meinen Anblick erfreulich fand. Aber verliebt? Das konnte ich mir nicht vorstellen. Mutter hatte ihm meinen Flyer in die Hand gedrückt, als ich nach der Scheidung beschlossen hatte, den Unterhalt, den Ralf zahlte, mit einem Senioren-Service namens *Herbstsonne* aufzubessern. Ich bot verschiedene Dienste an – einkaufen, Hausarbeiten, Behördengänge, den Hund ausführen oder einfach nur Gesellschaft leisten. Aber keine Pflegedienste, dafür war ich nicht ausgebildet. Genau genommen war ich für nichts ausgebildet, ich hatte nur ein abgebrochenes Lehramtsstudium und eine langjährige Laufbahn als Hausfrau und Mutter vorzuweisen. Herr Becker hatte eine Putzfrau und Hilfe im Garten, aber er wünschte sich jemanden mit einer ›schönen, sanften Stimme‹, der ihm zweimal in der Woche eine Stunde vorlas. Zurzeit las ich ihm *Der Zauberberg* von Thomas Mann vor, was er sehr genoss. Ich las immer exakt eine Stunde lang, und dann verbrachten wir eine Stunde im Gespräch. Manchmal sprachen wir über die Textpassage oder Literatur im Allgemeinen, aber immer öfter kramte der alte Mann in seinen Erinnerungen oder schnitt Themen an, die ihm am Herzen lagen. Heute war es seine Gesundheit, über die er sonst nur wenige Worte verlor. Er war herzkrank, seit Jahren schon.

»Ich glaube, ich lebe nicht mehr lange«, sagte er nach einem gemeinsamen Moment des Schweigens, nachdem ich den *Zauberberg* für heute beiseitegelegt hatte. »Ich bin mir sogar sehr sicher.« Seine Stimme klang genauso, als habe er »Die Sonne scheint« gesagt oder »Ich muss noch die Blumen gießen«.

Ich schaute ihn an und fand, dass sein Aussehen seine Befürchtung nicht rechtfertigte. Im Gegenteil, er sah viel besser aus als im Winter, da war er gespenstisch weiß und ziemlich dünn gewesen. Jetzt war er leicht gebräunt, er hatte zugenommen, und seine Augen waren klar. Ich wollte ihm nicht das Gefühl vermitteln, dass ich seine Vorahnung nicht ernst nahm, ihm aber trotzdem verdeutlichen, dass es doch auch sein konnte, dass er sich da grundlos in etwas hineinsteigerte.

»Das kann ich nicht glauben«, beteuerte ich deshalb. »Sie sehen sehr gut aus, viel gesünder als noch vor ein paar Wochen. So, als ob Sie im Urlaub gewesen wären.«

Er lächelte. »Als Rentner ist man immer im Urlaub. Das Wetter ist schön, ich bin viel im Garten. Ich fühle mich auch nicht schlecht. Und trotzdem ist da diese innere Gewissheit, dass ich bald nicht mehr hier sein werde.«

»Vielleicht liegt es am *Zauberberg*, dass Sie an den Tod denken müssen. Im Buch ist der Tod ja allgegenwärtig, finde ich. Und diese seltsame Welt der Kranken kann einem schon aufs Gemüt schlagen.«

»Ja. Da haben Sie recht. Es könnte gut sein, dass Thomas Mann schuld ist«, entgegnete er, aber ich hatte das Gefühl, dass er das nur mir zuliebe gesagt hatte, um mich nicht mit einem Gespräch über seine Todesahnungen zu belasten. »Das nächste Buch soll ein heiteres sein. Leichte Kost, etwas zum Schmunzeln. Vielleicht Tucholsky? Erich Kästner? Ich werde mir Gedanken machen.«

Wir waren allerdings erst bei der Hälfte des dickleibigen Zauberbergs angelangt, es würde noch eine Weile dauern, bis Leichtigkeit in Herrn Beckers Lektüre Einzug halten konnte.

»Vielleicht möchten Sie ja schon beim nächsten Mal mit einem neuen Buch beginnen?«, schlug ich vor, obwohl Herr Becker noch nie eine Lektüre abgebrochen hatte, denn er führte im Leben gern zu Ende, was er angefangen hatte, auch wenn so manches sein Durchhaltevermögen hart auf die Probe stellte, das hatte er mir oft erzählt.

Als er jetzt lächelnd verkündete: »Das ist sehr gut möglich. Lassen Sie sich überraschen«, war ich geradezu schockiert. Er entließ mich eine Viertelstunde früher als sonst, was ebenfalls noch nie vorgekommen war, mit der Begründung, er erwarte Besuch, ein alter Freund aus Celle käme zum Abendbrot vorbei und er müsse noch Schnittchen vorbereiten. Ich freute mich für ihn, dass er einen schönen Abend vor sich hatte. Zum Abschied überreichte er mir ein Päckchen. »Für Sie«, sagte er ein bisschen verlegen. »Sie haben doch morgen Geburtstag.«

»Oh … danke schön! Aber woher wissen Sie das?«

»Von Ihrer Mutter. Ich traf sie letztens in der Metzgerei, und wir haben uns ein bisschen unterhalten.«

Es lag mir auf der Zunge zu sagen, dass es aber nicht nötig sei, mir etwas zu schenken, aber ich schluckte es zum Glück rechtzeitig hinunter. Es machte ihm Freude, mir etwas Gutes zu tun, das war ihm deutlich anzusehen.

»Aber bitte erst morgen auspacken«, mahnte er.

»In Ordnung«, versprach ich, und fuhr mit einem warmen Gefühl in der Herzgegend nach Hause.

Mein vierundvierzigster Geburtstag fing wunderbar an. Meine Kinder hatten den Tisch gedeckt, eine rosa Kerze brannte, es gab frische Brötchen, weichgekochte Eier und Orangensaft, und zwei wunderbare rote Rosen standen in der Kristallvase, die ich einmal von Tante Vera geschenkt bekommen hatte. Es war für drei Personen gedeckt, Jannis hatte also keinen Übernachtungsbesuch gehabt, oder vielleicht war sein Besuch auch schon zur Tür hinaus. Jannis musste heute um acht an der Uni sein, um eine Vorlesung in Betriebswirtschaft zu besuchen.

»Herzlichen Glückwunsch zum Geburtstag!«, gratulierte er, als ich in die Küche kam; er musste sich ein wenig bücken, um mich in die Arme zu schließen. »Alles Liebe und Gute für dich!«

»Danke!« Ich strahlte zu ihm auf und dachte wie sooft: Was für ein hübscher Kerl er doch ist, kein Wunder, dass die Mädchen ihm die Bude einrennen. Die grünen Augen zu den dichten blonden Haaren hatte er seinem Vater zu verdanken, die breitschultrige, kräftige Figur den Genen meiner Familie und seiner Vorliebe für Sport. Von mir hat er die vollen Lippen und die geraden, weißen Zähne, sonst gibt es keine Ähnlichkeit zwischen uns. Auch Lea, die mich jetzt umarmte, küsste und mir Glück wünschte, ist blond und hat grüne Augen. Man erkennt auf den ersten Blick, dass sie und Jannis Geschwister sind, und wenn man Ralf mit seinen Kindern sieht, ist die Ähnlichkeit frappierend. Ich bin eher unauffällig – mittelgroß, mittelschlank, mittelblond, nicht hässlich, aber auch keine umwerfende Schönheit. Wirklich schön sind meine Augen, groß und hellbraun. In meine »Rehaugen« hatte sich Ralf damals verliebt, und als wir noch glücklich miteinander waren, nannte er mich gern »Bambi«.

Jetzt schenkte mir Lea Kaffee ein, und Jannis überreichte mir ein in dunkelblaues Papier gewickeltes Päckchen.

»Für dich. Von uns beiden zusammen«, sagte Jannis.

»Moment, da fehlt noch was!«, rief Lea und rannte aus der Küche, um mir kurz darauf noch ein Geschenk in die Hand zu drücken. Schnell war das Papier ab, und zum Vorschein kam ein Lippenstift von einer Naturkosmetikfirma in einem zarten Roséton, den ich gleich auf dem Handrücken ausprobierte.

»Sehr hübsch. Vielen Dank!«

»Den hab ich ausgesucht«, erklärte Lea. »Jannis war für dunkelrot, aber ich hab ihm gesagt, dass du ihn dann nicht benutzt.«

»Stimmt«, antwortete ich. »Rot ist mir viel zu auffällig, das passt nicht zu mir. Ich bin fürs Dezente.«

Meine Kinder tauschten einen Blick und vermittelten mir das Gefühl, als sei dezent nicht immer unbedingt wünschenswert. Ich packte das zweite Geschenk aus und hielt alsbald ein Buch mit dem Titel *Dem Alter mit Gelassenheit begegnen* in der Hand. Ich musste wohl ziemlich dumm aus der Wäsche geguckt haben, denn Lea beeilte sich zu sagen: »Wir haben uns gedacht, dass dich das interessiert, weil du dich doch um alte Leute kümmerst.«

In meinem Kopf schwang mit … *und weil du selbst ja auch schon ziemlich alt bist* … Aber das waren natürlich meine Gedanken und hatten nichts mit Jannis und Lea zu tun, die sich sehr viel Mühe gegeben hatten, mir eine Freude zu machen.

»Es gibt jede Menge Tipps, auch für Spiele und so. Und leichte Gymnastikübungen sind beschrieben und Denksportaufgaben, und du erfährst auch einiges über die Zubereitung seniorengerechter Nahrung«, kam jetzt von Jannis. »Du kochst doch manchmal für Oma und Tante Vera. Und für Frau Buntmann.«

»Neue Rezepte für Gulasch mit Knödeln, Kassler mit Sauerkraut, Grünkohl mit Bregenwurst und Erbsensuppe und andere Highlights deftiger deutscher Hausmannskost sind mir immer willkommen«, sagte ich, ohne eine Miene zu verziehen.

Jannis und Lea fingen an zu lachen, und ich lachte mit. Ich wusste zwar nicht, was in diesem Buch unter seniorengerechter Nahrung verstanden wurde, hatte aber den Verdacht, dass sie kaum dem Geschmack meiner Klienten entsprechen würde.

»Ich schau mal nach«, sagte Lea, blätterte im Buch und lieferte flugs ein paar Stichworte: viel gedünstetes Obst und Gemüse, wenig Fleisch, Wurst, Fett, Zucker und Alkohol. Ich wusste genau, was meine Lieben dazu sagen würden und hatte gleich Mutters Stimme im Ohr: »So ein Unsinn! Hauptsache, es schmeckt. Der Körper holt sich, was er braucht, das weiß jeder, der seine fünf Sinne beisammen hat. Unsere Mutter trank jeden Abend drei Flaschen Bier und aß am liebsten Marmeladenbrote, Käse und Mettwurst, und Erbsen und Möhren aus der Dose, wegen der Vitamine. Sie war putzmunter und wurde fünfundneunzig. Was will man mehr?«

Nach dem Frühstück, als Jannis und Lea zu ihren Bildungsstätten aufgebrochen waren, fiel mir das Päckchen von Herrn Becker ein, das noch zusammen mit Tante Veras Schokolade in meinem Rucksack steckte. Herr Becker hatte ein Buch des Sufi-Meisters Rumi für mich ausgesucht: *Die Sonne von Tabriz.* Es enthielt, wie ich beim Blättern entdeckte, Gedichte, Aphorismen und Lehrgeschichten des großen Sufi-Meisters. Der Kontrast zwischen islamischer Mystik und einem Buch darüber, wie man dem Alter mit Gelassenheit, gesunder Ernährung, Denksportaufgaben und sanften gymnastischen Übungen begegnete, könnte größer nicht sein, fand ich. Ich schlug blind eine Seite auf und las:

Werde selbst zum Sonnenaufgang,
dann werden, wohin du gehst,
die Wege günstig sein,
dann werden, wohin du gehst,
die Orte im Osten liegen,
die Osten werden in die Westen sich verlieben.

Das klang sehr schön, auch wenn mir die zweifellos vorhandene, tiefere Bedeutung entging. Aber Herr Becker würde mir diese Zeilen sicher erklären können. Dem Buch lagen ein Umschlag mit hundert Euro und eine Karte bei, auf der ein Falke abgebildet war.

Liebe Frau Bachmann, hatte Herr Becker geschrieben, *Ihren Geburtstag möchte ich nutzen, um Ihnen im neuen Lebensjahr Glück und Segen auf all Ihren Wegen zu wünschen. Sie sind wirklich eine Sonne für mich, die Zeit, die wir miteinander verbringen, macht mich sehr glücklich. Ich würde mir wünschen, dass Sie den beigefügten grünen Schein in etwas transformieren, das Ihnen Herzensfreude bereitet und so Ihr Leben bereichert!*

Mit den herzlichsten Grüßen
Ihr
Waldemar Becker

Das Erste, was mir nach der Lektüre der Glückwunschkarte durch den Kopf schoss, war: *Sollte Mutter etwa doch recht haben?* Diese Zeilen klangen wie ein Liebesbrief. Dann dachte ich, dass die Liebe viele Gesichter hatte, und es nicht nötig war, dass ich mir darüber Gedanken machte. Herrn Beckers Gaben kamen von Herzen, und ich fühlte mich reich beschenkt. Den grünen Schein würde ich ihm zu Ehren in etwas ganz Wunderbares verwandeln, wenn ich auch noch nicht wusste, in was.

Ich verbrachte den Vormittag damit, die Wohnung auf Vordermann zu bringen und die Anrufe von Leuten entgegenzunehmen, die mir zum Geburtstag gratulieren wollten. Leider waren es nicht so viele, wie ich mir gewünscht hätte, denn seit der Scheidung war mein Bekanntenkreis sehr geschrumpft. Unter den Paaren, mit denen Ralf und ich in unserer Freizeit etwas unternommen hatten, fühlte ich mich als Single-Frau schon lange nicht mehr wohl, so war der Kontakt zu einigen mehr oder weniger eingeschlafen. Interessanterweise war Ralf, der sich direkt nach der Trennung von mir aus dem Bekanntenkreis zurückgezogen hatte, mit seiner derzeitigen Seelengefährtin wieder voll integriert. Ein Umstand, der mich erstaunte, denn seine Freundin war so viel jünger und noch dazu schwanger, während dieser Kreis entweder keine oder schon große Kinder hatte.

Ralf rief um zehn vom Büro aus an, als ich gerade die Spüle schrubbte, und wünschte mir alles Gute zur Schnapszahl vierundvierzig. Wir plauderten ein wenig, sehr artig und gestelzt, und als das Gespräch zu Ende war, konnte ich es nicht fassen, dass wir viele Jahre unser Leben miteinander geteilt und zusammen zwei Kinder hatten. Ich fühlte mich so weit von ihm entfernt, als hätte es diese Jahre nie gegeben. Selbst seine Stimme klang fremd, er sprach neuerdings mit leicht hessischem Einschlag und Tonfall, seine Freundin Sandra stammte aus Frankfurt am Main, und das hatte wohl auf ihn abgefärbt. Sie sei »ganz nett«, hatten mir die Kinder berichtet, und auch, dass sie und Papa sich anscheinend ganz gut verstünden. Ich hatte nicht nachgefragt, was nun genau darunter zu verstehen war.

Um fünfzehn Uhr dreißig saß die Familie um den Geburtstagskaffeetisch versammelt. Vater trug zur Feier des Tages ein weißes Hemd und hatte mir zu meiner grenzenlosen Überraschung – er ist sonst eher sparsam veranlagt – einen großzügigen Gutschein eines bekannten Salzstettener Modehauses überreicht. Leicht errötend gestand er, dass er kürzlich im Chor eine reizende Frau näher kennengelernt habe, die in ebenjenem Modehaus arbeitete und ihn auf diese glorreiche Idee gebracht hatte. Mutter schäumte innerlich, das war ihr anzusehen, denn diese Information rührte an alte Wunden. Sie beäugte ihren Ex-Mann mit Schlangenblick und sagte: »Wird dir die Rolle des Schwerenöters in deinem Alter nicht langsam langweilig, Oskar?«

Vater ließ sich nicht aus der Ruhe bringen. »Nein, ganz und gar nicht, liebe Therese.« Und schmetterte ungeniert seinen Lieblingsschlager: *Du hast Glück bei den Frau'n, Bel Ami!*

Tante Vera lachte und klopfte Vater anerkennend auf die Schulter, und Jannis und Lea grinsten. Ich lächelte leicht säuerlich, weil ich keine Lust auf Streit an meinem Geburtstag hatte und aus Erfahrung wusste, dass dieser nicht mehr weit entfernt war.

»Träum ruhig weiter und mach dich lächerlich, wenn es dich glücklich macht«, sagte Mutter prompt. »Deine Stimme klingt noch zittriger als die von diesem Fossil Johannes Heesters, und das will was heißen.«

Vater schoss einen giftigen Blick in ihre Richtung und wollte gerade eine spitze Bemerkung zurückschießen, doch mein Fuß trat unter dem Tisch leicht auf seinen, und ich schaute ihn flehend dabei an.

Er atmete ein paarmal tief durch und schluckte hinunter, was ihm auf der Zunge lag. »Hast du noch ein Stück Erdbeerkuchen für mich, Kind?«, fragte er dann. Es klang wie eine Drohung, aber ich hätte ihn trotzdem knutschen können, dass er sich nicht provozieren ließ.

»Natürlich!«

»Hör auf, mich zu schubsen, Vera!«, sagte Mutter. »Sag mir lieber, warum du es nicht für nötig gehalten hast, meine Einladung zum Fernsehabend anzunehmen. Du hättest wenigstens mal anrufen können.«

»Ja, hätte ich. Ich hatte aber keine Lust«, meinte Tante Vera seelenruhig. »Willst du Stefanie jetzt nicht endlich unser Geschenk überreichen, Therese?«

»Nur die Ruhe, Vera.« Das klang erstaunlich friedfertig. Ob Tante Vera ihrer Schwester wohl heimlich Baldrian in den Kaffee gekippt hatte? Mutter fing an, in ihrer Handtasche zu kramen, die über der Stuhllehne hing, und förderte einen roten Briefumschlag zutage.

Darin steckten Pröbchen einer Kosmetikserie für reife Haut und ein Gutschein für eine De-luxe-Gesichtsbehandlung. Das Geschenk war ungewöhnlich, denn Mutter verschenkte gern Praktisches wie Mixer, Kochtöpfe, Handtücher oder Bettwäsche. Und Tante Vera gern Dinge, die der Mensch nicht unbedingt braucht, die aber Spaß machen – Schnickschnack für die Wohnung, Champagner, Konzertkarten, Parfüm. Dies war das erste Mal, dass die beiden sich geeinigt und zusammen etwas ausgesucht hatten.

»Danke!«, freute ich mich. »Das ist ja eine gute Idee. Ich war schon ewig nicht mehr bei der Kosmetikerin.«

Gott sei Dank sagte niemand: »Das sieht man.«

Tante Vera und Mutter strahlten. »Wir wollten dir mal etwas richtig Gutes tun. Du kennst doch Betty, die Tochter von Frau Weiersbrunn in Veras Haus?«, fragte Mutter.

Ich schüttelte den Kopf.

»Also, Betty hat sich kürzlich mit einem Kosmetikstudio selbständig gemacht. Therese und ich waren zur Eröffnung eingeladen, haben einen Prospekt bekommen, alle möglichen Pröbchen und ein Glas Sekt. Betty hat eine Rede gehalten und sagte, dass manche Frauen sich nach einer Sitzung bei ihr kaum wiedererkennen und richtig glücklich darüber sind. Tja, da haben wir dann an dich gedacht.«

Ich war gerührt und freute mich, aber die Geschenkauswahl meiner Familie an diesem Geburtstag gab mir auch zu denken. Ein Lippenstift, ein Leitfaden für den Umgang mit dem Alter, Gutscheine für neue Klamotten und eine Kosmetikbehandlung. War ich etwa so, wie ich war, irgendwie nicht … na ja, nicht gut genug? Nicht schick genug, nicht schlau genug, nicht jugendlich genug?

»Ich hätte jetzt gern einen Cognac«, unterbrach Mutter meine Gedanken.

»Ich auch. Einen doppelten, bitte«, kam es von Vater.

Ich schenkte drei doppelte Cognacs aus. Für Lea, Jannis und mich gab es ein Glas Prosecco mit Orangensaft, damit wir würdig auf mein neues Lebensjahr anstoßen konnten.

Um sieben Uhr abends saß ich dann an einem Tisch vor dem *Café Lissabon* und wartete auf Jette, die zu Verabredungen grundsätzlich zehn Minuten zu spät kam. Da ich das weiß, hätte ich auch zehn Minuten später kommen können, aber nach dem Kaffeeklatsch, an dem sich Mutter und Vater am Ende wegen einer Lappalie doch noch kurz in die Haare geraten waren, war ich froh, hier friedlich zu sitzen und die Abendsonne genießen zu können. Das *Café Lissabon* ist in der Schuhmachergasse mitten in der Altstadt beheimatet, in der Nähe der Kneipenmeile von Salzstetten, wo sich eine Lokalität an die nächste reiht und man auch bei niedrigen Außentemperaturen noch gern in eine Decke gehüllt draußen sitzt, um den vorbeiflanierenden Passanten zuzuschauen. In der ruhigen Schuhmachergasse gibt es allerdings nicht viel zu sehen, dafür sind die portugiesischen Inhaber des *Lissabon* – Ana und Marcos – besonders nett, und die kleinen Spezialitäten, die sie auf der Speisekarte haben, besonders lecker.

Um Viertel nach sieben sah ich Jette auf mich zusteuern, in einem cremefarbenen Kostüm, das viel von ihren schönen Beinen zeigte. Sie überreichte mir eine langstielige rote Rose und drückte mich an ihr Herz. »Herzlichen Glückwunsch zum Geburtstag, liebe Stefanie! Glück und Segen auf all deinen Wegen im neuen Lebensjahr!«

»Danke schön!«

Jette, die mit ihren High Heels fast einen Kopf größer war als ich, küsste meinen Scheitel, dann winkte sie Ana zu, die im Eingang zum Café stand und rief hinüber: »Zwei Gläser Prosecco bitte!«

»Damit wir auf dein Geschenk anstoßen können«, sagte sie dann zu mir. »Es ist ja nicht so, als ob die Rose schon alles wäre. Du wirst ganz schön staunen!«

Ich war gespannt, ob ihr das gelingen würde, ich war, was Überraschungen anging, heute ja schon gut im Training.

Jettes Geschenk schoss allerdings den Vogel ab, im wahrsten Sinne des Wortes.

Freu dich, liebe Stefanie, las ich kurz darauf auf einer Postkarte, auf deren Vorderseite das Foto eines Wanderfalken auf einem Baumstumpf prangte, *denn dies ist ein Gutschein für die Teilnahme an einem spannenden Workshop, der dir völlig neue Perspektiven eröffnen kann!*
Es geht um den Scharfblick des Falken, der dir helfen soll, dein Leben unter die Lupe zu nehmen, loszulassen, was dich nicht weiterbringt, und alles Neue einzuladen, das aus der Tiefe deines Herzens zu dir kommen will.
Es geht darum, herauszufinden, welche Richtung du deinem Leben geben willst. Wie willst du dei-

nen weiteren Weg gestalten? Welche Träume wollen Wirklichkeit werden? Was ist deine persönliche Lebensaufgabe?
Jetzt platzt du sicher vor Neugier und willst unbedingt mehr über den Scharfblick des Falken erfahren. Kein Problem, im beiliegenden Flyer findest du sämtliche Informationen, die du brauchst. So gerüstet, kannst du diesem Tag mit Spannung und Vorfreude entgegensehen. Ach ja: Ich bin natürlich mit von der Partie und bin mir ganz sicher, dass wir zwei jede Menge Spaß haben und viele tolle Erfahrungen machen werden!
Alles Liebe zum Geburtstag wünscht dir
deine Jette

Ich war sicher, dass mein Gesicht Bände sprach, auch wenn ich im Moment sprachlos war.

»Du freust dich ja gar nicht«, sagte Jette enttäuscht.

Das hatte sie richtig erkannt.

»Na ja, um ehrlich zu sein, spricht mich die Beschreibung dieses Workshops nicht sonderlich an«, sagte ich vorsichtig, in der Hoffnung, dass Jette meinen Worten entnehmen konnte, dass ich absolut keine Lust hatte, an so einem Event teilzunehmen. Da würde man mir mit Sicherheit einreden wollen, dass ich mit vierundvierzig problemlos noch mal komplett durchstarten und die ganz große Karriere in Angriff nehmen kann, und bestimmt liefe mir demnächst das Double von Jude Law bei Aldi über den Weg, der sich unsterblich in mich verlieben und in seine Villa in Hollywood entführen würde.

Jette grinste. »Jetzt sammle deine hängenden Mundwinkel mal wieder vom Bürgersteig auf und entspann dich. Also *ich* finde diesen Workshop von der Beschreibung her absolut genial, nicht zuletzt deshalb, weil ich zurzeit für einen Artikel recherchiere, den ich für die *Modern Woman* über Frauen und deren Lebensträume in der zweiten Lebenshälfte schreibe. Ich habe bereits eine ehemalige Spitzen-Managerin interviewt, die aus ihrem Job ausgestiegen ist und jetzt zusammen mit zehn anderen Frauen einen Bio-Ferienhof bewirtschaftet, und eine Hausfrau, die in ein Benediktinerinnenkloster eingetreten ist. Ich habe mit etlichen Frauen gesprochen, die von sich sagen, dass sie »irgendwie im Aufbruch« sind. Das kann sich so äußern, dass sie sich nach zwanzig Jahren Flaute im Ehebett auf einmal einen Liebhaber anlachen. Oder dass sie mit Gleichgesinnten Mantras im Chor singen, sich für den Buddhismus begeistern, einen Kurs in Engel-Heilung belegen, die Scheidung einreichen, ihre Sexualität mit Hilfe von Tantra-Seminaren erwecken wollen, sich in Psychotherapie begeben oder in den Süden auswandern, um der Sonne näher zu sein. Manche wollen aber auch einfach nur mal Urlaub auf Mauritius machen oder mehr Geld verdienen.«

»In diese Kategorie gehöre ich«, unterbrach ich Jettes Redefluss. »Ich würde auch gern mehr reisen und mehr Geld verdienen. Ansonsten ist alles ganz okay, so wie es ist. Ich hab genug zu tun, danke sehr, ich brauche keine Beschäftigungstherapien, und ich habe auch ganz bestimmt keine persönliche Lebensaufgabe, die nach Verwirklichung schreit. Warum nimmst du nicht Helga mit zu diesem Workshop, sie liebt Workshops. Die sind ihr Lebenselixier, von Reiki über Trommeln bis hin zu meditativem Malen und Improvisationstheater war schon alles dabei.«

»Helga macht an diesem Wochenende irgendwas mit Klangschalen auf Sylt«, erwiderte Jette. »Und außerdem, als mir dieser Flyer im Teeladen in die Hände fiel, hab ich sofort gedacht: Da will ich unbedingt hin, das ist bestimmt eine Fundgrube für meinen Artikel. Und ich will dort zusammen mit Stefanie hin, sie hat Geburtstag, und sie freut sich bestimmt riesig, dass sie mal was anderes sieht und hört als Kinder, Küche und Senioren. Aber leider hast du null Bock, mit mir da hinzugehen, das sieht ein Blinder.«

Jettes dunkelbraune Augen, die einen ungewöhnlichen Kontrast zu ihren blonden Haaren bildeten, schauten auf einmal so traurig drein wie der Spaniel von Frau Buntmann, was zur Folge hatte, dass ich mir undankbar und gemein vorkam. Jette war meine Freundin, das Geschenk war originell, daran konnte es keinen Zweifel geben, und sie hatte mir eine Freude machen wollen. Ich hatte allerdings den dringenden Verdacht, dass mir dieses Geschenk auch zuteilgeworden war, weil Jette keine Lust hatte, allein dem Scharfblick des Falken zu begegnen, aber das konnte ich ihr schlecht zum Vorwurf machen.

»Na ja, null Bock ist zu viel gesagt, aber …«

Jette hob eine Hand. »Schon gut. Ich verstehe und möchte dich keineswegs zu deinem Glück zwingen. Wenn du keine Lust hast, neuen Schwung in dein Leben zu bringen, dann ist das eben so. Ich frage Elke, ob sie Lust hat, mitzugehen, Elke ist offen und spontan und lässt sich gern auf Neues ein.«

Dieser Kommentar ärgerte mich, denn Jette bekundete damit klipp und klar, dass ich eine sture, langweilige Person war, die ein ödes Leben führte, nur weil ich nicht bei diesem blöden Workshop mitmachen wollte.

»Ich bin auch offen und spontan und lasse mich gern mal auf Neues ein«, gab ich zurück. »Aber es muss schon für mich passen. Wenn du mich zum Beispiel gefragt hättest, ob ich mit dir einen Yoga-Kurs an der VHS belegen will, wäre ich wahrscheinlich total begeistert gewesen.«

»Gut zu wissen«, sagte Jette milde. »Wir zwei Hübschen traben dann also wahrscheinlich zusammen in den nächsten Yoga-Kurs. Ich informiere mich bei der VHS und rufe dich an.«

Von Spanielblick konnte bei Jette keine Rede mehr sein, ihre Augen funkelten amüsiert. Ich ahnte, dass sie sich über mich lustig machte, und das ärgerte mich noch mehr.

»Du siehst aus, als hättest du in eine Zitrone gebissen. Doch keine Lust auf Yoga?«, fragte Jette scheinheilig.

»Wir werden sehen«, sagte ich. »Ich muss erst über den Kurs Bescheid wissen. Dann kann ich sagen, ob ich Lust habe.«

»Okay«, erwiderte Jette und prustete los.

Ich wusste nicht, was sie in diesem Moment so amüsierte, aber ihr Lachen war ansteckend und meine Mundwinkel bewegten sich nach oben.

»Du hast gelacht. Endlich! Alles ist wieder gut.«

Diese Bemerkung brachte mich tatsächlich zum Lachen, und plötzlich war alles wieder gut. Ich berührte

Jettes Hand mit den pinklackierten Fingernägeln. »Ich weiß es zu schätzen, dass du mir was Gutes tun wolltest. Danke dafür.«

»Bitte schön. Willst du dir den Flyer nicht mal durchlesen? Einfach mal so, ganz unverbindlich, weil du gerade nichts Besseres zu tun hast?«

Ich seufzte. Jette konnte wirklich ungeheuer hartnäckig sein. »Ich werfe zu Hause mal einen Blick rein, versprochen. Jetzt hab ich aber erst mal Hunger.«

Wir bestellten eine Fischsuppe nach Art des Hauses, dazu eine Weißweinschorle für mich und ein helles portugiesisches Sagres-Bier für Jette. Sie erzählte munter von einer Recherche-Reise nach Berlin, von diesem und jenem Auftrag, der ihr ins Haus geflattert war und von einer neuen Couch, die sie zusammen mit ihrem Mann in einem Möbelhaus in Hamburg ausgesucht hatte. Nachdem Marcos die Getränke gebracht hatte, sagte sie unvermittelt: »Ich bin wirklich total gespannt auf diesen Workshop. Der Leiter nennt sich übrigens Leaping Salmon – Springender Lachs – und bezeichnet sich als Schamane. Das ist so eine Art Medizinmann.«

Ich war Gedankensprünge von Jette gewohnt und konnte ihr daher mühelos von der Couch in höhere Sphären folgen.

»Klingt ziemlich, hm, abgehoben.«

»Mag sein, aber im Grunde ist er ziemlich bodenständig. Der Mann ist Diplompsychologe und beschäftigt sich seit vielen Jahren mit alternativen Heilmethoden aus den Überlieferungen alter Kulturen. Übrigens finde ich ihn sehr attraktiv.«

Da Jette ziemlich anspruchsvoll ist, was die Optik männlicher Wesen angeht, kam diese Bemerkung einer ekstatischen Hymne gleich.

»Aha! Deshalb willst du also unbedingt dahin. Gib es zu«, neckte ich sie. »Wenn Marcel das wüsste …«

»Wäre es ihm egal«, versicherte Jette. »Er hat ein gesundes Selbstbewusstsein. Wenn du einen Blick auf Leaping Salmon werfen möchtest, nur zu. Auf Seite zwei ist ein Foto.« Sie reichte mir den Flyer.

Reflexartig griff ich zu und fragte mich im selben Moment, ob Jette einen Trick angewandt hatte, um mich dazu zu bringen, mich für das Thema zu interessieren. Schnell sah ich auf. Jette schaute mich mit Unschuldsmiene an.

Die Sache war klar: Ich würde nicht eher Ruhe haben, bis ich nicht zumindest einen Blick in diesen elenden Flyer geworfen hatte. Ich ergab mich meinem Schicksal und schaute mir das Foto an. Zu meiner Enttäuschung war der Springende Lachs nicht in Tierhäute gehüllt und trug auch kein Hirschgeweih oder eine aus einem Wolfsschädel gefertigte Kapuze auf dem Kopf. Er hielt auch keine Trommel oder Friedenspfeife in der Hand. Immerhin sahen seine dichten, schulterlangen Haare, die von einem Lederstirnband zurückgehalten wurden, indianisch aus, und um seinen Hals hing eine Kette aus Muscheln, Federn und Steinen. Mit seinem markant geschnittenen Gesicht und den hellen Augen sah er dem Schauspieler Joaquin Phoenix ähnlich, fand ich. Sein kunterbuntes Hawaiihemd wiederum passte so gar nicht zu dem Winnetou-Image, das seine Haare und die Kette ausstrahlten. Wenn ich dem Mann ein

Etikett hätte verpassen müssen, hätte ich wohl »bunte Exotik-Mischung« daraufgeschrieben.

»Nicht übel, aber nicht mein Typ«, erklärte ich. »Ich stehe nicht auf Männer mit langen Haaren, die Hawaiihemden tragen.«

Jette grinste. »Schöne Haare hat er aber, das musst du zugeben. Diese weißen Strähnen im rabenschwarz – wow. Auf welche Typen stehst du denn? Immer noch auf Anzugträger mit Karrierekomplex wie Ralf?«

»Er hat keinen Karrierekomplex mehr, seit wir uns getrennt haben. Er investiert eine Menge Zeit und Energie in seine jungen Frauen. Und bald wohl auch in sein Baby. Lea erzählte, dass er mit zum Geburtsvorbereitungskurs geht und es kaum erwarten kann, bis er den Kinderwagen durch die Stadt schieben kann.«

Das verletzte mich sehr, immer noch. Während unserer Ehe hatte Ralf geschuftet wie ein Tier, um die Karriereleiter zu erklimmen, ich hatte unsere Kinder, für die er sich wenig interessiert hatte, weitgehend allein großgezogen, um ihm, wie man so schön sagt, den Rücken frei zu halten. Jetzt erntete er die Lorbeeren ohne mich: Er arbeitete viel weniger als früher, reiste viel und schien das Leben in vollen Zügen zu genießen.

»Das ist bitter, aber Schnee von gestern. Du wirst jemanden kennenlernen, mit dem es passt«, sagte Jette gleichmütig und nahm einen Schluck aus ihrer Bierflasche. Niemand, der in Salzstettens Kneipen etwas auf sich hielt, trank Flaschenbier aus dem Glas, das war einfach uncool.

»Ja, ja«, murmelte ich und nahm noch einmal den Flyer zur Hand. Der Workshop sollte in einem Seminarhaus im Wendland stattfinden, las ich, zwischen Wiesen, Wald und Feldern und einem kleinen See. Die Teilnehmer würden in einem lichtdurchfluteten Saal mit Parkettboden zusammen tanzen und singen und in schamanisch inspirierten Ritualen Mutter Erde und Vater Himmel nahe sein. Mittags war eine gemeinsame Tafel geplant, für die jeder Teilnehmer bitte eine Kleinigkeit zu essen mitbringen sollte. Entspannt und eins mit der Natur entstünde ein geschützter Raum für alle, in dem Fragen zum Himmel und zur Erde geschickt würden, die vielleicht beantwortet würden. Ich erkannte auch die Textstelle, die Jette als Vorlage für ihren Gutschein gedient hatte: *Der Scharfblick des Falken und ein Tag umgeben von Menschen, die genau wie du offen sind für neue Schätze, die das Leben bereithält, können dir dabei helfen, dein eigenes Leben unter die Lupe zu nehmen, loszulassen, was dich nicht weiterbringt, und alles Neue einzuladen, das aus der Tiefe deines Herzens zu dir kommen will.*

Es geht darum, herauszufinden, welche Richtung du deinem Leben geben willst. Wie willst du deinen weiteren Weg gestalten? Was möchte sich in dir entfalten? Welche Träume wollen verwirklicht werden? Was ist deine persönliche Lebensaufgabe? Es geht aber vor allem darum, nichts erzwingen zu wollen. Vielleicht willst du tanzen und singen, spazieren gehen, einen Baum umarmen, Kraft in der Natur tanken, neue Menschen kennenlernen, dir den Wind um die Nase wehen lassen. Vielleicht möchtest du auch gar nichts tun, sondern einfach nur entspannt du selbst sein. Alles ist möglich an diesem Tag unter den Fittichen des Falken.

Abgesehen von dem schamanisch inspirierten Schnickschnack, klang das durchaus verführerisch. Auf einmal musste ich an die Sommerferien denken, wie ich sie aus meiner Kindheit kannte. Da waren meine Eltern und ich einige Jahre hintereinander Stammgäste auf einem Bauernhof in Schleswig-Holstein gewesen. Ich erinnerte mich an weite, goldgelbe Felder, an kreisende Mäusebussarde am Himmel und einen See in einem lichten Laubwäldchen, den wir fast für uns alleine hatten. Ein Foto zeigte, dass die Landschaft, in die das Seminarhaus Einhorn eingebettet war, ganz ähnlich aussah. Das Haus selbst war ein schlichter Fachwerkbau, weiß getüncht, mit schwarzen Balken. An einem Spalier rankte sich eine rotblühende Kletterrose empor. Vor der Haustür döste ein großer brauner Hund in der Sonne. »Einladend« war das richtige Wort für diese Örtlichkeit mit den bunt bepflanzten Blumenkästen, den Tischen, Bänken und Sonnenschirmen im Vorgarten, den riesigen Sonnenblumen.

»Ganz hübsch, das Haus«, sagte ich.

»Ja, nicht wahr?«, antwortete Jette fröhlich.

Ich las weiter. Der Workshop würde schon am kommenden Samstag sein, also schon übermorgen. Der Medizinmann Ulrich Jablonsky alias Leaping Salmon warb auch noch für andere Veranstaltungen, die unter seiner Leitung stattfanden: Schwitzhüttenrituale, Jahreszeiten-Feste, einen wöchentlichen Heilkreis.

Ich legte den Flyer genau in dem Moment zurück auf den Tisch, als Ana mit unserem Essen auftauchte. Während Jette mit ihr plauderte, kreisten meine Gedanken wie die Mäusebussarde am blauen Ferienhimmel meiner

Kindheit. Sollte ich vielleicht doch mitfahren? Warum eigentlich nicht, wenn ich an diesem schönen Fleckchen Erde einen Tag lang tun und lassen konnte, was ich wollte? Wenn mich niemand zwang, an irgendetwas teilzunehmen, an dem ich nicht teilnehmen wollte? Ich konnte spazieren gehen, im nahe gelegenen See schwimmen, den Hund streicheln oder ein Buch lesen, während die anderen tanzten und sangen und hinter ihrer Lebensaufgabe herhechelten. In der Mittagspause konnte ich mich mit Jette, die bestimmt ganz happy sein würde, weil ich doch mitgekommen war, unterhalten und vielleicht sogar nette neue Leute kennenlernen. Anschließend könnte ich eine Siesta in der Sonne einlegen und den Himmel betrachten. Gleichzeitig würde ich meine Offenheit und Flexibilität unter Beweis stellen und ein gutes Werk tun, für das ich einen Heiligenschein verdiente, denn ich kannte Jette gut genug, um zu wissen, dass ihr viel daran lag, dass ich sie begleitete.

»Stefanie?«, hörte ich plötzlich Anas Stimme. »Möchtest du noch eine Weinschorle?«

»Ja, bitte«, sagte ich, woraufhin Ana verschwand.

»Du kriegst einen Euro, wenn du mir verrätst, woran du gerade gedacht hast«, sagte Jette, fischte prompt das Geldstück aus ihrer Jackentasche und legte es auf den Tisch. »Ich tippe auf wilden Sex an einem tropischen Strand. Deine Augen glänzen so verdächtig.«

»Leider muss ich dich enttäuschen. Ich war ganz woanders.« Ich schob die Münze zu ihr hinüber. »Um wie viel Uhr holst du mich dann am Samstag ab?«

Jette ist eigentlich eine Schnelldenkerin, aber zu meiner Genugtuung dauerte es ein Weilchen, bis sie meine

Frage verstanden hatte, und der Euro in ihrem Gehirnkasten zur richtigen Stelle durchgerasselt war.

Sie riss die Augen auf, und ein strahlendes Lächeln breitete sich auf ihrem Gesicht aus. »Heißt das, du kommst am Samstag doch mit ins Wendland?«

2

Über Nacht war das Wetter umgeschlagen, und es hatte geregnet. Am Morgen nach meinem Geburtstag war meine Stimmung genauso grau wie der Himmel über Salzstetten. Gott sei Dank war ich allein zu Hause, und so störte mich niemand dabei, Jettes rote Rose auf dem Frühstückstisch anzustarren und mich zu ärgern. Warum ich morgen zu einem obskuren Eso-Workshop ins Wendland fahren würde, wussten im Nachhinein betrachtet nur die Götter. Okay, okay, es gab auch zwei einigermaßen plausible irdische Gründe, warum ich doch noch zugesagt hatte: Ulrich Jablonsky alias Leaping Salmon hatte einen Text verfasst, der bei mir Kindheitserinnerungen und die Sehnsucht, einen Tag inmitten der Schönheit von Mutter Natur zu verbringen, geweckt hatte. Außerdem hatte ich meiner besten Freundin eine Freude machen wollen, weil sie mir mit ihrem Geschenk etwas Gutes tun wollte. Das alles änderte aber nichts daran, dass ich jetzt, nachdem ich den Flyer erneut in aller Ruhe durchgelesen hatte, die Sache am liebsten wieder rückgängig gemacht hätte. Ich traute mich aber nicht, weil ich genau wusste, dass Jette mich auslachen würde, wenn ich mich so anstellte. Das Schlimme war, dass ich ja selber wusste, dass ich mich anstellte und ein Drama in drei Akten um eine Veranstaltung inszenierte, die mir schlimmstenfalls nicht gefallen würde, der ich aber jederzeit den Rücken kehren konnte. Dieses Wissen hob meine Laune immerhin ein bisschen, bis kurz darauf Mutter anrief, um sich bitterlich über Vaters streitsüchtige Art zu beschweren. Ich hatte sie gerade mit Mühe und Not auf andere Gedanken gebracht, als Vater anrief, um sich über Mutter zu beschweren und eine Einkaufsliste durchzugeben. Außerdem wollte er für Samstag zwei Stunden Bügelarbeit bei mir buchen, und ich möge bitte bei dieser Gelegenheit einen großen Topf Gemüsesuppe mit Rindfleisch für ihn kochen, damit er übers Wochenende versorgt sei.

»Morgen bin ich nicht da. Aber ich könnte heute Nachmittag zu dir kommen.«

Vater ist nicht der flexibelste Mensch auf diesem Planeten, wenn es um seine Terminplanung geht, und erkundigte sich gereizt, wo ich mich denn bitte schön herumtreiben würde.

»Im Wendland.«

»Du liebe Güte. Pass auf, dass du in der Einöde nicht vom bösen Wolf gefressen wirst.«

»Ich fahre nicht nach Sibirien, Vater, sondern ins Wendland, wo es höchstens Füchse und Hasen gibt, die sich gute Nacht sagen, aber keine Wölfe. Du verwechselst da was.«

Er lachte dröhnend und legte auf, nicht ohne vorher noch schnell Klopapier und eine Dose Wiener Würstchen in Auftrag zu geben.

Das Wendland ist landschaftsmäßig der östliche Randbereich der Lüneburger Heide, daher ziemlich weit von Sibirien entfernt, und heißt Wendland, weil es im Mittelalter vom slawischen Stamm der Wenden besiedelt war, die in den Ortsnamen und den charakteristischen Rundlings-Dörfern ihre Spuren hinterlassen haben. Von Einöde kann keine Rede sein. Wahr ist jedoch, dass es viel Landschaft und Landwirtschaft gibt, womit man Vater allerdings nicht hinter dem Ofen seiner kleinen Stadtwohnung unterm Dach hervorlocken konnte.

Als ich um kurz nach sechs nach getaner Arbeit und einem netten Plausch mit Vater in meine Wohnung zurückkehrte, saßen Lea und ihr Freund Sebastian am Küchentisch und aßen gebratenen Toast mit Schinken und Spiegelei. Mir lief das Wasser im Mund zusammen, aber leider gab es keine Reste in der Pfanne.

Lea gab mir immerhin einen Happen von ihrem Teller ab und fragte, warum ich nicht eine Viertelstunde früher heimgekommen sei, dann hätte ich für uns alle kochen können.

»Wieso ich?«, fragte ich mit vollem Mund. »Ich habe heute schon für deinen Großvater gekocht, das reicht. Wo steht geschrieben, dass ich kochen muss und nicht du?«

»Du kannst es besser als ich«, sagte Lea mit bestechender Logik.

»Kein Wunder, wenn immer ich am Herd stehe. Kochen ist kein Hexenwerk, die Übung macht den Meister.«

Lea kannte den Spruch und verdrehte die Augen. Sebastian sah sie schief von der Seite an. »Soll das heißen, das Essen, das *ich* eben gekocht habe, schmeckt dir nicht?« Das klang ziemlich beleidigt, stellte ich fest.

Lea wickelte eine blonde Haarsträhne um ihren Finger. »Nö, heißt es nicht. Es ist okay. Aber wo wir schon mal dabei sind: Es würde besser schmecken, wenn du nicht dieses komische Bockshornkleepulver drübergeschüttet hättest.«

Sebastians dunkle Augen blitzten. »Das Gewürz hab ich extra aus der *Kornblume* mitgebracht, mit einem schönen Gruß von Papa, weil dir letztens das Gemüseragout mit Tofu so lecker geschmeckt hatte.«

»Danke für den Gruß, hättest du ja auch mal früher ausrichten können. Weißt du, ich glaube, ich bin diesen Ökofuttertrip inzwischen insgesamt ziemlich leid. Es geht doch nichts über ein dickes, blutiges Steak mit viel Salz und Pfeffer und Massen von Kräuterbutter.«

Das von jemandem zu hören, der seit seiner Kindheit wenig Fleisch aß und schon gar kein blutiges, fand ich, gelinde gesagt, erstaunlich. Was war hier auf einmal los? Sebastian war Leas erster fester Freund, den sie heiß und innig liebte, die zwei waren in jeder freien Minute zusammen und verstanden sich blendend. Wenn ich einen Preis für das Traumpaar des Jahres zu vergeben hätte, hätte ich ihn bis vor wenigen Minuten, ohne zu zögern, Lea und Sebastian verliehen.

»Aha. Gut zu wissen«, sagte Sebastian jetzt. »Das darfst du essen, wenn du alleine bist, ich stehe nicht auf den Anblick blutiger toter Tiere auf dem Teller. Und weiter rumzicken darfst du auch allein. Ich geh denn jetzt mal.« Er stand auf und schnappte sich seine Jacke, die über der Stuhllehne hing.

»Okay. Tschüs!«, sagte Lea freundlich.

Er schaute sie mit großen Augen an, diese coole Reaktion hatte er offenbar nicht erwartet. »Ist das dein Ernst?«

»Klar ist das mein Ernst. Du verabschiedest dich, weil du mich zickig findest. Was soll ich denn sonst machen, außer mich zu verabschieden? Mich für das nette Kompliment bedanken?«

Sebastian schnaubte. »Du drehst mir das Wort im Mund rum. Komm mal wieder runter, ja? Du bist schon den ganzen Nachmittag mies drauf.«

»Quatsch. Ich bin ganz normal drauf. Du bist heute megaempfindlich und bei der geringsten Kleinigkeit sofort beleidigt.«

Sebastian überlegte einen Moment und sagte dann versöhnlich: »Ich glaube, wir sind heute beide nicht in Topform. Frieden?«

»Gab es denn Krach? Hat hier irgendwer gestritten?«, fragte Lea unschuldig.

Sebastian schaute sich demonstrativ nach allen Seiten um. »Also, ich sehe niemanden. Sehen wir uns morgen?«

»Morgen kann ich nicht, ich muss was für die Schule tun und abends bin ich mit Svea und Katharina verabredet.«

»Okay«, sagte Sebastian. »Dann unternehme ich etwas mit Tom. Ich ruf dich an wegen Sonntag, ja?«

»Ja«, sagte Lea, stand auf und gab ihm einen Kuss.

Sebastian, jetzt wieder ganz sein fröhliches Selbst, lächelte mir zu. »Tschüs, Frau Bachmann. Ich muss jetzt wirklich los, ich bin nämlich mit meinem Vater in der *Kornblume* verabredet.«

»Soso.« Lea zwickte ihn leicht in die Seite. »Das ist ja interessant. Hast du nicht erzählt, du gehst, weil ich so zickig bin?«

»Ich kann mich nicht erinnern.«

Lachend verschwanden die beiden aus der Küche. Ich hoffte, dass sie sich noch die Zeit nahmen, sich ausgiebig und innig voneinander zu verabschieden. Sebastian hatte Streicheleinheiten nötig, denn seine Eltern hatten sich vor ein paar Wochen nach einer längeren Krise endgültig getrennt. Sebastian war bei seinem Vater in Salzstetten geblieben, während seine Mutter nach Berlin gezogen war, wo ein neuer Job auf sie wartete. Ich hatte gerade mit einem Becher Joghurt und einem Stück Emmentaler Käse am Tisch Platz genommen, als Lea schon wieder auftauchte und sich zu mir setzte. Es kam, wie es kommen musste – sie klaute mir den Käse vom Teller, war aber immerhin so nett, mir zum Ausgleich den Rest Nudelsalat von gestern aus dem Kühlschrank zu holen. Ich erzählte, dass ich morgen den ganzen Tag nicht zu Hause sein würde. Lea schaute mich erstaunt an, denn das war noch nie vorgekommen.

»Was hast du denn vor, Mama?«

Ich umriss mein Vorhaben in kurzen Worten. Im Gegensatz zu mir war Lea sofort Feuer und Flamme vom »Scharfblick des Falken«. »Das ist ja eine geniale Idee von Jette! Bestimmt wimmelt es da von tollen Männern in deinem Alter, und du wirst dich unsterblich verlieben. Nimm deinen neuen Lippenstift mit und zieh was Schickes an.«

»Lea«, sagte ich seufzend. »Erstens bin ich überhaupt nicht darauf aus, mich zu verlieben. Und zweitens rechne ich damit, dass es nicht von Männern wimmelt, sondern von lauter Frauen, die den Seminarleiter anhimmeln. Wenn selbst Jette ihn toll findet, muss an ihm was dran sein, auch wenn die Geschmäcker bekanntlich verschieden sind.«

»Und du? Wie findest du ihn?«, fragte Lea gespannt.

Ich erklärte, dass Männer mit langen Haaren, die Hawaiihemden trugen, nicht mein Fall seien, wofür sie Verständnis zeigte. Kurz darauf kam Jannis herein, im Schlepptau hatte er ein großes, rothaariges Mädchen, das uns selbstbewusst entgegenlächelte.

»Das ist Tatjana«, sagte Jannis lässig. »Wir wollen nur schnell was trinken, wir gehen gleich noch weg.«

Tatjana gab uns die Hand zur Begrüßung und ließ sich auf einem Stuhl nieder. Während Jannis Orangensaft ausschenkte, ließ ich mein Sprüchlein los, dass ich morgen mit Jette unterwegs sein würde.

»Viel Spaß«, murmelte Jannis geistesabwesend. Er hatte nur Augen für Tatjana. Verständlich, denn seine neue Flamme hatte optisch einiges zu bieten, von der roten Mähne bis zum schwarzen Top und den langen Beinen, die in Shorts und Stiefeln steckten. Manchmal fragte ich mich, wann Jannis Zeit zum Lernen fand bei seinem regen Sozialleben, aber dann sagte ich mir, dass er zwar auf der Schule nicht der Fleißigste gewesen war, aber er war ein kluger Kopf und hatte eine schnelle Auffassungsgabe, auf die er sich bestimmt auch beim Studium verlassen konnte.

Als Jette am nächsten Morgen klingelte, war ich schon seit einer Stunde startbereit, denn ich hatte vor lauter Aufregung schlecht geschlafen und war in aller Frühe aufgewacht. Um mich zu beschäftigen, hatte ich sorgfältig eine Workshop-Ausrüstung zusammengestellt: Mineralwasser, einen Krimi, eine Decke, Iso-Matte, Socken, falls ich kalte Füße bekommen sollte, eine dreiviertellange Yoga-Hose, eine Sweatshirt-Jacke, Servietten, Papiertaschentücher, Teller, Becher und Besteck, eine Thermoskanne mit Kaffee, Obstsalat aus frischen Früchten in einer Tupperbox und kleine, mit Käse und Schinken gefüllte Blätterteigtaschen. Außerdem Deo und ein frisches T-Shirt, falls ich ins Schwitzen kommen sollte. Im letzten Moment packte ich noch einen Knirps ein, denn der Himmel war ziemlich wolkenverhangen, und es sah nach Regen aus.

»Du liebe Güte«, sagte Jette, als ich meinen Rucksack und die zusammengerollte Iso-Matte in den Kofferraum ihres Autos wuchtete. »Wolltest du länger verreisen?«

Jettes Gepäck bestand, wie sie mir gleich auf die Nase band, hauptsächlich aus Schreibzeug und Digitalkamera. Und natürlich hatte sie keinen unförmigen Rucksack dabei, sondern eine schicke große Umhängetasche aus Leder. Sie sah einfach umwerfend aus in ihrem sexy Wickelkleid, das sie über schwarzen Leggings aus Spitze trug. Mich selbst fand ich aber auch nicht übel. Meine Haare fielen mir in weichen Wellen frisch gewaschen über die Schultern, ich war dezent geschminkt, inklusive rosa Bio-Lippenstift, duftete nach meiner neuen Limetten-Duschlotion und fühlte mich wohl in meiner bequemen, dreiviertellangen Cargohose und einem fliederfarbenen T-Shirt mit V-Ausschnitt.

Als wir eine Viertelstunde vor Veranstaltungsbeginn

vor dem Seminarhaus Einhorn vorfuhren, riss der Wolkenhimmel wie durch Zauberhand auf.

»Ooooh, Sonne! Das ist bestimmt ein gutes Omen!«, sagte Jette entzückt.

»Laut Wetterbericht soll es gegen Mittag wieder zuziehen, die Niederschlagswahrscheinlichkeit beträgt sechzig Prozent«, erwiderte ich und dachte an meinen Knirps. Jette würde sich kringelig lachen, wenn sie wüsste, dass ich ihn dabeihatte.

Sie klopfte mir auf die Schulter und sah mich mitleidig an. »Es geht doch wirklich nichts über einen gesunden Optimismus. Aber sei guten Mutes, zum Glück haben wir ja ein Dach über dem Kopf.«

Die Kulisse des Seminarhauses Einhorn hielt, was der Flyer versprochen hatte, dachte ich, als ich kurz darauf mein Gepäck vom Gästeparkplatz zu den Sitzgelegenheiten vor dem Eingang schleppte, wo bereits etliche Leute versammelt waren. Jette warf ein fröhliches ›guten Morgen‹ und ein strahlendes Lächeln in die Runde und ließ sich auf einen freien Stuhl plumpsen. Mein Gruß fiel weniger selbstbewusst aus, weil ich plötzlich schrecklich aufgeregt war, aber ich wurde freundlich von allen Seiten empfangen. Sofort ließ meine Anspannung nach, die anderen Teilnehmer schienen nett und aufgeschlossen zu sein, niemand wollte mich fressen, das war schon mal ein Anfang. Erleichtert nahm ich neben Jette Platz und schaute mich um. Der große braune Hund, den ich vom Foto kannte, hatte sich eine Kuhle im Blumenbeet gebuddelt und döste in der Sonne, eine schwarze Katze näherte sich von links und spazierte mit hocherhobenem Schwanz zur Scheune. Der

Himmel leuchtete jetzt in einem intensiven Blau gegen das frische Junigrün der Bäume, die Kletterrose am Haus blühte in verschwenderischer Pracht, die Blumenkästen waren mit Fuchsien, Petunien und Pantoffelblümchen bepflanzt, und Schwalben flitzten zu ihren Nestern unter der Regenrinne.

Jette erkundigte sich bei ihrer Nachbarin nach dem Seminarleiter und wie es denn weiterginge.

»Leaping Salmon und seine Assistentin sind drüben im Saal und bereiten alles vor«, lautete die Antwort.

»Er holt uns hier ab, wenn er mit den Geistern des Ortes gesprochen hat«, steuerte mein Gegenüber freundlich bei. Sie war das, was man als auffällige Erscheinung bezeichnen konnte: Ihre weißen Haare waren raspelkurz geschnitten, riesige silberne Kreolen baumelten von ihren Ohren, und sie trug ein sackartiges, weißes Leinengewand, das in der Taille von einem bunt gewebten Gürtel zusammengehalten wurde. Die blauen Augen in dem ungeschminkten, von feinen Fältchen durchzogenen Gesicht blickten uns freundlich an. Ihr Nachbar, ein bärtiger Mann um die fünfzig, sagte: »Ihr wart beide noch nie bei Leaping Salmon, stimmt's?«

»Stimmt«, sagten Jette und ich wie aus einem Mund.

Unser Gesprächspartner nickte. »Hab ich gleich gewusst. Ich bin seit drei Jahren bei jeder Veranstaltung dabei und kenne alle Gesichter im Kreis. Entspannt euch. Vor euch liegt ein toller Tag, der euer Leben komplett verändern kann.«

Jette lachte. »Ach, so viel muss sich nicht ändern. Ich bin eigentlich ganz zufrieden.«

Er beugte sich vor, offensichtlich angetan von ihrem Charme. »Aber du bist doch offen für Neues und Schönes, das in dein Leben kommen möchte?«

»Aber sicher«, sagte Jette. »Wer ist das nicht?«

»Du würdest dich wundern. Viele Leute haben so viel Angst vor dem Unbekannten, dass sie lieber in der vertrauten Lethargie verharren. Da wissen sie wenigstens, was sie haben.« Er lachte. »Ich war auch mal so drauf, aber das hat sich Gott sei Dank radikal geändert. Mein Leben ist die reine Magie, seit ich mit Ulrich arbeite und mich von meiner langjährigen Partnerin getrennt habe. Endlich ziehe ich genau die Frauen an, die richtig für mich sind. Die Zeiten, in denen ich es als meine Aufgabe ansah, einer emotional bedürftigen Frau Halt in einer monogamen Beziehung zu geben, sind vorbei, und das fühlt sich verdammt gut an. Ich lerne Frauen kennen, die genau wie ich den Moment genießen und in das hineinspüren wollen, was gerade ist. Frauen, die ihre Gefühle und ihre Sexualität spontan ausleben, ohne an morgen oder übermorgen zu denken und Bindungsansprüche daraus abzuleiten.«

Ich war baff, dass jemand vor wildfremden Menschen ohne erkennbaren Anlass so persönliche Dinge enthüllte, und ich hätte schwören können, dass Jette sich im Geiste eifrig Notizen machte. »Mhhm …« sagte sie, »Verstehe. Interessanter Ansatz. Sex ohne Bindung liegt ja derzeit voll im Trend.«

»Das ist mir nun doch zu platt, und vor allen Dingen zu profan«, kam es ein bisschen beleidigt von Jettes Gesprächspartner. »Ich bin ein sehr spiritueller Mensch und sehe das Göttliche in jeder Frau und in jeder Begegnung, auch und gerade in der sexuellen.«

Die Frau mit den raspelkurzen Haaren lächelte ein Mona-Lisa-Lächeln. Vielleicht gehörte sie ja zu den Frauen, die auf ihrem spirituellen Weg ihre emotionale Bedürftigkeit in monogamen Beziehungen hinter sich gelassen hatten. Sie wirkte jedenfalls völlig gelassen im Hier und Jetzt und war so dünn, dass es vorstellbar war, dass sie vorwiegend von Luft und Liebe lebte. Der Mann erzählte nun, dass er Helmut heiße und dass es üblich sei, dass sich die Workshop-Teilnehmer duzten. Natürlich nur, wenn sie Lust dazu hätten. So etwas wie Gruppenzwang gäbe es hier nicht, das sei einer der Gründe, warum er sich so wohl fühlte bei den Veranstaltungen.

»Ich bin Jette. Und das ist meine Freundin Stefanie.«

Helmut und ich lächelten uns an, dann wanderte sein bewundernder Blick wieder zurück zu Jette, und er fragte, wie sie denn auf die Veranstaltung aufmerksam geworden sei. Jette erzählte vom Teeladen und vom Flyer. Dass sie für einen Artikel recherchierte, verschwieg sie wohlweislich. Helmut hörte ihr andächtig zu, und mir drängte sich die Vermutung auf, dass er es gerne gesehen hätte, wenn Jette ihre Sexualität mit ihm in einem günstigen Moment ausleben würde.

Mittlerweile zählte ich dreißig Personen vor dem Seminarhaus, deutlich mehr Frauen als Männer, ganz wie ich vermutet hatte. Um Viertel nach zehn erschien eine junge blonde Frau in indischen Pluderhosen und einer knielangen, bestickten Tunika und bat uns, ihr zum Saal zu folgen und im Vorraum unsere Schuhe auszuziehen. Barfuß betraten wir dann den großen, lichtdurchfluteten Raum und wurden von ruhiger, leiser Musik empfangen. Leaping Salmon begrüßte jeden, der durch die Tür kam, einzeln, so dass sich wie von selbst eine Begrüßungsschlange bildete. Ich beobachtete, dass die meisten Begrüßungen sehr innig waren und nicht ohne mindestens zwei Küsse abliefen, und wappnete mich innerlich. Zu meiner Erleichterung versuchte er aber nicht, mich zu umarmen oder gar zu küssen. Sein Händedruck war angenehm fest, sein Lächeln herzlich, und er sah mir aufmerksam in die Augen, als er mich willkommen hieß. Seine Versicherung, dass er sich freue, dass ich da sei, klang absolut glaubwürdig.

»Such dir einen Platz aus, an dem du dich wohl fühlst, Stefanie«, sagte er mit einer einladenden Handbewegung in Richtung der bunten Sitzkissen, die im Raum zu einem Kreis ausgelegt waren. Ich ließ mich an der Seite nieder, die dem Eingang gegenüberlag, und registrierte, dass vor jedem Sitzkissen eine langstielige gelbe Rose lag. In der Mitte des Kreises war eine große, runde Filzdecke mit Fransen ausgebreitet, bunt wie der Regenbogen, auf der verschiedene Gegenstände, ebenfalls kreisförmig, angeordnet waren. Ich sah einen großen, wassergefüllten Glaskrug und einen Kerzenständer, in dem acht gelbe Kerzen brannten, einen großen Rosenquarzbrocken, einen Amethyst und einen Bergkristall, Vogelfedern, ein auffällig geformtes Wurzelstück, einen Messinggong und eine weiße Rose im Blumentopf. Ich sah auch, wie Jette Leaping Salmon zur Begrüßung umarmte, und fragte mich, ob

Marcel nicht einiges von seiner vielgerühmten Souveränität eingebüßt hätte, wenn er das gesehen hätte, zumal Leaping Salmon die Umarmung mit der gleichen Intensität erwiderte. Mit glänzenden Augen und schwingenden Hüften durchquerte Jette dann den Raum und setzte sich neben mich.

»Wow«, sagte sie ein bisschen atemlos. »Live sieht er noch viel besser aus als auf dem Foto, findest du nicht?«

Ich beschloss, mich dumm zu stellen. »Wer?«

Jette rollte mit den Augen. »Wer wohl. Unser Seminarleiter natürlich. Und er fühlt sich gut an. Sehr, hm, muskulös. Irgendwie vertrauenerweckend kraftvoll.«

»Willst du das in deinem Artikel erwähnen? Du könntest ihn nach seinem Trainingsrezept zum vertrauenerweckenden Muskelaufbau befragen ...«

»Ach, komm, Stefanie. Sei nicht so prüde. Ein kleiner Flirt hat noch niemandem geschadet.«

»Da bin ich mir nicht so sicher.«

»Es gibt nichts Besseres fürs Herz-Kreislauf-System, glaub mir.« Ihre Augen funkelten. »Ich betreibe effiziente Gesundheitsvorsorge, nichts weiter. Was meinst du, ob er wohl ein Techtelmechtel mit dem Mädel hat?«

»Mit seiner jungen Assistentin, meinst du?«

»Wir sind aber heute superkorrekt drauf, was? Sie würde schon gern was mit ihm anfangen, darauf würde ich wetten. Guck mal, wie sie ihn anhimmelt. Damit befindet sie sich natürlich in bester Gesellschaft, es gibt hier sicherlich noch mehr weibliche Hormonhaushalte, die in Wallung sind.«

»Bei mir wallt nichts.«

Das ließ Jette unkommentiert, es hatte ja nun auch keinen Neuigkeitswert. »Ob er wohl gebunden ist? Meine Intuition flüstert mir ein klares Nein ins Ohr.«

»Du hast vielleicht Sorgen.«

Jette grinste mich frech an. »Sorgen würde ich das nicht nennen. Eher … Gelüste. Kribbeln im Bauch. Ich würde gern mal testen, ob er so gut küsst, wie ich vermute.«

Ich verkniff es mir, sie an ihren Lebensgefährten Marcel zu erinnern, ihre große Liebe, mit der sie immerhin seit zwölf Jahren zusammen war. Es fiel mir nicht leicht, ich gebe es zu, aber ich schaffte es.

Inzwischen hatten alle Teilnehmer einen Platz gefunden. Leaping Salmon und seine Assistentin saßen nebeneinander, ganz entspannt auf den Knien, mit geradem Rücken, was auf langjährige Yoga-Praxis schließen ließ. Der Meister bat um Ruhe und hielt eine kleine Ansprache, in der er uns noch mal willkommen hieß, sich selbst als Ulrich Leaping Salmon vorstellte und erklärte, der Name Leaping Salmon sei ihm nach Ende seiner schamanischen Ausbildung von seinem Lehrer Spirit Turtle verliehen worden. Er legte den Arm um seine Assistentin Stella und erklärte, dass sie ihm heute zur Hand gehen und die Gruppe begleiten werde.

»Ich freue mich, diesen Tag mit euch allen unter den Flügeln des Falken verbringen zu dürfen«, verkündete Stella. Es klang, als hätte sie diesen Satz geübt. Sie war rot geworden vor Aufregung und sah in diesem Moment wie höchstens siebzehn aus.

Leaping Salmon ergriff wieder das Wort. »Ich möchte euch ans Herz legen, offen zu sein für alle Erfahrungen, die ihr in diesem Workshop machen werdet. Wir alle zusammen schaffen hier ein positives Energiefeld und damit eine gemeinsame Verbindung zu einer Kraft, die größer und weiser ist als wir. Wir stellen uns bewusst unter den Schutz des Falken als ein Geistwesen, das in vielen Kulturen Scharfblick, Klarheit und die Verbindung zwischen Himmel und Erde symbolisiert. Wir vertrauen darauf, dass seine Fähigkeiten uns helfen können, herauszufinden, wo wir zu diesem Zeitpunkt in unserem Leben stehen, welche Richtung wir von unserer derzeitigen Position aus einschlagen wollen und was wir in uns selbst loslassen müssen, um Platz für das Neue zu schaffen. Ein chinesisches Sprichwort besagt: *In eine volle Tasse lässt sich kein frischer Tee eingießen.* Ich kann euch aus eigener Erfahrung versichern, dass Wahrheit und Weisheit in diesen Worten liegen. Wahr ist aber auch, dass jeder von euch diesen Tag individuell erleben wird und selbst entscheidet, was ihn berührt und womit er sich nicht identifizieren kann und was er nach Hause in seinen Alltag tragen möchte. In erster Linie ist dieser Tag im Seminarhaus Einhorn genau wie unser Leben als Gesamtkunstwerk dazu da, intensiv gelebt und genossen zu werden. Jeder hier tut das, was er möchte, niemand muss etwas mitmachen, wozu er keine Lust hat. Alles, was hier passiert, ist eine Einladung an euch, die ihr jederzeit ausschlagen könnt. Ihr seid frei wie die Falken in der Luft.«

Jette hatte ihren Notizblock ausgepackt und schrieb fleißig mit, während Leaping Salmon jetzt den Ablauf der Vormittags-Session skizzierte: Zur Eröffnung eine gemeinsame Meditation im Kreis, dann die rituelle Reinigung des Raums, um den Alltag hinter sich zu lassen und positive Energien einzuladen, anschließend freier Tanz, um aus der Welt der Gedanken in die Weisheit des Körpers und damit ins Hier und Jetzt zu gelangen. Dann eine kleine Partnerübung, in der über Herzenswünsche gesprochen würde.

»Uff«, zischelte mir Jette zu. »Das klingt ja richtig nach Arbeit.«

»Ich weiß, das klingt nach Arbeit«, sagte jetzt auch Leaping Salmon. »Und das ist es in der Tat auch. Spirituelles Wachstum – und darum geht es schlussendlich, weil wir unsere inneren Grenzen erweitern – ist immer mit Arbeit an sich selbst verbunden. Ohne Fleiß kein Preis.«

Ich verstand nur Bahnhof, aber die Mehrzahl der Teilnehmer nickte und murmelte zustimmend, sie schienen Erfahrung mit spirituellem Wachstum und den damit verbundenen Anstrengungen zu haben.

»Was nicht heißt, dass wir hier keinen Spaß haben werden«, kam es jetzt entschlossen von der Seminarleitung. »Wie sagte Buddha doch so schön – *es gibt keinen Weg zum Glück, das Glück selbst ist der Weg.* Glück ist in meinen Augen Freude – das freudige Teilen von Lebensenergie im jetzigen Augenblick. Die leiblichen Genüsse sollen natürlich auch nicht zu kurz kommen. Im Anschluss an die Session werden wir eine neunzigminütige Mittagspause einlegen. Da das Wetter dazu einlädt, schlage ich vor, dass wir unser Büfett draußen aufbauen. Wer möchte, kann natürlich auch drinnen essen, es gibt einen schönen Speiseraum.«

Eine Frau um die dreißig mit kurzen roten Haaren meldete sich zu Wort und gestand, dass sie den Kartoffelsalat fürs Büfett daheim im Kühlschrank vergessen habe. Ulrich beruhigte sie. Erfahrungsgemäß gäbe es ganz bestimmt mehr als genug zu essen, auch ohne ihren Salat, sie solle sich keine Gedanken machen.

»Ich habe ein schlechtes Gewissen und ärgere mich über meine Vergesslichkeit«, sagte die Frau.

»Das ist völlig unnötig«, gab Ulrich zurück. »Aber du bist mit allen deinen Gefühlen willkommen.«

Das Gesicht der Frau heiterte sich auf. »Danke. Das tut mir jetzt gut.«

Ulrich bat nun alle Anwesenden, die gelbe Rose vor dem Sitzkissen – die Farbe Gelb stünde symbolisch für Kommunikation, Klarheit, Einsicht und Verständnis – zum Glaskrug in der Mitte zu tragen und sich vorzustellen. »Wer mehr sagen möchte als seinen Namen, kann das gerne tun, aber mehr als ein Satz sollte es nicht sein. Wir haben ja noch viel vor heute.«

Er grinste verschmitzt. Kein Zweifel, der Mann hatte Charme.

»Ist er nicht süß«, hauchte Jette in mein Ohr.

Ich tat so, als hätte ich nichts gehört.

Stella machte den Anfang. Geschmeidig erhob sie sich vom Kissen, steckte ihre Rose in die Vase, nannte ihren Namen und fügte hinzu, dass ihr spiritueller Weg sie letztes Jahr zu mehreren Wochenend-Workshops mit Leaping Salmon geführt habe. Sie wusste nun, dass sie unbedingt als Wegbegleiterin mit Menschen arbeiten wollte, und war dankbar, als Ulrichs Assistentin erste wertvolle Erfahrungen sammeln zu können.

Ulrich begann zu klatschen, und sofort taten wir es ihm nach.

Die Frau neben Stella stellte sich als Sabine vor und erzählte, dass sie sich schon lange eine neue Partnerschaft wünschte und hoffte, dass der Scharfblick des Falken ihr Impulse vermitteln könnte, wie dies zu verwirklichen sei. Mit hochrotem Kopf stand sie auf und trug ihre Rose zum Glaskrug.

Auch für diesen Beitrag gab es einen kurzen Applaus.

So ging die Vorstellungsrunde weiter. Der Krug füllte sich mit Blumen, und der Applaus ging mir immer besser von der Hand. Was die Teilnehmer zu sagen hatten, war so unterschiedlich wie ihre äußere Erscheinung, aber was alle gemeinsam hatten war, dass sie sich Veränderung wünschten. Eine Frau um die vierzig, die ihre Haare in einem strengen Knoten trug, sagte: »Nach einer langen, schweren Krise bin ich kurz davor, mich von meinem Mann zu trennen. Ich möchte erfahren, ob das die richtige Entscheidung ist oder ob unsere Ehe noch eine Chance hat.«

Ein Mann, der sich so aufrecht hielt, als hätte er einen Besenstiel verschluckt, hatte wiederum das Gefühl, dass in ihm verborgene berufliche Talente schlummerten, die er gerne entdecken würde. Seine Sitznachbarin erklärte, dass sie überzeugt sei, zu einer besonderen spirituellen Aufgabe berufen zu sein, aber trotz ihres fortgeschrittenen Alters von fünfundsechzig Jahren keine Ahnung habe, worum es sich handeln könnte.

Als ich an der Reihe war, schlug mein Herz vor Aufregung wie verrückt, und ich hatte Angst, keinen Ton herauszubringen. Aber ich schaffte es, meine Rose unfallfrei in die Vase zu stecken und laut und deutlich meinen Namen zu sagen und dass ich hier sei, weil ich die Teilnahme zum Seminar von einer lieben Freundin zum Geburtstag geschenkt bekommen hätte. Kaum war das heraus, ärgerte ich mich. Alle hatten ein besonderes Anliegen und waren aus eigenem Antrieb hier, nur ich nicht, ich löste lediglich einen Geschenkgutschein ein.

Dann war Jette dran. Mit einem bezaubernden Lächeln schaute sie Leaping Salmon an, als sie sich vorstellte und verkündete, dass sie sich von diesem Tag und den Begegnungen, die er bereithalte, überraschen lassen wolle. Denn genau das sei ihr Thema, sie wolle der Überraschung und damit der Lebendigkeit in ihrem Leben viel mehr Raum geben. Das war völlig neu für mich, ich war davon ausgegangen, dass Jettes Leben mehr als genug Überraschungen bot, bisher hatte sie jedenfalls nie über einen Mangel an Lebendigkeit geklagt. Ich bildete mir ein, Funken auf der Luftlinie zwischen Jette und Ulrichs hellen, intensiven Tigeraugen sprühen zu sehen, und hielt unwillkürlich die Luft an. Nachdem Jette wieder Platz genommen hatte, stellte sich mein anderer Sitznachbar vor, ein blasser, bebrillter Mann, der in meinem Alter war. Er hieß Erik und ließ uns nüchtern wissen, dass er den Flyer von einer Freundin bekommen und der Workshop ihn sofort neugierig gemacht habe, weil er eine Affinität zu Greifvögeln habe, besonders zu Turmfalken. Ich fand, dass er aussah, wie ich mir einen typischen Ornithologen vorstellte. Bestimmt gehörte es zu seinen Lieblingsbeschäftigungen, mit dem Feldstecher durch die Landschaft zu stapfen und auf Vogelschau zu gehen.

Nachdem die Vorstellungsrunde beendet war, bildeten wir auf Ulrichs Bitte hin einen Kreis und fassten uns an den Händen, schlossen die Augen und atmeten tief ein und zum Bauchnabel wieder aus, was sich schwieriger anhörte, als es war. Ulrich wies uns an, unsere Gedanken kommen und gehen zu lassen, ohne sie zu bewerten oder festzuhalten. Anfangs fand ich es sehr gewöhnungsbedürftig, Hand in Hand mit lauter unbekannten Menschen dazusitzen. Doch zumindest Jettes Hand war mir vertraut, die große Männerhand auf meiner anderen Seite war fremd, aber sie fühlte sich warm und angenehm an, und dann entspannte ich mich und schaffte es tatsächlich, meine Gedanken nicht zu bewerten oder festzuhalten. Und ich verlor bei all dem Atmen und gedanklichen Nicht-Festhalten jegliches Zeitgefühl, bis uns irgendwann Ulrichs Stimme sanft bat, mit dem nächsten tiefen Atemzug wieder langsam zurück in diesen Raum zu kehren und die Augen zu öffnen. Die nun folgende rituelle Reinigung bestand darin, dass getrockneter weißer Salbei in einem Räuchergefäß verbrannt wurde und Leaping Salmon den Geist des Falken anrief und um Schutz und Hilfe bat. Dann nahm er eine Rahmentrommel zur Hand. »Ich singe jetzt ein Lied aus der Tradition der Hopi-Indianer, um den Großen Schöpfergeist, dem ich alles verdanke, was ich bin und habe, zu ehren und ihn um seinen Segen für uns alle zu bitten.«

Ulrich trommelte und sang zusammen mit Stella. Sein Bass passte gut zu ihrer klaren Sopranstimme. Ich spürte den Rhythmus des Liedes tief in mir, an einem inneren Ort, wo die Erinnerung an ein uraltes Erbe der

Menschheit ruhte, an eine Zeit, als wir in Tierfelle gehüllt in Höhlen gewohnt hatten und der Schamane des Stammes getanzt und getrommelt hatte, um die Götter der Jagd oder des Wetters gnädig zu stimmen oder um Heilung für einen Kranken zu bitten.

Als der letzte Ton verklungen war, gab es eine zehnminütige Pause, die ich dazu nutzte, meine Sportsachen anzuziehen, damit ich optimal fürs Tanzen gewappnet war. Eine weise Entscheidung, wie sich herausstellte. Die nächste halbe Stunde ging es mit heißen Rhythmen zur Sache, und ich genoss jede einzelne Sekunde. Es war lange her, seit ich das letzte Mal getanzt hatte, und ich hatte ganz vergessen gehabt, wie wohl ich mich fühlte, wenn ich mich zu Musik bewegte. Ich hatte oft versucht, Ralf für einen Tanzkurs zu begeistern, hatte aber mit meinem Enthusiasmus auf Granit gebissen. Die Rumhopserei, wie er es nannte, war überhaupt nicht sein Ding. *Let it be, let it be, let it be, let it beee,* sangen die Beatles jetzt passenderweise und leiteten mit ihrem Song ein paar langsame Tänze mit Partner ein. Ich erwischte einen leichtfüßigen Mann, der gut führte, und hätte ewig weitertanzen können. Aber die Seminarleitung hatte leider andere Pläne. Stella leitete Atem- und Entspannungsübungen an, und dann erklärte uns Ulrich die Aufgabe, die als Nächstes an der Reihe war. Als es darum ging, sich dafür einen Partner zu suchen, schaute ich mich nach Jette um. Die war aber schon vergeben, und zwar an Helmut, der vertraut einen Arm um ihre Schultern gelegt hatte. Auf einmal stand die Frau mit den raspelkurzen weißen Haaren vor mir und lächelte mich an. »Wollen wir?«

Kurz darauf saßen wir uns auf zwei Sitzkissen gegenüber.

»Sagst du mir noch mal deinen Namen?«

»Stefanie. Und du bist?«

»Erika.«

Unsere Aufgabe bestand darin, unseren größten Herzenswunsch in Worte zu fassen. Dadurch, dass wir ihn klar formulierten und unser Anliegen vor Zeugen – dem Geist des Falken und unserer Partnerin oder unserem Partner – laut aussprachen, bekäme er laut Seminarleitung einen starken Fokus und damit mehr Macht und Energie, um sich zu verwirklichen. »Sobald du eine Absicht deutlich äußerst, setzt sich diese in Richtung Verwirklichung in Bewegung, ob du dir dessen bewusst bist oder nicht«, hatte Leaping Salmon behauptet. »Es ist so, als ob du ein Samenkorn in die Erde legst. Die Entwicklung ist im Gange, auch wenn noch nichts zu sehen ist. Wenn die Zeit reif ist, wird eine Pflanze aus diesem Samenkorn heraus der Sonne entgegenwachsen. Sie entspricht der Essenz deines Wunsches, auch wenn sie anders aussehen mag, als du es erwartet hast, und berücksichtigt dabei das Wohl allen Lebens auf diesem Planeten.«

Das bezweifelte ich zwar stark, aber es konnte auf jeden Fall nicht schaden, ein paar Wünsche vorzutragen, deren Erfüllung mir am Herzen lag. Da meine Seele jedoch noch unentschlossen war, welche Samenkörner ich in imaginäre Erde legen wollte, ließ ich Erika den Vortritt. Sie schloss die Augen und legte eine Hand auf ihre Brust. Als ich anfing mich zu fragen, ob sie eingenickt war, öffneten sich ihre Augen, und sie sagte:

»Ich bin Mitglied in einem Zirkel von dreizehn Frauen, die sich mit überliefertem Hexen-Wissen beschäftigen. Wir nennen uns die Weisen Weiber vom Wendland.«

Ich schluckte diese im Konversationston vorgetragene Aussage kommentarlos, denn Ulrich hatte uns genaue Instruktionen für die Übung gegeben: »Keine Zwischenfragen. Keine Unterbrechungen. Kein Feedback. Wer zuhört, ist ein leeres Gefäß, das sich mit den Kostbarkeiten aus der inneren Schatzkammer eines anderen Menschen füllen lässt.«

Was Erika mir da auftischte, war zweifellos eine ziemlich exotische Kostbarkeit, aber vermutlich gab es in esoterischen Kreisen noch seltsamere Freizeitbeschäftigungen, als Mitglied in einem Hexenzirkel zu sein, auch wenn mir auf Anhieb keine einfiel. Im Geiste hörte ich Vaters Stimme, der einen seiner Lieblingssprüche aufsagte: »Jedem Tierchen sein Pläsierchen.« Zur Verstärkung zog ich noch die Maxime einer Bekannten hinzu, die im Rheinland aufgewachsen war: *Jeder Jeck is anners.*

»Ich habe seit Jahren die Idee, ein Buch zu schreiben und es bei einem Verlag unterzubringen«, fuhr Erika fort. »Es soll ein Buch sein über weise Frauen, heilende Kräuter und Rituale, Jahreszeitenfeste in heidnischer Tradition, magische Zeremonien und Zaubersprüche. Ein Schwerpunkt soll der Liebesmagie gewidmet sein, ich habe einen ausgezeichneten Draht zu Eros und Aphrodite. Ich bin übrigens Hebamme von Beruf. Und ausgebildete Tantra-Lehrerin.« Sie lächelte mich an, und ich hatte das Gefühl, als schaue sie tief in mich hinein, an genau die leere Stelle, an der es einmal einen Mann in meinem Leben gegeben hatte.

»Ich wünsche mir heute Klarheit, ob das Schreiben wirklich der richtige Weg für mich ist. Ich hab schon so oft am PC gesessen und mir gesagt: ›Jetzt fängst du an, du schreibst einfach drauflos, du hast tausend Ideen.‹ Die traurige Wahrheit ist aber, dass ich total blockiert bin, sobald ich schreiben will. Nach ein paar wirren Sätzen finde ich alle meine Ideen gehaltlos und schmeiße das Handtuch. Ich möchte herausfinden, was mir das sagen will. Vielleicht steckt ja hinter diesem Wunsch ein ganz anderer, nämlich der, der mir und meiner Lebensaufgabe wirklich entspricht. Vielleicht ist der Wunsch zu schreiben nur ein alter Traum, der ausgedient hat, den ich aber aus irgendeinem Grund nicht loslassen will. Vielleicht habe ich damit unbewusst eine Mauer aus Ängsten errichtet, die mich von dem trennt, was meine wirkliche Bestimmung ist.«

Sie sah mich erwartungsvoll an, aber ich durfte ja nichts sagen. Was ich dachte, war: Bei *dem* Thema hätte ich auch eine Schreibblockade. Jeder einigermaßen vernünftige Mensch bekäme nicht mehr als ein paar wirre Sätze über so einen Unsinn wie Zaubersprüche zusammen. Es wird seinen Grund haben, warum die Frau ihre eigenen Ideen beim Schreiben schlecht findet. Warum versucht sie es nicht mal mit was Bodenständigem? Einem Kochbuch zum Beispiel? Da kann sie ihr Kräuterwissen einbringen, und Liebe geht ja sowieso bekanntlich durch den Magen.

»Ich merke gerade, dass ich mir ein nonverbales Feedback von dir wünsche«, hörte ich jetzt von meinem Gegenüber. »Wenn du ungefähr verstanden hast, worum es mir geht, blinzle bitte dreimal mit den Augen. Du würdest mir damit sehr helfen.«

Ich tat ihr den Gefallen und blinkerte dreimal, denn klar ausgedrückt hatte sie sich zweifellos, und außerdem war sie mir sympathisch. In diesem Moment schlug Stella den Messinggong und informierte uns, dass es an der Zeit sei, uns bei unserem Gegenüber fürs Zuhören zu bedanken und die Rollen zu wechseln.

»Danke fürs Zuhören«, sagte Erika. »Und fürs Blinzeln.«

»Gern geschehen.«

Inzwischen hatte ich mir auch einige Herzenswünsche zurechtgelegt, die ich nun doch unbedingt loswerden wollte: »Ich wünsche mir, dass es meinen Kindern gutgeht und sie glücklich sind. Es wäre toll, wenn Jannis, das ist mein Sohn, einen guten Studienabschluss schaffen würde. Und meine Tochter Lea möchte Psychologie oder Medizin studieren. Ich wünsche mir, dass sie den Numerus clausus schafft und einen Studienplatz bekommt, wenn sie nächstes Jahr ihr Abitur in der Tasche hat. Dann wünsche ich mir noch, dass meine Eltern und meine Tante Vera gesund und fit bleiben und noch lange leben. Und für mich wünsche ich mir, dass ich gesund und leistungsfähig bleibe. Und, na ja, ich hätte gerne mehr Geld, dann würde ich all die Reisen unternehmen, die ich mir schon so lange überlegt habe, denn ich habe noch nicht viel von der Welt gesehen. Ach, und neue Freundschaften mit netten Leuten wären schön, nach meiner Scheidung hat sich mein Bekanntenkreis doch ziemlich reduziert.« So langsam gingen mir die Ideen aus, ich wünschte, der Gong würde erklingen und das Ende meiner Redezeit signalisieren. Erika saß ruhig da, ein leeres Gefäß, das geduldig darauf wartete, gefüllt zu werden.

»Das klingt alles so banal«, hörte ich mich plötzlich sagen. »Was nicht heißt, dass ich mir das nicht alles wirklich wünsche. Aber Herzenswünsche sollten einem auf der Seele brennen, oder? Unter einem Herzenswunsch verstehe ich etwas, das ich *unbedingt* haben möchte. Etwas, das mich vor Sehnsucht nachts nicht schlafen lässt. Na ja, ich kann eigentlich immer schlafen …«

Ich horchte in mich hinein in der Hoffnung, dass mein Herz sich mit einem unwiderstehlichen Verlangen melden würde. Mit so was wie: »Es ist mein innigster Wunsch, nach Kanada auszuwandern und mich dort mit einem Senioren-Service namens *Autumn Flower* selbständig zu machen.« Oder: »Es ist mein innigster Wunsch, mich unsterblich in einen wunderbaren Mann zu verlieben und den Rest meines Lebens glücklich mit ihm im siebten Himmel zu verbringen.« Letzteres klang deutlich verlockender, als kanadische Senioren zu betüddeln, aber ich war aus dem Alter raus, von Märchenprinzen und dem Paradies auf Erden zu träumen. Ich wollte mir nichts wünschen, von dem ich sicher wusste, dass es sowieso nicht in Erfüllung gehen konnte. Das, was ich für machbar hielt – nämlich irgendwann einmal eine schöne, harmonische Partnerschaft mit einem netten Mann aufzubauen –, war nun auch wieder kein leidenschaftlicher Wunsch, der nach Befriedigung schrie. Die Sache wurde immer verzwickter, je länger ich darüber nachgrübelte, warum mir partout kein brennender Herzenswunsch einfallen wollte. Als ich schon versucht war, aufzugeben, platzte plötzlich der Knoten. Was ich mir wirklich dringend wünschte und womit ich elegant die Kurve kriegen würde, weil ich mich nicht auf etwas Spezifisches festlegen musste, war Folgendes: »Ich hab's! Ich wünsche mir, dass sich endlich mal etwas richtig Schönes und Spannendes in meinem Leben tut!«

Ich war diesen genialen Herzenswunsch kaum losgeworden, als Stella den Gong schlug und verkündete, dass es an der Zeit sei, die Übung zu beenden. Erika und ich umarmten uns spontan.

»Jetzt bin ich mal sehr gespannt«, sagte ich.

»Ich auch. Eine Freundin von mir, die letztes Jahr beim Workshop dabei war, ist jedenfalls reich beschenkt worden.«

»Ach ja? Inwiefern?«

Erika hatte den Kopf schief gelegt, ihre Augen glänzten vor Vergnügen. Sie erinnerte mich in diesem Moment an einen pfiffigen Vogel mit einem weißen Federhäubchen. »Das war so: Nachdem meine Freundin fast drei Jahre lang nach ihrer idealen Wohnung gesucht hatte, zog sie fünf Monate nach dem Workshop endlich um. Böse Zungen könnten nun behaupten, dass, wer lange genug sucht, irgendwann auch fündig wird, das wäre ja nichts Ungewöhnliches.«

»Stimmt«, bestätigte ich.

»Bei meiner Freundin war es allerdings so, dass sie sich während des Seminars Hals über Kopf verliebt und sich wegen dieser neuen Liebe von ihrem damaligen Freund getrennt hat. Und nach fünf Monaten zog sie bei ihrem neuen Liebsten ein. Seine Wohnung war genau das, was sie gesucht hatte. Im nächsten Jahr wollen sie heiraten.«

Ich war tief beeindruckt. »Es gibt schon wahnsinnige Zufälle im Leben«, sagte ich.

Erika fing an zu lachen. »So kann man es natürlich auch sehen.«

Diese Story erzählte ich Jette, als wir kurze Zeit später mit gefüllten Tellern vor dem Haus saßen und uns das Mittagessen schmecken ließen.

»Hmmm«, meinte Jette, die ganz offensichtlich mit ihren Gedanken nicht bei der Sache war. »Ja … Wahnsinn, wirklich, was so alles passieren kann, wenn die Richtigen aufeinandertreffen. Unglaublich …«

Ich gestattete mir ein warnendes Hüsteln, das sie jedoch geflissentlich ignorierte.

Nach dem Essen breitete ich meine Decke auf dem Rasen aus und legte mich in die Sonne. Jette hatte sich neben Leaping Salmon auf eine Bank gesetzt. Sie steckten die Köpfe zusammen und wirkten sehr vertraut miteinander. Seufzend schloss ich die Augen. Ich hatte ein ungutes Gefühl in der Magengrube, was die beiden betraf, aber dann sagte ich mir, dass Jette selbst wissen musste, was gut für sie war. Schließlich war sie erwachsen, und ich war nicht ihre Mutter. Bei diesem Stichwort fiel mir Lea ein, die glücklich mit ihrem Sebastian war und mir erst kürzlich mit leuchtenden Augen erklärt hatte, Liebe bedeute, dass Treue Spaß mache. Seit sie mit Sebastian zusammen sei, fände sie andere Männer total uninteressant.

Ich musste eingenickt sein, denn ich schreckte hoch, als mich eine Hand an der Schulter berührte. Jette kniete neben mir und lächelte auf mich hinunter. »Es geht weiter.«

Ich rappelte mich auf und folgte der Teilnehmerschar in den Saal. In der Mitte des Raums waren jetzt buntbemalte Kürbisrasseln ausgelegt. Nachdem wir im Kreis die Nachmittagssession mit dem indianischen Lied *We are one with the infinite Sun* eröffnet hatten, wurden wir angewiesen, unsere Herzenswünsche, die wir am Morgen formuliert hatten, auf einen Zettel zu schreiben und diesen Zettel so dicht wie möglich an unserem Herzen zu tragen, zum Beispiel in der Hemdtasche oder im BH. Stella verteilte rosa Papier und Stifte. »Ihr habt genau drei Minuten Zeit«, sagte Ulrich fröhlich. »Also nicht lange nachdenken, einfach drauflosschreiben und darauf vertrauen, dass alles, was ihr schreibt, seine Richtigkeit hat.«

Die Frau mit den roten Haaren, die ihren Kartoffelsalat vergessen hatte, protestierte, sie brauche unbedingt mehr Zeit für eine so schwierige Aufgabe. Zustimmendes Murmeln und Einwürfe wie: »Ja, ich auch!«, waren zu hören. Ulrich ließ sich nicht beeindrucken. »Ihr werdet euch wundern, wie viel Wahrheit sich in drei Minuten zu Papier bringen lässt. Natürlich wird keiner gezwungen, an dieser spirituellen Übung teilzunehmen, aber sie würde dabei helfen, euch das Hier und Jetzt nahezubringen. Wer sie jedoch mitmachen möchte, hat exakt drei Minuten Zeit und keine Sekunde mehr.«

Es wurde ein bisschen gegrummelt, aber niemand erhob Einspruch, was ich darauf zurückführte, dass sich keiner nachsagen lassen wollte, dass er bei einer spirituellen Übung gekniffen hatte.

»Los geht's«, sagte Stella und schlug den Gong. In Windeseile schrieb ich den Satz: *Ich wünsche mir, dass sich endlich mal etwas Schönes und Spannendes in meinem Leben tut.* Ich musste zugeben, ich war richtig stolz auf mich, dass ich als Anfängerin diese Aufgabe so fix gemeistert hatte.

Übrigens waren nach drei Minuten alle fertig, und es gab keine Beschwerden, dass die Zeit zu knapp gewesen wäre.

Als sämtliche Zettel in Herznähe verstaut waren, lud uns die Seminarleitung dazu ein, eine oder zwei Rasseln aus der Mitte zu nehmen. »Wir werden jetzt im Kreis rasseln und uns zum Rhythmus bewegen, damit wir über den Klang und die Bewegung unsere Gedanken beruhigen und unsere Wahrnehmung erweitern können«, erklärte uns Ulrich. »Lasst euch einfach vom Fluss des Geschehens treiben. Vertraut eurem Körper, er weiß, was er tut.«

Ich hätte nie für möglich gehalten, dass ich je bei so etwas mitmachen würde, aber ich warf meine Vorbehalte über Bord, ich hatte ja inzwischen Übung darin, das zu tun, was alle taten. Und auch wenn mein Gehirn noch immer meldete, dass es wohl ein ziemlich seltsamer Anblick war, wenn dreißig erwachsene Menschen Rasseln schwangen, sich rhythmisch bewegten und mit den Füßen stampften, so hatte mein Körper Spaß. Ich fühlte mich in meine Kindheit zurückversetzt, als ich mit Leidenschaft Cowboy und Indianer mit meinen Freunden gespielt hatte. Zum Glück sah mich niemand, den ich kannte, außer Jette, die nicht zählte, weil die gerade selbst mit ihren beiden Rasseln bewaffnet einen wilden Stammestanz aufführte, der jeder Indianer-Squaw in einem Western zur Ehre gereicht hätte.

Irgendwann hatten wir genug musiziert und getanzt, und es ging nach draußen. Immer noch schien die Sonne vom blauen Himmel, Vögel zwitscherten, und der braune Hund hatte sich ein schattiges Plätzchen unter einem Holunderbusch gesucht. Auf einer Wiese hinter dem Haus entzündete Stella ein Feuer in einer großen, flachen Metallschale, die auf einem Dreifuß stand. Dieses Feuer, erklärte sie uns, sei das Feuer der Transformation, das helfen würde, unseren Herzenswunsch, der immer auch eng mit unserer persönlichen Lebensaufgabe zusammenhing, in Realität zu verwandeln. Die Zeit sei gekommen, die Zettel, die wir am Herzen trügen, den Flammen anzuvertrauen.

»Inwiefern hängt ein Herzenswunsch mit der persönlichen Lebensaufgabe zusammen?«, erkundigte sich Jette bei Ulrich.

»Eine sehr gute Frage, Jette. Sagen wir so: Das, was wir uns im tiefsten Inneren wünschen, zeigt die Richtung an, in die unser Herz uns als Nächstes führen will. Unser Herz ist der Wegweiser zu unserer ganz persönlichen Mission – unserem Lebenstraum, der sich aus vielen kleinen Mosaiksteinchen zusammensetzt.«

»Und der Weg, zu dem der Wegweiser führt, ist bekanntlich das Ziel«, warf Erik, der Greifvogelliebhaber, ein, der neben Jette stand.

Leaping Salmon grinste. »Sehr gut beobachtet.«

Ich verstand wieder mal nur Bahnhof, aber das störte mich nicht weiter.

»Ah ja. Natürlich«, antwortete Jette in einem Ton, als beschäftige sie sich täglich mit nichts anderem als esoterischen Spitzfindigkeiten. Während sie das sagte, bedachte sie Ulrich mit einem Blick unter halb gesenkten Lidern, der einen Eisberg auf der Stelle zum Schmelzen gebracht hätte, und der in mir die Frage aufwarf, was wohl auf dem Zettel stand, den sie gerade mit aufreizender Langsamkeit aus ihrem Ausschnitt zog.

Ein Teilnehmer nach dem anderen vertraute jetzt seinen Herzenswunsch dem munter brennenden Feuer der Transformation an. Je nach Temperament ging das lautlos vonstatten oder wurde von ein paar Worten untermalt, in Helmuts Fall mit einem markerschütternden Urschrei, der mir beinahe einen Herzinfarkt bescherte.

»Gute Reise!«, rief ich, als mein Zettel in Flammen aufging. Aus unerfindlichen Gründen erschien dabei Tante Vera vor meinem inneren Auge, der ich das letzte Mal gute Reise gewünscht hatte, als ich sie vor einigen Jahren zum Zug gebracht hatte, der sie zu einer Ayurveda-Regenerationskur ins Allgäu befördern sollte. Als ich sie drei Wochen später wieder am Bahnhof in die Arme schloss, sah sie zehn Jahre jünger aus. »Das sind die vielen Ölmassagen, die erneuern die Zellen, Kind«, erklärte sie damals, als ich ihr gleich an Ort und Stelle ein Kompliment machte. »Und der Sex. Ich hatte einen Kurschatten. Ein Schweizer, zwölf Jahre jünger als ich, mit einer Schwäche für reife Frauen. Leider ist er sehr glücklich verheiratet.«

Als wir wieder im Saal waren, wurde es spannend: Ulrich verkündete, dass er uns nun auf eine Trance-Reise schicken werde. Jeder sollte sich einen Platz im Raum suchen, eine Haltung einnehmen, die ihm bequem sei, die Augen schließen und den Falken bitten, ihm einen Blick in die nahe Zukunft zu schenken, um einen Hinweis zu erhalten, was im Zusammenhang mit unserem Herzenswunsch hinter der nächsten Wegbiegung unseres Lebens auf uns warten würde.

»Stella und ich trommeln jetzt für euch, in einem Rhythmus von 120 Doppelschlägen pro Minute. Dieser Rhythmus erleichtert euch den Übergang vom normalen Alltagsbewusstsein in einen tiefen Zustand der Entspannung. Ihr müsst nichts tun. Lasst euch einfach vom Rhythmus der Trommeln davontragen, und achtet genau auf das, was ihr wahrnehmt. Was seht, hört, riecht, fühlt ihr? Meldet sich eine innere Gewissheit? Welche Gedanken oder Intuitionen machen sich bemerkbar? Seid achtsam, denn alles ist wichtig. Haltet euch aber während der inneren Reise nicht mit Interpretationsversuchen auf. Wenn etwas auftauchen sollte, das euch unangenehm ist, könnt ihr jederzeit in euer Alltagsbewusstsein zurückkehren, eure innere Absicht holt euch zurück. Ihr seid absolut sicher und beschützt inmitten unserer Gemeinschaft, in diesem Raum, unter den Flügeln des Falken.«

Jette legte sich auf den Boden. Ein paar andere Teilnehmer legten sich ebenfalls hin. Mir war nicht danach, ich blieb stehen, schloss die Augen und harrte der Dinge, die da kommen würden. Der Klang der beiden Trommeln war hart, schnell, fordernd, bald war nichts anderes mehr wichtig als diese Schwingung, die ich im ganzen Körper spürte. Nach einer Ewigkeit, in der ich das Gefühl hatte, mit den Trommeln zu verschmelzen, tauchte aus dem Dunkeln plötzlich ein Bild vor meinem inneren Auge auf. Dann ein weiteres. Und während ich noch darauf wartete, dass ich etwas sah, das Sinn machte und mir besser gefiel als das, was im Moment vorbeiflimmerte, wurde es still im Raum.

»Ich bin eingeschlafen. Das habe ich erlebt«, sagte eine der Seminarteilnehmerinnen später, als wir auf unseren Sitzkissen im Kreis zusammensaßen und es darum ging, dass jeder erzählte, was er während der Trance erlebt hatte. Der Sinn dieser Übung war laut Ulrich, dass sich das Gesehene bei uns einprägte, denn Erlebnisse während der Trance seien wie Träume: Sie hätten die Angewohnheit, sich im Alltagsbewusstsein, wenn sich der Verstand mit seinen vielen Gedankengängen einschaltete, blitzschnell zu verflüchtigen.

»Immer mache ich alles falsch«, fuhr die Rothaarige vorwurfsvoll fort. »Ich kann noch nicht mal wach bleiben, wenn es drauf ankommt.« Sie begann zu weinen. Der Mann neben ihr legte tröstend den Arm um ihre Schultern.

»Alles, was während der Trance zu dir kommt, auch die Tatsache, dass du eingeschlafen bist, hat eine persönliche Bedeutung für dich«, gab ihr Ulrich zu verstehen. Es gibt kein Richtig und kein Falsch. Was geschieht, ist immer im Fluss mit allem, was ist, und hat einen höheren Sinn, den du irgendwann verstehst.«

Die Frau lächelte unter Tränen und nahm das Taschentuch, das ihr Nachbar ihr reichte. »Danke. Ja. Du hast natürlich recht.«

Ich mochte die Art, mit der Ulrich freundliche Worte für jeden fand. Aber der nörgelige Teil in mir war plötzlich wieder aufgewacht und dachte: »Ob es wohl irgendetwas unter der Sonne gibt, zu dem diesem Mann keine superkluge Bemerkung einfällt?« Ich stellte fest, dass Ulrich mir mehr und mehr auf den Wecker ging, was vielleicht an meiner unbefriedigenden Vision während der Trance liegen mochte.

»Das beruhigt mich«, meldete sich Jette zu Wort, die als Nächste dran war. »Ich bin nämlich auch eingeschlafen. Das Einzige, woran ich mich erinnere ist, dass ich gedacht habe: »Wow, die Trommeln sind heftig … wie ein kleines Erdbeben. Und dann war ich weg. Jedenfalls erinnere ich mich an gar nichts mehr.«

Ulrich bedankte sich – er bedankte sich ja immerzu –, gab aber keinen Kommentar ab. Weiter ging die Erzählrunde. Manche Teilnehmer hatten Musik gehört, Düfte wahrgenommen, die sie an etwas erinnert hatten, einige hatten sich mit Tieren, Bäumen oder ihrem Schutzengel unterhalten und Ratschläge bekommen wie: »Achte auf deine Träume, sie führen dich in die richtige Richtung.« Die Frau, dic nicht wusste, ob sie sich von ihrem Ehemann trennen sollte, hatte eine in der Luft schwebende Schnur gesehen und eine Hand, die eine Schere hielt. Die Schnur wurde durchgeschnitten, und sie hatte sich sehr erleichtert gefühlt. Man brauchte nicht viel Phantasie, um sich der Bedeutung dieser Vision klarzuwerden, und ich war neidisch, auch wenn dies bestimmt nicht spirituell korrekt war.

»Ich habe meinen Wecker gesehen. Es war sieben Uhr morgens, und er stand auf meinem Nachttisch und klingelte, wie er das jeden Morgen tut«, erzählte ich griesgrämig, als ich an der Reihe war. »Ich lag im Bett und drückte auf die Stopptaste. So wie ich das jeden Morgen tue. Dann habe ich eine Krähe gesehen, die auf dem Balkongeländer saß. Das war alles.«

Ich hätte noch hinzufügen können, dass der Wecker kein Anblick war, den ich mir freiwillig ausgesucht hätte, und ich lieber einen anderen Vogel gesehen hätte, einen, der mir sympathischer war als eine Krähe, zum Beispiel einen glückverheißenden Storch oder eine Eule, die ja bekanntlich gern mit Weisheit und klarer Sicht assoziiert wird. Was Wecker und Krähe mit meiner Zukunft und meinem Herzenswunsch zu tun haben sollten, war mir schleierhaft. Ich fühlte mich geradezu betrogen. Da hatte ich tatsächlich etwas gesehen und gehört, aber nichts, womit ich etwas anfangen konnte.

Mein Neid wuchs, als die Frau neben mir mit leuchtenden Augen erzählte, dass sie Koalabären in Eukalyptusbäumen gesehen und Didgeridoo-Klänge vernommen habe, und ihr sei blitzartig klargeworden, dass sie noch in diesem Jahr nach Australien reisen würde. Endlich würde sie das tun, wovon sie seit Jahren träumte. Nach ihr meldete sich Erik zu Wort. »Ich war in einem Rosengarten. Ich saß auf einer Bank in der Sonne, atmete Rosenduft ein und war zufrieden. Dann tauchte auf einmal ein Wanderfalke am Himmel auf und stand rüttelnd über mir. Das habe ich als großes Geschenk empfunden.« Er lächelte in die Runde, und mir fiel auf, dass er so erholt aussah, als habe er eine Woche Urlaub in diesem Rosengarten hinter sich. Ich schielte auf meine Uhr. Ich hatte keine Lust mehr auf die Phantasiegespinste anderer Leute. Als Erika jetzt ehrfürchtig und in epischer Breite berichtete, dass sie eine große Spinne gesehen habe, die vor ihren Augen ein kunstvolles Netz aus silbrig glitzernden Fäden gewoben habe, fehlte nicht viel, und ich wäre aufgestanden und aus dem Saal gegangen.

Jette kam zu mir, setzte sich hinter mich und flüsterte in mein Ohr. »O Mann, ist das langweilig. Mir reicht's jetzt. Manche Leute finden einfach kein Ende, uff. Gott sei Dank haben wir es gleich geschafft.«

Es tröstete mich sehr, dass es ihr genauso ging wie mir.

Endlich, endlich war jeder zu Wort gekommen. Ich wurde wieder etwas munterer, als Ulrich nach ein paar Sätzen, die an mir vorbeigerauscht waren, sagte: »Unser Workshop hier im Seminarhaus Einhorn geht nun langsam zu Ende. Heute ist bei jedem Einzelnen von uns etwas in Bewegung gekommen. Zu Hause wartet euer Leben auf euch und die Veränderungen, die kommen werden. In den nächsten Wochen ist es wichtig, genau hinzuschauen, was sich tut, und sich darüber mit jemandem auszutauschen. Ihr habt die Chance, euch von jemandem in diesem Prozess begleiten zu lassen, der auch an diesem Workshop teilgenommen hat. Ich lege euch ganz dringend ans Herz, euch eine Partnerin oder einen Partner zu suchen, tauscht eure Telefonnummern aus, telefoniert miteinander, trefft euch und redet über alles, was euch wichtig scheint. Damit haltet ihr eure Absicht und eure Erfahrungen lebendig und düngt und wässert eure Samenkörner.«

Jemand fragte mürrisch: »Müssen wir? Ich bin beruflich stark eingespannt und habe wenig Zeit.«

»Niemand muss irgendwas. Wir sind alle erwachsen. Wenn du diese Einladung nicht aufgreifen möchtest, ist das vollkommen in Ordnung. Ich rege diesen Austausch an, weil er sich meiner Erfahrung nach als sehr wertvoll erwiesen hat. Er dokumentiert Veränderungen, die sonst leicht untergehen im Alltag.«

Stella verteilte jetzt rosa Zettel und Stifte. Ich war erleichtert, dass ich mir keinen Partner suchen musste, denn ich hatte ja Jette, mit der ich mich jederzeit austauschen konnte. Als Ulrich uns jetzt bat, aufzustehen und nach kurzem Blickkontakt spontan auf jemanden zuzugehen, der uns sympathisch war, blieb ich einfach stehen. Ich sah Erika schnurstracks auf Jette zusteuern und wie die rothaarige Frau fluchtartig den Saal verließ. Auf einmal stand Erik vor mir und lächelte mich schüchtern an. »Du hast nicht zu mir geschaut, deshalb konnte ich keinen Blickkontakt aufnehmen. Ich wollte fragen, ob wir vielleicht mal telefonieren wollen?«

Ich hatte keine Lust, zu telefonieren, aber ich wollte ihn auch nicht direkt vor den Kopf stoßen.

»Ich hab mir gar nichts zu schreiben mitgenommen«, sagte ich in der Hoffnung, dass er diesen Wink verstehen würde.

»Macht nichts. Das kriegen wir schon hin«, gab er zurück.

Kurz darauf hatte er sich meinen Namen, E-Mail-Adresse und Telefonnummer notiert, und ich hielt ein Stück rosa Papier mit seinen Angaben in der Hand.

»In welcher Stadt wohnst du?«, fragte er.

»Salzstetten.«

Erik fing an zu lachen.

»Was ist so lustig an Salzstetten?«, wollte ich ungnädig von ihm wissen.

»Nichts. Ich komme auch von dort. Eigentlich hätten wir uns ja mal über den Weg laufen müssen.«

»Findest du? Ich finde, dass man bei 71 999 Mitbürgern nicht jedem über den Weg gelaufen sein muss.«

Er blinzelte hinter seiner Brille. »Hab ich was Falsches gesagt? Hab ich dich irgendwie verletzt, oder warum bist du plötzlich so sauer?«

Ich hatte sofort ein schlechtes Gewissen. »Es hat nichts mit dir zu tun. Ich hab einfach genug für heute. Ich will nach Hause.«

O Gott. Ich hatte geklungen wie das arme, einsam auf der Erde gestrandete Alien E. T. Der Mann musste mich für verrückt halten. Wenn er es tat, wusste er es gut zu verbergen. Er berührte leicht meine Schulter und sagte aufmunternd: »Der Countdown läuft. In einer guten halben Stunde hast du's geschafft.«

3

Eineinhalb Stunden später waren wir endlich auf dem Rückweg nach Salzstetten. »Das war ein toller Tag, oder?«, fragte Jette, kaum dass das Auto vom Parkplatz gerollt war.

Mein Kommentar fiel bedeutend zurückhaltender aus, denn die letzten Stunden der Veranstaltung hatten für Punktabzug gesorgt.

»Mir hat es auf jeden Fall besser gefallen als erwartet.«

»Mensch, Stefanie. Deine überschwengliche Begeisterung haut mich glatt aus den Schuhen.«

»Na ja, was soll ich sagen. Es war alles ziemlich seltsam und esoterisch, und ich kam mir vor wie auf einem Spielplatz für Erwachsene, aber ich hatte Spaß dabei, besonders beim Tanzen. Und das Mittags-Büfett war auch lecker. Doch der Hokuspokus mit der Trance und vor allem die endlosen Storys danach fand ich ziemlich ätzend. Ich habe gesehen, was ich jeden Morgen um sieben sehe – meinen Wecker. Und eine Krähe auf dem Balkongeländer. Na toll. Abrakadabra. Selbst wenn es tatsächlich stimmen sollte, dass ich einen Blick in meine Zukunft geworfen habe – was soll das nun zu bedeuten haben?«

Jette zuckte die Schultern. »Keine Ahnung. Es ist deine Vision, es wird irgendeinen besonderen Grund haben, weshalb sie zu dir gekommen ist. Was war denn dein Herzenswunsch, wenn ich fragen darf?«

»Ach, nichts Grandioses. Ich hab mir gewünscht, dass etwas Schönes, Spannendes in meinem Leben passiert.«

Jette lachte. »Soso, verstehe. Und da hättest du gern rote Rosen gesehen, Turteltäubchen, einen geheimnisvollen Fremden mit einem unglaublichen Erotikfaktor, einen Sechser im Lotto, ein Traumschiff in der Karibik, ein neues Auto …«

»So etwas in der Art hätte ich tatsächlich nett gefunden. Ich glaube zwar nicht an Hellseherei, weiß aber aus Erfahrung, dass Wünsche tatsächlich manchmal in Erfüllung gehen. Ich hätte rein gar nichts gegen einen Lottogewinn und eine Kreuzfahrt auf dem Nil einzuwenden, nach Ägypten wollte ich immer schon mal, und zur Not nehme ich auch Rosen von geheimnisvollen, erotischen Fremden an. Was hast du dir denn gewünscht?«

»Etwas, das mich selbst überrascht hat. Der Gedanke war auf einmal da und ließ sich nicht mehr abschütteln.«

Mir schwante schlagartig Schreckliches, und da hörte ich auch schon: »Ich habe mir wilde Leidenschaft gewünscht.«

»Wilde Leidenschaft? Aber du hast doch Marcel!«, entfuhr es mir.

»Ja, und? Deshalb kann ich mir doch trotzdem wilde Leidenschaft wünschen.«

Da hatte sie natürlich recht. Zumal ich Marcel, der in der IT-Branche arbeitete, nicht als von Natur aus leidenschaftlichen Typ einschätzte und die beiden außerdem schon lange zusammen waren.

»Klar. Natürlich. Wilde Leidenschaft ist ja was Schönes und geht in einer langen Beziehung leicht verloren«, sagte ich daher.

Jette, die von einem Ohr zum anderen grinste, schaltete krachend einen Gang zurück und überholte einen Trecker, der die Landstraße entlangtuckerte.

»Deine Aussage ist so köstlich, dass man sie als Kalenderspruch verewigen müsste, zusammen mit dem guten Tipp, es mal mit roter Reizwäsche und einem Candlelight-Dinner zu probieren, wenn Flaute zwischen den Laken herrscht. Du denkst natürlich, die wilde Leidenschaft hat was mit Ulrich zu tun, stimmt's? Du denkst, ich bin so scharf auf ihn, dass ich nichts anderes im Kopf hab, als bei der nächsten Gelegenheit mit ihm in die Kiste zu springen.«

»Aber nein, natürlich nicht. Wie könnte ich denn auf so eine abwegige Idee kommen?«, gab ich ironisch zurück, denn ich ärgerte mich über ihre Bemerkung mit dem Kalenderspruch.

»Schon gut, schon gut«, meinte Jette friedfertig. »Trotzdem hast du keine Ahnung, was wilde Leidenschaft wirklich bedeutet.«

Langsam, aber sicher, ging mir ihre herablassende Art auf den Keks. »Auch wenn du anscheinend glaubst, dass ich das Wort Leidenschaft im Fremdwörterlexikon nachschlagen muss, dann kann ich dir versichern, dass Ralf und ich uns im Bett gut verstanden haben. Genau genommen haben wir uns im Bett besser verstanden als außerhalb.«

»Genau das ist der Punkt«, sagte Jette. »Wilde Leidenschaft spielt sich eben nicht nur im Bett ab. Wilde Leidenschaft ist eine Lebenseinstellung! So vieles schwingt da mit: Gefühlsreichtum, Begeisterung, Authentizität, ungezähmte, ursprüngliche Lebensfreude, Abenteuer, Freiheit, neue Horizonte erobern!« Jettes wilde Leidenschaft schien ihren Fuß, der das Gaspedal drückte, ergriffen zu haben; ich sah, dass die Tachonadel hundertzwanzig Stundenkilometer anzeigte, obwohl nur achtzig erlaubt waren.

»Du hast das Schild mit Tempo achtzig vorhin gesehen, ja?«

Jette bremste sofort scharf, ich war dankbar, dass niemand hinter uns fuhr. »Ups, danke, dass du mich drauf aufmerksam machst. Da vorne steht auch schon eine Radarkontrolle. Das wäre teuer gekommen. Wo waren wir stehengeblieben?«

»Bei wilder Leidenschaft als Lebenseinstellung«, soufflierte ich.

Jette warf mir einen Blick aus dem Augenwinkel zu, bevor sie sich wieder auf die Straße konzentrierte. »Danke. Das also war das Thema zwischen Ulrich und mir, als wir uns in der Mittagspause unterhalten haben. Aber eben nicht so, wie du denkst. Wir haben uns nicht mal berührt, als wir über die Leidenschaft von Körper, Geist und Seele, für das Leben selbst und alles Lebendige sprachen. Verstehst du jetzt, was ich meine?«

»Nicht wirklich, aber das muss ich auch nicht. Es ist dein Thema, nicht meins«, sagte ich.

»Es ist auch deins, weil es ein zentrales, menschliches Thema ist«, behauptete Jette. »Wenn du meinen

Artikel liest, wird dir das klarwerden. Ulrich und ich haben im Gespräch erst die Spitze des Eisbergs angetippt.«

»Du willst dich also noch mal mit ihm treffen«, stellte ich resigniert fest.

»Ja, sicher. Ich muss doch weiter recherchieren. Ich werde mich auch mit dieser Frau mit den kurzen weißen Haaren und dem Flattergewand treffen, ich hab den Namen vergessen …«

»Sie heißt Erika und ist eine Hexe«, sagte ich genüsslich. »Das hat sie mir jedenfalls erzählt.«

Jette, die sich in ihrem üblichen Gemütszustand – also unbeeinflusst vom Sex-Appeal eines attraktiven Schamanen – mit dem Finger gegen die Stirn getippt und etwas in der Art gemurmelt hätte wie: »Es gibt schon eine Menge Spinner unter der Sonne«, sagte nun begeistert: »Super! Das trifft sich doch hervorragend, ich werde sie nach allen Regeln der Kunst für meinen Artikel ausquetschen. Ich glaube, ich mache daraus eine Serie. Menschen auf dem spirituellen Pfad … Schamanismus … modernes Hexenwesen … die Redaktion wird begeistert sein!«

Jette galoppierte auf Pegasus' Schwingen durch die Gefilde der Inspiration, was nichts Ungewöhnliches war, wenn sie an einem Projekt arbeitete. Sie würde schon wieder von ihrem Trip herunterkommen, wenn es an der Zeit war, und was mit Ulrich Leaping Salmon in der Zwischenzeit laufen oder nicht laufen würde, ging mich nichts an.

»Jette?«

»Ja?«

»Weißt du, was mir gerade durch den Kopf geht?«

»Nein. Aber du wirst es mir hoffentlich gleich erzählen.«

»Das Thema Leidenschaft ist ja ziemlich aufregend.«

»Ziemlich, ja«, sagte Jette trocken.

»Hast du schon eine Idee, was es bedeuten könnte, dass du dabei eingeschlafen bist?«

»Diese Frage kann ich eindeutig mit ›ja‹ beantworten. Es bedeutet, dass ich wilde Leidenschaft bitter nötig habe. Mir wurde vor Augen geführt, dass ich mich emotional im Tiefschlaf befinde, da bin ich mir ganz sicher.«

»Das merkt man dir aber nicht an«, versicherte ich. »Ich dachte immer, bei dir ist rundum alles in Ordnung. Job okay, Beziehung glücklich, genug Geld, viel Abwechslung, netter Freundeskreis.«

»Das stimmt auch. Im Großen und Ganzen jedenfalls. Aber trotzdem möchte ich wilde Leidenschaft. Ich möchte endlich Champagner statt immer nur Apfelsaft.«

»Na denn – wohl bekomm's«, sagte ich und dachte bei mir, dass Tante Veras Freund Roland, der Heilpraktiker für Psychotherapie ist, möglicherweise eine Midlife-Crisis bei Jette diagnostizieren würde, die sich dahingehend äußerte, dass sie etwas nachholen wollte, von dem sie glaubte, es bisher verpasst zu haben. Was war an Apfelsaft auszusetzen? Rein gar nichts, wohingegen einem Champagner schnell zu Kopfe steigen und einen mächtigen Kater hinterlassen konnte.

»Wann triffst du dich mit dem Mann?«, fragte Jette in meine Gedanken hinein.

»Mit welchem Mann?«

»Mit dem Großen mit der Brille. Ich hab euch im Gespräch gesehen, als es darum ging, sich einen Begleiter auszusuchen.«

»Ach so. Du meinst Erik. Wir haben zwar die Telefonnummern getauscht, aber ich hab nicht vor, mich mit ihm zu treffen. Der Workshop ist vorbei, und ich will mich nicht weiter damit beschäftigen.«

»Hm. Schade. Er sieht ganz gut aus, finde ich. Wäre der nichts für dich?«

»Du bist schlimmer als meine Mutter. Die will mich auch ständig verkuppeln«, sagte ich genervt. »Man muss wirklich nicht jede Interaktion zwischen Mann und Frau auf das eine reduzieren.«

Jette nahm mir den Raunzer nicht übel, sondern fing an zu kichern. »Man muss nicht. Aber man darf, wenn einem gerade danach ist. Weißt du zufällig, ob er solo ist?«

»Nein, weiß ich nicht, und es interessiert mich auch nicht. Manchmal bist du eine echte Nervensäge, weißt du das?«

»Aber du magst mich trotzdem«, hörte ich, und leider konnte ich nicht widersprechen. Immerhin war ich so schlau, ihr nicht zu erzählen, dass Erik auch in Salzstetten wohnte, Jette hätte mich sonst garantiert weiter gequält, dass ich mich doch mal mit ihm treffen sollte.

Zu Hause erwarteten mich eine leere Wohnung und zwei Mitteilungen auf dem Anrufbeantworter. Die eine war von Tante Vera: *Ich bin's. Ich weiß, du bist nicht da. Ich wollte nur mal »hallo« sagen.*

Die andere war von Mutter: *Ich habe Herrn Becker beim Metzger getroffen. Ich soll dir ausrichten, dass er ein neues Buch zum Vorlesen gefunden hat, es heißt ›Der Wahrsager‹. Oder ›Der Hellseher‹. Na, ist ja auch egal, du wirst es ja sehen, wenn du zu ihm gehst.*

Klick, Ende der Durchsage.

Auf dem Küchentisch lag ein Zettel von Lea, auf dem stand, dass sie den Abend mit ihrer Freundin Svea verbringen und auch bei ihr übernachten würde.

Ich verbrachte den Abend mit einer Tiefkühlpizza vor dem Fernseher. Kurz vor elf, als ich gerade auf dem Weg ins Bett war, klingelte das Telefon. Dran war Vater, der wissen wollte, ob ich heil und gesund aus den öden Weiten des Wendlands wieder nach Hause gefunden hatte.

»Und deswegen rufst du nachts um elf an, Vater?«

»Elf Uhr ist doch nicht spät«, gab er zurück.

»Für mich schon«, sagte ich gereizt. »Ich hab schon beinahe geschlafen.«

»Betrachte meinen Anruf als Gute-Nacht-Kuss und freu dich, dass du einen Vater hast, der sich um dich kümmert. Das ist nicht selbstverständlich heutzutage«, hörte ich zu meinem Erstaunen. Das Kümmern hatte nie zu Vaters Hobbys gehört, das hatte er Mutter überlassen.

»Ich freu mich ja, Vater, aber man muss es nicht übertreiben. Ich bin ja nun schon lange ein großes Mädchen.«

»Mit dem Alter hat das nichts zu tun.« Er erzählte, dass er gerade eine interessante Sendung im Fernsehen gesehen hatte, in der es um den Verfall der Familienbande in der modernen Industriegesellschaft gegangen sei und dass die Generationen enger zusammenrücken müssten, sonst drohe Vereinsamung. Und da habe er an mich gedacht und zum Telefon gegriffen. Ob er mir etwa lästig sei?

»Nein, natürlich nicht. Aber um diese Uhrzeit bin ich einfach zu müde zum Telefonieren.«

Vater fragte, ob man mir im Wendland was ins Essen gemischt hätte, weil ich so unausstehlich sei und empfahl mir Vitamin E und Magnesium, eine Bekannte aus dem Chor schwöre drauf, sie fühle sich wie ein neuer Mensch – fit und immer gut drauf. Kurz darauf war das Gespräch beendet, und ich krabbelte dankbar in mein Bett. Am nächsten Morgen, einem Sonntag, wachte ich wie immer um sieben Uhr auf, obwohl der Wecker nicht geklingelt hatte, doch ich konnte nicht mehr einschlafen. Um acht stand ich frustriert auf und kochte Kaffee. Als ich mit dem Kaffeebecher in der Hand aus dem Küchenfenster hinaus in den Regen starrte, flog eine fette, kohlrabenschwarze Krähe vorbei. Kein ungewöhnlicher Anblick in unserer Straße, aber meine Laune, die schon beim Aufstehen nicht rosig gewesen war, wurde dadurch nicht unbedingt besser.

Jannis tauchte am Nachmittag auf, er hatte bei Tatjana übernachtet. Er war in Plauderlaune und erzählte, dass sie im Kino gewesen seien, anschließend Sushi essen, und danach hätten sie sich mit ein paar Leuten in einer Bar getroffen, in der sie ziemlich versackt seien.

»Tatjana ist ein hübsches Mädchen«, sagte ich. »Ist das was Festes mit euch?«

Er zog die Stirn kraus. »Was verstehst du denn darunter?«

»Eine verbindliche Beziehung. So wie bei Lea und Sebastian.«

»Um Himmels willen, nein!«, sagte Jannis erschrocken. »Die zwei sind wie ein altes Ehepaar, keiner tut einen Schritt ohne den anderen. Da könnte ich mich ja gleich im Knast einmieten.«

»Unsinn. Die beiden sind sehr verliebt und verstehen sich blendend. Und natürlich unternimmt jeder auch mal was alleine. Lea war gestern Abend mit Svea unterwegs, sie ist bis jetzt noch nicht wieder aufgetaucht.«

»Gut für sie. Normalerweise klebt sie doch an ihrem Sebastian, als hätte man sie mit Pattex festgeleimt. Nein danke, so was ist nichts für mich. Und für Tatjana zum Glück auch nicht, also gibt es keinen Stress, und das ist perfekt.«

»Aber du bist doch bestimmt verliebt?«

»Nö«, verkündete er fröhlich. »Ich bin nie verliebt. Und so soll es auch bleiben. Das ganze Romantikgetue ist ebenfalls was, was ich nicht brauche.«

Pfeifend verschwand er in sein Zimmer. War er wirklich so cool, wie er tat? Oder gar durch die Scheidung seiner Eltern emotional traumatisiert und deswegen bindungsunfähig? Oder würde er sich irgendwann doch verlieben, heiraten und mich zur Großmutter machen? Ich sah mich mit zwei Kleinkindern an der Hand sonntags durch Hagenbecks Tierpark schlendern, ganz die liebevolle Oma. Die idyllische Szene gefiel mir. Nicht, dass Eile angesagt war, Jannis' berufliche Zukunft war erstmal wichtiger. Ich stellte mir vor, wie wir im Familienkreis in einem feinen Restaurant seinen Studienabschluss feierten und seinen ersten Job, natürlich war es ein interessanter Job mit guten Aufstiegschancen und tollem Gehalt. Diese sonnige Vision von Jannis' Zukunft verbesserte meine Laune so sehr, dass ich das Bügelbrett aufbaute, den Fernseher einschaltete und mit Elan einen Riesenberg Bügelwäsche in Angriff nahm.

Lea kam in dem Moment nach Hause, als im Fernsehen die Tagesschau begann.

»Du kommst aber spät«, begrüßte ich sie. »Warst du noch bei Sebastian?«

Zu meiner Überraschung gefror ihr das Lächeln im Gesicht, und sie wurde knallrot. »Nein. Nein, war ich nicht. Ich hab was mit Sophie unternommen. Wir haben lange geschlafen und waren dann im Schwimmbad. Sie hat mir einen Bikini geliehen.«

»Ich dachte, du warst bei Svea?«

»Ups, klar, ich meinte ja auch Svea.«

Plötzlich klingelte das Telefon. Lea ging ran und verschwand mit dem Apparat in den Flur. Kurz darauf kam sie wieder herein.

»Wer war denn das?«, wollte ich wissen.

»Hat man denn hier überhaupt kein Privatleben?«, fauchte sie.

Dazu fiel mir erst mal nichts ein.

»Sorry«, murmelte Lea. »Das war Sebastian. Ich hab ihm gesagt, dass ich heute Abend keine Zeit habe. Ich esse jetzt was, und dann geh ich ins Bett.«

Ihre traurigen Augen riefen mir lebhaft Frau Buntmanns Spaniel ins Gedächtnis. »Geht's dir nicht gut, Schatz? Hast du gestern zu viel getrunken?«

Sie sah erleichtert aus, wohl weil ich das Kind beim Namen genannt hatte, und nickte.

»Mach dir einen Kamillentee und nimm ein Aspirin«, schlug ich vor. Weiter nichts, denn ich wusste, dass sie normalerweise fast keinen Alkohol trank. Ein Kater reichte als Erziehungsmaßnahme, fand ich.

»Geht schon«, murmelte Lea und verschwand.

Pünktlich um sieben läutete mein Wecker am Montag eine neue Woche ein, die, davon war ich überzeugt, keine Überraschungen bringen würde. Das Seminar mit Leaping Salmon lag für mich bereits in weiter Ferne, in ein paar Tagen würde es ganz vergessen sein. Ich kaufte für Mutter, Tante Vera und Frau Buntmann ein. Ich kochte für Vater, putzte für zwei betagte Damen, die auf Empfehlung von Frau Buntmann seit ein paar Wochen meine Dienste in Anspruch nahmen. Dienstag und Donnerstag las ich bei Herrn Becker vor. Das Wetter war schön, also saßen wir auf der Terrasse. Das neue Werk, das wir uns vornahmen, hieß weder *Der Wahrsager,* noch *Der Hellseher,* aber Mutter war nahe dran gewesen: Es handelte sich um *Der Prophet* von Khalil Gibran. Herr Becker hatte von seinem Besucher aus Celle eine besonders schöne, mit Bildern von Marc Chagall illustrierte Ausgabe geschenkt bekommen.

»Ich schlage vor, Sie fangen an zu lesen, und wenn ich genug gehört habe, unterbreche ich Sie einfach«, sagte der alte Herr eifrig.

Als ich mich noch einmal für sein großzügiges Geburtstagsgeschenk bedankte, winkte er ungeduldig ab. »Schon gut, schon gut. Wenn wir mit dem Gibran durch sind, lesen Sie mir den Rumi vor, den ich Ihnen verehrt habe. Wie Sie sehen, wähle ich Geschenke völlig uneigennützig aus.«

Ich las ihm zwei Geschichten über die Liebe vor. »Ja, die Liebe …«, sagte Herr Becker versonnen, »ich kann sehr dankbar sein, ich hatte viel Liebe in meinem Leben und kann beruhigt einschlafen.«

Er erzählte von seiner Jugendliebe, die einen anderen geheiratet hatte. Von seiner verstorbenen Frau, seinen Geschwistern und alten Freunden, von denen viele schon tot waren. Von Gärten und Büchern und besonderen Orten, die er geliebt hatte. Er hörte erst auf zu reden, als die Wanduhr das Ende unserer gemeinsamen Zeit für diesen Nachmittag anzeigte.

»Danke fürs Zuhören«, sagte er. »Es hat mir sehr gutgetan, einfach erzählen zu dürfen, ohne Punkt und Komma.«

»Ich habe gerne zugehört. Sie sind ein guter Erzähler.«

Er lächelte. »Danke. Meine Frau hat das glücklicherweise auch so empfunden.«

Als ich nach Hause kam, zog Lea sich gerade im Flur ihre hochhackigen Stiefel an. Dazu trug sie schwarze Shorts und ein schwarzes Top. »Schick«, bemerkte ich. »Triffst du dich mit Sebastian?«

Sie warf die Haare zurück und schenkte mir einen kühlen Blick aus ihren grünen Augen. »Nö. Ich hab was anderes vor.« Ihr Ton besagte deutlich: *Frag bloß nicht nach, du Neugiernase.*

Ich fragte auch nicht nach, denn ich hatte keine Lust, mir den Kopf abreißen zu lassen. Als Sebastian eine halbe Stunde später klingelte, konnte ich ihm also nicht sagen, wo Lea war.

»Ich hab versucht, sie auf dem Handy anzurufen«, sagte er. »Aber ich hab nur die Mailbox erwischt. Und weil ich zufällig in der Nähe war, hab ich gedacht, ich komme einfach mal vorbei und schaue, ob sie zu Hause ist.«

Er sah so unglücklich aus, dass ich ihn am liebsten an mein mütterliches Herz gedrückt hätte. »Ich will ja nicht neugierig sein, aber habt ihr euch gestritten?«

»Nein. Aber sie hatte die ganze Woche keine Zeit, wir haben uns nur in der Schule in der Pause gesehen. Ich hab das Gefühl, sie geht mir aus dem Weg, wo sie nur kann. Ich hab keine Ahnung, warum, aber sie ist irgendwie total komisch drauf. Na ja, Frauen sind manchmal so. Sagt zumindest mein Vater. Ich geh dann mal wieder.«

»Soll ich ihr etwas ausrichten?«

»Nein danke. Ich hab ihr schon eine Nachricht auf der Mailbox hinterlassen.«

Eine halbe Stunde später spazierte ich durch die Stadt und machte kleine Besorgungen. Bodylotion für Tante Vera, Kerzen und Wimperntusche für mich, Aspirin und ein Liebesroman, den sie im Buchladen bestellt hatte, für Mutter. Er hieß *Elisas wilde Leidenschaft,* und das Cover zeigte eine blonde Schönheit in einem roten, schulterfreien Kleid, die in den Armen eines schwarzhaarigen, braungebrannten Mannes mit muskulösem, nacktem Oberkörper lag. Als ich aus der Buchhandlung kam, sah ich ein Mädchen auf mich zukommen, das haargenau so aussah wie Lea. Es konnte aber nicht Lea sein, denn sie hatte den Arm um die Hüften eines mir unbekannten, dunkelhaarigen Mannes gelegt, dessen enganliegendes weißes T-Shirt deutlich zeigte, dass er sehr viel Zeit im Fitnessstudio verbrachte. Einen Arm mit schwellendem Bizeps hatte er um die Schultern des Mädchens gelegt. Da dieses Paar nur Augen füreinander hatte, konnte ich ungeniert hinschauen, denn es faszinierte mich natürlich, dass Lea eine Doppelgängerin hatte. Dann dachte ich: *Ist ja irre, Leas Zwilling ist auch haargenau so angezogen wie sie. Die gleichen Shorts, die gleichen Stiefel. Der Typ sieht ganz schön alt aus neben der jungen Frau. Die dreißig hat er mal locker überschritten, Leas Zwilling könnte also quasi seine Tochter sein* … Das Paar war jetzt sehr nahe, blieb plötzlich stehen und küsste sich. Ich sah die Hände des Mannes auf dem runden, schwarz bekleideten Po des Mädchens ruhen, und mir blieb beinahe das Herz stehen, denn der Anblick dieses Hinterteils legte endlich den Schalter um, der sich in meinem Gehirn verklemmt haben musste: Natürlich hatte Lea keine Doppelgängerin! Bei dem Mädchen handelte es sich um niemand anderen als um meine Tochter höchstpersönlich, und sie knutschte in Salzstettens Fußgängerzone mit einem wildfremden Kerl, der viel zu alt für sie war.

Sekunden später standen wir uns Auge in Auge gegenüber, und Lea wurde erst blass, dann rot, und es war ihr anzusehen, dass sie sich nun gerne eine Tarnkappe übergestülpt hätte oder, noch besser, am liebsten samt Begleitung im Boden versunken wäre. Aber sie gab sich einen Ruck, warf die Haare schwungvoll zurück, und begrüßte mich trotzig: »Hallo, Mama.«

»Hallo, Lea.«

Der Mann blieb cool. »Hi«, sagte er mit einem Lächeln, das seine Augen nicht erreichte, und er verkündete ungefragt, dass er Dirk heiße.

Dirk hatte eine geradezu unheimliche Ähnlichkeit mit dem Mann auf dem Cover von Mutters Liebesroman und passte zu meiner Tochter wie die Faust aufs Auge. Ich fand ihn so schmierig wie das Haargel, das er augenscheinlich pfundweise in seinen Haaren verteilt hatte. Und dann dieses Haifischgrinsen, und der Gesichtsausdruck – dass sich dieser Mann für ein Gottes Geschenk an die Frauenwelt hielt, war nicht zu übersehen. Gruselig, einfach gruselig, der Typ, und sein Rasierwasser kroch mir aufdringlich in die Nase, und vor allem war er viel zu alt für Lea, und er alterte rapide, je länger ich ihn ansah. Mittlerweile ging er für mein Empfinden hart auf die vierzig zu, und zwischen Ende dreißig und achtzehn lagen nun einmal Welten. Was wollte ein Mann wie er, zu dem aufgedonnerte, kettenrauchende Tussis mit weißblond gefärbten Haaren, Fußkettchen und Solariumbräune optisch ausgezeichnet passen würden, mit einer Schülerin? Mit meiner hübschen, taufrischen, behüteten Tochter, die im Übrigen einen festen Freund hatte, der wunderbar zu ihr passte. Die mir erst kürzlich treuherzig erzählt hatte, dass andere Männer gänzlich uninteressant seien, und dass es wahre Liebe sei, wenn Treue Spaß mache. *Was* um alles in der Welt war in diese Tochter gefahren? Und warum so plötzlich? Am liebsten hätte ich ihr den Hintern versohlt und sie hinter mir her nach Hause gezerrt. Leider war sie volljährig und gut einen halben Kopf größer als ich. Ich rang um Fassung, gewann den Kampf mit Mühe, und sagte: »Sebastian war eben da und weiß von nichts. Meinst du nicht, dass du dringend mit ihm reden solltest? Bevor er etwas von jemand anderem erfährt, das er eigentlich von dir erfahren sollte?«

»Genau das habe ich vor, keine Angst. Aber wir müssen dann mal weiter«, antwortete Lea patzig. Wenn Blicke töten könnten, wäre ich in diesem Moment leblos zu Boden gesunken.

»Ciao«, sagte Dirk ungerührt. Unser Zusammentreffen schien ihn genauso wenig erschüttert zu haben wie das, was ich gesagt hatte. War er wirklich so dickfellig oder nur ein erstklassiger Schauspieler?

»Tschüs«, gab ich zurück und ging. Wenigstens hatte ich den kleinen Triumph zu verbuchen, dass ich die beiden hatte stehen lassen, und nicht ich diejenige war, die dumm aus der Wäsche schaute. Ich war so sauer auf Lea, dass ich am liebsten ein paar Tassen gegen die nächste Hauswand geschmissen hätte, darunter ihre Lieblingstasse mit dem Blumenmotiv. Wie, wann und wo war sie auf diesen Typen reingefallen? Und wie konnte sie bloß knutschend mit ihm durch die Stadt flanieren, während der arme Sebastian von nichts wusste? Was war passiert, dass meine Tochter sich auf einmal wie ein gefühlloses Monster aufführte? Nie, niemals hätte ich ihr so ein Verhalten zugetraut! Wenn sie sich irgendwann einmal in einen anderen netten Jungen verliebt und sich nach reiflicher Überlegung von Sebastian getrennt hätte, weil ihre Gefühle für den anderen stärker waren, dann wäre das etwas anderes gewesen. Aber sich mit einem Mann einzulassen, der gut und gerne ihr Vater sein könnte, während sie noch offiziell mit ihrem Freund zusammen war, das war schlicht und einfach unmöglich. Mir fielen noch jede Menge andere Adjektive dazu ein, ziemlich unfreundliche, und ich bemerkte, dass mir vor lauter Zorn ganz heiß geworden war. Der arme Sebastian, das hatte er wirklich nicht verdient. Ich stellte mir vor, dass vielleicht gerade in diesem Moment ein Kumpel bei ihm anrief und sagte: »Du, deine Freundin läuft gerade knutschend mit einem anderen Kerl durch die Stadt. Ich dachte, du solltest das wissen.« Mir kamen beinahe die Tränen, als ich Sebastians Herz im Geiste mit einem lauten Knacken brechen hörte.

Ich musste mit jemandem reden, sofort, sonst würde ich platzen. Vor dem Drogeriemarkt blieb ich stehen und kramte mein Handy aus der Tasche. Jette meldete sich ziemlich atemlos. »Ja?«

»Ich bin's. Hast du einen Moment Zeit?«

»Schieß los, aber beeil dich. Ich hab gleich einen Termin und bin unterwegs.«

Ich sprudelte im Eiltempo meinen Kummer heraus.

»Ganz schön mieser Stil. Aber das ist Leas Sache. Sie ist volljährig. Halte dich da raus.«

»Du bist vielleicht gut! Wie soll ich mich raushalten, wenn mein Kind schnurstracks ins Unglück rennt? Der Kerl geht mit ihr ins Bett, und dann lässt er sie einfach sitzen, ist doch klar. Der ist auf Frischfleisch aus, weiter nichts. Und dafür schmeißt Lea ihr Glück mit Sebastian weg. Einfach so, aus heiterem Himmel. Ich verstehe die Welt nicht mehr! Nie, nie, nie hätte ich gedacht, dass Lea so eine Nummer abziehen würde.«

Jette seufzte. »Hol jetzt mal tief Luft, und dann setzt du dich in ein Café und trinkst einen Tee zur Beruhigung. Es gibt keinen Grund, ein Drama zu inszenieren. Ich sehe die Sache so: Lea hat sich verknallt, in einen erwachsenen Mann, der natürlich völlig anders und daher für sie viel interessanter ist als die grünen Jungs, mit denen sie zur Schule geht. Auch interessanter als ihr Freund Sebastian, jedenfalls für den Moment. So was kann passieren. Ich erinnere mich, dass ich mich mit neunzehn in einen Vierzigjährigen verknallt hatte. Ich war unglaublich gebauchpinselt, dass er ausgerechnet mich anbaggerte und keine von den Frauen um die dreißig, die ihn ebenfalls toll fanden.«

»Aber der Typ ist einfach ätzend! Eine absolute Geschmacksverirrung, wie *kann* sie nur?«

»Dir muss er doch nicht gefallen«, sagte Jette gelassen. »Und denk dran – je mehr du wetterst und schimpfst, desto mehr wird sie sich in diese Affäre und in ihre Gefühle für diesen Mann hineinsteigern.«

Das gab mir zu denken, denn ich erinnerte mich an die Zeit, als ich sechzehn gewesen war und meine Mutter an meinem Freund Harry-Bruno kein gutes Haar gelassen hatte. Sie hatte ihn schlechtgemacht, wo sie nur konnte, weil sie der Ansicht war, er hätte einen »stechenden Blick«. Das Ergebnis war, dass ich aus Trotz ein halbes Jahr mit Harry-Bruno zusammenblieb, obwohl mir schon nach ein paar Wochen klar war, dass wir nicht das Traumpaar der Schule waren, was allerdings nicht unbedingt an seinem Blick lag.

»Im Umkehrschluss heißt das also, dass die Sache innerhalb kürzester Zeit vorbei ist, wenn ich sie ignoriere?«, fragte ich hoffnungsvoll.

»Bestimmt. In ein paar Tagen hat sich die Leidenschaft abgekühlt, darauf würde ich wetten. So war es jedenfalls bei mir. Als der gute Mann anfing, von seiner Frau und den Kinderchen und seinen Jobproblemen zu erzählen, war er mit einem Schlag völlig unerotisch für mich.«

Sofort schoss mir die Frage durch den Kopf, ob Dirk wohl auch verheiratet war. Er sah nicht so aus, aber das musste ja nichts heißen. Vielleicht war er trotz seines urdeutschen Vornamens Halb-Sizilianer und hatte irgendwo eine Gattin versteckt, die er mit siebzehn heiraten musste, weil ein Bambino unterwegs gewesen war. Und mittlerweile hatten sie drei Kinder miteinander, und die werte Ehefrau war eine spaghettisoßenrührende Mamma, die kein Interesse mehr an Sex hatte, und Dirk war frustriert und baggerte junge, blonde Mädchen an ... Hilfe!

Jettes Stimme, die verlauten ließ, dass sie jetzt Schluss machen müsse, holte mich in die Fußgängerzone von Salzstetten zurück.

»Ich melde mich, wenn ich wieder ein bisschen Luft habe, dann treffen wir uns mal auf einen Cappuccino«, sagte sie. »Bis dahin: Bleib cool!«

Jette hatte gut reden. Es war nicht ihre Tochter, die auf Abwegen war. Trotzdem wusste ich, dass *bleib cool* das Mantra der Stunde war. Ich kannte Lea gut genug, um zu wissen, dass sie sich jeden noch so gut gemeinten mütterlichen Rat in dieser Angelegenheit als Einmischung verbitten würde.

Als ich nach Hause kam, saß Jannis in der Küche, blätterte im Stadtmagazin und aß Käsebrote mit Erdbeermarmelade. Ich holte mir einen Teller und Besteck sowie extrascharfen Senf und Orangensaft und gesellte mich zu ihm. Die Versuchung war groß, ihm alles zu erzählen, aber ich musste ja die Ruhe bewahren und mich aus einer Angelegenheit, die mich nichts anging, heraushalten, damit Lea ihre unglückselige Affäre möglichst schnell beenden konnte. Dafür hätte ich noch ganz andere Anstrengungen auf mich genommen. Ich knabberte an einem Käsebrot mit Senf, während Jannis begeistert von dem neuen Handy erzählte, das er sich anschaffen wollte. Plötzlich fiel die Wohnungstür ins Schloss, und Lea war nach Hause gekommen. Kurz darauf knallte ihre Zimmertür so laut, dass die Fensterscheiben wackelten.

Jannis ließ sich nicht aus der Ruhe bringen. »Na, die Tür war definitiv zu. Ob sie Stress mit ihrem Schatzi hat?«

Ich hätte gern ganz cool gesagt, dass man Türen ja auch manchmal versehentlich zu schwungvoll schließen konnte, aber dazu kam ich nicht, denn die Küchentür wurde aufgerissen, Lea stürzte herein und fauchte mit hochrotem Kopf: »Wie *konntest* du nur! Das war so peinlich eben! Es ist mein Leben! Und es ist ganz allein meine Sache, wann ich mit wem rede!«

Jannis starrte seine Schwester mit offenem Mund an. »Äh, redest du etwa mit mir?«

»Natürlich nicht!«

»Dann ist's ja gut. Ich geh mal, hier ist mir zu viel Stress.«

Sprach's und schlängelte sich an Lea vorbei aus der Küche. Ich bewunderte nicht zum ersten Mal sein geradezu überirdisches Talent, geschickt allem auszuweichen, was irgendwie mit Ärger im Zusammenhang stand.

»Sehr vernünftig. Wenigstens ein Mensch hier, der sich nicht ungefragt in anderer Leute Angelegenheiten einmischt.«

»Lea …«, setzte ich an, aber weiter kam ich nicht, denn sie unterbrach mich: »Mit Sebastian habe ich eben Schluss gemacht, nur damit du es weißt! Du hast also erreicht, was du wolltest!«

Hier lief eindeutig etwas komplett aus dem Ruder.

»Moment mal, ich habe kein Wort davon gesagt, dass du mit Sebastian Schluss machen sollst.«

»Das war auch nicht nötig. Du hättest vorhin mal dein Gesicht sehen sollen. Und was du gesagt hast, war einfach unmöglich.«

»Entschuldige mal. Ich bin vorhin aus allen Wolken gefallen, als ich dich knutschend mit einem wildfremden Mann durch die Stadt wandern sah, da hat man seine Gesichtszüge nicht unbedingt ganz unter Kontrolle. Und ich stehe nach wie vor zu dem, was ich gesagt habe.«

Lea ließ sich auf einen Stuhl fallen und rieb sich mit der Hand über die Stirn. »Okay, okay, schon gut. Es ist nicht alles optimal gelaufen. Ich hätte wirklich früher mit Sebastian sprechen sollen, am besten gleich am Sonntag. Da war schon alles klar zwischen Dirk und mir, aber ich wollte trotzdem nichts überstürzen. Ich liebe Sebastian ja immer noch, bloß anders als vorher, und ich habe hin und her überlegt, wie ich ihm das verständlich machen kann. Ich wollte die Beziehung beenden, aber nicht unsere Freundschaft, und ich wusste nicht, wie ich das hinkriegen sollte. Na ja, ich hab es auch nicht hingekriegt. Sebastian will absolut nichts mehr mit mir zu tun haben.«

Lea schluckte, und ihre Augen wurden feucht. »Ist okay. Ich verstehe das.« Sie zog ein Tempo hervor und betupfte sanft ihre Augen.

Ich verstand es wirklich. Sebastian musste sich vermutlich so fühlen, als sei sein persönliches Universum von einem bösartigen Alien zur Explosion gebracht worden, das zufällig aussah wie seine Ex-Freundin Lea. Aber was ging tatsächlich in dem mir gerade so fremden Wesen vor?

»Lea, du hast eben gesagt, dass alles klar ist zwischen Dirk und dir. Was ist denn klar?«, fragte ich vorsichtig.

Sie nahm mir die Frage nicht übel, im Gegenteil, ich hatte das Gefühl, als habe sie nur darauf gewartet.

»Klar ist, dass Dirk und ich füreinander bestimmt sind«, hörte ich. »Es war alles ganz, ganz anders als mit Sebastian. So besonders. Einmalig eben. Er stand am Tresen in einer Bar, als ich mir etwas zu trinken geholt habe, wir haben uns angelächelt und wussten beide sofort: Das ist die ganz große Liebe. Dirk sagt, dass unsere Seelen sich im vorigen Leben miteinander verabredet hatten, und unser Treffpunkt war exakt dieser Samstagabend im *Venga*. Und jetzt sind wir zusammen und bleiben für immer zusammen.«

Ich war fassungslos. Das Alien, das in meine Tochter geschlüpft war, klang wie eine der theatralischen Heldinnen aus Mutters kitschigen Liebesromanen. Und das Ganze erinnerte mich fatal an Ralf, als er mir seine erste Seelenpartnerin gestanden hatte, die der Anlass für unsere Scheidung gewesen war. Da war von Karma die Rede gewesen, und von der einzig wahren und ewigen Liebe auf den ersten Blick. Tröstlich fand ich in diesem Zusammenhang nur, dass Ralf in rasanter Geschwindigkeit bei seiner dritten ewigen Liebe angelangt war, und ich nicht glauben konnte, dass diese diesmal bis zum Lebensende halten würde.

»Ich weiß, was du jetzt denkst«, sagte Lea. »Du denkst, ich phantasiere mir etwas zurecht. Und du denkst, Dirk ist viel zu alt für mich. Aber es ist, was es ist, wenn es wirklich Liebe ist. Wie in dem Gedicht von Erich Fried.«

Meine Zehen krümmten sich in meinen pinkfarbenen Birkenstock-Schlappen. War es zu fassen? Erst eine Seelenverabredung, dann Erich Frieds berühmtes Gedicht. So eine Masche hätte ich Dirk nicht zugetraut, und ich hätte auch nicht erwartet, dass Lea darauf reinfiel. Die ganze Geschichte war höchst seltsam.

»Du sagst ja gar nichts!«, bemerkte Lea und streckte angriffslustig das Kinn vor.

Ein Seufzen entrang sich mir, ich konnte es nicht verhindern. »Ach, Kind. Was soll ich dazu sagen? Die ganz große Liebe ist ein sehr großes Wort, wenn man sich erst seit ein paar Tagen kennt, findest du nicht?«

»Ich *wusste* es!« Das klang triumphierend.

»Was wusstest du jetzt schon wieder?«

»Du denkst, es kann einfach nicht die große Liebe sein zwischen Dirk und mir, weil ich zu jung für ihn bin. Du hältst mich noch für ein Kind. Das hast du doch gesagt.«

»Du bist nun mal mein Kind, und das bleibst du dein Leben lang, egal wie alt du bist. Das heißt nicht, dass ich dich für kindlich oder kindisch halte. Und was den Mann betrifft: Warten wir doch einfach ab. Es wird sich zeigen, ob das, was gerade zwischen euch ist, Bestand haben wird.«

Ich war das Thema inzwischen so leid, dass ich es kaum erwarten konnte, ein paar Tage ins Land ziehen zu lassen, in der Hoffnung, dass sich dann alles erledigt haben würde. Aber so einfach kam ich nicht davon.

»Weißt du, es gibt Mütter, die freuen sich, wenn ihre Tochter glücklich ist, weil sie den Mann ihres Lebens kennengelernt hat.«

Lea sah aus, als würde sie gleich in Tränen ausbrechen. Ich nahm ihre Hand. »Ich freue mich auch, wenn du glücklich bist. Bis heute war ich allerdings der Meinung, dass du mit Sebastian glücklich bist. Jetzt bin ich dabei, mich an den Gedanken zu gewöhnen, dass dein neuer Freund Dirk heißt und dass euch sehr innige Gefühle verbinden. Zu mehr bin ich im Moment nicht fähig, und ich finde das völlig in Ordnung.«

Lea sah mich misstrauisch an. »Meinst du das im Ernst?«

»Was?«

»Dass es dir wichtig ist, dass ich glücklich bin?«

»Natürlich ist es mir wichtig, dass du glücklich bist. Was denkst du denn. Du bist doch meine Tochter!«

Lea blickte mir geradewegs in die Augen. »Du wirst also nicht herumstänkern, weil Dirk sechzehn Jahre älter, zweimal geschieden ist und zwei kleine, zuckersüße Jungs hat?«

Mein Bauch krampfte sich schmerzhaft zusammen, und ich ballte unwillkürlich die Hände zu Fäusten.

Sechzehn Jahre älter, also war er vierunddreißig. Und hatte bereits zwei Ehen hinter sich. Und zwei Kinder. Egal, sprach ich mir Mut zu. Ganz egal. Denk dran: Es geht dich nichts an. In ein paar Tagen ist der Mann aus Leas Leben verschwunden.

Ich krümmte meine Zehen noch ein bisschen mehr zusammen und sagte: »Ich vertraue darauf, dass du weißt, was du tust. Weiß dein Vater eigentlich von der Sache?«

Ich war sehr stolz auf meine diplomatische Antwort, ich gebe es zu.

Lea begann zu kichern. »Oh, Mama. Du siehst aus, als hättest du in eine Zitrone gebissen. Entspann dich, alles ist gut, du musst dir keine Sorgen machen. Seelen sind alterslos – wir würden uns auch lieben, wenn der Altersunterschied dreißig Jahre betragen würde. Das Einzige, was zählt, ist die Schwingung zwischen uns beiden, Dirk hat's mir genau erklärt. Er will übrigens ein Buch über die menschliche Seele schreiben, ist das nicht toll? Ich weiß wirklich, was ich tue, und Dirk ist einfach großartig, ich bin megaglücklich mit ihm! Papa weiß noch nichts, aber Dirk und er werden sich super verstehen – da bin ich mir sicher.

Das wagte ich zu bezweifeln. Lea stand auf und küsste mich auf die Wange. »Ich hab dich lieb«, sagte sie, und mein Herz schmolz dahin. »Ich hab dich lieb, Mama«, hatte sie jeden Abend gesagt, als sie klein gewesen war, nachdem ich ihr vor dem Zubettgehen eine Geschichte vorgelesen hatte. Und meine Antwort war gewesen: *Ich liebe dich so wie du mich, am Abend und am Morgen. Es vergeht kein Tag, wo du und ich nicht teilen unsere Sorgen.*

»Ich hab dich auch lieb«, antwortete ich. *Pass gut auf dein Herz auf,* lag mir noch auf der Zunge, aber ich schluckte den Satz hinunter, wo er zusammen mit vielen anderen ungesagten Worten auf den Magen drückte.

4

Eine Woche verging, in der ich täglich auf eine frohe Botschaft von Lea wartete, die sich in meinen Gedanken ungefähr so anhörte wie: »Dirk und ich haben festgestellt, dass wir den Alltag nicht miteinander bewältigen können. Und der Altersunterschied ist wohl doch zu groß.«

Bei einem ehemaligen Tennisstar und seiner deutlich jüngeren Freundin hatten diese beiden Faktoren seinen Aussagen zufolge auch zur Trennung geführt, man hatte es überall in den Medien nachlesen können. Ich wäre aber auch mit jeder anderen x-beliebigen Erklärung zufrieden gewesen oder auch mit dem schlichten Satz: »Es ist aus.«

Aber ich wartete vergebens. Lea war so gut wie nie zu Hause, jede freie Minute verbrachte sie bei Dirk. Auch Jannis glänzte vorwiegend durch Abwesenheit, wir kommunizierten hauptsächlich über Zettelchen auf dem Küchentisch. Als ich am Freitag bei Tante Vera das Fenster putzte, sagte sie: »Du hast ja gar nicht erzählt, dass Lea einen neuen Liebhaber hat. Ein junger Mann mit einer sehr erotischen Ausstrahlung, das muss ich schon sagen. Er erinnert mich ein bisschen an den jungen Delon.«

Tante Vera brauchte wohl eine neue Brille. Delon und Dirk hatten nur die Haarfarbe und den Anfangsbuchstaben in ihrem Namen gemeinsam.

»Mich nicht. Und die Sache ist schon beinahe wieder vorbei«, murmelte ich abwehrend.

»So sah es nicht aus. Jedenfalls gestern nicht. Da saßen die beiden in einem Straßencafé. Lea hatte nur Augen für den jungen Mann und er für sie. Junge, Junge, da sprühten die Funken. Obwohl er so jung auch wieder nicht ist.«

»Er ist vierunddreißig. Viel zu alt für Lea«, gab ich kurz angebunden zurück. »Holst du mir bitte ein trockenes Küchenhandtuch? Danke.«

Tante Vera verschwand und kam kurz darauf mit dem Gewünschten zurück. »Eine junge Frau kann viel von einer kleinen Affäre mit einem älteren Liebhaber lernen«, erklärte sie. »Als ich in Leas Alter war, gab es einige Männer in meinem Leben, die wesentlich älter als ich waren. Später bin ich dann umgestiegen auf Männer, die viel jünger als ich waren, ich fand sie unkomplizierter. Und natürlich knackiger. Es hat eben alles seine Zeit.«

»Ich wünschte, ich könnte das so locker sehen wie du. Ich finde Dirk unglaublich unsympathisch, und es tut mir in der Seele weh, dass Lea seinetwegen mit Sebastian Schluss gemacht hat.«

Tante Vera tätschelte meinen Arm. »Entspann dich. Es liegt im Wesen von solchen Affären, dass sie schnell vorbei sind.«

»Danke, Tante Vera. Genau das wollte ich hören!«, sagte ich dankbar.

Sie lächelte verschmitzt. »Das hab ich mir gedacht.«

»Hast du deiner Mutter davon erzählt?«

»Wo denkst du hin. Thereses Liebesleben findet ausschließlich zwischen zwei Buchdeckeln statt, sie würde vor Entsetzen einen Herzinfarkt kriegen, wenn sie wüsste, dass ihre achtzehnjährige Enkelin einen wesentlich älteren Liebhaber hat.«

Auch mein Herzschlag geriet ein wenig aus dem Takt, aber das band ich meiner Tante natürlich nicht auf die Nase.

Am Abend fand ein Stammtisch in der Pizzeria *Papa Luigi* statt, den einige Eltern von Leas Jahrgang ins Leben gerufen hatten. Man traf sich einmal im Monat zum Plaudern, und es war ausdrücklich erwünscht, dass der Fokus nicht nur auf dem Thema Schule lag. Ich war in der Anfangsphase zweimal da gewesen, hatte die Gesprächsrunde als steif und sehr eintönig empfunden und beschlossen, nicht mehr hinzugehen. Aber gestern hatte aus heiterem Himmel Sveas Mutter, Frau Wülfing, angerufen und gefragt, ob ich nicht mal wieder dazukommen wolle, mittlerweile hätte sich eine wirklich nette Gruppe zusammengefunden, und sie habe das Gefühl, ich würde gut dazu passen. Ich freute mich so, dass sie an mich gedacht hatte, obwohl wir kaum Kontakt miteinander hatten, dass ich spontan zusagte. Als ich dann mit frisch gewaschenen Haaren und einer weißen Bluse zu einem braunen Leinenrock in Richtung Lokal aufbrach, war ich doch ein wenig aufgeregt bei dem Gedanken, einen Abend mit Leuten zu verbringen, die ich kaum oder gar nicht kannte. Ich kam absichtlich zwanzig Minuten zu spät, weil ich sichergehen wollte, dass ich nicht die Erste war und womöglich einsam am Tisch darauf warten musste, dass die anderen eintrafen. Tatsächlich saß bereits ein halbes Dutzend Leute, darunter Sveas Mutter, an einem großen Tisch, an dem noch etliche Stühle frei waren. Frau Wülfing winkte mir fröhlich zu, und ich fühlte mich gleich wohler. Sie war nicht das einzige bekannte Gesicht; auch Herr Schubert, Sebastians Vater, war da und lächelte mir entgegen.

»Hier ist noch frei«, sagte er, nachdem ich alle begrüßt hatte, und deutete einladend auf den Stuhl neben sich. Kaum hatte ich mich hingesetzt, strömten noch zwei mir unbekannte Männer und vier Frauen an unseren Tisch. Ich war also nicht die Einzige gewesen, die es mit der Pünktlichkeit nicht so genau genommen hatte.

Eine halbe Stunde später war unsere Runde mit Getränken versorgt, man plauderte und lachte, es war deutlich, dass sich alle während der letzten Treffen ein wenig angefreundet hatten – es herrschte gute Stimmung. Ich schien die Einzige zu sein, die fremdelte, dabei widmete mir Herr Schubert seine volle Aufmerksamkeit. Wir hatten über den guten Grauburgunder geplaudert, den wir beide bestellt hatten, und über das Wetter. Wir waren uns einig, dass der Sommer bisher recht schön gewesen war und hofften, dass es so blieb. Von uns aus durfte es sogar richtig heiß werden, dreißig Grad im Schatten war für uns völlig okay. Und ja, es durfte auch mal schwül sein, das gehörte für uns zum Sommer dazu. Das ist etwas, was man in Norddeutschland normalerweise nicht laut sagen darf. Leute aus dem Norden stehen traditionell kurz vor dem Kreislaufkollaps, wenn die Temperaturen fünfundzwanzig Grad übersteigen. Sie verstehen Hitze als persönliche Beleidigung, die nur klagend zu ertragen ist. Für Wind und Nässe und Kälte sind sie ausgerüstet – tropischen dreißig Grad fühlen sie sich hilflos ausgeliefert. Nachdem dieses Thema ausgeschöpft war, verstummten wir. In mir breitete sich Anspannung aus. Ich hatte das deutliche Gefühl, dass Herr Schubert etwas ganz anderes auf dem Herzen hatte als norddeutsche Hitze-Phobien, aber nicht so recht wusste, wie er den Anfang machen sollte. Ich ahnte, worauf er hinauswollte. Allerdings lag mein Bedürfnis, mit Sebastians Vater über das Liebesleben unserer Kinder zu sprechen, bei null. Ich ahnte aber auch, dass ich nicht drum herumkommen würde. Ich trank einen Schluck Mineralwasser, um mich zu wappnen. Herr Schuberts große, kräftige Hand, die zu seiner stattlichen Statur passte, schloss sich um die Flasche, und er schenkte mir nach. Schließlich hörte ich ihn sagen: »Sebastian macht die, hm, Trennung von Lea sehr zu schaffen.«

»Ja. Das glaube ich«, antwortete ich vorsichtig.

Er räusperte sich. »Wie … wie geht es Ihnen denn damit, dass Lea mit einem so viel älteren Mann zusammen ist?«

Ich starrte ihn verblüfft an. Dass er sich danach erkundigen würde, hatte ich nicht erwartet.

Er errötete leicht. »Tut mir leid, die Frage war wohl indiskret. Wir kennen uns ja kaum.«

Das stimmte allerdings. Ich war ab und zu mit Lea nach dem Shoppen im Bio-Bistro *Kornblume* gewesen, das er anfangs gemeinsam mit seiner Frau betrieben hatte. Vor ein paar Wochen hatte Herr Schubert uns bedient, das war das erste Mal, dass ich ihn zu Gesicht bekommen hatte. Hauptberuflich war er jedoch Schriftsteller und verfasste Fantasy-Romane. Ich hatte einen davon gelesen, und obwohl ich kein Fan von Fantasy-Literatur bin, hatte er mir ganz gut gefallen. Das Buch war in einer von Tiergeistern, Zauberern und Feen bewohnten Welt angesiedelt, zu der man mittels eines geheimnisvollen Schlüssels durch ein Scheunentor in der Lüneburger Heide Zutritt erhielt. Seit seine Frau Salzstetten den Rücken gekehrt hatte, war Herr Schubert allerdings im Dauereinsatz in der *Kornblume,* wie ich von Lea wusste. In dem gemütlichen kleinen Lokal in der Altstadt gab es ein täglich wechselndes, aus frischen Produkten zubereitetes Mittagessen und eine kleine Speisekarte, die gesunde, vollwertige Leckereien auf dem Plan hatte: Diverse Frühstücks-Varianten, die phantasievolle Namen wie *Frühstart für Feen* oder *Heide-Kraftfrühstück* hatten; außerdem Rohkostteller der Saison, Gemüsegerichte, Suppen, Obstsalat sowie Käse-, Schinken- und Brotspezialitäten.

Als Lea und ich, mit Tüten beladen, in dem sonnengelb gestrichenen Raum mit den freigelegten, dunklen Deckenbalken an einem Tisch Platz genommen hatten, hatte Herr Schubert uns herzlich begrüßt und fürstlich umsorgt. Als kleinen Gruß aus der Küche hatte er uns einen Mini-Kartoffel-Möhren-Puffer mit hausgemachter Schnittlauchcreme spendiert. Auch der Nachtisch, ein Häppchen Apfelvollkornkuchen mit Streuseln, ging auf Kosten des Hauses.

»Es muss gefeiert werden, dass wir uns endlich einmal richtig kennenlernen, schließlich gehen unsere Kinder ja schon seit einiger Zeit gemeinsame Wege.« Er hatte mir lächelnd zugezwinkert, und ich hatte gedacht: Wie jemand, der seine Tage normalerweise denkend und tippend vor dem Computer verbringt, sieht er nicht aus. Eher wie einer, der morgens mit der geschulterten Axt in den Wald zieht, um Holz zu hacken. Mutter hätte ihn als »Naturburschen« bezeichnet, und Tante Vera hätte anerkennend gemurmelt, dass der Mann wie eine mindestens hundertjährige deutsche Eiche gebaut sei, eine Spezies Mann, die ja leider stark vom Aussterben bedroht ist. Denn heutzutage liefen fast nur noch schmächtige Burschen durch die Gegend. Mir fiel ein, dass Herrn Schuberts Ex-Frau vom Typ »zarte Kindfrau« war, er hätte sie sich bestimmt mühelos unter einen Arm klemmen und spazieren tragen können.

»Danke, dass sie mir meine Taktlosigkeit nicht übelnehmen«, sagte Herr Schubert nun in mein Schweigen hinein. »Ich bin derzeit ein wenig durch den Wind, hauptsächlich natürlich wegen Sebastian. Er vergräbt sich in seinem Zimmer, isst fast nichts, will niemanden sehen, nichts unternehmen. Er hängt völlig durch, seit Lea Schluss gemacht hat. Wenn ich ihn nicht morgens gnadenlos aus dem Bett scheuchen würde, würde er wahrscheinlich nicht einmal in die Schule gehen. Nicht, dass ich Lea Vorwürfe machen möchte, sie ist ja nicht dafür verantwortlich, wie Sebastian mit der Trennung umgeht. Und es kann immer passieren, dass man sich in jemand anderen verliebt.« Er seufzte und fuhr sich mit einer Hand durch die rotblonden Haare, durch die sich vereinzelte silbergraue Strähnen zogen. »Ich wünschte nur, sie hätte die Sache etwas, na ja, rücksichtsvoller gehandhabt.«

»Das haben Sie sehr diplomatisch ausgedrückt.«

Sein Gesicht heiterte sich ein wenig auf. »Danke, dass Sie das sagen. Normalerweise bin ich weniger für meine Diplomatie bekannt. Meine Frau hielt mich für unsensibel. Und möglicherweise hat sie recht, aber das soll uns hier nicht weiter stören.«

Dass ihm die Trennung von seiner Frau zu schaffen machte, war nicht zu übersehen, diagnostizierte ich. Vater und Sohn waren vom selben Virus infiziert, und die Krankheit hieß Liebeskummer.

»Ich bin davon überzeugt, dass diese Affäre, oder wie immer man es nennen will, innerhalb kürzester Zeit vorbei sein wird«, sagte ich. »Aber um Ihre Frage von vorhin zu beantworten: Ich finde es schrecklich, dass meine Tochter mit einem so viel älteren Mann liiert ist. Und ich finde es auch unmöglich, wie sie Sebastian behandelt hat. Aber was soll ich dagegen unternehmen? Sie ist volljährig und muss ihre Erfahrungen selbst machen.«

»Aber manche Erfahrungen würde man seinem Kind gerne ersparen. Und sich selbst natürlich auch.«

Diesmal war ich es, die seufzte, denn vor meinem geistigen Auge war der schmierige Dirk mit seinem Haifischgrinsen erschienen. Was er wohl von Beruf war? Da Lea und ich das Thema »Dirk« strengstens vermieden, hatte ich keine Ahnung, und befürchtete in schwarzen Momenten das Allerschlimmste: Dass er im Milieu zugange war und Lea in den Abgrund stürzen wollte. Bislang gab es allerdings keine Anzeichen dafür, dass

Lea in Gefahr war, das musste vorerst zur Beruhigung reichen.

Herr Schubert trank einen Schluck Wein und sagte: »Für Sebastian kommt im Moment einiges zusammen. Sie wissen, dass meine Frau und ich uns getrennt haben und dass sie nach Berlin gezogen ist?«

»Ja, Lea hat davon erzählt.«

»Sebastian wollte hierbleiben. Meine zukünftige Ex-Frau hat einen neuen Partner, allerdings war er nicht der Trennungsgrund. Behauptet sie jedenfalls. Ich weiß nicht, ob es stimmt, es ist mir auch egal. Sebastian kämpft sehr mit der Situation, er nimmt seiner Mutter alles übel: Dass wir uns scheiden lassen, dass sie weggezogen ist, dass sie sich in einen anderen Mann verliebt hat. Ich habe versucht, ihm zu erklären, dass immer zwei dazugehören, wenn eine Beziehung nicht mehr funktioniert, und ich mir vorwerfen muss, zu wenig für diese Ehe getan zu haben. Ich habe mich hinter dem PC verschanzt, wenn meine Frau reden wollte. Denn *Reden* hieß für mich nur noch, dass ich mir ihre Vorwürfe anhören sollte: Warum sie unglücklich mit mir war und was ich alles ändern sollte, damit sie endlich glücklich sein konnte.« Er verzog das Gesicht. »Ich hatte das Gefühl, dass ich nur auf der Welt war, um ihre Forderungen zu erfüllen – tu dies, lass jenes, kümmere dich um mich, liebe mich, hör mir zu, verhalte dich so und nicht anders, trage mich auf Händen, hol mir die Sterne vom Himmel ... Ich habe abgeblockt. Die Fronten waren festgefahren, und ich war dabei ganz sicher kein Unschuldslamm. Ich kann wirklich sehr unsensibel sein, wenn ich es drauf anlege. Na ja. Ich bilde mir nun zumindest ein, etwas daraus gelernt zu haben. Ob das stimmt, wird sich in der nächsten Beziehung herausstellen, aber mein Bedarf daran ist vorerst gedeckt. Eine neue Liebe ist wirklich das Letzte, wonach mir der Sinn steht.«

Der Mann nahm kein Blatt vor den Mund, so viel war klar. »Vermissen Sie Ihre Frau denn gar nicht?«, rutschte es mir heraus.

Er überlegte einen Augenblick. »Nein«, antwortete er wahrheitsgemäß. Aber er bemerkte meinen Blick und fügte hinzu: »Wir haben uns viel gestritten in den letzten Jahren, und wenn wir uns nicht gestritten haben, gingen wir uns möglichst aus dem Weg. Gemeinsame Unternehmungen gab es nur noch unserem Sohn zuliebe. Ansonsten stürzte sich Marlies in die *Kornblume* und ihre Hobbys, und ich mich ins Schreiben und den Sport. Was ich vermisse, sind die schönen Zeiten. Wenn ich mir alte Fotos ansehe, kommen gute Erinnerungen zurück. Und ich fühle mich wie ein Versager, weil ich es nicht geschafft habe, etwas zu retten, was einmal funktioniert hat. Natürlich hab ich mich gefragt, warum ich nicht mehr gekämpft habe. Und die ehrliche Antwort lautet: Mir lag nicht mehr genug an Marlies und an unserer Ehe, als dass ich über meinen eigenen Schatten hätte springen können. Ich glaube, im Grunde bin ich vielleicht gar nicht für eine enge Beziehung geschaffen. Ich brauche sehr viel Zeit und Ruhe für mich. Das sind meine fünfzig Prozent Verantwortung. Die anderen fünfzig trägt Marlies, auch wenn sie es bis heute nicht wahrhaben will. Es ist ja auch bequemer, wenn es einen Sündenbock für alles gibt. Aber was soll's? Ich kann damit leben.«

Er straffte die Schultern, um seinen Worten Nachdruck zu verleihen. Er hatte nicht nur ein breites Kreuz, er hatte auch etwas an sich, das mich an einen Löwen erinnerte: die dichten, rötlichblonden Haare, die sich leicht wellten, die hellen, aufmerksamen Augen. Er machte einen durchaus friedfertigen Eindruck, aber ich hätte wetten mögen, dass er auch mächtig fauchen und brüllen konnte, wenn er sich angegriffen fühlte.

»Vielleicht würde es Sebastian helfen, wenn er mit jemandem spricht, der therapeutisch geschult ist?«

»Er will nicht reden. Nicht mit mir und schon gar nicht mit jemand Fremdem. Er sagt, er macht das mit sich aus und kommt klar. Also lasse ich ihn in Ruhe. Sorgen mache ich mir trotzdem. Ich wette, Sie machen sich auch Sorgen um Lea.«

»Mhm. Aber ich arbeite daran, mir weniger Gedanken zu machen.«

»Ich auch. Es fällt mir nicht so leicht, ich habe wohl eine Art Glucken-Gen, wenn es so etwas auch für uns Männer gibt. Aber da muss ich durch.«

»Da haben wir etwas gemeinsam«, sagte ich.

Wir lächelten uns an. Dass ein Mann ein Glucken-Gen besaß und dazu stand, war neu für mich. Sebastian hatte einen netten Vater, auch wenn ich mir vorstellen konnte, dass der Umgang mit ihm manchmal kein reines Zuckerschlecken war.

»Ich weiß von Lea, dass Sie sich um alte Leute kümmern. Erzählen Sie doch mal, ich habe die ganze Zeit geredet, jetzt möchte ich gern mal zuhören. Ich finde das erholsam.«

Also erzählte ich vom Senioren-Service *Herbstsonne*. Herr Schubert lauschte konzentriert und fragte dann prompt, ob ich noch Kapazitäten frei hätte. Er suchte dringend Verstärkung für sein Team in der *Kornblume*.

»Ähm, wie ich eben sagte, betreibe ich einen Senioren-Service. Das heißt, ich kümmere mich um alte Leute. Ein paar Kapazitäten hätte ich schon noch frei, ich bin nicht komplett ausgelastet, aber Gastronomie ist nicht mein Metier.«

»Oh, ich hatte auch keine Ahnung von der Gastronomie. Das macht überhaupt nichts, da arbeitet man sich in null Komma nichts ein, wenn man nicht auf den Kopf gefallen ist«, sagte er fröhlich. »Worauf es mir ankommt, bringen Sie mit.« Er strahlte wohlwollend auf mich herunter und erinnerte mich mehr denn je an einen Löwen, und zwar einen, der soeben von den Löwendamen seines Rudels mit einer leckeren Antilope bedacht worden war. »Sie haben eine freundliche, zugewandte Art und eine positive Ausstrahlung. Außerdem sehen Sie hübsch und gepflegt aus, und da Sie für alte Menschen arbeiten, gehe ich davon aus, dass Geduld und gute Nerven zu Ihren Stärken gehören. Die Arbeit in der *Kornblume* schaffen Sie mit links. Und Sie eröffnen sich dabei neue Horizonte.« Das klang, als böte er mir eine hochdotierte Tätigkeit in meinem Traumberuf an, wobei ich nicht mal wusste, was eigentlich mein Traumberuf war. Klar war mir jedoch, dass Herr Schubert ein Marketing-Talent war. »Ich weiß, wovon ich rede«, fuhr er enthusiastisch fort. »Mir macht diese Arbeit vor allem deshalb viel Spaß, weil sie so ganz anders ist als das, was ich normalerweise tue. Ich genieße es, unter Leute zu kommen, zu organisieren, dafür zu sorgen, dass meine Gäste eine schöne Zeit in meinem Bistro verbringen, und ich springe auch gern in der Küche ein. Meine Kürbissuppe mit Ingwer und gerösteten Pinienkernen ist ein Gedicht.«

»Also, ich …«, setzte ich an, aber er unterbrach mich eifrig. »Es ist so, das Haus und das Bistro gehören meinen Eltern. Nicht, dass sie je etwas mit Gastronomie am Hut gehabt hätten, sie suchten eine Kapitalanlage. Marlies ist Restaurantfachfrau und war als Geschäftsführerin bei ihnen angestellt. Jetzt schmeiße ich den Laden zusammen mit dem Koch und einer Studentin, aber ich brauche dringend Entlastung, damit ich noch Zeit zum Schreiben finde. Also, wie ist es, arbeiten Sie einen Tag in der Woche für mich? Fürs Erste. Die Stelle ist ausbaufähig.« Seine grauen Augen bohrten sich mit geradezu hypnotischer Intensität in meine, und ich spürte das »Ja« schon auf der Zunge, bevor ich es mit einem großen Schluck Mineralwasser hinunterspülte. Ich hatte im Kopf gehabt, dass Schriftsteller verträumte und introvertierte Persönlichkeiten seien, die ständig in höheren Sphären schwebten, aber Herrn Schuberts zupackend-irdisches Charisma sprengte diese Klischeeschublade mühelos.

»Dazu kann ich im Moment gar nichts sagen. Ich fühle mich total überrumpelt, und mir schwirrt der Kopf.«

Seinem Strahlen konnte mein Statement nichts anhaben. »Das macht nichts. Lassen Sie sich ruhig Zeit! Kommen Sie morgen einfach mal in der *Kornblume* vorbei. Wir trinken einen Tee zusammen, und ich führe Sie herum und erkläre Ihnen alles. Und Sie entscheiden sich dann spontan ganz in Ruhe, ob Sie einen Tag in der Woche für mich arbeiten möchten. Fühlen Sie sich immer noch überrumpelt?«

Er legte den Kopf schief, die hellen Augen funkelten amüsiert.

Ich musste grinsen, denn allein die Formulierung »spontan ganz in Ruhe« war einfach göttlich. Gegen diesen Mann war ein Intercity-Express eine lahme Schnecke. Es konnte nicht schaden, die Notbremse zu ziehen.

»Ehrlich gesagt: Ja.«

Meine energisch vorgebrachte Antwort beeindruckte Herrn Schubert überhaupt nicht. »Ich habe es befürchtet, aber das kriegen wir schon hin. Nur Mut! Alles ist gut. Ich habe sehr leckere Teesorten im Sortiment und werde Ihnen einen Harmonietee kredenzen, da ist Tulsi drin, das ist indisches Basilikum, und Honeybush. Wenn Sie den intus haben, sind Sie die Ruhe selbst und werden sich das alles auch zutrauen«, sagte er. »Morgen bin ich von neun Uhr morgens bis sieben Uhr abends im Lokal und freue mich auf Sie. Und wenn Sie nicht kommen, dann ist das eben so, dann bin ich Ihnen auch nicht böse.«

Ich musste lachen. »Danke. Vielen Dank, da bin ich aber erleichtert! Sagen Sie, welches Sternzeichen sind Sie?«

Ich bin nicht übermäßig an Astrologie interessiert, aber in diesem Fall wollte ich gern wissen, ob meine Intuition, die mir gerade ins Ohr brüllte, richtig lag.

»Fische«, sagte er. »Wieso?«

»Ach, nur so. Pure Neugier.«

Fische? Meine Intuition schien die Orientierung verloren zu haben, was sie mit Lautstärke zu kompensieren versuchte.

»Um Ihre nächste Frage gleich vorwegzunehmen – mein Aszendent ist Löwe.«

Vor lauter Begeisterung wäre ich fast vom Stuhl gefallen. Ich hatte also doch richtig gelegen: Der löwenhafte Herr Schubert hatte den König der Tiere tatsächlich im Horoskop an prominenter Stelle stehen.

»Sie schmunzeln so … was ist denn so lustig?«, wollte er wissen. »Mein Sternzeichen? Der Aszendent? Oder beides?«

»Der Aszendent. Löwen wird ja viel … hm … Dynamik und Feuer nachgesagt. Und es wird auch behauptet, dass der Aszendent mit zunehmendem Alter immer mehr an Einfluss auf die Persönlichkeit gewinnt. Das passt ganz gut auf Sie, oder?«

Er lachte schallend los. »Wie die Faust aufs Auge! Aber unterschätzen Sie die Fische nicht, die schwimmen auch munter in meiner Psyche umher. Ich hab ein unheimliches Talent zum Tiefseetauchen. Und den Fischen wird ja auch nachgesagt, dass sie sehr widersprüchlich und kreativ sind. Beides kann ich unterschreiben.«

Herr Schubert schien astrologisch gut bewandert zu sein, aber das war von einem Mann, der Fantasy-Romane schrieb, wohl auch nicht anders zu erwarten.

Am nächsten Morgen erzählte ich Lea beim Frühstück, dass ich mich beim Elternstammtisch sehr nett mit Herrn Schubert unterhalten hätte. Sie warf mir einen misstrauischen Blick zu. »Soso. Ja, und?«

Ich ignorierte den angriffslustigen Ton und gratulierte mir zur Tugend der Geduld, die mich heute schon am frühen Morgen begleitete. »Nichts weiter. Er hat mich gefragt, ob ich Lust hätte, einen Tag in der Woche in der *Kornblume* zu arbeiten.«

»Aha«, meinte Lea kauend. »Er muss ja ziemlich verzweifelt auf der Suche sein, dass er ausgerechnet dich beim Elternstammtisch darauf anspricht.«

»Was soll das denn heißen?«, fragte ich gekränkt.

»Nicht das, was du denkst«, beeilte sich Lea zu versichern. »Aber du bist nicht vom Fach. Und du siehst nicht wirklich nach Bio-Bistro aus. Du schminkst dich, tönst dir die Haare und trägst Schuhe mit Absätzen, jedenfalls ab und zu. Und mit Bio, Öko und Vollwert kennst du dich nicht besonders gut aus, aber das kann er nicht wissen.«

»Ist ja interessant, was *du* so alles weißt«, erwiderte ich mit einem Lächeln, von dem ich hoffte, dass es süffisant wirkte. »Du wirst dich erinnern, dass ich erst letzte Woche Bio-Dinkel-Bratlinge und Bio-Hirse zu Mittag gemacht habe. Und der Salat war auch Bio, damit du's weißt. Und Herr Schubert findet jedenfalls, dass ich exakt die Qualitäten mitbringe, auf die er bei seinen Mitarbeitern Wert legt.« – »Na, dann ist doch alles super«, sagte Lea, die leider nicht nachfragte, welche wunderbaren Qualitäten Herr Schubert denn bei mir entdeckt hatte. »Und – hast du Lust auf den Job?«

Damit hatte sie den Finger genau dorthin gelegt, wo der Hase im Pfeffer lag.

»Ich weiß nicht genau, eigentlich eher nicht. Aber wenn es nach Herrn Schubert geht, stürme ich heute in den Laden, er zeigt mir alles und hopplahopp trete ich meinen neuen Job an und bin total begeistert«, erklärte ich säuerlich.

Lea grinste von einem Ohr zum anderen. »Das ist Carl, wie er leibt und lebt.«

»Carl? Seid ihr per du?«

»Schon ewig. Er ist locker drauf.«

Sofort kam ich mir altmodisch und un-locker vor, weil ich Sebastian nicht das Du angeboten hatte. Na ja. Jetzt war es sowieso zu spät.

»Ich denke mal, den Besuch in der *Kornblume* lasse ich ausfallen.«

Lea zuckte mit den Schultern, klatschte sich zwei Lagen Salami auf ihr Schulbrot und fragte: »Habt ihr über mich gesprochen? Und über Sebastian?«

»Nein«, log ich, denn ich hatte keine Lust auf eine Diskussion am frühen Morgen.

»Das glaube ich dir nicht!«

Ich zuckte lässig mit den Schultern. »Dann glaubst du es eben nicht. Das ist dein Problem, nicht meins.«

Lea machte große Augen, und ich staunte über mich selbst, dass ich mich so elegant aus der Affäre gezogen hatte. Da behaupte noch mal jemand, Lügen hätten kurze Beine.

»Wir hatten genügend andere Themen«, fuhr ich fort, was der Wahrheit entsprach. »Ich habe Herrn Schubert auf seinen Wunsch hin von *Herbstsonne* erzählt, und wir haben über seine Arbeit und das Job-Angebot gesprochen. Anschließend haben wir uns noch sehr nett mit Sveas Mutter und dem Vater von Tom Müller unterhalten.«

»Mama?«

»Mhm?«

»Wo ist eigentlich das Problem?«

»Welches Problem?«

Lea verdrehte die Augen. »Das Problem, das du dir wegen dieses Jobs machst, natürlich. Warum probierst du nicht einfach mal aus, ob es dir Spaß macht, in der *Kornblume* zu arbeiten? Warum inszenierst du so ein Drama?«

»Ich inszeniere überhaupt kein Drama!«, empörte ich mich beleidigt. »Also wirklich, nur weil ich nicht weiß, ob ich …«

»Probieren geht über Studieren«, dozierte Lea im selben Tonfall, den Ralf benutzte, wenn er die Perlen seiner Weisheit weitergab. »Du kannst nicht wissen, ob dir etwas gefällt oder nicht gefällt, wenn du es nicht wenigstens ausprobierst.«

»Man muss nicht immer alles ausprobieren. Ich muss auch nicht von der Brücke in die Norda springen, um zu wissen, dass es mir keinen Spaß macht, mir den Schädel aufzuschlagen, weil das Wasser nur einen halben Meter tief ist«, feuerte ich zurück.

»Wir reden von einem Mini-Job als Servicekraft in einem kleinen Bistro, und nicht von einem Selbstmordversuch. O Mann, bist du stur. Hoffentlich bin ich nicht auch so, wenn ich alt bin.«

Alt? Stur? Ich? Lea hatte wohl einen an der Klatsche.

Jetzt sagte sie, noch immer in Ralfs Tonfall, was mich innerlich zur Weißglut brachte: »Na, ich hab nicht vor, alt zu werden. Alt ist man, wenn man innerlich festgefahren ist und sich an nichts Neues heranwagt. Sagt Papa immer.«

»Soso, sagt er das. Er muss es ja wissen. Neue Frauen, neues Leben, neues Baby. Tja, das hält jung, da kann man mühelos in der Pubertät steckenbleiben«, sagte ich giftig.

»Junge, Junge, du hast ja immer noch eine Scheißwut auf Papa.«

»Hab ich nicht!«, fauchte ich. »Er kann von mir aus bleiben, wo der Pfeffer wächst und sich einen ganzen Harem zulegen! Aber bitte, verschon mich mit seinen Pseudo-Weisheiten.«

»Okay«, sagte Lea, klappte ihre Brotdose zu und stand auf. »Tschüs dann, ich muss los. Dirk holt mich von der Schule ab, er hat heute frei. Ich übernachte auch bei ihm.«

Leider klang das immer noch nicht so, als sei die Affäre kurz vor dem Aus. Leas Augen leuchteten, und um ihren Mund spielte ein verliebtes Lächeln. Als sie zur Tür hinaus war, fing ich an, den Frühstückstisch abzuräumen. Als ich die Butter in den Kühlschrank stellte, kam mir der Gedanke, dass ich eventuell doch in der *Kornblume* vorbeischauen könnte. Falls ich nach der Arbeit mit meinen Senioren Lust dazu verspüren sollte. Und wenn nicht, dann nicht. Ich hatte es auf gar keinen Fall nötig, etwas zu tun, was mir gegen den Strich ging, nur weil meine Tochter mir unterstellt hatte, ich sei stur und Neuem gegenüber nicht aufgeschlossen.

Mein Arbeitstag begann heute um neun. Nachdem ich für Frau Buntmann eingekauft und das Essen gekocht hatte, das sie sich gewünscht hatte, ging ich eine Stunde mit dem Spaniel spazieren, der auf den Namen Samson hörte, und bügelte anschließend einen Korb Wäsche. Danach putzte ich die kleine Wohnung von Frau König, einer Bekannten von Frau Buntmann, die mir auf Schritt und Tritt folgte und sich dabei bitterlich über ihre in Heidelberg und Stuttgart ansässigen Kinder beklagte, die sich nur selten bei ihr blicken ließen. Danach machte ich bei Vater klar Schiff und kochte eine Kleinigkeit für uns. Er war schlecht gelaunt und hatte an allem etwas auszusetzen: Am Wetter, am Rührei, an der Nachbarin, die im Hausflur nicht freundlich genug gegrüßt habe. Als ich fragte, welche Laus ihm über die Leber gelaufen sei, wollte er erst nicht recht mit der Sprache herausrücken, erzählte dann aber doch, dass er mit der Dame, die im Modehaus arbeitete und die ihn auf die Idee mit dem Geburtstagsgutschein gebracht hatte, zerstritten sei. Da sie aber nach wie vor im selben Chor sangen, liefen sie sich einmal die Woche über den Weg. Vater überlegte jetzt, ob er sich einen neuen Chor suchen sollte, damit er nicht immer an die Sache erinnert würde, aber das erschien ihm zu kompliziert. Er sah auch nicht ein, wieso *er* das Feld räumen sollte. Sie sänge erst seit ein paar Monaten mit, und er habe dank seiner zehnjährigen Mitgliedschaft die älteren Rechte.

»Ihr habt euch verkracht? Wie darf ich das verstehen?«, forschte ich nach.

Vater verschränkte die Arme vor der Brust und sah mich trotzig an. »Sie war der Meinung, dass ein Mann in meinem Alter keine sexuellen Bedürfnisse mehr haben sollte. Ich war anderer Meinung und es leid, immer nur Händchen zu halten und Bussis zu geben, und wir haben uns in die Haare gekriegt. Sie hat mir vorgeworfen, ich sei ein Busengrabscher. Ja, sind wir denn im Kindergarten? Damit war unsere Romanze jedenfalls beendet.«

»Du wirst eine andere Frau kennenlernen, mit der du besser harmonierst«, versuchte ich ihn zu trösten.

»Ich weiß«, meinte Vater, der auch mit achtzig Jahren nicht an seiner Wirkung auf Frauen zweifelte. »Aber trotzdem. Ich hatte wirklich Gefühle für diese Frau.«

Ich seufzte innerlich. Auch Vater hatte Liebeskummer, das war nicht zu verkennen. Eine Seuche schien zurzeit in Salzstetten zu grassieren, und ich war froh, dass ich immun dagegen war. Wer nicht verliebt ist, kann sich auch keinen Liebeskummer einfangen.

Um vier Uhr befand ich mich dann tatsächlich auf dem Weg zur *Kornblume*. Als ich durch die Brezelgasse in der Fußgängerzone bummelte, steuerte auf einmal ein großer, schlanker, bebrillter Mann auf mich zu. »Hallo, Stefanie!«, begrüßte er mich lächelnd.

Er kam mir vage bekannt vor, aber ich konnte nicht einordnen, woher ich ihn kannte.

»Wir kennen uns vom Workshop mit Leaping Salmon«, sagte der Mann, der offenbar über telepathische Fähigkeiten verfügte. »Erik heiße ich ...«

Stimmt, der Greifvogelliebhaber. »Ach ja. Genau ...«, sagte ich.

»Schön, dass ich dich hier so zufällig treffe. Das kommt wie gerufen, ich wollte dich nämlich anrufen, wann wir uns denn mal wegen unseres Erfahrungsaustauschs treffen«, sagte Erik eifrig.

Meine Lust, mich mit Erik auszutauschen, lag bei ungefähr null, aber er schaute mich so erwartungsvoll an, dass ich es nicht übers Herz brachte, ihm eine Abfuhr zu erteilen.

»Wir können ja mal telefonieren. Das heißt, gibt es denn überhaupt einen Anlass, sich zu treffen? Ich meine, hat sich denn überhaupt irgendwas Neues in deinem Leben getan seit dem Seminar?«

»Meine Tante ist gestorben. Sie war neunzig und schon viele Jahre im Pflegeheim, aber es kam trotzdem unerwartet. Und ich habe meine Wohnung renovieren lassen. Das hatte ich schon lange vor, es aber nie angepackt. Und wie sieht's bei dir aus?«

Beinahe hätte ich »nichts« gesagt, schon aus Gewohnheit, aber dann fielen mir zwei unbestreitbare Neuigkeiten ein: »Meine achtzehnjährige Tochter hat mit ihrem Freund Schluss gemacht und ist in einen Mann verknallt, der sechzehn Jahre älter ist als sie. Und ich habe ein Job-Angebot bekommen.«

Als ich mich das sagen hörte, fiel mir auf, dass das eigentlich – zumindest gemessen an dem, was sich normalerweise so in meinem Leben tat – eine ziemlich bewegte Bilanz war, denn seit dem Workshop waren gerade mal zwei Wochen vergangen. Was mir noch auffiel, war, dass sich Job-Angebot« richtig gut und wichtig anhörte.

»Wow«, sagte Erik dann auch beeindruckt.

»Ach, es hört sich spannender an, als es ist. Es ist bloß eine Aushilfsstelle als Servicekraft in der *Kornblume.*«

»Das ist ja interessant! Ich esse öfter in der *Kornblume* zu Mittag, die Kanzlei ist ja gleich um die Ecke. Sehr nettes kleines Lokal, und das Essen ist vorzüglich.«

»Kanzlei? Bist du Anwalt?«

Er nickte. »Ich bin der Schomaker von *Kubzig, Kubzig und Schomaker.*«

Der Name sagte mir nichts, aber bisher hatte ich außer bei der Scheidung Gott sei Dank auch nie juristische Unterstützung gebraucht.

»Nächsten Monat findet übrigens wieder ein Workshop mit Leaping Salmon im Seminarhaus Einhorn statt. Es geht um die Kraft der Sonne, und wie wir sie gerade im Sommer für unser inneres Wachstum nutzen können.«

Ich hatte Juristen immer für nüchterne Menschen gehalten, die mit Esoterik nichts am Hut hatten, aber Erik schien aus einem anderen Holz geschnitzt.

»Aha. Nimmst du daran teil?«

»Ja. Wie ist es mit dir – hast du auch Lust? Wir könnten zusammen hinfahren …«

»Nein danke. Mein Bedarf an Eso-Workshops ist vorerst gedeckt.«

Er grinste amüsiert und sah auf einmal gar nicht mehr unscheinbar aus, sondern sehr lebendig. Seine Augen hinter der langweiligen Metallbrille blitzten, und mir fiel auf, dass sie eine ungewöhnliche Farbe hatten: Sie schimmerten bernsteinfarben.

»Schade. Es gibt ein Schwitzhüttenritual und einen Tanz ums Sonnenfeuer, das sind bestimmt interessante Erfahrungen.«

… auf die ich problemlos verzichten kann, dachte ich bei mir. Allein der Gedanke, mit lauter nackten Leuten in einer Schwitzhütte vor mich hin zu schmoren, verursachte schon ein mulmiges Gefühl in meinem Magen.

Mit einem Blick auf seine Armbanduhr sagte Erik in mein Schweigen hinein: »Leider muss ich weiter, ich habe noch einen Termin. Ich rufe dich nächste Woche an wegen des Treffens. Ja?«

Die bernsteinfarbenen Augen bohrten sich in meine.

»Okay«, sagte ich. Ich hatte zwar immer noch keine Lust auf einen »Austausch«, aber vielleicht hatte sich das ja bis nächste Woche geändert. Und wenn nicht, konnte ich mich immer noch um ein Treffen herumdrücken. Und dann bestand ja noch die Möglichkeit, dass Erik nicht anrufen würde. Aber das schien mir die unwahrscheinlichste Möglichkeit. Als er mir jetzt die Hand zum Abschied schüttelte und mich dabei anstrahlte, hatte ich das dumpfe Gefühl, dass er mich nicht unattraktiv fand, und dass die Hartnäckigkeit, mit der er ein Treffen bewerkstelligen wollte, damit zusammenhing.

Kurz darauf saß ich mit Carl Schubert, der mich enthusiastisch begrüßt hatte, am Tresen der *Kornblume*. Alle fünf Tische in der kleinen Gaststube waren besetzt, das Publikum war gemischt. Am größten Tisch saßen junge Leute, ich tippte auf Studenten, die gemütlich frühstückten, denn in der *Kornblume* bekam man Frühstück, bis das Lokal um 19 Uhr schloss. Dann war da noch ein Bartträger, dem eine Kanne Kräutertee und eine Zeitung Gesellschaft leisteten; zwei ältere Frauen, die Kuchen aßen, zwei Paare mittleren Alters, die sich das Tagesgericht schmecken ließen, und ein jüngeres Paar mit einem Baby, das in einem Hochstuhl untergebracht war. Der große Bruder des Babys – schätzungsweise fünf Jahre alt – rannte mit einem Papierflieger in der Hand zwischen dem elterlichen Tisch und der Spielecke hin und her.

»Alle sind versorgt«, sagte Herr Schubert nach einem prüfenden Blick in die Runde. »Sollen wir gleich loslegen? Oder möchten Sie den versprochenen Tee zuerst? Ich schlage vor, ich zeige Ihnen erst alles, und dann trinken wir einen Tee. Aber ich bin flexibel. Ariane ist ja auch noch da.«

Wie auf Kommando kam eine junge Frau aus der Küche und lächelte uns zu, bevor sie zum Tisch mit dem Baby ging, denn der junge Vater hatte ihr zugewinkt.

»Ariane studiert Kulturwissenschaften«, erklärte Herr Schubert. »Und nebenbei jobbt sie hier. Ich habe keine Ahnung, wie sie das hinkriegt, aber ich bin heilfroh, dass sie für mich arbeitet. Wollen wir uns mal die Küche ansehen?«

Herr Schubert war auf Aktion gepolt, Widerstand war zwecklos. »Okay«, sagte ich und rutschte von meinem Hocker.

Eine halbe Stunde später hatte ich Eduard, den Koch, kennengelernt. Er und Ariane hatten mir freundlich lächelnd die Hand geschüttelt und mir versichert, sie freuten sich sehr, mit mir zusammenzuarbeiten. Anschließend hatten wir sämtliche Räumlichkeiten inklusive Kühlraum und Keller besichtigt. Herr Schubert und ich waren seit der Kühlraumbegehung per du, und ich wusste nun auch – zumindest theoretisch –, wie die Kasse funktionierte.

»Weißt du«, sagte Carl, als wir dann wieder am Tresen vor dem versprochenen Harmonietee saßen, »im

Grunde geht es darum, aufmerksam zu sein und das zu erledigen, was gerade anfällt. Bedienen, abräumen, auch mal Gemüse in der Küche vorbereiten, Gläser spülen, Tische eindecken, mal eine Lieferung vom Hof annehmen, Blumen arrangieren. Es ist ja alles sehr überschaubar bei uns. Nur fünf Tische und eine kleine übersichtliche Karte. Das ist beinahe wie zu Hause, oder?«

Er lächelte gewinnend.

»Na ja …«, setzte ich an.

»Beinahe«, sagte er sanft.

Ich schaute ihm direkt in die Augen. »Überschaubar lasse ich gelten. Beinahe wie zu Hause nicht. Jedenfalls nicht wie bei *mir* zu Hause.«

»Du hast natürlich recht. Also wie ist es, hättest du Lust auf einen Probetag?«

»Ich überlege es mir.«

»Ja, natürlich. Bis wann?«

Er lächelte so charmant, dass ich ihm seine Drängelei nicht übelnehmen konnte.

»Bis morgen. Ich werde eine Nacht drüber schlafen.«

Im Grunde stand mein Entschluss jedoch schon fest: Die *Kornblume* konnte auch weiterhin problemlos ohne meine Dienste florieren.

Auf dem Weg nach Hause ließ ich mir Zeit und trödelte auf verschlungenen Pfaden durch die Gassen. Die Spätnachmittagssonne tauchte die alten Backsteinhäuser in goldenes Licht, die Mauersegler, die Salzstetten alljährlich im Sommer mit ihren gewagten Flugmanövern verzauberten, flitzten durchs Himmelsblau. Aber nicht nur die Mauersegler waren unterwegs. Um die Nikodemuskirche kreisten die beiden Turmfalken, die dort brüteten, und auf dem Kirchendach saß eine einsame Krähe und schaute mit schiefgelegtem Kopf auf mich herab. Seit dem Workshop schenkte ich den Rabenvögeln mehr Aufmerksamkeit, als mir lieb war, und ich ertappte mich dabei, dass ich tatsächlich stehen blieb, um genauer hinzuschauen. Die Krähe nahm das zum Anlass, um mit einem heiseren Schrei aufzufliegen, und genau in diesem Augenblick hörte ich eine wohlbekannte Frauenstimme rufen: »Stefanie! Hallo!« Ich drehte mich um und sah Jette auf mich zustöckeln. Sie trug rote Sandalen und ein mit Mohnblumen bedrucktes Sommerkleid und sah aus wie der Sommer persönlich. Wir umarmten uns zur Begrüßung, und als ich ihr strahlendes Gesicht sah, die verwuschelten Haare und glänzenden Augen, wusste ich, was mit ihr los war. Sie hätte genauso gut ein Schild mit der Aufschrift *frisch verliebt* um den Hals tragen können. In Gedanken fügte ich ergänzend hinzu: »Und gerade aus einem Bett gekrochen, in dem sie garantiert nicht allein gelegen hat.«

5

Du siehst toll aus«, sagte ich anerkennend zu Jette. »Danke, das Kleid habe ich heute zum ersten Mal an«, gab Jette zurück und strich ihr Klatschmohnkleid geradezu zärtlich über den Hüften glatt. Ich hätte wetten können, dass unter dem neuen Kleid auch brandneue Dessous zu finden waren. Jette hatte eine Schwäche für schöne Wäsche und gab ein kleines Vermögen dafür aus, auch ohne besonderen Anlass, und für den Anlass, von dem sie gerade kam, hatte sie bestimmt in die Vollen gegriffen. »Das ist ja ein echter Wink des Schicksals, dass wir uns über den Weg laufen. Ich hab ein bisschen Zeit, ehe ich dem Ruf meines Laptops folgen und mich wieder an die Arbeit machen muss. Wollen wir irgendwo was trinken gehen?«

Wir einigten uns auf die Terrasse des *Solanum*, direkt an der Norda. Auf dem Weg dorthin plauderte Jette unentwegt. Seit dem Seminar war sie fast rund um die Uhr beschäftigt gewesen, hörte ich. Sie hatte sich einige Male mit Leaping Salmon getroffen, mit der Hexe Erika, und einen Abend hatte sie im Zirkel der Weisen Weiber verbracht und hochinteressante Informationen für ihre Artikelserie gewonnen. Sie hatte hier recherchiert und dort, Bücher über Schamanismus und Magie gewälzt, und die Redaktion war begeistert von ihrem ersten Artikel, der in der Septemberausgabe des Blattes erscheinen würde.

»Darin steckt einiges vom ›Scharfblick des Falken‹ und eine Menge von der Essenz von Leaping Salmon«, erklärte Jette, nachdem wir auf der Terrasse Platz genommen hatten, die trotz des schönen Wetters überraschend leer war. »Ich e-maile dir den Text zu, ja?«

Sie strich sich die Haare aus dem Gesicht, in dem ich lesen konnte wie im Salzstettener Tageblatt. Dass sie total verliebt war, konnte sie einfach nicht verbergen, es leuchtete ihr aus allen Poren. Allein wie sie seinen Namen aussprach, so schmelzend-weich, als hätte sie gerade ihre Lieblingsschokolade auf der Zunge gespürt, war ganz großes Kino. Marcel kam mir in den Sinn, ich konnte es nicht verhindern, und in diesem Film war er der ahnungslose Betrogene, und das stieß mir sauer auf, obwohl es mich im Grunde nichts anging.

»Lieber nicht. Sei mir nicht böse, aber dieser ganze Eso-Kram ist einfach nicht mein Ding«, unterbrach ich meine Gedanken und kehrte zu Jettes Frage zurück.

Jette blickte mich erstaunt an. »Oh, das klingt ja vehement. Gibt es einen besonderen Grund dafür?« Sie war ein bisschen beleidigt, das war nicht zu verkennen, aber seltsamerweise war mir das ausnahmsweise egal. Ich hatte mich durch viele von Jettes Arbeiten gelesen und immer Spaß daran gehabt, aber bei diesem Thema stampfte etwas in mir die Füße in den Boden und sagte störrisch: »Nö, ich will nicht.«

»Es ist einfach nicht mein Thema, also bitte nicht persönlich nehmen. Der Workshop hat mir gereicht. Nicht, dass ich mich im Nachhinein beschweren will, aber ich hab keine Lust auf mehr.«

»Okay«, kam es gedehnt zurück, und ich war froh, dass gerade in diesem Moment die Bedienung unsere Maracuja-Schorlen servierte. Kaum war sie gegangen, beugte sich Jette vor und sagte: »Du denkst, ich habe eine Affäre mit Ulrich.«

»Stimmt«, gab ich zu. »Und – liege ich etwa falsch mit meiner Vermutung?«

»Nein«, antwortete Jette und warf mit Schwung die Haare zurück. »Ulrich und ich sind zusammen. Es ist … Magie pur. Einfach unbeschreiblich.«

Die Jette, die ich kannte, wäre nie auf die Idee gekommen, eine Affäre so zu beschreiben, davon war ich überzeugt. Allerdings war es so, dass die Jette, von der ich gedacht hatte, dass ich sie in- und auswendig kannte, nie eine Affäre gehabt hatte. Jedenfalls wusste ich von nichts, verbesserte ich mich im Stillen, was nicht hieß, dass wirklich nie etwas gelaufen sein musste. Plötzlich war ich mir nicht mehr so sicher. »Du bist sauer auf mich. Weil ich meine Liebe auslebe«, sagte Jette nun vorwurfsvoll in mein Schweigen hinein.

»Und sich bei dir in Sachen Liebe so gar nichts tut«, schwang da mit. Mir war klar, dass Jette drauf und dran war, einen noch dramatischeren Film zu drehen, so etwas wie: *Die Vollblutfrau und die spießige Nonne,* und ich hatte keine Lust, den Part der Nonne zu übernehmen.

»Ich bin nicht sauer, denn dafür gibt es keinen Grund. Mir tut bloß Marcel leid, aber das Thema hatten wir ja schon mal. Entschuldige, dass ich es in meiner Spießigkeit wieder aufwärme.«

Jette begann zu lachen. Sie lachte so laut, dass die Leute von den Nebentischen neugierig zu uns schauten. Jettes Lachen war normalerweise ansteckend, aber heute war ich immun dagegen. Als sie sich wieder beruhigt hatte, sagte sie: »Sorry. Ich habe dich nicht ausgelacht, falls du das meinst. Es klang nur so komisch. Du musst dich doch nicht dafür entschuldigen, dass du andere Moralvorstellungen hast als ich. Ich hielt Monogamie in einer Beziehung übrigens auch einmal für das einzig Wahre. Dass ich das jetzt anders sehe, hat mit meiner spirituellen Entwicklung zu tun. Ich habe mit einem Mal erkannt, dass ich problemlos zwei Männer lieben kann. Vielleicht auch irgendwann einmal mehr als zwei. Wer weiß. Aber darüber zerbreche ich mir nicht den Kopf. Ich lebe und liebe jetzt, und ich liebe sowohl Marcel als auch Ulrich. Und ich fühle mich – vielleicht zum ersten Mal im Leben – leidenschaftlich lebendig und rundum glücklich.«

Ich hätte gerne das Gleiche von mir behauptet, aber das band ich Jette nicht auf die Nase. Leider brachte sie heute die Tante in mir zum Vorschein, die moralinsauer mit dem erhobenem Zeigefinger wedelte.

»Aha. Soso«, sagte Tante Stefanie sarkastisch. »Und wie fühlt sich Marcel?«

Jette stützte die Ellbogen auf den Tisch und faltete die Hände. Es sah aus, als wolle sie für ihn beten. »Marcel geht es gut. Wie immer. Er arbeitet viel, auch wie immer, und seine Arbeit macht ihm Spaß. Und er weiß nichts von Ulrich.«

»Das habe ich mir gedacht.«

»Es ist auch nicht nötig, dass er etwas weiß. Es ist alles noch sehr frisch zwischen Ulrich und mir, und

Marcel fehlt gar nichts, es ist genug Liebe da und Aufmerksamkeit, Sex und Zuwendung. Auch für ihn. Alles fließt und sprudelt in Fülle.«

Ich stieß einen tiefen Seufzer aus, der sich einfach Bahn brechen musste, sonst wäre ich geplatzt, denn Jettes spiritueller Jargon ging mir mächtig auf den Keks. »Okay. Ich lasse das jetzt einfach mal so stehen. Aber eins muss ich doch anmerken: Dein Wunsch nach wilder Leidenschaft hat sich ja verdammt schnell erfüllt und auf, hm, sagen wir, doch sehr konventionelle Weise. Dass es gefunkt hat zwischen dir und Ulrich war doch schon während des Workshops klar. Und jetzt habt ihr eine Affäre.«

Jette sagte ernst: »Es ist mehr als das, das habe ich dir doch damals schon gesagt. Ulrich ist nur der Katalysator und ein Mosaiksteinchen im Puzzle meiner erwachten Spiritualität. Die wilde Leidenschaft – das leidenschaftliche Lebendigsein – werde ich auch noch spüren, wenn es zwischen ihm und mir aus wäre.«

Das war zu viel, Tante Stefanie bekam eine mittlere Krise. »Jette, ich bitte dich, das kann doch nicht dein Ernst sein! Du brennst lichterloh für diesen Mann, schwimmst wegen ihm komplett auf der Eso-Welle und willst mir erzählen, dass …«

» … wilde Leidenschaft ein innerer Weg ist, ein spirituelles Geheimnis, das sich mir in den letzten beiden Wochen enthüllt hat. Ganz genau!«, unterbrach mich Jette mit einem Blick, der deutlich sagte: »Stopp. Bis hierhin und nicht weiter. Egal, was du zu sagen hast, ich will es nicht hören.«

Ich gab es auf und schickte Tante Stefanie in Rente.

»Lass uns das Thema wechseln«, schlug ich vor.

»Einverstanden«, sagte Jette und erkundigte sich nach Lea und ihrem Lover.

»Unverändert. Das ist auch kein gutes Thema.«

Weil mir auf Anhieb nichts Besseres einfiel, erzählte ich von meinem Job-Angebot, das ich jedoch nicht annehmen würde.

»Aber warum denn nicht? Ich an deiner Stelle würde einiges dafür geben, an einem Tag in der Woche einmal nicht für alte Leute zu arbeiten. Du sagst doch selbst, dass du deinen Job nicht so spannend findest.«

»Was heißt denn schon spannend. In meinem Alter und mit meiner Qualifikation beziehungsweise mangelnden Qualifikation, darf man nicht wählerisch sein. Ich bin froh, dass meine Dienste bei meinen Klienten gefragt sind. Warum sollte ich jetzt auch noch kellnern?«

»Bevor du mal was Neues ausprobierst, stürzt eher der Himmel ein, was?«, sagte Jette spitz. »Wie soll sich etwas Schönes, Spannendes in deinem Leben tun, wenn du dich weigerst, deinen Hintern auch nur einen Zentimeter in eine andere als die eingefahrene Richtung zu bewegen? Kannst du mir das mal verraten?«

Ich wollte den Mund öffnen, um zu erläutern, dass ich sehr wohl offen für neue Richtungen war, aber irgendwie fehlte mir der Elan dazu.

Jette lehnte sich entspannt auf dem Stuhl zurück und blickte in den Himmel. Ich betrachtete die Trauerweide am gegenüberliegenden Ufer, die ihre Zweige anmutig ins Wasser baumeln ließ. »Na ja, wenn ich irgendwann mal Lust dazu haben sollte, könnte ich ja vielleicht fragen, ob ich einen Tag zur Probe arbeiten kann«, sagte ich nach einer Weile. »Das würde mich zu nichts verpflichten.«

»Stimmt«, hörte ich. Und dann verkündete Jette, dass sie los müsse, die Arbeit riefe und dass wir, wenn bei ihr wieder mehr Ruhe eingekehrt sei, unbedingt etwas zusammen unternehmen müssten.

Ich hatte das Gefühl, dass es noch eine ganze Weile dauern würde, bis bei Jette alles wieder in ruhigeren Bahnen verlaufen würde, und das war wohl auch gut so. Ob unsere Freundschaft noch Zukunft hatte, stellte ich nach diesem Zusammentreffen sowieso in Frage.

Am Abend – meine Kinder waren ausgeflogen – schaute ich mir einen Piratenfilm im Fernsehen an. Dass ich am anderen Morgen tatsächlich Carl Schubert anrief, um ihm mitzuteilen, dass ich bereit sei, einen Tag zur Probe zu arbeiten, konnte ich mir nicht wirklich erklären, denn im Prinzip bin ich der Ansicht, dass Träume Schäume sind. Doch der Traum, aus dem mich pünktlich um sieben Uhr der Wecker riss, fühlte sich eher nach Holzhammer an und ließ mir keine Ruhe. Ich hatte geträumt, dass ich mit einem Mann zu einem Date verabredet gewesen war, der verblüffende Ähnlichkeit mit dem Liedermacher Herbert Grönemeyer hatte, aber ich wusste genau, dass er es nicht war, denn er trug ein Piratenkopftuch und eine Augenklappe, und auf seiner linken Schulter saß ein Kakadu. Wir gingen an der Norda spazieren, und der Mann sang mir dabei etwas vor. Eine Zeile des Songs schmuggelte sich hinüber in den neuen Tag. Sie lautete: *Jetzt ist Zeit, dass du mal lebst,*

Zeit, dass du den Hintern drehst ... »Zeit, dass du den Hintern drehst«, krächzte der Kakadu und erhob sich in die Lüfte. Und dann verwandelte sich der Mann in Jette, die mir lachend die Zunge rausstreckte.

Carl war entzückt, dass ich anrief und preschte sofort vorwärts: »Wie wär's mit morgen? Donnerstag ist ein guter Tag für neue Projekte, heißt es im Almanach der chinesischen Weisheiten.«

Ich erklärte, dass morgen für mich tatsächlich ein guter Tag sei, allerdings müsste ich Rücksicht auf meinen Vorlesetermin bei Herrn Becker nehmen. »Kein Problem«, hörte ich, und als das Gespräch beendet war, bemerkte ich, dass ich vor Aufregung Herzklopfen hatte.

Herzklopfen hatte ich auch, als ich am anderen Tag um neun Uhr in der *Kornblume* eintraf. Was aber völlig unnötig war, denn Ariane und Carl Schubert nahmen mich unter ihre Fittiche, und ich stellte ziemlich schnell fest, dass sie es mir leichtmachten, mich einzuarbeiten. Und ich stellte auch fest, dass die Arbeit mir Spaß machte. Fünf Tische waren gut im Blick zu behalten, und die meisten Kunden waren Stammgäste, freundlich und zugänglich. Auch was es sonst noch zu tun gab, ging mir leicht von der Hand.

»Du bist ein Naturtalent. Ich hab's ja gewusst«, sagte Carl kurz vor Ende meines Probetags zu mir, als ich in der Küche einen Grünkernbratling verspeiste. Eduard, der Koch, hatte schon seit Mittag Feierabend, für das Essen war seitdem der Chef persönlich zuständig.

»Danke. Ich muss zugeben, dass mir die Arbeit mehr Spaß macht, als ich erwartet habe. Und ich habe es mir auch irgendwie komplizierter vorgestellt.«

Carl grinste, während er drei Stücke Apfelkuchen auf Tellern verteilte. »Das Gehirn an sich liebt von Natur aus Komplikationen, aber Gott sei Dank geht ja Probieren über Studieren. Also, wie sieht's aus? Hat die *Kornblume* eine neue Mitarbeiterin?«

Er blickte mich erwartungsvoll an, und mir fiel zum ersten Mal auf, dass seine grauen Augen winzige, goldgelbe Einschlüsse hatten.

»Ich denke schon«, sagte ich vorsichtig.

Carl fing an zu lachen, und ich lachte mit, und dann schüttelten wir uns feierlich die Hand. »Herzlich Willkommen im Team, Stefanie. Möchtest du eigentlich nicht wissen, was du verdienen wirst?«

»Doch, natürlich.«

Er sagte es mir, und es war mehr, als ich erwartet hatte, denn ich wusste, dass die Stundenlöhne in der Gastronomie nicht üppig sind. Außerdem bezahlte er mir den Probetag, was ich nobel fand, denn auch das war nicht üblich, das wusste ich von einer Bekannten, deren Tochter in einer Kneipe jobbte. Ich würde samstags arbeiten, denn Samstag war Markttag in Salzstetten und der Tag, an dem in der *Kornblume* am meisten zu tun war.

Ich war spät dran und legte den Weg zu Herrn Becker im Laufschritt zurück. Als wir dann auf der Terrasse saßen, sagte der alte Herr: »Sie sehen erhitzt aus. Trinken Sie erst mal was. Und essen Sie ein paar Weintrauben. Ich habe kernlose besorgt, die mögen Sie doch so gern.«

Ich trank also ein Glas Mineralwasser und aß ein paar Weintrauben, während er mir still gegenübersaß, und dann erst fiel mir auf, dass *Der Prophet* nicht auf dem Tisch lag. Das war noch nie vorgekommen. Herr Becker legte immer das Buch parat, das wir gerade lasen.

»Nanu, Herr Becker. Wo ist denn der *Prophet?*«, fragte ich deshalb.

Zu meiner Überraschung wurde er rot. »Den lassen wir heute mal im Regal. Ich … also … ich … es ist so, ich würde gern etwas mit Ihnen besprechen. Etwas, das mir sehr am Herzen liegt. Ich habe lange mit mir gerungen und bin zu dem Schluss gekommen, dass es mich zu sehr beschäftigt, als dass ich weiter darüber schweigen könnte, ich möchte es aussprechen, solange ich noch dazu in der Lage bin.«

Ich starrte ihn völlig verdattert an. Er senkte den Blick und sagte leise: »Natürlich nur, wenn es Ihnen recht ist. Wenn Sie lieber nicht hören wollen, was ich zu sagen habe, dann hole ich doch das Buch.«

»Natürlich möchte ich hören, was Sie zu sagen haben, Herr Becker. Schießen Sie los.«

Ein bisschen wunderlich verhielt er sich heute, der alte Herr, dachte ich bei mir und steckte eine Traube in den Mund. Schweigen herrschte auf der Terrasse, das ich damit überbrückte, dass ich eine Traube nach der anderen futterte.

Plötzlich räusperte sich mein Gegenüber und sagte laut: »Frau Bachmann, ich liebe Sie.«

Ich zuckte zusammen. Zum Glück hatte ich gerade nichts im Mund, sonst hätte ich mich bestimmt vor Schreck verschluckt. Mein Gesicht spiegelte wohl meine Gefühle wider, denn Herr Becker sagte: »Sehen Sie, ich hatte recht. Sie wollen nicht hören, was ich zu sagen habe. Und wenn Sie gewusst hätten, dass ich Ihnen heute eine Liebeserklärung machen würde, wären Sie nicht gekommen.«

»Natürlich säße ich hier. Wir sind schließlich verabredet«, brachte ich mühsam hervor.

»Nein. Sie hätten die Verabredung abgesagt. Und Sie hätten dieses Haus nie mehr betreten. Wir hätten uns nie wieder gesehen.« Zu meinem Entsetzen schien der alte Herr den Tränen nahe.

»Herr Becker, das ist nicht wahr. Sie können mir alles sagen. Und solange Sie mich als Vorleserin engagieren, sehen wir uns, das ist doch klar. Ich würde nie einfach wegbleiben.«

»Danke. Ich hole noch ein paar Trauben für Sie.« Es waren noch welche da, aber ich versuchte nicht, ihn aufzuhalten, denn ich war sicher, dass er den kurzen Gang in die Küche brauchte, um sich zu beruhigen. Und für mich war die Unterbrechung auch gut, denn Herrn Beckers Liebesgeständnis hatte mich völlig durcheinandergebracht. Mutter hatte also doch recht gehabt mit ihrer Vermutung. Und natürlich hatte Herr Becker ebenfalls recht: Ich wünschte, er hätte seine Gefühle für sich behalten, denn so, wie es zwischen uns gewesen war, würde es nie wieder sein.

Herr Becker kam nach zehn Minuten zurück, allerdings nicht mit Weintrauben, sondern mit zwei Gläsern Sherry. »Sherry ist gut fürs Herz, sagte meine verstorbene Frau immer. Ich dachte mir, wir können jetzt beide eine kleine Stärkung gebrauchen.«

Wir nippten am Sherry. Ich war froh, dass Herr Becker sich wieder gefasst hatte, und wartete mit einem mulmigen Gefühl im Magen auf das, was jetzt kommen würde. Lange brauchte ich nicht zu warten. Herr Becker stellte sein Glas auf dem Tisch ab, holte tief Luft und fragte: »Frau Bachmann, könnten Sie sich vorstellen, mich zu heiraten?«

Mir blieb die Luft weg. Ich musste mich verhört haben. Hatte der Mann wirklich gesagt …

»Heiraten?«, krächzte ich. »Haben Sie heiraten gesagt?«

»Bitte beruhigen Sie sich!«, flehte Herr Becker. »Ja, ich habe Ihnen soeben einen Heiratsantrag gemacht. Darf ich mich erklären? Bitte?«

Ich nickte nur, denn mir fiel absolut nichts ein, was ich hätte sagen können. Bis auf die Tatsache, dass ich soeben einen Heiratsantrag von einem Klienten bekommen hatte, der dreiunddreißig Jahre älter war als ich und behauptete, mich zu lieben, herrschte Leere in meinem Kopf.

Mit ruhiger Stimme fuhr Herr Becker fort: »Sehen Sie, Frau Bachmann, es ist so, dass ich nicht mehr lange leben werde. Nein, sagen Sie jetzt nichts, ich weiß einfach, dass ich bald sterben werde. Wir haben ja schon einmal darüber gesprochen. Ich bin ein wohlhabender Mann, und ich habe niemanden, der mich beerbt. Wenn ich sterbe, fallen mein Haus und mein Vermögen Vater Staat in die Hände, wenn ich kein Testament hinterlasse. So weit, so gut. Ich könnte mein Haus und mein Geld natürlich dem Tierschutzverein oder einer anderen wohltätigen Organisation vermachen. Aber ich habe andere Pläne. Ich liebe Sie, seit Sie mir das erste Mal vorgelesen haben. Die Liebe auf den ersten Blick – oder vielleicht war es Liebe auf das erste Wort – gibt es sehr wohl, auch wenn die meisten Leute nicht daran glauben. Ich weiß, dass Sie meine Gefühle nicht erwidern, und ich weiß, dass ich viel zu alt für Sie bin. Aber die Tatsache, dass mein Leben beinahe vorbei ist, macht mich mutig. Ich wünsche mir so sehr, meine letzten Tage mit meiner Frau zu verbringen, der Frau die ich liebe. Ich möchte noch einmal glücklich sein, bevor ich sterbe. Mit Ihnen.«

Plötzlich rollten Tränen über seine Wangen. Ich wünschte mich weit, weit fort, aber keine gute Fee kam vorbei, um mich woanders hinzubefördern, dorthin, wo es keine einsamen, verliebten, kränklichen, alten Männer gab, die sich in ihrer Verzweiflung einen verrückten Plan zurechtgelegt hatten.

Herr Becker hatte sich schnell wieder im Griff. Er zog ein hellblaues Stofftaschentuch aus der Hosentasche, wischte sich übers Gesicht und schneuzte sich energisch. »Ich hatte es mir so vorgestellt«, fuhr er fort. »Wir heiraten so bald wie möglich. Und Sie könnten bei mir einziehen. Wenn Sie möchten. Das Haus ist groß genug. Sie hätten natürlich Ihre eigenen Räume, die Sie so einrichten, wie es Ihnen gefällt. Aber Sie müssten natürlich nicht hier wohnen, es ist nur ein Vorschlag, Sie sagten ja einmal, dass Sie gerne einen Garten hätten. Wir würden uns ganz oft sehen, zusammen kochen und essen, Sie würden mir vorlesen, und wir würden spazieren gehen, vielleicht sogar Hand in Hand, und ab und zu ins Theater und in ein Restaurant. Falls ich pflegebedürftig würde, müssten Sie sich nicht um mich kümmern, das mit der Pflege habe ich alles schon arrangiert. Mein Freund aus Celle hat mir eine ausgezeichnete polnische Pflegekraft empfohlen. Allerdings vertraue ich darauf, dass mir das erspart bleibt. Ich gehe davon aus, dass ich abends schlafen gehe und morgens nicht mehr aufwache, wenn es so weit ist. Ich hätte gerne, dass Sie bei meiner Beerdigung mit Ihrer schönen Stimme die Grabrede halten, ich habe sie schon geschrieben. Wenn ich unter der Erde bin, gehört alles, was ich besitze, Ihnen. Sie können es sich gutgehen lassen. Es ist mir wichtig, dass Sie finanziell abgesichert sind. Wissen Sie, ich halte nichts von dem neumodischen Kram, dass Frauen außer Haus arbeiten gehen müssen. Ich habe gut für meine verstorbene Frau gesorgt, es hat ihr an nichts gefehlt, und sie hat es mir zu Hause schön gemacht. So soll es sein.«

Das Sprechen hatte ihn angestrengt. Seine Hände zitterten, und er war blass wie ein Gespenst. Ich wusste immer noch nicht, was ich sagen sollte. Beziehungsweise, ich wusste schon, was ich ihm sagen musste, aber ich suchte nach den richtigen Worten.

»Es ist im Grunde eine geschäftliche Vereinbarung«, hörte ich ihn beinahe flüstern. Und noch leiser: »Und gleichzeitig mein allergrößter Traum. Mein ganzes Leben lang habe ich Märchen geliebt. Weil sie ein glückliches Ende haben. Ich wünsche mir auch ein glückliches Ende für mein Leben.«

Jetzt war ich es, die Tränen in den Augen hatte.

»Ach, Frau Bachmann. Bitte nicht weinen«, sagte er hilflos. »Es tut mir leid.«

»Ihnen braucht nichts leidzutun. Alles ist in Ordnung. Ihr Antrag, und alles andere, hat mich sehr berührt.

Entschuldigen Sie mich einen Moment? Ich möchte mich ein bisschen frisch machen.«

Auf der Gästetoilette fand ich schnell meine Fassung wieder. Während ich kaltes Wasser über meine Handgelenke laufen ließ, ordnete ich meine Gedanken und Gefühle, so gut ich konnte, und auf einmal wusste ich ganz genau, was ich sagen würde. Als ich zurück auf die Terrasse kam, sagte Herr Becker, der Gott sei Dank wieder ein bisschen rosiger aussah: »Ich bin ein alter Esel. Ich kann nicht mehr zurücknehmen, was ich gesagt habe, und wenn ich ganz ehrlich bin, will ich es auch nicht, es hat mir so auf der Seele gelegen. Aber wenn Sie jetzt nichts mehr mit mir zu tun haben wollen, dann habe ich dafür Verständnis.«

Frau Buntmanns Spaniel hätte, was flehende Blicke anging, glatt noch bei Herrn Becker etwas lernen können, und das wollte etwas heißen. Ich hätte wetten können, dass sich selbst ein Herz aus Stein unter dem Einfluss dieser graugrünen Augen hinter den dicken Brillengläsern auf der Stelle in Vanillecreme verwandelt hätte.

»Ich danke Ihnen für Ihre Offenheit und Ihren Mut«, sagte ich. »Und ich fühle mich sehr geehrt, dass Sie Ihr Leben mit mir teilen möchten. Aber ich kann Ihren Heiratsantrag nicht annehmen. Es widerspricht meinen Prinzipien, einen Mann zu heiraten, den ich nicht liebe.«

Meine Worte klangen nach einem Hollywood-Melodram mit Vivien Leigh und Gregory Peck in den Hauptrollen, aber Herr Becker schien sie tröstlich zu finden. Um seine Mundwinkel spielte ein kleines Lächeln, als er sagte: »Danke. Das passt zu Ihnen. Sie sind eine Frau mit einem großen Herzen. Natürlich können Sie keinen Mann heiraten, den Sie nicht lieben, das hätte mir klar sein müssen. Bestimmt haben Sie eine ausgeprägte Herzlinie.«

»Keine Ahnung«, sagte ich. »Wo soll die sein, diese Herzlinie?«

»In der Handfläche. Es ist die oberste Linie. Sie beginnt an der Handkante und bewegt sich aufwärts zu den Fingern. Wenn jemand ein großes Herz hat, dann ist die Herzlinie lang, gut ausgeprägt und geschwungen. Schauen Sie Ihre rechte Hand an. Die linke zeigt das, was wir an Anlagen mitbekommen haben. In der rechten Hand kann man lesen, was der Mensch daraus gemacht hat.«

Ich beäugte meine Handfläche und entdeckte die Herzlinie. Sie war tatsächlich geschwungen, lang und reichte von der Handkante bis unter den Zeigefinger. »Aha«, sagte ich beeindruckt. »Ich wusste gar nicht, dass Sie sich mit dem Handlesen auskennen.«

Er zuckte die Schultern und sagte mit einem verlegenen Lächeln: »Meine Frau hat sich intensiv damit beschäftigt. Das ein oder andere habe ich im Laufe der Jahre mitbekommen, aber es hat mich nie wirklich interessiert. Wirklich wichtig sind andere Linien – die Verbindungen die von Mensch zu Mensch, von Herz zu Herz geknüpft werden. Das sind die Herzlinien, auf die es im Leben ankommt. Martin Buber hat etwas sehr Schönes und Wahres gesagt, das in meinen Augen gut dazu passt: ›*Alles wirkliche Leben ist Begegnung.*‹ Es gab etliche Herzlinien in meinem Leben, wenn auch nicht so viele, wie ich mir heute wünschen würde, die meisten sind mir weggestorben. Und heutzutage lebe ich sehr zurückgezogen, da tut sich nicht mehr viel Neues. Das kommt davon, wenn man alt wird.«

Ich dachte an meine eigenen Herzlinien. Da waren meine Kinder, meine Mutter, Vater, Tante Vera, Jette, meine Klienten und Klientinnen, die Bekannten, zu denen ich noch Kontakt hatte. Auf einer bestimmten Ebene war mein ganzes Leben ein Netz aus Herzlinien, kunstvoll aus feinen Fäden gewebt. Alles und jeder war miteinander verbunden. Es war nicht statisch, dieses Netz. Fäden rissen oder lösten sich auf, neue Fäden wurden gesponnen, manche waren tragfähig, andere baumelten lose herunter und wurden vom kleinsten Windhauch davongetragen.

»Ein schönes Bild, das mit den Herzlinien«, sagte ich. »Ich habe gerade daran gedacht, dass es auch Herzlinien zwischen mir und meinen Klienten und Klientinnen gibt. Wir brauchen nicht zu heiraten, um außerhalb unserer Lesestunden etwas miteinander zu unternehmen, Herr Becker. Wenn ich das nächste Mal mit Frau Buntmanns Spaniel spazieren gehe, frage ich Sie, ob Sie Lust haben, mitzukommen. Ja?«

»Ja. Sehr gern.« Er lächelte mich an. Bei ihm saßen die Falten an den richtigen Stellen im Gesicht, sie kündeten davon, dass er in seinem Leben sehr oft gelächelt hatte. Ein wirklich netter Mann, und es war wirklich schade, dass er sich nicht in Mutter oder Tante Vera verliebt hatte. Oder in Frau Buntmann, die fünfundsiebzig war und sich schrecklich gern noch einmal verlieben würde, das hatte sie mir gestanden, als es Frühling wurde. »Mein Eugen ist jetzt fünf Jahre tot, und ich habe das Alleinsein satt. Ich habe eine Annonce in der Zeitung aufgegeben, aber da haben sich nur Männer gemeldet, die jemanden haben wollten, der sich um das Haus kümmert und sie betüddelt. Da waren halbe Pflegefälle dabei, die wollten wohl die Kosten fürs Altenheim sparen. Nein danke, darauf habe ich keine Lust. Ich möchte das Leben genießen, solange ich es noch kann.«

Plötzlich fiel mir noch etwas anderes ein, das ein bisschen mehr Abwechslung in Herrn Beckers Leben bringen könnte. »Vielleicht haben Sie ja auch Lust, mal in der *Kornblume* vorbeizuschauen. Ab sofort arbeite ich samstags dort. Es gibt einen großen Ständer mit Zeitschriften und leckere, gesunde Kleinigkeiten zu essen.«

Herr Becker stellte interessierte Fragen zur *Kornblume* und wurde immer rosiger und lebhafter, je mehr ich erzählte. Ja, er würde gerne am Samstag einmal in diesem Bistro zu Mittag essen und Zeitschriften lesen, sagte er schließlich. Ob denn auch der *Spiegel* dabei sei? Diese Frage konnte ich ihm leider nicht beantworten.

»Das macht nichts«, sagte er vergnügt. »Das finde ich ja dann selbst heraus.« Dann wollte er noch wissen, ob die Dame, der der Spaniel gehörte, gehbehindert sei?

»Nein, wieso?«

»Weil Sie mit dem Hund spazieren gehen.«

»Ich gehe nur einmal die Woche mit Samson los. Frau Buntmann bucht bei mir etwas, was sie ›Gute-Fee-Tag‹ nennt. An diesem Tag putze und bügele ich, kaufe ein, koche vor und führe Samson aus.«

»Gute Fee, ja. Das sind Sie wohl«, sagte Herr Becker versonnen. Er brachte mich in Verlegenheit, aber ich muss zugeben, dass sich etwas in meinem Inneren – vielleicht der Teil von mir, der tatsächlich gerne eine gute Fee gewesen wäre – freute wie ein kleines Kind.

Als unsere Zeit miteinander für diesen Tag vorbei war, brachte der alte Herr mich zur Haustür. »Danke«, sagte er zum Abschied.

»Wofür?«

»Dafür, dass Sie sind, wie Sie sind.«

Den ganzen Heimweg über dachte ich, dass das vielleicht das schönste Kompliment war, das ich je von einem Mann bekommen hatte, auch wenn ich nicht so genau wusste, wie ich war. Und dass es schade war, dass so viele Jahre Herrn Becker und mich voneinander trennten. Im milden Licht der Abendsonne gestattete ich mir eine Vision von mir als strahlende Braut in einem fliederfarbenen Kostüm, und neben mir der gutaussehende Bräutigam Waldemar Becker, fünfundzwanzig Jahre jünger als heute, im eleganten dunklen Anzug, und Lea und Jannis waren unsere Trauzeugen. Wir lebten alle zusammen glücklich und zufrieden in Waldemars Haus, und natürlich hatte mein Gatte nur Augen für mich. Ich war seine Seelengefährtin, die Frau seiner Träume, andere Frauen interessierten ihn kein bisschen. Während ich so vor mich hinträumte, trugen mich meine Füße ganz von allein auf einen kleinen Schlenker durch die Fußgängerzone. Es war kurz vor Ladenschluss, und wie immer war in der Brezelgasse, der Haupteinkaufsmeile, viel los. Ich genoss diese Lebendigkeit genauso wie die Tatsache, dass die Wege in

Salzstettens Innenstadtbereich so kurz waren, dass ich fast alles zu Fuß erledigen konnte, wenn ich wollte. Als ich an einem großen Kaufhaus vorbeischlenderte, kam auf einmal ein Mann aus dem Eingang und rannte mich beinahe über den Haufen. Es war Ralf, mein Ex, und er erkannte mich im selben Augenblick wie ich ihn. Wir blieben stehen.

»Hallo, Stefanie.«

»Hallo, Ralf.«

»Ist ja witzig, dass wir uns hier über den Weg laufen«, sagte er. »Ich hatte heute Morgen schon überlegt, ob ich dich anrufen soll.«

Das fand ich eingedenk der Tatsache, dass wir seit Jahren keinen Kontakt miteinander hatten, der über eine nickende Begrüßung auf der Straße hinausging, doch sehr erstaunlich.

»Ach ja? In welcher Angelegenheit denn?«

»Dies ist vielleicht nicht der ideale Ort für eine Unterhaltung«, gab Ralf zurück, ohne sich durch meinen spitzen Ton aus der Ruhe bringen zu lassen. »Wollen wir uns einen Moment auf die Bank dort drüben setzen, oder hast du es sehr eilig?«

Ich überlegte kurz, ob ich es eilig hatte oder mit meinem Ex-Mann eine Bank teilen wollte. Die Neugier siegte, und kurz darauf saßen wir auf einer Bank, neben einem großen, buntbepflanzten Blumenkasten.

»Da wären wir also. Worum geht's?«, fragte ich und dachte bei mir, dass Ralf gut aussah, noch besser als früher. Er hatte etwas zugenommen seit unseren gemeinsamen Zeiten, und seine Haare hatten sich gelichtet, aber er wirkte zufrieden, um nicht zu sagen glücklich. Und ich erfuhr auch, warum: Heute früh um 3:16 Uhr war seine Tochter Delfina zur Welt gekommen. Gesund und munter, nach einer leichten Geburt, bei der er dabei gewesen war. Sie war 50 cm lang und wog 3350 Gramm, und sie hatte eine Glatze, aber das würde sich ja bald ändern. Sandra und er seien überglücklich. Jannis und Lea habe er nachmittags telefonisch informiert, sie hätten sich sehr gefreut und wollten ihr Schwesterchen heute noch im Krankenhaus besuchen.

»Herzlichen Glückwunsch«, sagte ich. Es klang nicht übermäßig enthusiastisch, aber mehr Begeisterung konnte ich einfach nicht mobilisieren. Warum auch? Mein Ex-Mann, der mich verlassen hatte, hatte mit seiner Seelengefährtin Nr. 3 ein Baby bekommen, und unsere gemeinsamen, erwachsenen Kinder hatten nun eine Halbschwester. Was das Ganze mit mir zu tun haben sollte, außer, dass es an Wunden rührte, die, wie ich gerade feststellen musste, immer noch schmerzten, war mir ein Rätsel.

»Danke.« Er sah mich von der Seite an, und für diesen Blick – halb mitleidig, halb gekränkt – hätte ich ihn am liebsten geschüttelt. Welchen Grund gab es für ihn, gekränkt zu sein, bitte schön? Und Mitleid war genauso wenig angebracht. Auch wenn ich im Gegensatz zu ihm weder ein neues Baby noch einen Seelenpartner oder sonst etwas Spektakuläres vorweisen konnte.

»Mir ist allerdings immer noch nicht klar, warum du mich beinahe angerufen hättest heute Morgen«, sagte ich. »Ich hätte ja durch die Kinder ohnehin erfahren, dass du Vater geworden bist.«

Er schnaubte beim Ausatmen durch die Nase, ein sicheres Zeichen, dass er sich ärgerte. »Stimmt«, gab er kühl zurück. »Aber jetzt sind wir uns nun mal hier begegnet, war wohl Schicksal, und jetzt hast du doch durch mich persönlich erfahren, dass meine kleine Tochter auf der Welt ist.«

»Ja.« Mein Herz lag schwer und kalt wie ein Klumpen Lehm in meiner Brust und tat gleichzeitig weh. Wer hätte gedacht, dass es schmerzempfindliche Lehmklumpen gab?

Ralf schaute mich nicht an, als er jetzt sagte: »Ich sage dir noch etwas. Vielleicht hatte ich im Überschwang der Gefühle gehofft, dass wir ein freundschaftliches Verhältnis aufbauen könnten, schon den Kindern zuliebe. Aber dann wird mir wohl klargeworden sein, dass du deinen Groll weiter hegen und pflegen willst und ich mir den Anruf sparen kann.«

Ich traute meinen Ohren kaum. »Groll? Welchen Groll? Wenn du glaubst, dass ich noch wütend auf dich bin, bist du schiefgewickelt. Das Kapitel unserer Ehe ist lange abgeschlossen. Du lebst dein Leben, und ich lebe meins. Außer der Tatsache, dass wir zwei erwachsene Kinder haben, die überhaupt kein Problem damit haben, dass wir beide keinen Kontakt miteinander pflegen und dass wir noch in derselben Stadt leben, verbindet uns gar nichts mehr. Und das ist auch gut so. Leute, die propagieren, dass Geschiedene doch Freunde bleiben sollten, sollten sich mal überlegen, dass es ja wohl triftige Gründe gab, weswegen die Ehe geschieden wurde. Es entzieht sich meinem Verständnis, wieso Menschen, die sich auseinanderdividiert haben, noch mehr als unbedingt nötig miteinander zu tun haben sollten.«

»Ob du es glaubst oder nicht, es gibt tatsächlich Leute, die sich nach der Scheidung deutlich besser verstehen als vorher. Aber du trägst mir ja immer noch nach, dass ich dich damals verlassen und die Scheidung eingereicht habe, und das bezeichne ich als Groll«, meinte Ralf ruhig.

»Eine Tatsache bleibt eine Tatsache, das hat nichts mit nachtragend sein zu tun oder mit sonst irgendetwas in der Art. Du hast mich wegen deiner damaligen Seelengefährtin, wie hieß sie doch noch gleich ...«

»Ist doch egal.«

»Also wegen Frau Egal verlassen und die Scheidung eingereicht, da beißt die Maus keinen Faden ab.«

Ralf seufzte. »Ja. Stimmt. Es macht wenig Sinn, sich weiter darüber zu unterhalten. Ich muss jetzt los, Sandra erwartet mich im Krankenhaus. Ich habe gerade ein paar Sachen für sie besorgt.«

Triumphierend dachte ich bei mir, dass das wieder mal typisch für Ralf war: Er dachte gar nicht daran, sich auf eine Diskussion einzulassen. Er drückte sich vor Auseinandersetzungen, das war schon immer so gewesen.

»Tschüs dann«, sagte ich und schluckte den Kloß herunter, den ich auf einmal in der Kehle spürte.

Er war aufgestanden und schaute auf mich herunter. »Würdest du mir glauben, wenn ich dir sage, dass es mir aufrichtig leidtut, wie ich mich damals verhalten habe?«

Ich starrte ihn an. »Soll das eine Entschuldigung sein?«

»Ja«, meinte er schlicht.

Das traf mich unerwartet, aber ich ließ mir nichts anmerken. Ralf war nie jemand gewesen, der Fehler zugeben konnte, und Entschuldigungen waren auch nie seine Stärke gewesen. Im Film wären wir uns jetzt mit Tränen der Rührung in den Augen um den Hals gefallen, und ich hätte gestammelt, dass ich ihm selbstverständlich alles verzeihen würde. Aber im wirklichen, echten Leben sagte ich an diesem Abend, dem ersten Abend, den die kleine Tochter, die eine andere Frau Ralf geschenkt hatte, auf diesem Planeten erlebte: »Eine Entschuldigung ändert auch nichts an den Tatsachen. Aber trotzdem nett, dass du nach all der Zeit damit ankommst. Damit habe ich nun wirklich nicht gerechnet.«

»Vielleicht wäre es konstruktiv, wenn du dir klarmachen würdest, dass die Wut, die du auf mich hast, nichts an den Tatsachen ändert. Was passiert ist, ist passiert. Die Vergangenheit und damit auch, wer was wann und warum getan hat, lässt sich nicht mehr ändern. Das Einzige, was sich ändern lässt, ist die Einstellung im Jetzt. Und damit der Umgang miteinander. Ich bin jedenfalls durchaus willig, einen anderen Umgang mir dir zu pflegen.«

Ich war schon wieder baff. Ralf hörte sich an, als habe er eine Gesprächstherapie absolviert. Oder jede Menge Selbsterfahrungs-Wochenenden bei Leaping Salmon oder einem seiner Schamanenkollegen.

Ich stand auch auf und streckte die Hand aus. »Ich kann mit Worten wie ›anderem Umgang‹ nichts anfangen. Aber ich wünsche dir und deiner Familie alles Gute«, sagte ich förmlich.

»Danke«, gab Ralf genauso förmlich zurück. Sein Händedruck war fester, als ich ihn in Erinnerung hatte.

Wir strebten in unterschiedliche Richtungen davon, was natürlich ungeheuer symbolträchtig war. Ich war kaum ein paar Meter unterwegs, als mein Handy klingelte. Es war Mutter, die verkündete, dass sie vor meiner Haustür stünde und geklingelt habe, aber niemand öffnen würde. Sie klang vorwurfsvoll.

»Ich bin auf dem Heimweg«, sagte ich. »Wo brennt's denn? Ist irgendwas passiert? Warum hast du nicht vorher angerufen?«

Es kam selten vor, dass Mutter abends noch einmal aus dem Haus ging, und normalerweise rief sie vorher an, wenn sie mich besuchen wollte.

»Mir fiel die Decke auf den Kopf, und zu Vera kann ich nicht, weil wir uns gezankt haben«, sagte Mutter mit entwaffnender Ehrlichkeit. »Ich dachte mir, wir könnten spontan zusammen Abendbrot essen, du bist abends doch eigentlich immer da. Ich habe extra Weltmeisterbrötchen vom Bäcker mitgebracht, die isst du doch so gern.«

»Ich bin in zehn Minuten da«, sagte ich.

Spontaneität war so untypisch für Mutter, dass mich das Gefühl beschlich, als habe sich zwischen den Schwestern eine mittlere Katastrophe abgespielt. Und ich lag damit richtig, denn kaum hatten wir uns vor dem Hauseingang begrüßt, ließ Mutter eine Bombe platzen:

»Stell dir vor, Vera hat einen Liebhaber!«

Das war nun nichts Ungewöhnliches, fand ich, obwohl ich keine Ahnung hatte, was in den letzten Jahren in Tante Veras Liebesleben gelaufen war. »Lass uns doch erst mal reingehen, dann kannst du mir alles in Ruhe erzählen.«

»Da gibt es nicht viel zu erzählen«, schnaubte Mutter. »Sie rückt ja nicht mit der Sprache heraus. Sie hat sogar versucht zu lügen, aber damit konnte sie bei mir nicht landen!«

Ein langer, aufregender Tag lag hinter mir, und wenn ich ehrlich war, hatte ich keine Lust auf ein Drama zwischen meiner Mutter und meiner Tante. Ich wollte eine Kleinigkeit essen, dazu ein Glas Merlot trinken und mich anschließend aufs Sofa fallen lassen und mir irgendeinen Film im Fernsehen anschauen, um weder an meinen neuen Job, Herrn Beckers Heiratsantrag noch Ralfs neugeborene Tochter denken zu müssen.

Mutter setzte sich an den Tisch, während ich das Abendessen vorbereitete. »Und von dir hört und sieht man auch nichts«, sagte sie anklagend. »Wo hast du eben übrigens gesteckt?«

»Warum willst du das denn wissen?«, konterte ich. Unsere Augen begegneten sich. Mutter weiß haargenau, dass ich es hasse, wenn sie mich ausfragt. Und ich weiß haargenau, dass Mutter davon überzeugt ist, dass sie mich keineswegs ausfragt, sondern nur mütterliche Verbundenheit signalisiert, indem sie interessierte Fragen stellte.

»Darum«, sagte sie trotzig und stülpte die Unterlippe vor.

»Ich war hier und dort, unter anderem auch bei Herrn Becker, du weißt doch, heute ist Donnerstag. Und wir beide sind doch eigentlich für morgen verabredet«, erinnerte ich sie. »Da hätten wir uns spätestens gesehen und gehört. Was war denn nun genau los mit Vera?«

»Ich war zum Kaffee bei ihr. Es gab Butterkuchen. So weit, so gut. Dann gehe ich aufs Klo. Und was sehe ich? Auf der Ablage im Bad stehen zwei Zahnbürsten und zwei Interdental-Bürstchen im Becher. Und eine Flasche Rasierwasser Lagerfeld Classic. Ich fragte sie, wer der Kerl sei, der bei ihr übernachtet. Und wo um alles in der Welt sie ihn aufgegabelt hatte? Männer sind dünn gesät in unserem Alter. Und stell dir vor, Vera grinst mich frech an und wollte mir tatsächlich weismachen, dass sie neuerdings vier Zahnbürsten ihr Eigen nennt, weil der Zahnarzt ihr das empfohlen hat, und dass sie von ihrem Chanel Nr. 5 auf einen Herrenduft umgestiegen ist. Und die schwarzen Lederpuschen in Größe 43, die im Schuhregal im Flur herumliegen, hat sie sich angeschafft, weil sie so bequem sind, kein Wunder, wenn man Schuhgröße 39 hat. Wenn ich mich nicht so über sie geärgert hätte, hätte ich glatt lachen müssen. Vera konnte auch schon mal besser lügen, sie wird langsam alt.«

Uff, das waren viele Informationen auf einmal. Unvermittelt schlug Mutter mit der flachen Hand auf den Tisch, ihr Gesicht färbte sich zornesrot. »Es ist mir im Grunde egal, ob sie einen Liebhaber hat. Wenn ich mich darüber aufregen wollte, wäre ich in den letzten fünfundsechzig Jahren aus dem Aufregen nicht mehr herausgekommen. Vera hat ja nie was anbrennen lassen. Wenn ihr ein Kerl gefiel und sie ihm und er war bei drei nicht auf dem nächsten Baum, hatte er Pech gehabt, oder Glück, kommt drauf an, wie man es betrachtet.« Mutter hüstelte. »Aber dass sie mich anlügt und mir vor allen Dingen einen Mann unterschlägt, der seine Zahnbürsten bei ihr parkt und seine Puschen und einen Nassrasierer und Rasierschaum – mein Gott, das ist, als wären die zwei verheiratet! Ich bin ihre Schwester, ich habe ein Recht darauf, zu erfahren, mit wem sie so intim ist, dass er sich so bei ihr einnisten darf! Schon aus Sicherheitsgründen. Er könnte ja ein Gigolo sein, der sie ausnehmen will. Vera ist nicht unvermögend, einer ihrer Galane hat sie ja ganz ordentlich beerbt.«

Das war neu für mich. »Aha«, machte ich vorsichtig. »Meinst du nicht, dass Vera gut auf sich selbst aufpassen kann?«

»Verschone mich mit deinem ›aha‹«, fauchte Mutter. »Ich weiß, was du damit sagen willst. Du meinst, die Sache geht mich nichts an. Das tut sie aber doch! Als Schwester hat man Rechte, Blut ist allemal dicker als Wasser!«

»Das hab ich ja nicht bestritten, aber es scheint so, als ob Vera und du in dieser Sache unterschiedlich denkt.«

»Es kränkt mich, dass sie mir nichts erzählt, immerhin bin ich der Mensch, der ihr am nächsten steht. Wir sind zusammen aufgewachsen. Wir haben einen gemeinsamen Lebensweg, wir …«

Mutter unterbrach sich mitten im Satz und schaute mich so böse an, als sei ich Vera höchstpersönlich. »Sie kann von Glück sagen, wenn ich je noch mal ein Wort mit ihr wechsle.«

Während des Essens verfiel Mutter in finsteres Schweigen. Um sie auf andere Gedanken zu bringen, erzählte ich von meinem neuen Job, und es gelang mir tatsächlich, sie ein klein wenig abzulenken. »Du willst in einer Kneipe arbeiten? In deinem Alter? Bist du verrückt? Du wirst Rückenprobleme und Krampfadern bekommen.«

»Es ist keine Kneipe, sondern ein kleines Bio-Bistro. Und ich arbeite nur samstags, das hält mein Rücken schon aus. Und wenn es mir nicht gefällt, höre ich wieder auf.«

»Hm. Tu, was du nicht lassen kannst. Hoffentlich vergisst du darüber nicht, dass du eine Mutter hast.«

Ich streichelte ihren Arm. »Ganz bestimmt nicht. Es wird sich überhaupt nichts ändern.«

»Das denkst du«, sagte Mutter. »Ich weiß es besser. Und ich hasse Veränderungen, weil man nie weiß, was wirklich auf einen zukommt.«

6

Ich schlief unruhig in dieser Nacht, kein Wunder, bei all der Aufregung. Als der Wecker wie immer um sieben klingelte, fühlte ich mich wie zerschlagen und hätte am liebsten die Decke über den Kopf gezogen, um für den Rest des Tages in der warmen Dunkelheit vor mich hinzudösen. Aber ich stand brav auf und machte mich fertig, denn ich war ja mit Mutter verabredet. Sie hatte sich gestern unmittelbar nach dem Essen verabschiedet, und ich hatte nicht versucht, sie zum Bleiben zu bewegen, denn ihre Stimmung war letztlich auch mir aufs Gemüt geschlagen. Ich hoffte sehr, dass sie sich über Nacht beruhigt hatte und bald Frieden zwischen ihr und Vera einkehren würde.

Tante Vera rief an, als ich gerade aus dem Haus gehen wollte. »Du kaufst doch heute für Therese ein«, hörte ich. »Würdest du auch ein paar Sachen für mich besorgen?«

»Ja, kann ich machen. Was brauchst du denn?«

Tante Vera orderte eine Flasche Sekt, Räucherlachs, Erdbeeren, Schlagsahne und Babyöl. Die Produktauswahl gab mir zu denken, aber ich verkniff mir die Frage, ob ein lauschiges Wochenende inklusive Massage mit dem geheimnisvollen Liebhaber geplant war.

»Okay, ich habe es mir aufgeschrieben. Ist das alles?«

»Ja. Sag mal, war Therese gestern Abend bei dir?«

»Ja, Mutter kam vorbei, ganz spontan. Wir haben zusammen zu Abend gegessen.«

Tante Vera stieß einen Triumphschrei aus. »Also weißt du Bescheid, dass wir eine kleine Auseinandersetzung hatten.«

»Also …«

»Ha! Ich hab's gewusst! Meine Ohren haben gejuckt, ein untrügliches Zeichen, dass Therese über mich hergezogen hat.«

»Sie hat nicht über dich hergezogen. Sie wirkte ziemlich, na ja, verletzt auf mich.«

»Verletzt? Therese? Ja, wieso denn das, bitte schön? Ich habe ihr nichts getan«, sagte meine Tante erstaunt. »Ich habe ihr nur Auskünfte über mein Privatleben verweigert, was mein gutes Recht ist. Das hat ihr natürlich nicht gepasst. Sie ist krankhaft neugierig, war sie immer schon, aber das ist ihr Problem, nicht meins.«

Hier war Fingerspitzengefühl gefragt. »Ich denke mal, sie wünscht sich, dass du ihr genug vertraust, um mit ihr über, ähm, Angelegenheiten und Personen zu sprechen, die wichtig in deinem Privatleben sind«, versuchte ich zu erklären und kam mir vor wie eine Mischung aus Therapeutin und Friedensengel. »Immerhin seid ihr Schwestern.«

Einen Moment lang herrschte Stille am anderen Ende der Leitung, dann sagte Tante Vera ruhig: »Glaub mir, Kind, in diesem Fall ist es besser für deine Mutter, wenn sie nichts weiß. Also, tschüs dann.«

Damit war das Gespräch beendet. Genau wie Mutter hatte auch Vera die irritierende Angewohnheit, ein Telefonat rasant abzubrechen, wenn ihr danach war. Ich stellte fest, dass ich es auch für mich und meinen Seelenfrieden besser fand, nichts weiter über Tante Veras Liebesleben zu erfahren, und hoffte, dass es dabei bleiben würde.

Eine dreiviertel Stunde später klingelte ich mit meinen Einkäufen bei meiner Tante. Sie öffnete die Wohnungstür in einem knielangen, dunkelroten Longshirt mit dem Aufdruck »Ich liebe mich«, das sie über schwarzen Leggings trug. Ihre Freude, mich zu sehen, hielt sich sehr in Grenzen.

»Mit dir hatte ich jetzt gar nicht gerechnet, Stefanie. Ich dachte, du kommst am Nachmittag vorbei, nachdem du bei Therese warst«, sagte sie zur Begrüßung, machte jedoch keine Anstalten, mich hereinzulassen.

»Ich bin gleich wieder weg, keine Angst. Ich möchte nur meine Einkäufe loswerden.«

Tolle Begrüßung, wirklich, als Dank für den prompten Lieferservice! Meine liebe Verwandtschaft ging mir plötzlich so gewaltig auf den Zeiger, dass ich meine Dienste am liebsten fristlos gekündigt hätte. Ich war nicht nur Haushaltskraft, sondern auch Zuhörerin, Trösterin, Mediatorin, Entertainerin, je nachdem, was gerade erwünscht war. Ein Recht auf Privatleben wurde mir nur eingeschränkt und widerwillig zugebilligt. Okay, ich wurde bezahlt für meine Arbeit, aber wo war der Respekt vor der Grenze zwischen Arbeit und meinem Privatbereich? Wo verlief diese Grenze überhaupt? Und war Mutter, Tante Vera und Vater eigentlich klar, dass ich ein Mensch mit eigenen Wünschen, Bedürfnissen und Plänen war und kein stets einwandfrei funktionierender Service-Roboter?

»Ja, ja, das ist mir schon klar. Aber wenn du heute Nachmittag gekommen wärst, hätten wir gemütlich zusammen Tee trinken und in Ruhe etwas miteinander besprechen können«, sagte Tante Vera vorwurfsvoll.

»Wenn das Wörtchen *wenn* nicht wär, wär mein Vater Millionär.« Damit zitierte ich einen von Mutters Lieblingssprüchen aus meiner Kinderzeit, im vollen Bewusstsein, dass er Tante Vera auf die Palme bringen würde. Die Reaktion kam prompt: »Den blöden Spruch hättest du dir sparen können. Und deine schlechte Laune darfst du gern mit zu Therese nehmen, ich brauche sie nicht. Aber danke fürs Einkaufen.«

Sie riss mir den Einkaufsbeutel aus der Hand, schnappte sich ihr Portemonnaie, das wie immer auf der Flurkommode lag, und zog einen Fünfzig-Euro-Schein heraus. »Hier. Das stimmt so.«

»Das ist zu viel. Ich hab den Supermarkt-Bon in meiner Hosentasche, warte mal ...« Sie wedelte mit dem Schein vor meiner Nase herum. »Lass stecken. Sieh es als kleine Entschädigung dafür, dass du künftig nur zweimal im Monat zum Großeinkauf und Saubermachen zu kommen brauchst. Das war es, worüber ich heute Nachmittag mit dir reden wollte. Es ist Verschwendung, dass du so oft kommst. Ich bin ja im Grunde fit, nur ein bisschen bequem. Das soll sich ändern. Ich bin nicht scharf drauf, einzurosten, weil ich zu viel raste.«

Ich staunte. Das waren ja völlig neue Erkenntnisse und Entwicklungen. Ich schloss messerscharf, dass ihr geheimnisvoller neuer Lover hinter dieser Entscheidung steckte. Wenn ich nur zweimal im Monat kam, konnte sie ihn leichter verheimlichen. Es konnte allerdings gut sein, dass meine Tante es sich in Windeseile wieder anders überlegte, Hausarbeit war noch nie ihr Ding gewesen. Aber zunächst würde ich genießen, was mir überraschend in den Schoß gefallen war: Eben hatte ich den Job noch hinschmeißen wollen, weil ich so genervt war, und plötzlich erfuhr ich, dass ich in Zukunft deutlich weniger Kontakt mit Tante Vera haben würde. Erstaunlich war auch, dass ich überhaupt kein schlechtes Gewissen hatte, weil ich mich deswegen freute. Etwas in mir verkündete laut und deutlich, dass es höchste Zeit war, dass ich mich mehr um mich und deutlich weniger um andere kümmerte, und dass das vollkommen in Ordnung war.

»In Ordnung«, sagte ich nun auch laut und versuchte, dabei nicht allzu begeistert zu schauen. »Ab sofort gibt es also alle vierzehn Tage einen Gute-Fee-Tag für dich, liebe Tante Vera.«

»Einen was?«

»Einen Gute-Fee-Tag. Den bucht Frau Buntmann immer bei mir, einmal die Woche. An diesem Tag erledige ich alles für sie, was ansteht.«

Tante Vera lächelte. »Genau so etwas will ich auch.«

In diesem Moment tauchte eine Gestalt hinter ihr auf, die mir wohlbekannt war, und mein Herz machte einen Satz. Die Gestalt trug einen blau-weiß gestreiften Bademantel und sagte: »Starr mich nicht so entsetzt an, Kind, da bekommt man ja das Gruseln am frühen Morgen.«

Tante Vera war herumgewirbelt. »Oskar!«

»Schrei nicht so, Vera. So früh am Tag kann ich das überhaupt nicht ausstehen.«

In meinem Kopf tobte ein Wirbelsturm. Vater und Tante Vera. Vera und Oskar, Tante Vera und mein Vater – ein Liebespaar? Es waren also Vaters Puschen in ihrem Flur, sein Rasierzeug in ihrem Bad. Du liebe Güte. Was für eine Katastrophe. Wenn es eins gab, was Mutter Vera niemals verzeihen würde, dann war es das. Kein Wunder, dass Vera ihrer Schwester nichts verraten hatte. Andererseits war es natürlich pure Provokation, Vaters Sachen gestern Abend nicht beiseitezuräumen, Vera wusste doch, wie neugierig ihre Schwester war.

Ob da etwa früher schon einmal etwas zwischen den beiden gelaufen war? Womöglich in den Zeiten, als Vater noch mit Mutter verheiratet gewesen war? Gemocht hatten sie sich immer, und Vera hatte sich auch immer aus der Ehe und ihren zahlreichen Konflikten rausgehalten, es war Mutter nie gelungen, sie zu ihrer Verbündeten zu machen, dabei hatte sie es weiß Gott versucht … Stopp, sagte ich mir. Stopp. Die Phantasie geht mit dir durch, Stefanie, das weißt du genau. Dass die zwei sich immer gemocht haben, heißt noch lange nicht, dass sie schon früher ein Verhältnis miteinander hatten. Und vielleicht sind sie auch jetzt kein Liebespaar. Bestimmt gibt es sogar eine ganz harmlose Erklärung, warum Vater im Bademantel in Tante Veras Flur aufgetaucht ist. Vielleicht ist seine Dusche kaputt, und er ist zum Duschen zu ihr gegangen. Jawohl, so wird es sein. Denn wieso sollten die zwei auf einmal ein Liebespaar sein, sie kennen sich doch schon ewig. Während ich zur Salzsäule erstarrt dastand und ein Teil von mir sich nach den Zeiten sehnte, wo Frauen in unangenehmen Situationen einfach in Ohnmacht fallen durften und von starken Männerarmen aufgefangen wurden, fauchte Vera meinen Vater an, dass es doch ausgemacht gewesen sei, ihre Liebe geheim zu halten. Jetzt hätte man den Salat. Ich würde geradewegs zu Therese fahren und ihr alles erzählen, und dann habe man eine Furie am Hals. Am besten benachrichtige man gleich die Polizei als Personenschutz.

»So ein Unsinn. Stefanie kann Geheimnisse für sich behalten. Und selbst wenn sie Therese erzählt, was Sache ist, ist es auch nicht schlimm. Es wäre mir ehrlich gestanden sogar ganz recht, denn irgendwann muss es ja doch rauskommen. Ich habe keine Lust, für den Rest meines Lebens den unsichtbaren Liebhaber zu mimen. Therese wird schon damit klarkommen, dass wir ein Paar sind. Bleibt ihr ja nichts anderes übrig. Sie wird eine Weile toben und schmollen und schmutzige Wäsche von anno Tobak waschen, aber das sitzen wir aus, und alles wird gut werden.«

Vaters grenzenloser Optimismus ließ mir die Haare zu Berge stehen.

»Wer spricht denn vom Rest deines Lebens?«, fragte Tante Vera jetzt mit ihrer Bühnenstimme, die durch den Flur hallte. »Ich wollte unsere Amour fou geheim halten, solange sie andauert. Es könnte schließlich heute oder morgen zu Ende sein zwischen uns, Therese und Stefanie und die Kinder hätten nie etwas erfahren und der Familienfrieden wäre gewahrt geblieben. Du kannst doch nicht im Ernst glauben, dass Therese uns ihren Segen gibt, du weißt doch, wie sie ist. Sie wird für den Rest ihres Lebens kochen, dass ausgerechnet du mein Liebhaber bist – ihr Ex-Mann und Vater ihrer einzigen Tochter. Sie war immer schon sehr besitzergreifend und eifersüchtig, das solltest du doch wohl am besten wissen, es hat ja früher genug Dramen deswegen gegeben. Dabei ist es doch so, dass man niemanden besitzen kann und das einzig Konstante im Leben der Wandel ist. Gerade in der Liebe. Man kann nie wissen, wie lange sie bleibt. Sie ist ein leichtes Mädchen und lässt sich nicht anbinden. Ha! Wer weiß, wer mir morgen über den Weg läuft, wenn Amor mit seinen Pfeilen schießt. Dass er auf unsere alten Tage noch mal auf uns beide zielt, und aus deinem Liebeskummer Leidenschaft entwächst, hätten wir ja beide nie für möglich gehalten.«

Ihre Augen blitzten, sie hatte sich in Positur gebracht, und es war nicht zu verkennen, dass sie ihren Auftritt genoss. In diesem Moment war sie ganz eingetaucht in ihre Rolle als leidenschaftliche Diva an der Seite eines Mannes vom Kaliber eines Hans Albers. Und genau wie er, scherte sie sich keinen Deut um ihr Alter und zweifelte nicht im Geringsten an ihrer erotischen Ausstrahlung.

Hans Albers alias Oskar Bachmann räusperte sich kurz und sagte: »Ich war in unserem Fall fürs Konstante ohne Wandel, Vera. Ich hatte genug Wandel, was Frauen angeht, vielen Dank, über das Alter für leichte Mädchen bin ich auch hinaus, und bei dir sollte es doch auch langsam reichen. Du hast genug Erfahrungen für zwei Leben gesammelt, was das Thema Männer angeht.«

Sie funkelte ihn an und stemmte die Hände in die Hüften. »Du weißt, dass ich mich ungern festlegen lasse, Oskar. Aus einer Frau mit Champagner im Blut machst du keine mit Kamillentee in den Adern.«

Die Unterhaltung ließ mich komplett außen vor. Ich nutzte die Gelegenheit und machte mich wortlos aus dem Staub. Während ich die Treppe hinunterging, hörte ich Vater sagen: »Vielleicht sollten wir es einfach lassen, Vera. Vielleicht war es doch keine gute Idee, dass wir beide uns als Paar zusammengetan haben. Ich fürchte, es scheitert an der Alltagstauglichkeit. Wir sind es beide gewöhnt, allein zu sein und unseren Kopf durchzusetzen. Ein alter Hund lernt keine neuen Kunststücke mehr, das hätte mir von Anfang an klar sein sollen.«

»Das besprechen wir drin«, kam es energisch zurück, und ich hörte, wie die Wohnungstür krachend ins Schloss fiel. Dass ich nicht mehr da war, schien in der Hitze des Gefechts niemandem aufgefallen zu sein. Ich konnte mich des Eindrucks nicht erwehren, dass diese Amour fou auf dem besten Wege war, zu Asche zu verglühen.

Auf der Fahrt zu Mutter wurde mir klar, in welcher Zwickmühle ich steckte. Wenn ich ihr verschwieg, dass Vater und Tante Vera ein Paar waren und sie erfuhr, dass ich davon gewusst, es ihr aber verschwiegen hatte, würde sie mir das nie verzeihen. Wenn ich es ihr erzählte, war ich die indiskrete Überbringerin schlechter Nachrichten – ein Job, der in früheren Zeitaltern lebensgefährlich war – und würde die volle Wucht von Mutters Empörung abbekommen. Etwas, auf das ich getrost verzichten konnte. Was war das kleinere Übel? Als ich mit meinen Einkäufen vor Mutters Wohnungstür stand, wusste ich immer noch nicht, was ich tun sollte.

Mutter empfing mich ganz in Schwarz und mit Leidensmiene, was hervorragend zur Situation passte. Ich umarmte sie und erkundigte mich, wie es ihr denn ginge. »Schlecht natürlich. Was für eine Frage. Veras Vertrauensbruch nimmt mich schwer mit. Aber ich habe nachgedacht, eine letzte Chance gebe ich ihr noch, mit der Sprache herauszurücken. Wenn sie mir dann immer noch so blöd kommt, will ich nichts mehr mit ihr zu tun haben. Nie mehr, solange ich lebe.« Mutter presste die Lippen fest zusammen und schob das Kinn vor.

»Hast du dir das auch gut überlegt? Die, hm, Affäre oder was immer es ist, könnte morgen schon wieder vorbei sein. Vera ist nicht der beständigste Mensch auf Erden, was Beziehungen angeht. Aber sie ist deine einzige Schwester.« Ich schleppte meine vollbeladene Klappkiste zum Küchentisch und begann, die Einkäufe einzuräumen.

»Jetzt fehlt nur noch der Spruch, dass Blut dicker als Wasser ist. Mag sein, aber man kann es notfalls ignorieren. Natürlich habe ich hin und her überlegt, ich hatte ja die ganze Nacht Zeit. Kein Auge hab ich zugetan. Es geht nicht um den Mann, es geht darum, wie unmöglich sich Vera mir gegenüber verhält«, sagte Mutter trotzig. »Du bist übrigens eine Viertelstunde zu spät dran.«

In diesem Moment sehnte ich mich geradezu schmerzhaft nach einer einsamen Insel. Nur ich, das Meer, der blaue Himmel, Sonne, Strand, ein paar Kokospalmen, ein gutgefüllter Kühlschrank, ein Fernseher, ein Stapel Bücher und eine Hängematte. Herrlich!

»Ist das so schlimm?«

»Du weißt, dass ich Unpünktlichkeit hasse«, murmelte Mutter, die bei Stress dazu neigt, Erbsen zu zählen. »Beim letzten Mal warst du auch nicht auf die Minute da. Pünktlichkeit ist die Höflichkeit der Könige.«

Da riss mir der Geduldsfaden, der von der Begegnung mit Tante Vera und Vater sowieso schon in Mitleidenschaft gezogen worden war. »In Ordnung. Hiermit lege ich die Arbeit nieder. Mit sofortiger Wirkung. Ich habe keine Lust, deine schlechte Laune abzukriegen, nur weil du sauer auf Vera bist. Ruf mich an, wenn du wieder besser drauf bist.«

Mutter starrte mich mit offenem Mund an, was ich ihr nicht verübeln konnte. So einen Auftritt war sie von mir nicht gewohnt.

»Was soll das bedeuten?«

»Dass ich jetzt nach Hause fahre.«

»Das kannst du nicht machen! Ich bin nicht nur deine Mutter, ich bin deine Auftraggeberin!«

»Dein Auftrag wurde soeben storniert.« Ich machte einen Schritt auf die Küchentür zu.

»Warte! Dein Opa hat immer gesagt: In der Ruhe liegt die Kraft. Und du kriegst noch Geld von mir.« Das klang nach einem Friedensangebot.

Ich blieb stehen.

»Ich koche uns einen Kaffee, ja?«, hörte ich Mutter zaghaft vorschlagen.

Ich drehte mich um. Mutter, die ein Stück kleiner ist als ich, schien noch kleiner als sonst und schielte erschrocken über den Rand ihrer auf die Nasenspitze gerutschten Lesebrille. Ich hatte mir Respekt verschafft, kein Zweifel, und es war ein gutes Gefühl.

»Okay«, sagte ich. »Ich nehme deine Entschuldigung an.«

Mutters Kopf zuckte hoch. Ich konnte ihr die Gedanken von der Stirn ablesen: Eine Entschuldigung? Ich hab mich doch gar nicht entschuldigt. Was ist bloß in Stefanie gefahren? Aber Mutter wäre nicht Mutter gewesen, wenn sie nicht blitzschnell eine Erklärung zur Hand gehabt hätte: »Sag mal, Kind, warst du eigentlich mal beim Frauenarzt und hast dich untersuchen lassen? Du bist bestimmt schon in den Wechseljahren, so reizbar, wie du bist. Es gibt da mittlerweile gute pflanzliche Mittel, man muss ja nicht gleich Hormone nehmen. Beim Friseur habe ich gelesen, dass Soja gut sein soll.«

»Kaffee reicht mir völlig, danke.« Mit diesem Satz versuchte ich ihr zu signalisieren, dass ich mit ihr auf keinen Fall über meinen Hormonhaushalt sprechen wollte. Ein Glück, ausnahmsweise verstand meine Mutter den Wink mit dem Zaunpfahl und sagte nur: »Ich habe auch Zitronenkuchen da.«

»Ich nehme auch Zitronenkuchen«, erwiderte ich gnädig und machte mich wieder daran, die Lebensmittel einzuräumen, während Mutter Kaffee kochte und den Zitronenrührkuchen in mundgerechte Häppchen schnitt. Sie plauderte dabei so unentwegt, als hätte der kleine Zusammenstoß eben gar nicht stattgefunden.

»Stell dir vor, Ralf rief vorhin an, um mir zu erzählen, dass seine kleine Tochter auf der Welt ist. Ich muss sagen, damit hätte ich nicht gerechnet. Ich dachte, der verzeiht mir nie, dass ich ihn damals als mieses Arschloch bezeichnet habe, das dich nicht verdient hatte.« Mutter seufzte in der Erinnerung an diese Szene, als sie nach

Ralfs Auszug an seiner neuen Wohnung geklingelt hatte, um ihm gehörig die Meinung zu geigen. Danach war sie schnurstracks zu mir marschiert und hatte wiederholt, was sie ihm alles an den Kopf geworfen hatte. Ich hatte mich sehr für ihren Auftritt geniert, aber ein Teil von mir war auch voller Bewunderung gewesen. Sie hatte ohne Hemmungen das ausgesprochen, was ich nur gedacht hatte. »Er war ganz freundlich und meinte, dass es ihm ein Bedürfnis gewesen wäre, mich anzurufen, er wüsste eigentlich auch nicht, wieso er auf diese Idee gekommen sei. Hm. Ich auch nicht, habe ich gesagt, ich hätte es ja von Lea und Jannis erfahren, aber egal, jedenfalls herzlichen Glückwunsch. Es ist immer ein Glück, wenn ein Kind geboren wird, die Welt braucht Kinder. Ralf war ganz schön gerührt, glaube ich, seine Stimme klang auf einmal komisch. Na ja, so eine Geburt kann auch Väter durchschütteln, manche sind danach nie mehr dieselben wie vorher. In dem Buch *Wirrwarr der wilden Gefühle,* das ich kürzlich gelesen hatte, war das auch so, nachdem seine junge Frau ein Baby bekommen hatte, war der wilde Sir Gregory wie ausgewechselt, er gab den Brandy auf und seine Mätresse. Jaja. Vom Saulus zum Paulus, so kann es gehen.«

»Hmmm«, machte ich, denn ich bekam den Apostel Paulus und Ralf nicht so recht unter einen Hut.

Mutter warf mir einen scharfen Blick zu. »Du verhältst dich irgendwie seltsam. Verheimlichst du mir etwas?«

Mir wurde ganz heiß, denn Fakt war, dass ich tatsächlich so einiges verheimlichte, aus den verschiedensten Gründen: Eine Amour fou im Schoße der Familie, die Tatsache, dass Lea mit einem Unsympath von Kerl zusammen war, der sechzehn Jahre älter war als sie, den Heiratsantrag eines Mannes, der eigentlich mein Klient war, und die Begegnung mit Ralf gestern Abend. Und da war auch noch Jette, die sich in eine heiße Affäre gestürzt hatte. Mutters Bild von meiner perfekten besten Freundin wäre zerstört, wenn sie wüsste, dass Jette, die genau so lebte, wie Mutter es sich für mich erträumte – in einer langjährigen, glücklichen Beziehung, finanziell abgesichert und mit einem echten Beruf, der noch dazu Glamour-Appeal hatte, denn sich um ältere Leute kümmern war in ihren Augen so etwas wie eine Hausfrau, die man mieten konnte –, auf Abwegen wandelte. Obwohl es objektiv gesehen keinen Grund gab, fühlte ich mich plötzlich wieder wie als Kind, wenn ich irgendetwas angestellt und Mutter mir an der Nasenspitze abgelesen hatte, dass irgendwas nicht stimmte und sich sofort an die Aufklärung des Falls machte. Aber ich war kein Kind mehr, sagte ich mir, ich war eine erwachsene Frau und hatte das Recht, Dinge für mich zu behalten, wenn mir danach war. Und ich stellte fest, dass mir danach war, das heißeste Eisen – Vater und Tante Vera – noch nicht mal mit der Feuerzange anzufassen, egal, welche Konsequenzen das möglicherweise nach sich zog. Von Herrn Beckers Heiratsantrag musste Mutter auch nichts wissen, sie würde mir ständig damit in den Ohren liegen, dass ich ihn bloß annehmen sollte, so eine Chance, gut versorgt zu werden, käme für eine Frau in meinem Alter nie wieder. Und Jettes Liebesleben ging Mutter sowieso nichts an. Das Einzige, was ich Mutter »gestand«, war, dass ich in der Aufregung gestern Abend ganz vergessen hätte zu erzählen, dass ich Ralf über den Weg gelaufen war und bereits wusste, dass sein Kind auf der Welt war. Das verzieh sie mir gnädig, es sei ja schließlich kein Wunder bei alldem Ärgernis wegen Vera, die sowieso wichtiger sei als das Baby eines Ex-Schwiegersohns.

»Ralf behauptete übrigens noch, dass es ihm leidtue, wie er sich damals verhalten hat«, berichtete ich weiter. »Das hat mich beinahe umgehauen, obwohl es natürlich nichts an den Tatsachen ändert.«

Mutter rührte Milch und Zucker in ihre Kaffeetasse und nickte. »Ich sag doch, vom Saulus zum Paulus. Weißt du, was mir gerade durch den Kopf geht, Stefanie?«

Ich zuckte die Achseln.

»Da wir grade beim Thema Mann sind: Du solltest unbedingt endlich eine Heiratsanzeige im *Salzstettener Tageblatt* aufgeben. Wenn du erst glücklich verliebt bist, ist das, was mit Ralf war oder nicht war, völlig unwichtig. Man soll die Vergangenheit ziehen lassen, das ist gut für die Seele und das Herz. Das habe ich erst letztens beim Friseur gelesen.«

Ich verdrehte die Augen und wünschte mir, ich könnte dieses Thema in Mutters Gehirnkasten abbestellen wie ein Zeitungsabonnement.

»Du brauchst gar nicht so zu gucken«, fuhr Mutter fort. »Viele Frauen haben ihr Glück schon über eine Annonce gefunden. In *Liebesworte im August* von Daniella Durante war das auch so. Die Frau, um die es ging, war verwitwet und hatte die Hoffnung, jemals wieder einen Mann zu finden, aufgegeben. Aber dann hat sie auf eine Anzeige in der Zeitung geantwortet, und das Schicksal nahm seinen Lauf. Ihre Jugendliebe meldete sich, und die Liebe brach wie eine Himmelsmacht über die beiden herein.« Mutter seufzte vor Wonne.

»Alte Liebe ist wie Spinat, man soll sie nicht aufwärmen. Den Spruch hab ich mal in einem Roman gelesen und finde ihn genial.«

Mutter schielte mich über den Rand ihrer Brille an. »Das war doch nur ein Beispiel. Es geht um die Sache an sich. Na ja. Des Menschen Wille ist sein Himmelreich. Man kann den Esel zum Brunnen führen, aber trinken muss er schon allein. Vielleicht lernst du bei deiner neuen Arbeit ja jemanden kennen.«

»Wenn der Prinz auf dem Esel durch die Tür der *Kornblume* reitet, um mich auf sein Weingut in der Provence zu entführen, bist du die Erste, die es erfährt«, versprach ich.

»Ich meine es nur gut. Dein Glück liegt mir am Herzen!«, sagte Mutter beleidigt.

Ich musste an meine Tochter denken, deren Glück mir auch am Herzen lag und die leider völlig andere Vorstellungen von ihrem Glück hatte als ich, und streichelte Mutters Hand. »Das weiß ich doch, Mumsi.«

Mutter starrte mich entsetzt an. »Mumsi, das hast du ewig nicht mehr gesagt. Geht's dir nicht gut?«

»Doch, doch, Mumsi.«

Mutters Augen funkelten vor Vergnügen, als sie antwortete: »Dann ist's ja gut, kleine Schnecke.«

Mumsi und kleine Schnecke. Mit einem Ruck drehte sich das Rad der Zeit mehr als drei Jahrzehnte zurück, ich sah mich wieder als kleines Mädchen mit Rattenschwänzen und weißen Kniestrümpfen an Mumsis Hand sonntags durch den Park spazieren und Zitroneneis aus der Waffel schlecken und musste lächeln. Vater ging zu dieser Zeit bereits eigene Wege, und Mumsi und kleine

Schnecke hatten einen Geheimbund gegen den Rest der Welt geschlossen. Eines der wichtigsten Rituale dieses Geheimbunds war das sonntägliche Eisessen – italienisches Zitroneneis im Sommer, wenn der Eissalon geöffnet hatte; ein Eis am Stiel vom Kiosk in der kalten Jahreszeit.

»Weißt du noch? Unsere Sonntage?«, fragte ich. »Das Zitroneneis war Weltklasse.«

»Besonders auf deinen Sonntagskleidern«, sagte Mutter, und wir fingen an zu kichern. Nach dieser kleinen Exkursion in die Vergangenheit fühlte ich mich viel besser, obwohl sich an den diversen Baustellen der Gegenwart nichts geändert hatte. Auch Mutter war besser gelaunt, ihre Wangen waren so rosig, als hätte sie sich ein Glas Prosecco statt Kaffee zum Zitronenkuchen genehmigt.

Nachdem ich in Mutters Haushalt alles erledigt hatte, was erledigt werden sollte, fuhr ich heim. Es war vier Uhr, und ein feiner Nieselregen hatte die Sommerluft abgekühlt. Auf dem Anrufbeantworter fand ich zwei Nachrichten vor. Eine war von Seminarteilnehmer Erik, der an unser geplantes Treffen zwecks Erfahrungsaustauschs erinnern wollte und um Rückruf bat. Zum ersten Mal fiel mir auf, dass er eine angenehme, tiefe Stimme hatte, die bestimmt Baldrian für gestresste Mandanten war. Die andere Nachricht war von Jette, die »einfach nur mal ein paar liebe Grüße hinterlassen« wollte. Während ich überlegte, ob ich Lust hatte, mich mit Erik zu treffen oder ob ich einfach tote Maus spielen sollte in der Hoffnung, dass er aufgeben würde, wenn ich nicht auf seinen Anruf reagierte, hörte ich Leas Stimme: »Mama?«

»Ich bin im Wohnzimmer, Schatz.«

Die Tür öffnete sich, und Lea kam herein. Sie war sehr aufgeregt, das sah ich auf den ersten Blick, und sie fragte sehr förmlich, ob ich einen Augenblick Zeit für sie hätte. Sie würde gerne etwas Wichtiges mit mir besprechen. Was sie sagte und wie sie es sagte, hörte sich an, als habe sie es auswendig gelernt. Ein schrecklicher Gedanke durchzuckte mich – sie würde doch nicht etwa schwanger sein? Alles, nur das nicht, sie ist viel zu jung, sie wird sich ihre Zukunft verhageln, schrie es in mir, und vor allem kein Baby von Haifisch-Dirk!

»Ja, ich habe Zeit, ist etwas passiert?«

Lea versicherte mir, dass alles in Ordnung sei. Es sei nur so, dass große Veränderungen in ihrem Leben anstünden, die sie gerne mit mir besprechen würde. Auch dieser Satz klang, als habe sie ihn mit einem Coach einstudiert. Ich hatte natürlich sofort Dirk im Verdacht, und mir schwante Fürchterliches. Mit einem flauen Gefühl im Magen ließ ich mich neben Lea aufs Sofa plumpsen. »Lea, bist du etwa …«

Leas Gesicht verzog sich zu einem schwachen Grinsen. »Nein, keine Angst, ich bin nicht schwanger. Ich werde heiraten. An Dirks Geburtstag am 17. Juli. Das ist ein Freitag.«

Im ersten Moment glaubte ich, mich verhört zu haben. Es konnte doch unmöglich sein, dass meine Tochter *heiraten* wollte! Es konnte, durfte doch einfach nicht sein, dass sie sich mit ihren achtzehn Jahren an einen zweimal geschiedenen Mittdreißiger mit zwei kleinen Kindern kettete, den sie gerade mal ein paar Wochen kannte.

»Das ist nicht dein Ernst, oder? Du willst mich veräppeln?«, fragte ich hoffnungsvoll.

Lea schüttelte den Kopf. »Ich mache doch keine Witze, wenn es um den Mann meines Lebens geht.«

Der Mann ihres Lebens. Das war wie ein Faustschlag ins Gesicht. Wo blieb die Gerechtigkeit? Die Belohnung für meine Geduld und Toleranz? Ich hatte auf Jettes und Tante Veras Rat gehört und mich nicht eingemischt und darauf vertraut, dass die Affäre in Windeseile vorbei sein würde, aber von wegen! Lea wollte vor den Traualtar treten, und selbst Jannis würde diese Katastrophe nicht schönreden können, der den neuen Mann in Leas Leben kürzlich lässig mit der Bemerkung kommentiert hatte, dass es nicht schaden könne, wenn Lea mal ein paar Erfahrungen sammelte, anstatt ununterbrochen mit Sebastian zusammenzuglucken. »Mama, nun schau nicht so«, sagte Lea. »Es geht um eine Hochzeit, keine Beerdigung.«

»Ich bin aber entsetzt! Sag mal, bist du komplett übergeschnappt? Nur über meine Leiche heiratest du diesen windigen Typ! Mit sechsunddreißig schon zweimal verheiratet, meine Güte, Lea, schalte mal dein Hirn an und überleg mal, was das über seine Bindungsfähigkeit aussagt. Und dann hat er auch noch zwei kleine Kinder.«

Diese Reaktion war natürlich absolut uncool, und noch schlimmer, sie lieferte Lea jede Menge Munition. Es sei schließlich ihr Leben, hörte ich, und sie sei volljährig, und ich könne ihr nicht verbieten, zu heiraten. Dirk sei ihre große Liebe, ihr Seelenverwandter, und er sei überhaupt nicht windig, er sei Bankkaufmann und habe einen guten Job, und seine Hobbys – Fitness, Musik, Lesen, kreatives Schreiben – zeigten ganz klar, wie vielseitig er sei. Natürlich sei er bindungsfähig, er habe bisher einfach Pech gehabt mit den Frauen, und als er das erste Mal geheiratet hatte, sei er viel zu jung gewesen, aber es war so, dass ein Baby unterwegs gewesen sei, und er habe zu der Frau und dem Kind stehen wollen.

»Siehst du!«, unterbrach ich ihre Verteidigungstirade, begeistert, dass Dirk mir unfreiwillig ein wunderbares Argument geliefert hatte. »Wenn man jung und unerfahren ist, greift man ganz leicht ins Klo! Das kann dir genauso passieren, du bist sehr jung, und ihr kennt euch erst so kurze Zeit, ihr seid …«

»O nein, *mir* kann das eben nicht passieren!«, fauchte Lea dazwischen. »Weil ich alt genug bin und Dirk ein wunderbarer Mann ist und ich kein schlechtes Wort über ihn hören will. Du kennst ihn doch nicht mal und kannst dir überhaupt kein Urteil erlauben.«

»Ich will ihn auch nicht kennenlernen«, fauchte ich zurück. »Und du kennst ihn gerade mal ein paar Wochen und bist vor lauter Verliebtheit blind wie ein Maulwurf, sonst würdest du einsehen, dass die nötige Reife für eine Ehe einfach nicht gegeben ist! Auf beiden Seiten nicht.«

Lea schossen die Tränen in die Augen. »Du bist gemein, ewig hackst du auf meinem Alter herum, aber man kann auch mit achtzehn innere Reife haben! Ich kenne Dirk gut genug, das Einzige, was zählt, ist Liebe, alles andere kommt von selbst. Und wir lieben uns! Und mit seinen Kindern komme ich prima klar, er sieht sie regelmäßig, und letztens habe ich sie kennengelernt, wir waren alle zusammen im Wildpark und auf dem Spielplatz. Wir sind ganz einfach glücklich miteinander. Du hast erst vor kurzem gesagt, dass es dir wichtig ist, dass ich glücklich bin.«

»Und eben deshalb bin ich absolut gegen diese Heirat! Es ist mir einfach nicht begreiflich, warum du mit dem Kopf durch die Wand willst. Warte doch einfach mal ab, wie sich die Beziehung entwickelt. Wenn du dir in ein paar Jahren immer noch sicher bist, dass Dirk der Mann deines Lebens ist, bin ich die Erste, die euch zur Hochzeit gratuliert.«

Was würde mir auch anderes übrigbleiben, wenn ich mein Kind nicht verlieren wollte? Dass ich mich freuen musste, stand immerhin nirgendwo geschrieben. Besser ein schwacher Trost als gar keiner.

Lea zog ein Tempo aus ihrer Rocktasche und putzte sich die Nase. »Wir wollen aber jetzt heiraten. Wir wollen aller Welt zeigen, dass wir zusammengehören und unsere Liebe etwas ganz Besonderes ist.«

Das durfte einfach nicht wahr sein. Womit hatte ich diese Katastrophe verdient? Und vor allen Dingen: Wie konnte ich verhindern, dass meine naive, blutjunge, verblendete Tochter ins Unglück rannte? Ein Geistesblitz durchfuhr mich, und ich fühlte mich sofort ein bisschen besser. »Lea, hast du schon mit Papa über deine … ähm … Pläne gesprochen?«

»Nein. Ich habe mit ihm überhaupt noch nicht über Dirk gesprochen. Ich habe ihm auch noch nicht erzählt, dass ich nicht mehr mit Sebastian zusammen bin. Es war noch keine Gelegenheit dazu.«

Und du hattest auch keine Lust dazu, dachte ich bei mir. Lea hatte mir gleich am Anfang der Beziehung begeistert vorgeschwärmt, wie toll Ralf und Sebastian miteinander klarkamen. Dass er die gleiche Begeisterung spontan für Dirk entwickelt hätte, erschien mir eher unwahrscheinlich.

»Rede mit Papa. Heute noch.«

»Das hatte ich vor. Aber falls er auch gegen die Hochzeit sein sollte, ändert das nichts an meinem Entschluss. In meinem ganzen Leben war ich noch nie so sicher, dass ich genau das Richtige tue.«

Wollen wir doch mal sehen, dachte ich. Ralf konnte verdammt überzeugend sein, und es war klar, dass er seiner achtzehnjährigen Tochter nicht seinen Segen zur Eheschließung erteilen würde. Ich war so erleichtert, dass es einen Vater gab, der unserer Tochter den Kopf zurechtrücken würde, dass mir beinahe die Tränen kamen. Und Mutter, Tante Vera, Vater und Jannis waren ja auch noch da. Gegen die geballte Vernunft der Familie hatte Leas Wahnsinn bestimmt keine Chance. Wo ich schon mal dabei war, fielen mir noch andere Verbündete ein: Leas gesamter Freundeskreis.

»Was sagen eigentlich deine Freunde und Freundinnen dazu? Svea, Sophie und die anderen?«

»Nichts. Weil sie noch nicht wissen, dass wir heiraten werden. Niemand weiß etwas. Du bist die Erste, die es erfährt. Dirk hat keine Eltern mehr, sie sind vor ein paar Jahren bei einem Autounfall ums Leben gekommen. Andere Verwandte hat er nicht.« Sie schob die Unterlippe vor und fügte trotzig hinzu, dass sie sowieso fast keinen Kontakt mehr zu ihrer Clique habe, weil ja auch Sebastian dazugehöre und überhaupt alle seit der Trennung so komisch zu ihr seien, sogar Svea und Sophie. »Aber das ist mir egal.«

»Und ist dir auch egal, was Papa und ich sagen? Und dein Bruder, Oma und Opa und Tante Vera?«

Sie überlegte einen Moment. »Es ist mir nicht egal,

aber ich gehe meinen eigenen Weg. Ich rufe jetzt Papa an und frage ihn, ob ich vorbeikommen kann.«

»Tu das«, erwiderte ich dankbar. Ralf war mein Hoffnungsträger, die Lichtgestalt, die alles wieder in Ordnung bringen würde.

Lea schaute auf mich herunter. »Du musst dir keine Sorgen machen. Ich weiß wirklich, was ich tue.«

»Sorry, Lea, aber das Einzige, was mir dazu einfällt, ist Opa Oskars Spruch: Schnell gefreit, früh bereut.«

»Das werden wir ja sehen!«, kam es zurück, und die junge Braut marschierte aus dem Zimmer. Ich lehnte mich auf dem Sofa zurück und schloss erschöpft die Augen. Noch vor wenigen Wochen war mein Leben friedlich und vorhersehbar gewesen – und jetzt hatte ich das Gefühl, das Chaos wartete nur darauf, dass ich in seine Falle tappe, um darin elendiglich unterzugehen. Kurz darauf steckte Lea ihren Kopf zur Tür herein und verkündete, dass sie auf dem Weg zu Ralf sei. Sandra und das Baby seien schon zu Hause. Mit triumphierendem Unterton fügte Lea hinzu, dass Sandra bestimmt Verständnis haben würde, sie sei schließlich auch viel jünger als Papa. Ich ersparte es mir, darauf hinzuweisen, dass Sandra rund zehn Jahre älter gewesen war als Lea, als sie sich in Ralf verliebt hatte, eine abgeschlossene Berufsausbildung vorweisen konnte und fest im Berufsleben als Versicherungskauffrau stand.

»Grüß Papa von mir«, sagte ich.

»Im Ernst?«, meinte Lea erstaunt, denn das war das erste Mal, dass ich Grüße ausrichten ließ.

»Ja, im Ernst.«

»Okay«, kam es zurück, und dann schloss sich die Wohnzimmertür.

Ich schoss vom Sofa hoch, schnappte mir das Telefon und rief Jette an, denn ich hatte das Gefühl, platzen zu müssen, wenn ich nicht auf der Stelle diese Hiobsbotschaft loswerden konnte, und mir stand der Sinn nicht danach, mit Mutter, Vater oder Tante Vera darüber zu sprechen. Jedenfalls jetzt nicht. Erst brauchte ich jemanden, der nicht zur Familie gehörte.

Ich erwischte Jette auf dem Weg zum Flughafen. »Wir sind auf dem Weg nach Helsinki, Ulrich leitet dort zwei Seminare. Und danach machen wir noch ein paar Tage Urlaub«, flötete Jette ins Telefon.

Dazu fiel mir erst mal nichts ein außer: »Aha. Daher deine unverbindlichen Grüße auf meinem Anrufbeantworter.«

Jette lachte. »Sei nicht beleidigt. Ich habe mich ganz kurzfristig entschlossen, Ulrich zu begleiten. Ich wollte dich vom Flughafen aus anrufen und mich verabschieden, ehrlich.«

Wer's glaubt, wird selig, dachte ich und merkte, dass ich ein bisschen eingeschnappt war.

»Das war dann ja sozusagen Gedankenübertragung mit dem telefonieren … tja. Ich wünsche eine schöne Zeit in Finnland.«

»Danke. Die werden wir ganz bestimmt haben!«, kam es glücklich zurück. »Hast du eigentlich aus einem bestimmten Grund angerufen, oder einfach nur so?«

»Lea hat mir soeben eröffnet, dass sie nächsten Monat heiraten will. Das ist schon ein Grund, oder?«

»Heiraten?«, klang es gedehnt aus dem Apparat. »Hm.

Das klingt etwas extrem, aber irgendein höherer Sinn wird schon darin verborgen sein. Reg dich nicht auf, das bringt gar nichts. Wenn Lea und Dirk ein gemeinsames Karma haben, das eine Ehe mit einschließt, kannst du sowieso nichts daran ändern. Und wenn nicht, lösen sich die Heiratspläne ganz von selbst auf. Wenn die Sache noch akut ist, wenn ich aus Finnland zurück bin, reden wir in Ruhe miteinander, ja?«

»Über was? Über Leas Brautkleid?«, fragte ich bitter.

»Über das, was dir zu diesem Zeitpunkt unter den Nägeln brennt. Das kann Leas Brautkleid sein, oder etwas völlig anderes. Du hast dir ja nun gewünscht, dass etwas Schönes, Spannendes in deinem Leben passiert. Wer weiß, wie deine Welt in neun Tagen aussieht. Alles fließt. Das Rad des Schicksals dreht sich unaufhörlich. Was heute oben ist, ist morgen unten. Und umgekehrt.«

Jette war komplett im Eso-Rausch, kein Zweifel. Ich wagte nicht, mir vorzustellen, wie durchgeknallt sie erst nach neun Tagen mit dem Medizinmann Leaping Salmon klingen würde.

»Lass mich bloß in Ruhe mit diesem Mist. Was zur Zeit *zufällig* in meinem Leben passiert, ist weit entfernt von schön und spannend, aber mit dem Workshop hat das rein gar nichts zu tun«, sagte ich. »Es ist einfach Blödsinn, irgendwelche Zusammenhänge herzustellen. Melde dich, wenn du zurück bist.«

»Das mache ich. Und, Stefanie …«

»Ja?«

»Falls du *zufällig* Marcel über den Weg laufen solltest – ich bin allein in Helsinki, zur Recherche, und mache natürlich auch alleine dort Urlaub.«

»Dazu könnte ich einiges sagen, aber ich lasse es.«

»Danke. Diese Auszeit hat auch ihren höheren Sinn. Ich brauche Klarheit, und ich werde sie bekommen.«

»Das wird auch höchste Zeit«, sagte ich und sah den Urlaub in einem milderen Licht. Wenn Jette Finnland brauchte, um sich darüber klarzuwerden, welchen Mann sie künftig an ihrer Seite haben wollte, Marcel oder den Medizinmann, dann war das eben so. Hauptsache, sie brachte ihr Leben in Ordnung. Dass ich einen weiten Bogen um Marcel schlagen würde, was mir nicht schwerfiele, da ich ihn sowieso höchstens dreimal im Jahr oder so sah, verstand sich von selbst.

Als das Telefonat zu Ende war, tigerte ich nervös im Wohnzimmer hin und her. Zu gerne hätte ich Mäuschen bei dem Gespräch zwischen Ralf und Lea gespielt. Da das leider nicht möglich war, schickte ich Stoßgebete zum Himmel: Bitte, lieber Gott, mach, dass Ralf Lea zur Vernunft bringt, bitte. Aus dieser Beschäftigung scheuchte mich die Türklingel. Es war Jannis, der seinen Schlüssel vergessen hatte. Ich freute mich so, ihn zu sehen, dass ich ihm stürmisch um den Hals fiel.

»Ups, Mama, was ist denn los?«

»Eine Menge. Hast du Zeit?«

Jannis hatte Zeit. Kurz darauf saßen wir am Küchentisch, jeder mit einem Glas Apfelsaftschorle, und ich sprudelte Leas Heiratspläne hervor.

»Die spinnt doch«, sagte Jannis zu meiner großen Befriedigung. Ich war also nicht die Einzige, die Lea für total bekloppt hielt, zumindest, was Haifisch-Dirk anging.

»Allerdings! Sie ist jetzt bei Papa, ich gehe davon aus, dass er sie zur Vernunft bringt.«

»Hmmm …«, machte Jannis gedankenverloren.

Ob er sich bei seinen Kumpels oder Frauen auch jedes Wort aus der Nase ziehen ließ?

»Was heißt hier ›hmmm‹?«

Warum nahm er mich nicht in den Arm und erzählte mir, dass ich mir keine Sorgen machen solle, alles werde gut, er wisse es genau. An dieser Stelle hätte ich gerne gehabt, dass er mindestens zehn unwiderlegbare Argumente aus seiner Jeanstasche zauberte, die garantierten, dass Lea es sich anders überlegte.

»Das heißt, dass Lea unglaublich stur sein kann, wenn sie sich etwas in den Kopf gesetzt hat, und sie ist nun mal total verschossen in den Typen. Er ist übrigens gar nicht mal so übel für sein Alter, wir waren letztens zusammen im *Venga,* sie wollte unbedingt, dass ich ihn kennenlerne.«

»Ihr wart zusammen aus? Warum hast du mir das nicht erzählt?«

»Warum sollte ich? Ist doch kein Staatsakt. Und überhaupt, wir haben uns doch kaum gesehen in letzter Zeit.«

»Stimmt, du warst ja dauernd unterwegs. Da fällt mir ein: Wie sind denn die Klausuren gelaufen?«

Er wich meinem Blick aus. »Beschissen.«

»Besch… Wirklich? Wieso denn? Hast du denn nicht gelernt? Hast du denn schon alle Ergebnisse?«, fragte ich aufgeschreckt.

»Nicht alle. Aber ich bin hundert Prozent sicher, dass der Rest auch schiefgelaufen ist.«

Mein Magen ballte sich zu einem harten Klumpen zusammen. Noch eine Hiobsbotschaft, dabei war mein

Bedarf daran schon mehr als gedeckt. Aber vielleicht klang alles schlimmer, als es war. Klausuren konnte man wiederholen, oder? Auf diese Frage antwortete Jannis lapidar: »Macht keinen Sinn.«

»Erklärst du mir das bitte mal genauer?« Mein Geduldsfaden war so dünn geworden, dass er mit bloßem Auge nicht mehr wahrnehmbar war. Jannis bequemte sich dann auch zu einer Antwort, das Dumme daran war nur, dass mir seine Erklärung absolut nicht gefiel. Ich wollte nicht hören, dass mein Sohn mehrfach durch bestimmte Prüfungen gerasselt war und dass er insgesamt zu wenige Bonuspunkte gesammelt hatte, als dass er in der vorgegebenen Zeit sein Studium würde beenden können.

»Eventuell könnte es klappen, wenn ich ein Jahr dranhänge«, sagte Jannis jetzt.

»Eventuell?« Meine Stimme war eine Oktave höher als sonst.

Er zuckte die Schultern. Genau genommen eher unwahrscheinlich. Das Bachelor-Studium stecke halt noch in den Kinderschuhen, und der Lehrplan sei nicht auf die Bedürfnisse der Studierenden zugeschnitten, hörte ich. Die Profs seien suboptimal auf die neuen Studiengänge vorbereitet und unflexibel, und Garantien gäbe es sowieso nicht im Leben, auch nicht die Garantie, dass er seinen Abschluss machen würde, wenn er ein Jahr länger studieren würde.

»Man sollte meinen, dass die Tatsache, dass dein Studium, das deine Eltern eine Menge Geld kostet, Anreiz genug wäre, dich endlich mal auf deinen Hintern zu setzen und zu lernen! Dann schaffst du auch deinen

Abschluss. Du bist auch nicht dümmer als andere Leute, die ihr Studium schaffen. Du machst es dir ganz schön einfach, wenn du alles auf die Professoren und den Studiengang schiebst!«

»Ist aber doch wahr«, verteidigte sich Jannis. »Und sowieso: Mit dem Bachelor allein kann ich nicht viel anfangen. Und die Noten für die Zulassung zum Master-Studiengang kriege ich nie und nimmer zusammen. Es lohnt sich nicht, weiterzumachen. Und außerdem habe ich keinen Bock mehr.«

»Das ist jetzt nicht dein Ernst, oder?«

Doch, es war Jannis ernst. Er führte eine Menge Argumente ins Feld, die alle darauf hinausliefen, dass er und sein Studium komplett inkompatibel waren. Dass er zu wenig gelernt haben könnte, erwähnte er nicht. Schuld an den nicht bestandenen Klausuren trugen alle möglichen ungünstigen Faktoren und Umstände, aber nicht er. Während er redete, überkam mich ein Gefühl von Déjà-vu. Nicht nur meine Tochter, auch mein Sohn hatte sich in ein Alien verwandelt, und ich stand vor den Trümmern meiner erzieherischen Laufbahn. Die Töchter anderer Mütter wollten nicht mit achtzehn einen unsympathischen Typen heiraten, und die Söhne anderer Väter versagten nicht kläglich an der Uni, weil sie gefaulenzt hatten. Anderer Leute Kinder waren Herr ihrer Sinne, fleißig und arbeiteten auf eine aussichtsreiche Zukunft hin. Andere Frauen, die geschieden waren, mochten sich nach einem Mann sehnen – ich sehnte mich nach einer Erfolgsstory, in der meine Kinder die Hauptrollen spielten.

»Ja, und jetzt?«, fragte ich mitten in Jannis' Redefluss hinein. »Du bist dreiundzwanzig und hast dein Studium verbummelt. Wie soll es weitergehen? Womit willst du deinen Lebensunterhalt verdienen?«

Er zuckte mit den Schultern. »Keine Ahnung. Ich habe mein Studium nicht verbummelt, es ist einfach unglücklich gelaufen. Na ja, okay, ich habe auch ein bisschen viel gefeiert vielleicht, ich geb's zu. Aber ich war auch öfter krank und hab einiges verpasst. Im letzten Semester hatte ich eine richtig fiese Angina, da war ich zwei Wochen außer Gefecht.«

Blanker Zorn packte mich. »Wenn man mal krank war, kann man nacharbeiten. Hast du aber nicht. Du hast gefeiert und geschwänzt und deinen Harem gepflegt. Wenn du nämlich gearbeitet hättest, wie es sich gehört, hättest du deine Prüfungen spielend bestanden.«

»Ich habe schon öfter mal gelernt, und ich war auch in einer Lerngruppe. Was kann ich dafür, dass der Stoff einfach nicht in meinen Kopf wollte! Wenn ich gewusst hätte, wie öde und kompliziert dieses Scheiß-Studium ist, hätte ich nie damit angefangen! Ich hab nur dir und Papa zuliebe durchgehalten, obwohl ich von Anfang an null Bock hatte, und ich habe auch ein paar Klausuren bestanden, so ist es ja nicht. Aber wenn die Motivation fehlt, kann einfach nicht viel dabei herauskommen.«

»Du bist wirklich um keine Ausrede verlegen. Herrgott, Jannis, wieso hast du nie mit mir darüber gesprochen, dass du so unzufrieden bist? Oder mit Papa? Du hättest das Studienfach wechseln können, du hättest eine Ausbildung anfangen können.«

»Welche denn?«, konterte Jannis mit hochrotem Gesicht. »Es gibt nicht eine einzige Ausbildung, die mich interessiert. Und es gibt auch kein Studium, das mich wirklich interessiert. Ich hab mich nach dem Abi für BWL entschieden, weil ich dachte, na ja, okay, ist vielleicht nicht so prickelnd, aber damit lässt sich viel anfangen, du wirst Manager oder so, da verdient man gut Kohle, und das kriegst du locker hin, du warst immer gut in Mathe.«

»Aber du hast doch gemerkt, dass du es nicht locker hinkriegst und hast nichts dagegen unternommen. Ich verstehe nicht, wieso du uns nicht gesagt hast, dass es mit dem Studium nicht läuft und dass es dir keinen Spaß macht. Wenn ich gefragt habe, hast du gesagt, passt schon, ist okay, frag mich nicht so aus, ich kann das nicht leiden. Und wenn ich jetzt nicht nach deinen Klausuren gefragt hätte, hättest du einfach so weitergemacht und mich in dem Glauben gelassen, alles läuft bestens, und nächstes Jahr bist du fertig.«

»Nein«, sagte Jannis. »Ich hätte gewartet, bis sämtliche Ergebnisse da sind, und dann hätte ich schon irgendwann etwas gesagt.«

Bei der Vokabel »irgendwann« platzte mir endgültig der Kragen, und ich hielt ihm eine Standpauke, die sich gewaschen hatte. Von Undankbarkeit, Geldverschwendung und Faulheit war die Rede, von Vergnügungssucht, Leichtsinn, Kurzsichtigkeit und noch vielem mehr. Ein Teil von mir hörte mir selbst zu und war fassungslos, dass Stefanie Bachmann, die an sich eine verständnisvolle, liberale Mutter war, so eine Rede hielt.

»Es gibt so viele Möglichkeiten, wenn man sich unsicher ist bei der Berufswahl. Berufsberatung, Tests, es gibt Bücher. Und Eltern! Ich finde es ungeheuerlich, dass du nie den Mund aufgemacht hast, weder bei Papa noch bei mir. Das ist so verletzend!«

»Jetzt sag ich dir mal was: Ich hatte keinen Bock, mit euch zu reden!«, brüllte Jannis los. »Ihr wart doch nur mit euch selbst beschäftigt. Papa mit seiner neuen Frau, du mit deiner Wut und deinem Elend und der Scheidung und deinen alten Leuten.«

»Schieb jetzt nicht die Schuld auf deine Eltern, und mach bloß nicht auf armes, vernachlässigtes Scheidungskind! Das ist wirklich der Gipfel. Ich habe oft genug versucht, mit dir über deine Zukunft zu reden, deine Pläne, aber du hast mich abblitzen lassen. Und garantiert hat Papa auch versucht, mit dir zu reden, aber …«

»Auf Gelaber und Besserwisserei hatte ich auch keinen Bock. Und mir reicht's jetzt. Ich bin kein kleines Kind mehr, das sich von Mama ausschimpfen lässt, weil es unartig war. Ich bin dann mal weg. Tschüs!«

Er war aufgesprungen und ging zur Tür.

»Jannis! Warte! Wo willst du denn hin. Lass uns doch in Ruhe reden, es bringt doch nichts, wenn du …«

»Lass mich in Frieden. Mit dir kann man nicht reden, es kommt immer dieselbe Leier. Ich brauch jetzt frische Luft.«

Mit diesen Worten stürmte er aus dem Wohnzimmer. Ich zuckte in der Erwartung zusammen, dass er die Tür vor lauter Wut hinter sich zuknallen würde, aber nein, er schloss sie leise. Das hatte etwas Beängstigendes und gab mir den letzten Rest. Ich schlug die Hände vors Gesicht und brach in Tränen aus.

7

Ich weinte mich durch zwei Päckchen Papiertaschentücher. Dann ging ich ins Bad und ließ kaltes Wasser über meine Handgelenke laufen, ein Hausmittel, auf das nicht nur Tante Vera schwor, um das innere Gleichgewicht wiederherzustellen. Das Gesicht, das mir aus dem Spiegel entgegensah, war rotfleckig und verquollen. Kein schöner Anblick, aber das war sowieso egal, es war ja niemand da, der mich sah. Lea war bei ihrem Vater, und Jannis irgendwo, vielleicht bei Tatjana, vielleicht bei einem Kumpel, vielleicht bei irgendeinem anderen Mädchen. Ich merkte, dass ich wieder kurz davor war, loszuheulen, kühlte auch mein Gesicht mit Wasser und redete mir gut zu. Jannis würde sich wieder beruhigen, und dann würden wir noch mal miteinander reden und eine Lösung finden, wie es weitergehen konnte mit dem Studium. Ralf war ja auch noch da. Ein vernünftiges Vater-Sohn-Gespräch war bestimmt genau das, was Jannis brauchte, denn Ralf würde ruhig bleiben und geschickt argumentieren, um Jannis zu motivieren, sich nicht selbst die Zukunft zu verbauen, indem er seine Lustlosigkeit kultivierte, sprich: weiter auf der faulen Haut lag, was mir leider nicht gelungen war, ihm klarzumachen. In der Sache hatte ich zwar recht, wie ich fand, aber meine Standpauke war alles andere als sachlich oder psychologisch geschickt gewesen.

Als ich mich ein wenig beruhigt hatte und wieder ins Wohnzimmer ging, sprach Tante Vera gerade eine Nachricht auf den Anrufbeantworter. »… und ich dachte, du würdest dich mal bei mir melden nach der Arbeit bei Therese, immerhin bin ich ja zurzeit sozusagen deine Stiefmutter. Aber es scheint dich nicht sonderlich zu interessieren, dass dein Vater und ich uns gefunden haben, oder wieso bist du heute Morgen so plötzlich verschwunden? Du hättest ja wenigstens tschüs sagen können, und wieso bist du nicht zu Hause, du bist doch eigentlich immer abends zu Hause? Oder sitzt du auf dem Klo und hörst wieder mal nichts? Warum nimmst du das Telefon nicht mit ins Bad? Na ja, rede ich halt mit diesem Ding hier, dem Herrn AB, er hört wenigstens zu, was man von den meisten Leuten nicht behaupten kann. Oskar sitzt übrigens nebenan und schaut fern, wir haben uns wieder vertragen. Fragt sich nur, wie lange der Frieden anhält. Ich habe keine Ahnung, was mit uns beiden wird, irgendwie wird sich schon alles regeln, auch wenn es im Moment ziemlich chaotisch aussieht, wir hatten eine, hm, längere Diskussion. Aber frei nach Nietzsche – nur wenn man Chaos in sich hat, kann man einen tanzenden Stern gebären. Und ich werde tanzende Sterne bis zum letzten Atemzug gebären, mit oder ohne Oskar.«

Ich hörte fasziniert zu, es fiel mir gar nicht ein, Veras Monolog zu unterbrechen, indem ich ans Telefon ging. Tante war schon eine Nummer, sie plauderte öffentlich ihr Geheimnis in meinem Wohnzimmer aus, völlig unbekümmert, wer zuhören könnte. Jannis und Lea wohnten schließlich auch hier, und was, wenn Mutter nun zu Besuch gewesen wäre? Dann wäre die Bombe geplatzt, und ich zog schon beim Gedanken daran automatisch den Kopf ein. Doch Tante Vera plapperte natürlich unaufhörlich weiter:

»Danke, dass du deiner Mutter nichts erzählt hast, Stefanie. Therese mit Mordlust in den Augen und einer Axt in der Hand an meiner Tür ist ein Anblick, auf den ich zu jeder Zeit verzichten kann, besonders aber heute, der Tag war turbulent. Aber ein Drama wird sich wohl nicht vermeiden lassen, wenn Oskar und ich die Karten auf den Tisch legen. Ich bin nach wie vor überzeugt, das ist noch nicht nötig, erst mal sehen, wie sich alles entwickelt, aber Oskar meint, dass Therese ja jetzt schon auf dem Kriegspfad ist, weil ich ihr nicht verraten habe, wessen Puschen in meinem Flur stehen, und dass das kein Dauerzustand sein kann. Wir sind ja schließlich eine Familie, irgendwie müssen wir uns arrangieren. Aber wenn ich ihr sage, was los ist, trägt das auch nicht zur Versöhnung bei. Wie ich es auch drehe und wende, die Sache bleibt vertrackt. Ich will nicht auf Therese verzichten, sie ist meine Schwester, aber wie kriege ich Therese mit Oskar unter einen Hut? Es ist zwar gut möglich, dass Oskar und ich uns demnächst so in die Haare kriegen, dass wir das Handtuch schmeißen und alles wieder so ist, wie es all die Jahre vorher war, aber was ist, wenn wir doch zusammenbleiben? Bis der Tod uns scheidet? So viele Jahre können es ja nicht mehr sein, es wäre also eventuell machbar. Ich hätte ja nie gedacht, dass wir zwei uns auf unsere alten Tage ineinander verlieben würden, aber es ist nun mal passiert. Es gab einen Abend, an dem wir uns mit neuen Augen gesehen haben und etwas daraus gemacht haben, getreu dem Motto: wann, wenn nicht jetzt? Uns bleibt nicht mehr so viel Zeit auf diesem Planeten. Therese natürlich auch nicht, ich möchte, dass wir uns alle vertragen, jedenfalls einigermaßen. Wir müssen uns also was einfallen lassen. Wenn du eine Idee hast, wie wir diese Kuh vom Eis bekommen, Stefanie, her damit … Du müsstest jetzt eigentlich runter vom Klo sein. Wo treibst du dich denn bloß herum um diese Zeit? Hast du dir etwa einen Lover angelacht? Wenn ja, herzlichen Glückwunsch, es wurde ja auch mal Zeit!«

Ich verdrehte die Augen und nahm mir fest vor, mit achtundsiebzig – wenn ich so alt werden würde – andere Interessen zu pflegen. Filzarbeiten und Fotografieren erschienen mir weitaus spannender und vor allem unkomplizierter als Lover. Jetzt verabschiedete sich Tante Vera mit einem »also, bis bald«, und ich spurtete zum Anrufbeantworter, um die Nachricht zu löschen, damit sie keine unbefugten Ohren erreichen konnte. Natürlich hatte ich keinen Schimmer, wie man die Kuh vom Eis und Tante Vera, Vater und Mutter unter einen Hut kriegen konnte, und ich fand, dass es nicht meine Aufgabe im Leben war, darüber nachzudenken. Es gab Wichtigeres, um das ich mir Sorgen machen musste: Die Zukunft meiner Kinder. Lea war bei Ralf erst mal in guten Händen, davon konnte ich ausgehen. Was Jannis anging, so hatte er sich jetzt vielleicht schon ein bisschen beruhigt. Genau wie Lea konnte er sehr stur sein, aber einen Versuch war es wert. Ich versuchte, ihn per Handy zu erreichen, erwischte aber nur die Mailbox. Da ich wusste, dass er seine Mailbox grundsätzlich nie abhörte, um Kosten zu sparen, hinterließ ich keine Nachricht. Und hätte beinahe wieder angefangen zu heulen, so enttäuscht war ich, dass ich nicht mit ihm reden konnte. Hätte ich in diesem Moment einen Wunsch frei gehabt, so hätte ich mir gewünscht, dass Jannis zur Tür hereinkommen und sagen würde: »Tut mir leid, Mama, dass ich so ausgeflippt bin. Ich pack es an mit dem Studium, ich ziehe es durch, komme, was da wolle. Ein Abschluss ist wichtig, danach kann ich immer noch in Ruhe überlegen, was ich damit anfange. Mit dem Feiern und den Frauen ist erst mal Schluss. Erst die Arbeit, dann das Vergnügen.« Ich ahnte zwar, dass Wunsch und Wirklichkeit so weit auseinanderklafften wie Himmel und Erde und eher Schweine fliegen lernen würden, als dass ich solche Worte von meinem Sohn zu hören bekäme, aber die Vorstellung war doch wie ein Stückchen Schokolade für meine gebeutelte Seele. Ich ließ ihr weitere Pflege angedeihen, indem ich ein Lavendelölbad nahm und es mir anschließend mit einem Baldrian-Melissen-Tee vor dem Fernseher gemütlich machte. Irgendeine Kochsendung lief, man beschäftigte sich mit einem mehrgängigen mediterranen Menü für liebe Gäste, aber das bekam ich nur am Rande mit. Meine Gedanken drehten sich wie ein Hamster im Rad um die Katastrophen rund um Lea und Jannis, und dazwischen drängten sich, ob ich wollte oder nicht, meine Eltern und Tante Vera. Dass Vera und mein Vater sich ineinander verliebt und sich in ihrem Alter noch als Paar zusammengetan hatten, erschien mir unvorstellbar. Warum keine diskrete, kleine Affäre, wenn es unbedingt sein musste, sondern dieses angeblich ganz große Kino? Irgendwann kam mir der Gedanke, dass großes Kino wohl genau das war, was Vater und Tante Vera brauchten, um sich jugendlich und lebendig zu fühlen, und der Teil von mir, der sich bewusst war, wie schnell ein Leben vorüberzog, konnte das sogar irgendwie verstehen.

Die Zeit verging. Ab und zu versuchte ich es auf Jannis' Handy – vergeblich. Dann, um kurz nach zehn, rief Ralf an. Er hielt sich nicht mit Smalltalk auf. Lea sei eben zu ihrem Freund aufgebrochen, und sie werde bei ihm übernachten.

Freund. Er hatte Freund gesagt, nicht Bräutigam. Mein Herz klopfte auf einmal wie verrückt vor Aufregung. »Du hast ihr diesen Wahnsinn mit der Hochzeit doch sicher ausgeredet?«

»Ich hab's weiß Gott versucht«, kam es grimmig aus dem Hörer. »Aber keine Chance. Sandra hat auch auf sie eingeredet, aber Lea will einfach nicht hören. Sie will ihren Kopf durchsetzen. Punkt. Ich fühle mich so hilflos. Man kann sie doch nicht einfach ins Unglück rennen lassen! Bei der Vorstellung, dass meine achtzehnjährige Tochter, die noch die Schulbank drückt, heiratet, noch dazu jemanden, den sie kaum kennt und der so viel älter ist und schon zwei Kinder aus zwei gescheiterten Ehen hat, stehe ich kurz vor einem Herzinfarkt!«

»Ja … ich auch.«

Ralf seufzte. »Ach, Stefanie … irgendwie kriegen wir das schon hin. Ich weiß zwar noch nicht wie, aber wir müssen einfach.«

»Ja, einen Moment.« Ich holte eine Papierserviette aus dem Büfett und wischte mir die Tränen ab, die mir in die Augen gestiegen waren. Die kurze Gesprächspause bescherte Ralf einen Geistesblitz: Der Familienrat müsse einberufen werden, hörte ich.

»Welcher Familienrat?«, fragte ich verdutzt.

»In diesem Fall ich und du, deine Eltern und Vera. Meine Eltern sind zu weit weg, im wörtlichen wie im übertragenen Sinn.«

»Äh, aber wir haben noch nie einen Familienrat abgehalten.« Und eigentlich gehörte Ralf auch nicht mehr zu meiner Familie. Seltsam, dass er das anders zu sehen schien. Familienrat …das klang nach heiler Welt, ein bisschen altmodisch und gleichzeitig absolut revolutionär. Ralf war wirklich kaum wiederzuerkennen, entgegen Mutters Ansicht konnte diese Wandlung in meinen Augen unmöglich allein durch ein Baby verursacht worden sein. Ich nahm mir vor, Ralf bei passender Gelegenheit nach seinem Wundertherapeuten zu fragen. Vielleicht war diese Koryphäe ja auch etwas für mich. Der Gedanke, mich zwecks Chaos-Managements in kompetente heilende Hände zu begeben, hatte etwas Verlockendes.

»Ich weiß, dass diese Institution in unseren, sagen wir, zersplitterten und, hm, was die Seniorengeneration betrifft, durchaus als exzentrisch zu bezeichnenden Familien nicht etabliert ist«, dozierte Ralf. Seine Eltern, die wenig Interesse an ihren eigenen Kindern und noch weniger an ihren einzigen Enkeln Jannis und Lea gezeigt hatten, waren wegen des milden Klimas vor zehn Jahren nach Kärnten gezogen, wo Ralfs Schwester, die einen Österreicher geheiratet hatte, einen kleinen Reiterhof betrieb. Soweit ich informiert war, wohnte man zehn Kilometer auseinander und sah sich nur zu Weihnachten, aber vielleicht hatte sich das mittlerweile ja geändert.

»Aber in anderen Familien funktioniert das sehr gut, habe ich mir sagen lassen. Wir haben es hier mit einer absoluten Notsituation zu tun. Und in einer Notsituation muss man schon mal zu ungewöhnlichen Maßnahmen greifen. Warum also nicht mal einen Kriegsrat einberufen? Sieben Gehirne sind einfallsreicher als zwei. Vielleicht haben deine Eltern oder deine Tante einen Geistesblitz, wie man Lea am Heiraten hindern kann.«

Ich hielt die Zeit für gekommen, um Ralf in Kenntnis zu setzen, dass die Hochzeitspläne seiner Tochter nicht die einzige Notsituation in der Familie sei, die nach einem Geistesblitz schrie.

»Ich hab's geahnt!«, brüllte Ralf in den Apparat, nachdem ich ihm kurz Jannis' Studiensituation geschildert hatte. »Auch wenn er immer gesagt hat, alles sei cool. Es war eben zu cool, es war nie die Rede davon, dass er büffeln muss. Auf der Schule hat er sich ja immer mit einem Minimum an Aufwand durchgeschlängelt, aber an der Uni läuft das eben nicht, das hätte ihm spätestens in dem Moment klar sein müssen, als er durch die ersten Klausuren gerasselt ist. Herrgott noch mal! Ich hab auch gefeiert als Student, aber ich wusste immer, wann ich die Arschbacken zusammenkneifen und lernen musste. Jannis ist ein unverbesserliches Faultier!«

Ich hielt das Telefon in sicherer Entfernung zu meinem Ohr und wartete, bis sich Ralf wieder ein wenig beruhigt hatte.

»Ich gebe dir recht, aber leider bringt uns das nicht weiter, und ich weiß nicht, ob jetzt der richtige Zeitpunkt ist, um zum ersten Mal einen Familienrat einzuberufen. Mutter und Tante Vera haben Streit miteinander.«

»Ach, das ist doch nichts Neues, ich erinnere mich noch gut, dass sie sich ewig wegen irgendeiner Kleinigkeit gezofft haben, und im nächsten Moment war alles vergessen. Ich bin sicher, dass sie das Kriegsbeil spontan begraben, wenn sie hören, dass es um ihre einzigen Enkel geht.«

»In diesem Fall nicht, glaub mir, und es gibt noch etwas, das für Zündstoff sorgt«, sagte ich, und dann tat ich etwas, das ich nicht für möglich gehalten hätte: Ich erzählte Ralf, dass Tante Vera und Vater ein Paar waren.

Ralf pfiff durch die Zähne. »Donnerwetter. Wer hätte das gedacht. Was sagt denn Therese dazu?«

»Bis jetzt noch nichts, weil sie keine Ahnung hat. Aber sie weiß, dass es einen neuen Mann in Veras Leben gibt, der wichtig zu sein scheint.« Ich erzählte die Story von dem Puschenfund und dem daraus resultierenden Streit.

»Also, ich finde, ein Familienrat wäre eine gute Gelegenheit, dass alle die Karten auf den Tisch legen.«

»Ich fürchte, das gäbe Mord und Totschlag.«

»Glaub ich nicht, wir beide sind ja schließlich auch dabei und könnten vermittelnd eingreifen. Ich will mich nicht selbst loben, aber in der Firma hält man große Stücke auf meine Mediationsfähigkeiten.«

Irgendwie hatte ich das Gefühl, dass ihm seine beruflichen Fähigkeiten bei meinen Verwandten nicht wirklich helfen würden, aber ich konnte mich irren. Vielleicht sah ich die Sache ja zu schwarz?

»Würdest du denn wirklich dabei sein wollen, wenn diese Bombe hochgeht?«

»Warum denn nicht? Ich habe in den letzten Jahren gelernt, mit Gelassenheit zu akzeptieren, was gerade im Hier und Jetzt ist. Ich bin überzeugt, dass etwas Konstruktives in diesem Gespräch im Familienkreis entstehen wird. Und wir beide haben gute Chancen, entscheidend dazu beizutragen, denn wir sind neutral, was das Beziehungsdreieck Oskar-Vera-Therese angeht.«

Ich staunte. Der Ralf, den ich gekannt hatte, hätte sich unter keinen Umständen freiwillig einer innerfamiliären Diskussion gestellt, schon gar nicht einer so brisanten. »Du bist kaum wiederzuerkennen«, entfuhr es mir.

»Oh, danke für das Kompliment«, sagte Ralf erfreut. »Ich habe eine Menge Zeit, Energie und Geld in mein spirituelles Wachstum und meine Heilung von destruktiven Glaubenssätzen und Verhaltensmustern investiert. Schön, dass dir aufgefallen ist, dass es etwas genutzt hat.«

»Hast du eine Therapie gemacht?«, wollte ich wissen.

»So was in der Art. Ich habe über zwei Jahre mit einem Schamanen gearbeitet, Workshops und Seminare besucht und dazu Einzel-Coachings gemacht. Der Mann ist wirklich gut, ich kann ihn dir nur empfehlen, wenn du an persönlicher Transformation interessiert sein solltest. Er heißt Leaping Salmon, das ist der Name, der ihm von seinem Lehrer Spirit Turtle verliehen wurde. Im echten Leben heißt er Ulrich Jablonsky und ist Diplompsychologe.«

Ein Gefühl der Unwirklichkeit überkam mich, und die alte Weisheit, dass die Welt ein Dorf ist, gewann eine neue Dimension hinzu. Unter all den vielen Therapeuten unterschiedlicher Richtungen, spirituellen Lehrern und Beratern, Schamanen, Heilern, Medien, erwachten Meistern, Medizinmännern und Gurus der Esoterik-Szene hatte ausgerechnet Ulrich Jablonsky meine beste Freundin verführt – oder sie ihn? – und meinen Ex-Mann transformiert.

»Ich kenne Leaping Salmon. Jette hat mich vor ein paar Wochen zu einem Workshop mitgeschleift. *Der Scharfblick des Falke*n. Im Seminarhaus Einhorn im Wendland.«

Ralf fing an zu lachen. »Das ist ja ein Ding. Ich sag's ja immer, die Welt ist klein. Diesen Workshop hab ich auch mal mitgemacht, zusammen mit Sandra, allerdings in einem Seminarhaus bei Osnabrück. Danach wurde sie übrigens ganz schnell schwanger, und ich bekam die Chance, meine Arbeitszeit flexibler zu gestalten. Sandra kennt Ulrich schon lange, über sie bin ich überhaupt erst auf diesen Weg gekommen. Und, wie hat dir der Workshop gefallen?«

»Sagen wir, besser als erwartet. Aber das war's dann auch, ich kann mit diesem Kram nichts anfangen. Herzenswünsche erfüllen sich nicht dadurch, dass man Zettelchen verbrennt und tanzt wie ein Derwisch. Ich glaube, dass es gelegentlich glückliche Zufälle geben kann, aber um Zufälle nach dem Motto ›Blindes Huhn findet auch mal ein Korn‹ zu erleben, brauche ich keinen Schamanen.«

»Nichts ist, wie es scheint, und alles hat eine höhere Ordnung und einen Sinn.«

Dieser Spruch war garantiert auf Leaping Salmons Mist gewachsen und es sträubten sich mir die Nackenhaare. »Bitte keine Diskussion über Esoterik«, sagte ich. »Jette hat mich schon so zugequasselt mit diesem abgehobenen Zeug, dass es für die nächsten Jahre reicht. Zurück zu Lea und Jannis, bitte.«

»In Ordnung. Du findest die Idee mit dem Familienrat also nicht gut, habe ich das richtig verstanden?«

»Meine Gefühle sind ambivalent. Ich habe keine Lust auf ein Drama, aber vielleicht ließe sich durch unser Beisein das Drama ja tatsächlich vermeiden oder wenigstens reduzieren. Ich muss in Ruhe darüber nachdenken.«

»Tu das. Schlaf drüber. Es ist schon spät, und der Tag war aufregend. Wir telefonieren?«, sagte er beinah väterlich.

»Ja.«

»Stefanie?«

»Mmh?«

»Danke, dass du meinen Vorschlag mit dem Familienrat nicht sofort abgeschmettert hast. Und dass du nicht gesagt hast, ich hätte dabei sowieso nichts verloren, weil wir geschieden sind.«

»Der Gedanke ging mir durch den Kopf«, gab ich zu. »Aber Lea und Jannis sind auch deine Kinder. Das sind Familienbande, die sich nicht auflösen.«

Ralf gab einen Laut von sich, der irgendwo zwischen einem zustimmenden Brummen und einem Räuspern lag. »Ich frage jetzt einfach noch mal, ob du dich mit mir zu einem Gespräch treffen möchtest. Ich habe das Gefühl, dass es einiges zu klären gäbe. Und dass wir beide jetzt bereit wären zu hören, was der andere zu sagen hat.«

Ich hatte schon den Mund geöffnet, um meinen Spruch loszulassen, dass das vollkommen unnötig sei, ein Gespräch ändere ja nichts an den Ereignissen, aber ich machte ihn wieder zu. Irgendwie war ich es leid, mich im Kreis zu drehen. Vielleicht war es wirklich an der Zeit, eine neue Richtung einzuschlagen.

»Stefanie? Bist du noch da?«

»Ja, ich bin noch da. Ich bin nicht abgeneigt, muss aber auch darüber erst nachdenken. Ich melde mich, okay?«

»Okay«, sagte Ralf.

Wir verabschiedeten uns und wünschten uns eine gute Nacht. Ich stellte fest, dass die Welt nicht mehr ganz so düster aussah, obwohl sich an den Tatsachen nichts geändert hatte. Als ich ins Bad ging, um mich abzuschminken, überlegte ich, dass es vielleicht tatsächlich weniger um die Dinge an sich als um die innere Haltung zu ihnen ging, und vielleicht bestand tatsächlich die Möglichkeit, dass sich durch ein Gespräch mit Ralf meine innere Haltung zu dem, was vor Jahren vorgefallen war, änderte? Die Frage war nur: *Wollte* ich denn überhaupt etwas ändern? An dem, was ich für richtig und falsch, für Schuld und Unschuld hielt? Es ging mir ganz gut mit meiner Wahrheit, danke sehr. Während ich mir die Zähne putzte, ging mir auf, dass sich auch unsere Beziehung bzw. Nicht-Beziehung ändern würde, wenn sich mein Blickwinkel veränderte. Es konnte sein, dass wir unseren Kontakt ausbauen würden. Wollte ich das? War mehr Nähe zu Ralf und damit zwangsläufig auch zu seiner neuen Frau und seinem neuen Kind überhaupt eine Option für mich? Und wer war Ralf wirklich? Nicht mehr der Ralf, mit dem ich verheiratet gewesen war, genauso wenig wie ich noch die Frau war, mit der er Tisch und Bett geteilt hatte. Das war schon mal klar. Aber wer waren wir damals gewesen, Stefanie und Ralf, jenseits unserer Rollen als Eltern von Jannis und Lea und als Mann und Frau, die sich über Alltagsangelegenheiten hinaus kaum mitgeteilt hatten? Wovon hatten wir in unserem tiefsten Inneren geträumt, was waren unsere Sehnsüchte gewesen? Ich wusste es nicht, und ich hatte es im Grunde auch damals nicht gewusst, weil ich mir nie die Mühe gemacht hatte, es herauszufinden. Plötzlich hatte ich das Gefühl, mich während meiner Ehe im Dornröschenschlaf befunden zu haben, während ich mich um Lea und Jannis und den Haushalt und den Garten gekümmert hatte. Ralf hatte in der Zeit seine ganze Energie in seine beruflichen Ziele gesteckt, alles andere war auf der Strecke geblieben. Dann tauchte auf einmal Seelengefährtin Nummer eins auf, die irgendeine Seite in Ralf berührt haben musste, zu der ich keinen Zugang gefunden hatte. Aber war das heute überhaupt noch wichtig? Vielleicht war es wichtiger, sich neu kennenzulernen, so wie man jetzt war, ohne Schubladendenken und Altlasten.

Bevor ich ins Bett krabbelte, schrieb ich Jannis eine SMS: »Hi, ist alles okay bei dir? Wann kommst du nach Hause?«

Zu meiner Überraschung und Freude antwortete Jannis prompt: »Hi, ich denke mal Sonntag.«

Ich widerstand der Versuchung, ihn noch mal anzusimsen oder anzurufen und Fragen zu stellen wie: »Wo bist du denn? Was machst du? Um wie viel Uhr kommst du am Sonntag?« Das würde ihn doch nur wieder in die Defensive treiben, und das galt es zu vermeiden, denn meine innere Stimme sagte mir, dass alles in Ordnung kommen würde. Jannis hatte bereits eingesehen, dass er sich am Riemen reißen und sein Leben in die Hand nehmen musste. Mir fiel ein riesengroßer Stein vom Herzen, dass sich ein Problem offensichtlich schon beinahe von selbst gelöst hatte. Vielleicht lösten sich ja Leas abstruse Hochzeitspläne ebenfalls in Wohlgefallen auf. Vielleicht stritt sie gerade in diesem Augenblick, als ich mich in meine Decke einkuschelte, ganz furchtbar mit Haifisch-Dirk über eine nicht zugeschraubte Zahnpastatube, und aus war's mit der großen Liebe … Der Gedanke tat so gut, dass ich ihn weiterspinnen musste: Morgen, wenn ich aufwachte, lag Lea hier zu Hause in ihrem Bett, selig schlummernd, und ich würde Brötchen holen gehen, und wir würden gemütlich zusammen frühstücken, und sie würde mir erzählen, dass sie einen Mann, der sich darüber beschwerte, dass sie die Zahnpastatube grundsätzlich nicht zuschraubte, unmöglich heiraten konnte, es sei ein Zeichen für unerträgliche Intoleranz. Ich schmeckte diesen Triumph schon auf der Zunge, als mir siedend heiß einfiel, dass ich morgen früh gar nicht mit Lea frühstücken konnte, selbst wenn das Märchen, das ich mir soeben ausgedacht hatte, wahr würde. Denn morgen war Samstag – mein erster Arbeitstag in der *Kornblume* stand bevor, und ich hatte bei all der Aufregung überhaupt nicht mehr daran gedacht. Einen Moment spielte ich mit dem Gedanken, Carl Schubert abzusagen, aber ich verwarf ihn sofort. Der Mann rechnete fest mit mir, ich konnte ihn nicht hängenlassen, zumal die Wahrscheinlichkeit, dass ich mit einer geläuterten Lea frühstücken würde, bei Lichte betrachtet gegen null ging. Außerdem hatte die Arbeit in der *Kornblume* den Vorteil, dass ich beschäftigt war und keine Zeit hatte, mir Sorgen wegen Lea zu machen. Zweitens ging die Zeit, bis Jannis nach Hause kam, schneller vorbei. Und möglicherweise würde ein Wunder geschehen, so etwas sollte ja gelegentlich vorkommen, und die Sache mit meinen Eltern und Tante Vera löste sich dann auch irgendwie von selbst.

Mein erster Arbeitstag begann damit, dass Carl Schubert mich anstrahlte und mir versicherte, dass er sich wahnsinnig freue, mich zu sehen. Ich freute mich auch, denn seine herzliche Art und sein Lächeln taten mir gut. Dann drückte er mir eine lange, weiße Bistroschürze und eine Gürteltasche mit Kellnerbörse, kleinem Block und Stift in die Hand und half mir beim Umbinden, weil ich mich ein wenig ungeschickt anstellte. Ich hatte das Gefühl, dass er mich länger und öfter berührte als unbedingt notwendig, aber ich konnte mich irren. Anschließend schrieb ich in Schönschrift die besonderen Angebote des Tages auf eine Tafel und stellte sie vor dem Lokal auf. Dann wischte ich die Tische ab, erneuerte die Blumendekoration mit Bartnelken, die Carl heute auf dem Wochenmarkt besorgt hatte, verteilte neue weiße Kerzen in den Kerzenständern, überprüfte

Salz- und Pfefferstreuer und füllte Milchkännchen und Zuckerdosen auf, während Carl in der Küche hantierte. Er hatte schon einen nach Zimt duftenden ayurvedischen Getreidebrei zubereitet, der warm serviert wurde und, wie er versicherte, gerne bestellt wurde. Pünktlich um neun öffnete die *Kornblume* dann ihre Pforten. Eduard, der Koch, der sich um die Mittagsgerichte kümmern würde, wurde um zehn erwartet, Ariane hatte frei.

»Zwischen zehn und halb elf geht für gewöhnlich der Ansturm los«, erklärte mir Carl, nachdem er ein Schild mit der Aufschrift *reserviert* auf einem der Tische plaziert hatte. »Die Reservierung ist für ein Paar, das jeden Samstag mit seinem Hund auf dem Markt einkauft und anschließend bei uns frühstückt. Er bestellt immer den ayurvedischen Brei, sie immer Müsli mit Joghurt und frischem Obst. Dazu trinken sie Jasmintee. Ich finde es entspannend, dass es Dinge im Leben gibt, auf die man sich hundertprozentig verlassen kann.« Er lächelte mich an, und wieder fiel mir auf, wie mühelos er sonnigen Charme und Wärme um sich verbreiten konnte. Und er roch gut, das war mir auch aufgefallen, als er mir beim Umbinden der Schürze geholfen hatte. Nicht nach einem Rasierwasser, sondern frisch geduscht und nach sauberer Wäsche. Ob er noch solo war? Er hatte zwar beim Elternstammtisch behauptet, kein Interesse an einer neuen Beziehung zu haben, aber das war ja nun schon eine Weile her, und es gab bestimmt eine Menge Frauen, die versuchten, ihn einzufangen, denn nette, attraktive, ungebundene Männer um die vierzig waren rar gesät.

Um Viertel nach neun stand ich in der *Kornblume* hinter dem Tresen und lauerte auf die ersten Gäste, als mein Handy in der Hosentasche Alarm schlug. Peinlich, peinlich, ich hatte vergessen, es auszuschalten. Zum Glück verzog Carl, der neben mir Flaschen mit Bio-Limonade in den Glastürkühlschrank räumte, keine Miene, als ich Tante Vera erklärte, dass ich noch keine Zeit für einen Rückruf gehabt hätte, jetzt bei der Arbeit in der *Kornblume* sei und nun beschäftigt sei.

»Soso. Aha. Nun ja, man muss Prioritäten setzen im Leben. Wenn du lieber in einer Kneipe arbeiten willst, anstatt dich um deine Tante und deine heiratswütige achtzehnjährige Tochter zu kümmern, wirst du sicher deine Gründe haben.«

Mein Herz krampfte sich schmerzhaft zusammen. Es war also kein Wunder geschehen über Nacht, und die Schreckensnachricht hatte sich schon herumgesprochen. »Woher weißt du, dass Lea heiraten will?«

Carl knallte die Kühlschranktür zu und verschwand in der Küche.

»Von ihr selbst, sie stand in aller Frühe bei mir vor der Tür. Du hast es ja anscheinend nicht nötig gehabt, mich zu informieren! Lea hat vor Kummer, dass ihre Eltern dagegen sind, dass sie heiratet, die ganze Nacht kein Auge zugetan, und wollte sich bei mir alles von der Seele reden. Sie war ziemlich überrascht, dass ihr Opa im Schlafanzug in meiner Küche stand und Kaffee kochte. Wir haben dann die Gelegenheit genutzt, um Rühreier zu essen und ein paar Dinge klarzustellen. Lea findet es übrigens voll krass, dass ihr Opa und ihre Tante sich ineinander verliebt haben. Im positiven Sinne voll krass, versteht sich. Jetzt ist sie bei Therese. Hm, ich bin schon ein bisschen gebauchpinselt, dass sie zuerst zu mir gekommen ist, auch wenn ich ihre Hoffnung zerschlagen musste, dass ich in dieser Sache auf ihrer Seite bin. Nicht umsonst habe ich nie geheiratet. Ich bin gegen die Ehe an sich, genau wie Simone de Beauvoir, die gesagt hat, Heirat sei eine Falle. Ich finde, es ist wie bei den Hühnern, es gibt Käfighaltung und Freilandhaltung, und jetzt rate mal, welche Hennen die besseren Eier legen. Sieh bloß zu, dass du Lea diese Schnapsidee austreibst!«

»Was glaubst du denn, was ich versucht habe?«, zischte ich. »Und Ralf hat auch auf sie eingeredet wie auf einen kranken Gaul. Was soll ich denn noch tun? Sie in ihrem Zimmer einsperren, bis der Anfall von Wahnsinn vorbei ist? Was hat Vater gesagt?«

»Er ist natürlich auch dagegen. Es gibt doch niemanden in der Familie, der so verrückt ist, es gut zu finden, dass ein achtzehnjähriges Schulmädchen heiraten will. Sie ist ja nicht mal schwanger.«

»Gott sei Dank ist sie nicht schwanger!«

Ich sah, dass ein Mann, eine Frau und ein riesiger, schwarzer Neufundländer die *Kornblume* betraten. »Ich muss jetzt wirklich Schluss machen, es sind gerade Gäste hereingekommen.«

»Dein Vater wollte aber auch noch mal mit dir sprechen!«

»Keine Zeit, tut mir leid«, sagte ich, und dann machte ich das, was Tante so gerne machte: Ich unterbrach gnadenlos die Verbindung. Dann schaltete ich das Handy aus und steckte es zurück in die Hosentasche. Erst mal war ich in Sicherheit. Mutter konnte mich nicht erreichen, um über Leas Pläne zu lamentieren. Oder über Vera und Vater, aber das war sowieso unwahrscheinlich, weil ich davon ausging, dass Lea klug genug sein würde, in der Sache Stillschweigen zu bewahren. Ich atmete ein paarmal tief durch, um alle Gedanken, die nichts mit der Arbeit hier zu tun hatten, zu verscheuchen, und ging dann hinüber zum reservierten Tisch, an dem das Paar mit Hund Platz genommen hatte. »Guten Morgen. Kann ich schon etwas für Sie tun oder möchten Sie sich erst die Karte anschauen?«, fragte ich, nachdem ich ein freundliches Lächeln auf mein Gesicht gezaubert hatte.

»Guten Morgen. Wir wissen schon, was wir nehmen: eine Kanne Jasmintee und Wasser für Buddha«, sagte die Frau sehr bestimmt.

Buddha? Wollten sie etwa dem Geist des Erleuchteten ein Mineralwasser bringen? Die Frau bemerkte meinen verblüfften Blick und fügte hinzu: »Buddha ist unser Hund. Sein Name wurde mir von einem Geistführer während der Meditation übermittelt. Und dann nehmen wir den ayurvedischen Getreidebrei für meinen Mann, und ich hätte gern das Müsli mit Joghurt und frischen Früchten der Saison.«

Ich hatte meinen Block gezückt und emsig mitgeschrieben. Die Sache mit dem Geistführer brachte mich ein bisschen ins Schleudern, auf den ersten Blick hatte die Dame in ihrem schicken, roten Sommerkleid, Sonnenbrille im Haar und Louis-Vuitton-Tasche nicht wie jemand gewirkt, der im Traum mit Geistwesen kommunizierte. Der Mann schon eher, auf seinem blauen

Rundhals-T-Shirt flatterte eine weiße Friedenstaube, und darunter prangte der Schriftzug: *I am a peaceful warrior.*

»Streichen Sie den Brei«, sagte der friedvolle Krieger jetzt sanft. »Ich hätte gerne zwei Weizenvollkornbrötchen, ein weichgekochtes Ei, Heideschinken, Ziegenfrischkäse und Marmelade. Und ein Kännchen Kaffee.«

»Erhard!«, sagte die Frau entgeistert. »Aber du isst doch immer deinen Brei.« Sie starrte ihn an, als hätte er eine Stinkbombe auf den Tisch geworfen.

»Heute nicht, Petra«, sagte ihr Gatte ruhig. »Mein Körper signalisiert mir, dass heute etwas Neues angesagt ist.«

Ich wiederholte die Bestellung, nahm die Bestätigung entgegen und überließ die beiden sich selbst.

»Was? Kein Brei heute?«, sagte Carl, als er hörte, was der männliche Stammgast zu frühstücken gedachte. »Habe ich eben wirklich gesagt, dass man sich auf manche Dinge im Leben blind verlassen kann? Ich hätte es besser wissen müssen. Das Chaos lauert überall.«

Er schaute mir in die Augen, und ich hatte das Gefühl, dass er noch etwas Persönliches sagen wollte. Dass Lea heiraten wollte, hatte er ja mitbekommen, bevor er diskret in die Küche abgewandert war. Aber er sagte nichts, sondern berührte nur leicht meine Schulter, bevor er sich an die Bestellung machte.

Um kurz nach zehn waren drei Tische besetzt, und Eduard hantierte zusammen mit Carl in der Küche. Um Viertel nach zehn bezahlte das Ehepaar mit Hund, das sein Frühstück – vielleicht dank Buddhas Einfluss – in Eintracht zu sich genommen hatte, und ich verdiente mein erstes Trinkgeld. Kaum waren die beiden zur Tür hinaus, enterten Tante Vera und mein Vater die *Kornblume*.

»Guten Morgen. Das ist eine Überraschung, was, Stefanie?«, dröhnte mein Vater quer durchs Lokal.

Ich konnte nur stumm nicken. Was in aller Welt führte die beiden gleich an meinem allerersten Arbeitstag hierher?

»Ich möchte ein Glas Prosecco«, verkündete meine Tante in der gleichen Lautstärke.

»Nicht, dass es etwas zu feiern gäbe«, sagte Vater finster.

Sie ließen sich an dem eben frei gewordenen Tisch nieder. Ich eilte mit einem Tablett herbei, um das schmutzige Geschirr abzuräumen. Mein Gesicht brannte, ich hatte das Gefühl, dass die anderen Gäste uns beobachteten und für seltsame Vögel hielten.

»Was macht ihr denn hier?«, fragte ich im Flüsterton, in der Hoffnung, dass Vera dann automatisch auch leiser sprechen würde.

»Wir sind verabredet. Ich möchte übrigens keinen Prosecco, sondern Kamillentee«, antwortete Vater. »Mein Magen muckt, kein Wunder bei der ganzen Aufregung.«

»Ich frage gleich meinen Chef, ob wir Prosecco da haben. Mit wem seid ihr denn verabredet?«

»Lass dich überraschen«, kam es kurz und bündig von Vera.

Ich wäre ja gerne davon ausgegangen, dass gleich eine Nachbarin oder eine der Frauen, mit denen sie gelegentlich Canasta spielte, hereinkommen würde, aber irgendwie hatte ich ein mulmiges Gefühl, das ich auch nicht abschütteln konnte, als ich bei Carl nachfragte, ob er Prosecco hätte.

»Ja, natürlich, einen sehr guten, selbstverständlich Bio-Qualität. Die älteren Herrschaften, die dich eben begrüßt haben – sind das Klienten von dir?«

»Unter anderem. Der Herr ist mein Vater, die Dame meine Tante Vera«, sagte ich. »Es macht mich ganz nervös, dass sie hier sind. Sie haben eine Verabredung. Das beunruhigt mich auch ein wenig.«

»Nur die Ruhe«, sagte Carl. »Viele Leute treffen sich in einem Lokal, um gemeinsam etwas zu essen und zu trinken und dabei zu plaudern.«

»Aber nicht mein Vater und meine Tante. Sie gehen fast nie aus. Und von einer Verabredung war eben am Telefon nicht die Rede. Die muss sehr spontan zustande gekommen sein.«

»Ich tippe mal, dass Neugier im Spiel ist, weil du hier arbeitest.«

»Mag sein, trotzdem wäre es mir lieber, wenn, ach, egal. Ich kann sie ja schlecht rausschmeißen.«

»Untersteh dich«, sagte Carl milde. »Denk ans Geschäft.«

Kurz darauf servierte ich Prosecco und Kamillentee. »Setz dich doch einen Moment zu uns, Kind«, sagte Tante Vera.

Vater schnaubte. »Sie ist nicht zum Vergnügen hier, Vera. Sie muss arbeiten.«

»Stimmt«, sagte ich und erstarrte vor Schreck, denn die Tür hatte sich geöffnet, und drei weitere Personen betraten die *Kornblume.* Es handelte sich um meine Tochter Lea, ihren Bräutigam Dirk und meine Mutter. O nein, fuhr es mir durch den Kopf. Bitte nicht noch diese drei zu dieser Zeit an diesem Ort, besonders nicht Haifisch-Dirk, meine Nerven halten das einfach nicht aus.

»Wieso ist denn Therese dabei? Davon hat Lea nichts gesagt!«, kam es empört von Tante Vera.

»Weil die Katze aus dem Sack ist, Vera«, sagte Vater. »Guck dir doch mal Thereses Gesicht an, das spricht Bände. Lea hat ihr von uns erzählt. Ich hoffe, du hast die kugelsicheren Westen dabei.«

Vera begann zu kichern. »Therese schießt sowieso daneben. Trotz Brille. Sie konnte noch nie zielen.«

Mutters Gesicht, das laut Vater Bände sprach, sah blass und angespannt aus, aber das konnte verschiedene Gründe haben, allen voran die Schocknachricht, dass ihre Enkelin sich in den Hafen der Ehe stürzen wollte. Lea sah aufgeregt aus und klammerte sich an Dirks Arm. Der kaute gelangweilt auf einem Kaugummi und wirkte beneidenswert gelassen.

»Ich fasse es nicht, dass sie Dirk ausgerechnet hierher mitbringt, wo sie sicher sein kann, Sebastians Vater über den Weg zu laufen« sagte ich. »Könnt ihr nicht woanders hingehen?«

»Ist doch völlig egal, was Sebastians Vater sieht oder nicht sieht«, raunzte Tante Vera. »Ich habe jetzt wirklich anderes im Kopf, als mir über so einen Unsinn Gedanken zu machen.«

Vielleicht hatte sie sogar recht, und in jedem Fall war es bereits zu spät, Carl hatte ja keine Tomaten auf den

Augen und die neuen Gäste bereits gesichtet. Man brauchte nicht viel Grips, um sich zusammenzureimen, dass es sich bei dem Mann, der jetzt seinen Arm um Leas Taille schlang, um den frischgebackenen zukünftigen Bräutigam handelte.

Meine Füße setzten sich in Bewegung und steuerten auf das Trio zu, das stehen geblieben war und sich im Raum umschaute.

»Guten Morgen«, sagte ich und wunderte mich selbst, wie leicht mir das über die Lippen gekommen war.

»Morgen«, sagten Dirk und Lea wie aus einem Mund. Mutter hielt sich nicht mit einer Begrüßung auf, sondern bemerkte, dass die Kneipe ja tatsächlich recht gemütlich aussähe und dass sie sich jetzt hinsetzen müsse, weil ihre neuen Schuhe drückten. Mit diesen Worten marschierte sie hinüber zu Vater und Tante Vera und ließ sich auf einen Stuhl fallen.

»Was um alles in der Welt macht ihr ausgerechnet hier?«, fragte ich Lea leise. »Gibt es keine anderen Lokale in Salzstetten als die *Kornblume?*«

»Doch, aber keins, in dem du heute arbeitest. Die Idee stammt von Oma. Sie hat gesagt, dass es höchste Zeit ist, dass die Familie Dirk persönlich kennenlernt.«

»Ja, aber wieso hier und heute? Hätte es nicht auch noch ein bisschen Zeit gehabt? Dirk läuft uns ja nicht weg.«

Leider, fügte ich in Gedanken hinzu.

»Oma hat auch gesagt: Was du heute kannst besorgen, das verschiebe nicht auf morgen. Und tatsächlich hatten alle Zeit, und du bist sowieso hier. Ich verstehe nicht, warum du so einen Stress machst.«

»Wir brauchen noch einen Stuhl«, schaltete sich Dirk ein, bevor ich meiner Tochter erklären konnte, dass ich erstens arbeiten musste und gar keine Zeit hatte, mich mit Dirk zu beschäftigen, und ich es zweitens nicht geschmackvoll fand, ausgerechnet das Bistro, das dem Vater ihres Ex-Freunds gehörte, als Ort des Kennenlernens auszuwählen.

Ich sah Dirk fragend an.

»Es ist nur noch ein Stuhl am Tisch frei«, erklärte er.

»Ich besorge gleich einen«, erwiderte ich so freundlich ich konnte. »Sag mal, Lea, du hast doch Oma nicht etwa erzählt, dass Opa und Tante Vera ein, hm, Paar sind?«

Sie schaute mich aus großen Augen an. »Doch, klar, hab ich ihr das erzählt. Du hast doch nicht ernsthaft erwartet, dass ich nichts sage, oder? Es ist total wichtig, dass man ehrlich zueinander ist in einer Familie.«

Wo hatte sie diese komplett unrealistische Einstellung her? Ehrlichkeit war ein Schwert, das man gerade innerhalb einer Familie nicht unnötig zücken sollte, aber jetzt war nicht der richtige Zeitpunkt, um meine Tochter darüber aufzuklären.

»Guten Morgen, kann ich irgendwie behilflich sein?«, fragte eine männliche Stimme in meinem Rücken. Es war Carl, der seine neue Servicekraft wohl daran erinnern wollte, dass sie nicht dafür bezahlt wurde, im Lokal herumzustehen und sich mit Gästen zu unterhalten.

»Hallo, Carl«, sagte Lea ganz cool. »Ja, danke. Wir brauchen noch zwei Stühle für den Tisch da vorne.«

»Wieso zwei?«, fragte ich erschöpft.

»Weil Papa auch noch kommt.«

Es war geradezu unheimlich, wie schnell Ralfs Idee, einen Familienrat einzuberufen, Realität geworden war. Wenn auch die Besetzung etwas anders war als ursprünglich gedacht.

Carl hatte zwei Tische zusammengestellt, damit man nicht nur mehr Stühle, sondern auch insgesamt mehr Platz hatte, und er war es auch, der die Bestellungen entgegengenommen und mir damit Zeit gegeben hatte, um mich zu beruhigen. »Soll ich den Tisch weiter bedienen?«, fragte er, als wir das Tablett mit den Getränken fertig machten.

Ich schüttelte den Kopf. »Nein, ich mach das schon. Es tut mir leid.«

»Was tut dir leid?«, wollte er erstaunt wissen.

»Dass Lea mit ihrem Zukünftigen hier anrückt. Dass die ganze Familie hier aufgekreuzt ist und dass es bestimmt gleich Streit gibt. Es gibt zurzeit eine Menge Zündstoff in unserer Familie.« Mir stiegen die Tränen in die Augen, es kostete mich einige Anstrengung, sie zurückzudrängen. Bloß jetzt nicht auch noch losheulen … was bisher passiert war, war peinlich genug.

Carl legte einen Arm um meine Schultern. »Es gibt rein gar nichts, wofür du dich entschuldigen müsstest. Warte doch einfach mal ab, was passiert. Soll ich Ariane anrufen und fragen, ob sie deine Schicht übernehmen kann, damit du dich zu deiner Familie setzen kannst?«

»Nein, bloß nicht!«

Carl ließ meine Schulter los, die sich überraschenderweise einsam fühlte, als seine große, warme Hand nicht mehr da war. »Okay. Ich hab übrigens kein Problem mit

Lea und ihrem, hm, Bräutigam, falls du deswegen besorgt sein solltest. Sie sind Gäste – nicht mehr und nicht weniger. Das heißt, ich kümmere mich darum, dass mein Service und die Speisen und Getränke, die sie in meinem Bistro verzehren, in Ordnung sind. Alles andere interessiert mich nicht.«

»Ich wünschte, ich könnte das auch so sehen wie du.«

Er lächelte. »Reine Übungssache. Wer weiß, vielleicht fällt es dir leichter, als du denkst, wenn du einfach probierst, es so zu sehen.«

»Ein Versuch kann nicht schaden. Danke.«

»Gerne.« Wieder berührte er leicht meine Schulter, und ich fühlte mich so getröstet, als hätte er mich in den Arm genommen und mir ins Ohr geflüstert, dass alles gut werden würde und ich mir keine Sorgen zu machen brauchte. In diesem Moment kam Ralf zur Eingangstür herein, und ich war sehr dankbar, dass er da war und sein Bestes geben würde, damit wirklich alles gut würde. Was immer das auch genau bedeuten würde.

»Wer ist das?«, wollte Carl wissen, der meinem Blick gefolgt war. Ralf schritt jetzt selbstbewusst und mit einem Lächeln auf den Lippen auf den Tisch zu. Vater und Tante Vera wirkten überrascht, offenbar hatte Lea auch nicht kommuniziert, dass ihr Vater bei dem Treffen dabei sein würde.

»Mein Ex-Mann. Leas Vater.«

»Der Mann sieht aus wie der sprichwörtliche Fels in der Brandung«, meinte Carl.

Sein Vergleich gefiel mir sehr. Ein Fels in der Brandung konnte allem standhalten – sogar einem Orkan, der sich gerade in einem Bio-Bistro zusammenbrauen mochte.

Carl und ich machten uns wieder an die Arbeit, und ich war erstaunt, wie gut ich es schaffte, mich innerlich von der Familie zu distanzieren, nachdem ich einmal dazu entschlossen war. Hilfreich war zudem, dass ich viel zu tun hatte, denn wenig später war das Bistro voll. Ich richtete natürlich öfter meine Aufmerksamkeit auf den Tisch, an dem die sechs Gäste saßen, die mir nicht unbekannt waren, ich musste ja darauf achten, ob jemand noch etwas bestellen wollte oder ob ich schon etwas abräumen konnte. Ich gebe zu, dass ich auch abcheckte, ob ich womöglich gleich eine Blutlache aufwischen musste, weil die Senioren einander an die Gurgel gegangen waren, oder ob sich jemand mit Messer und Gabel auf Dirk gestürzt hatte, damit das Thema »heiraten« endgültig erledigt war. Aber nein, bis jetzt wirkte die Runde friedlich, was an ein Wunder grenzte. Kein Geschrei, keine fliegenden Teller, kein Blut, und es war auch noch niemand wutentbrannt aus dem Lokal gestürmt. Niemand hatte mich mit Klagen oder Beschwerden bombardiert, als ich die Bestellungen gebracht hatte. Mutters Gesichtsausdruck war unergründlich gewesen, als ich ihr den Orangensaft servierte. Tante Vera, die einen leicht beschwipsten Eindruck machte, bestellte bei der Gelegenheit noch einen Prosecco und schielte zu ihrer Schwester hinüber, die normalerweise so etwas gesagt hätte wie: »Das ist jetzt der dritte. Deine Leber wird sich vor dir aus diesem Leben verabschieden, wenn du morgens schon so viel Alkohol trinkst, Vera.« Aber Mutter schwieg und betrachtete die Luft rechts neben Veras Kopf. Lea und Dirk tranken beide Cola light. Ralf hatte ein Kännchen Kaffee und ein vollwertiges Heidjer-Tellerfrühstück bestellt – bestehend aus zwei mit Heidschnuckenschinken, hartgekochtem Ei und Gurkenscheiben belegte Vollkornbrötchenhälften.

»Danke schön, Stefanie«, sagte er, streifte seine Armbanduhr ab und legte sie neben seinem Teller auf den Tisch. Aller Augen – auch meine – waren auf ihn gerichtet. Mühelos war ihm eine besondere Rolle an diesem Tisch zugefallen, und das, obwohl er mit Vera und meinen Eltern jahrelang keinen Kontakt mehr gehabt hatte.

»Wir haben ja eben schon besprochen, dass wir mit respektvoller Offenheit einiges in diesem Kreis hier zu klären versuchen«, fuhr Ralf fort. Ich blieb fasziniert stehen, denn vor meinem geistigen Auge erschien der charismatische Leaping Salmon, der zweifelsfrei Ralfs Rhetorik entscheidend geprägt hatte. »Dadurch wird es uns gelingen, die Dinge, die aus der Balance geraten sind, gemeinsam wieder in ein harmonisches Gleichgewicht zu bringen.«

Vater war der Einzige, der dazu etwas zu sagen hatte: »Da bin ich aber gespannt, wie du das hinkriegen willst. Du warst ja immer schon ein smarter Junge, aber zaubern kannst du nun auch nicht.«

»Wir alle zusammen können es hinkriegen«, sagte Ralf mit gewinnendem Lächeln. »Entscheidend ist, was jeder an Toleranz und Verständnis in die Runde einbringt. Ich schlage fünf Minuten Redezeit pro Kopf vor. Jeder darf in dieser Zeit über das sprechen, was ihm gerade am Herzen liegt. Vorwürfe und persönliche Beleidigungen oder Ausflüge in die Vergangenheit sind nicht erlaubt. Danach sehen wir weiter.«

»Ich brauche keine fünf Minuten«, sagte Dirk »Für das, was ich zu sagen habe, reichen sieben Worte: Ich liebe Lea und werde sie nächsten Monat heiraten.«

Seine Stimme klang mehr nach Beerdigung als nach Hochzeit, und sein Outfit passte auch: schwarz-dunkelgrau gestreiftes Kurzarmhemd und eine schwarze Hose.

Tante Vera schoss ihm einen Blick zu, der klar zum Ausdruck brachte, dass Dirk nicht auf ihrer Favoritenliste stand. »Das waren neun Worte. Zählen können Sie wohl nicht so gut, junger Mann.«

Dirk lief rot an und kniff die Lippen zusammen.

»Kann er wohl! Er arbeitet nämlich in einer Bank!«, verteidigte ihn Lea.

Mutter zupfte an meiner Schürze. »Der Mann dahinten am Tisch will was von dir«, sagte sie. »Er winkt schon die ganze Zeit herüber.«

»Oh …« Ich reckte den Hals und entdeckte eine wedelnde Hand, die zu einem untersetzten, glatzköpfigen Mann am Fenstertisch gehörte.

»Fräulein, ich will zahlen«, rief er jetzt, als er meinen Blick auf sich gerichtet sah. »Möglichst heute noch.«

Ich eilte zu seinem Tisch und versprach ihm, dass er sofort an der Reihe sei.

»Schon gut«, meinte er gutmütig. »Da drüben gab es wohl was Spannendes zu hören.«

Da hatte er den Nagel auf den Kopf getroffen. Am liebsten hätte ich ein Tonbandgerät auf den Tisch gestellt, damit ich mitbekam, was jeder zu sagen hatte. Fünf Minuten konnten lang werden, wenn weder Vorwürfe, persönliche Beleidigungen oder Ausflüge in die Vergangenheit erlaubt waren. Ich zog den Rechnungsbon an der Kasse, kassierte den Herrn ab, brachte ayurvedischen Brei hierhin und Granatapfelsaft und Früchtetee dorthin. Ein Blick zur Familienversammlung verriet mir, dass man gerade darüber diskutierte, wer mit seiner Fünfminuten-Präsentation anfangen durfte.

»Stefanie!«, donnerte Vater. »Bring mal Streichhölzer. Wir müssen losen.«

Diesen Befehl hatte nicht nur ich, sondern das ganze Lokal mitbekommen. Auch mein Chef, der mir wortlos eine Schachtel Streichhölzer auf das Tablett mit Jasmintee und Cappuccino gelegt hatte. »Entschuldigung«, sagte ich. »Am liebsten würde ich diesen Tag ersatzlos aus dem Kalender streichen. So habe ich mir meinen ersten Arbeitstag nicht vorgestellt.«

»Unverhofft kommt oft, aber es läuft doch alles rund. Deine Familie ist auf einem guten Weg, das habe ich gerade im Kaffeesatz gelesen. Entspann dich.« Er grinste mich an, und ich entspannte mich tatsächlich ein wenig.

»Ich bin mir nicht sicher, ob du den Kaffeesatz richtig gelesen hast oder eine Brille brauchst. Ralf leitet gerade eine Gesprächsrunde ein, in der jeder fünf Minuten Zeit hat, um zu erzählen, was ihn gerade bewegt. Ich gebe zu, dass ich gerne Mäuschen spielen würde, obwohl das Potenzial für eine Explosion natürlich groß ist.«

Er wurde ernst. »Tu's doch. Setz dich zu deiner Familie, Stefanie. Ich komme locker allein klar, wenn Eduard sich um die Küche kümmert.«

»Aber ich bin zum Arbeiten hier, ich kann doch nicht einfach … und eigentlich …«

»… eigentlich ist es überhaupt kein Problem«, sagte er energisch. »Ich bin überzeugt, dass es für alle wichtig ist, dass du dabei bist.«

Ich kämpfte einen Moment mit mir. Einerseits war mir die Distanz zu dem, was sich am Tisch abspielte, nur recht. Und ich hätte gerne einen guten Eindruck als tolle neue Servicekraft auf Carl Schubert gemacht. Aber dafür war es wohl sowieso zu spät. Dafür bot sich die vielleicht einmalige Gelegenheit, tatsächlich das ein oder andere Problem innerhalb der Familie zu lösen.

»Okay. Ich nehme dein Angebot an. Vielen Dank.«

»Nichts zu danken«, sagte Carl.

Wenig später saß ich neben Vater. Meine Schürze hatte ich ausgezogen »Ich hab mir schon gedacht, dass du es nicht aushältst, in einer Kneipe zu arbeiten, und nach ein paar Stunden kündigst«, sagte Tante Vera. »In deinem Alter ist das nichts mehr, diese Schlepperei und das Hin-und-Her-Gelaufe.«

»Ich habe nicht gekündigt, mein Chef hat mich beurlaubt, damit ich an dieser Gesprächsrunde teilnehmen kann.«

Das klang sehr professionell, fand ich, und ich bildete mir ein, dass die Familie beeindruckt war.

»Schön, dass du bei uns bist, Stefanie. Und jetzt bitte Ruhe«, sagte Ralf. »Lea hat sich als Erste zu Wort gemeldet und möchte bestimmt endlich anfangen.«

»Genau«, kam es von Lea. Was sie zu sagen hatte, war inhaltlich nicht neu: Sie rekapitulierte noch einmal ihre Liebesgeschichte mit Dirk und begründete ihren Entschluss, zu heiraten. Neu war, dass ihr Bräutigam sie ständig unterbrach, korrigierte, ergänzte. Daran änderte auch Ralfs Bitte nichts, dass es Leas Redezeit sei und dass er gerne als Nächstes sprechen könne, wenn er möge. Dirk sagte jaja, schon klar, aber so könne er das, was Lea gerade gesagt habe, trotzdem nicht stehenlassen, es sei missverständlich, nicht exakt genug, und dann sei dies noch so und jenes anders gewesen. Lea, die sehr selbstsicher angefangen hatte, kam aus dem Konzept, verhaspelte sich, sah immer wieder zu Dirk hinüber, als ob er absegnen solle, was sie zu sagen hatte, bevor sie es ausgesprochen hatte. Ihr Gesicht war gerötet, und wenn Dirk sie unterbrach, kaute sie nervös auf ihrer Unterlippe herum. Ralf schwoll der Kamm, das war unverkennbar, und ich wartete nur darauf, dass er mit der Faust auf den Tisch schlug oder Dirk eine Serviette in den Mund stopfte. Stattdessen drohte er bei der nächsten Unterbrechung: »Dirk, das ist die letzte Warnung. Entweder, Sie lassen Lea aussprechen, oder Sie gehen nach Hause. Habe ich mich klar ausgedrückt?«

»Ich weiß gar nicht, wieso Sie hier so einen Stress machen«, meinte Dirk lässig. »Lea und ich sind ein Paar, wir stehen kurz vor der Hochzeit und machen alles gemeinsam. Lea hat kein Problem damit, dass ich meinen Input dazugebe, oder, Baby?«

Baby … ich wusste, dass dies ein angesagter moderner weiblicher Kosename war, auch Jannis pflegte seine Frauen gerne so anzusprechen – vielleicht, weil er auf diese Weise nicht die Vornamen seiner zahlreichen

Freundinnen durcheinanderbrachte –, aber ich zuckte trotzdem zusammen. Er behandelte Lea auch genau wie ein Baby, das war mir in den wenigen Minuten, die ich am Tisch saß, bereits klargeworden.

»Na ja, es wäre mir schon lieber, wenn du mich nicht unterbrechen würdest«, sagte Lea. Was für ihre Verhältnisse sehr, sehr diplomatisch war. Wäre ich oder irgendjemand sonst so mit ihr umgesprungen, hätte sie uns schon längst zur Schnecke gemacht. Wieso durfte Dirk, was sonst niemand durfte, das war hier die Frage.

»Das hätten wir also geklärt. Bitte, Lea, du hast das Wort«, sagte Ralf freundlich, und tatsächlich hielt Dirk den Mund, als Lea jetzt weitersprach. Vielleicht war ihm eingefallen, dass er ja einen guten Eindruck bei den Verwandten seiner Braut hinterlassen wollte.

»Danke, Lea«, sagte Ralf, als sie fertig war, und sofort kam mir wieder Leaping Salmon in den Sinn. »Dirk, möchten Sie weitermachen?« Dirk wollte nicht, es war für ihn noch nicht stimmig, und eigentlich hatte er ja schon alles gesagt, er sei kein Freund vieler Worte, aber er wollte gern auf etwas eingehen, was Lea eben gesagt hatte. Freundlich, aber sehr bestimmt, machte Ralf ihn darauf aufmerksam, dass das nicht in den Spielregeln inbegriffen war, mit denen auch Dirk sich einverstanden gezeigt hätte. Es stünde ihm aber jederzeit frei, zu gehen, wenn ihm das nicht passen würde. Dirk murmelte etwas Unverständliches in seinen nicht vorhandenen Bart. Lea griff nach seiner Hand und schmiegte sich an ihn. »Dirk bleibt natürlich hier.«

»Schön. Also, wer meldet sich als Nächstes zu Wort? Stefanie?«, sagte Ralf.

Das kam unerwartet, aber etwas in mir sagte ja dazu, und alles sprudelte direkt aus mir heraus, was mich bedrückte: Dass Lea heiraten wollte, die Sache mit Jannis, der Streit zwischen Mutter und Tante Vera, und meine Angst, dass das, was zwischen Vater und Tante Vera war, zu einem endgültigen Zerwürfnis mit Mutter führen würde. Niemand unterbrach mich. Ich redete und redete, und als Ralf einen Finger hob und signalisierte, dass mir noch eine Minute blieb, sagte ich: »Was mich auch bewegt, aber auf eine gute Weise, ist, dass Ralf und ich uns aufeinander zubewegt haben. Ich hätte es nie für möglich gehalten, dass wir einmal so um einen Tisch sitzen würden. Mehr habe ich im Moment nicht zu sagen.«

»Danke, Stefanie«, sagte Ralf, und sein Ton und seine Stimme verrieten mir, dass er sich ganz besonders für meine letzten Sätze bedankte.

»Dann mach ich jetzt mal weiter«, kam es energisch von Tante Vera. »Und ich komme gleich zur Sache: Mir geht es so was von auf den Wecker, dass ich immer auf Thereses Befindlichkeit Rücksicht nehmen soll. Seit über siebzig Jahren ist Therese die Prinzessin auf der Erbse, und es hatte schon seinen Grund, wieso ich nicht damit herausgerückt bin, wessen Zahnbürste neben meiner in meinem Zahnputzbecher steht. Ich könnte noch viel mehr dazu sagen, aber ich darf ja nicht über Vergangenes reden. Jedenfalls, Oskar und ich sind ein Paar, das ist der derzeitige Stand der Dinge, und es ist doch wohl ein Unding, dass ich ein schlechtes Gewissen haben soll, nur weil meine Schwester Oskars geschiedene Frau ist. Die Ehe ist Jahrzehnte her, die Scheidung ebenfalls, es kann doch nicht so schwer sein, zu akzeptieren, dass die Liebe hinfällt, wo sie will, und dass Therese kein Zacken aus der Krone bricht, wenn sie einen freundschaftlichen Umgang mit Oskar pflegt. Der Mann ist nun mal Stefanies Vater und der Opa von Jannis und Lea, und mein Ex-Schwager, den ich immer gut leiden mochte. Dass Oskar und ich uns immer blendend verstanden haben, war natürlich genau das, was mir Therese übelgenommen hat. Eifersucht war immer ihre Achillesferse.«

Ralf hüstelte und mahnte sanft, doch bitte in der Gegenwart zu bleiben und Vorwürfe und Wertungen zu vermeiden.

»Ja, ja, schon gut. Um mal eins klarzustellen: Ich habe meine Schwester lieb! Sehr lieb sogar! Bis auf ein paar Kleinigkeiten, die mich einfach immer an ihr geärgert haben, ist sie der wunderbarste Mensch, den ich kenne!«

Mutter, die dem Vortrag ihrer Schwester mit versteinertem Gesicht gelauscht hatte, wurde feuerrot und riss vor Überraschung Mund und Augen auf. Wir anderen hörten ebenfalls gebannt zu, mit dieser Wendung hatte wohl niemand gerechnet.

»Therese und ich sind gemeinsam aufgewachsen und gemeinsam alt geworden, und ich möchte sie auch in meinen letzten Lebensjahren um mich haben. Es wäre schrecklich, wenn wir keinen Kontakt mehr hätten! Aber ich möchte auch nicht auf Oskar verzichten. Es muss auch möglich sein, ab und zu mal zu dritt zusammenzusitzen und ein bisschen zu plaudern. Ich weiß, dass Oskar dazu bereit ist, wir haben darüber gesprochen. Ich hoffe so sehr auf eine gute Lösung! Das war das eine. Jetzt zu dir, Lea.«

Tante Vera fasste noch einmal kurz zusammen, wieso sie gegen Leas Heirat war und berief sich dabei hauptsächlich auf Simone de Beauvoir, die Jean Paul Sartre ihr Leben lang geliebt, aber nie geheiratet hatte, weil sie eine kluge Frau gewesen war. Sie schloss mit den Worten: »Aber ich komme trotzdem zur Hochzeit, wenn du deinen Kopf unbedingt durchsetzen willst. Und wenn du mich brauchst, bin ich immer für dich da, das weißt du, Kind.«

Ralf bedankte sich. Ich erwartete, dass sich jetzt Mutter zu Wort melden würde, aber sie schwieg. Sie war mir sehr fremd heute, so still und in sich gekehrt, mit zur Seite geneigtem Kopf, als würde sie auf etwas in ihrem Inneren lauschen. Ich hatte keine Ahnung, was in ihr vorging, und genau das war mir unheimlich. Sie war nicht die Einzige, die mir heute fremd war. Auch Tante Vera hatte eine Seite gezeigt, die mir neu war: Auszusprechen, dass ihre Schwester ein wunderbarer Mensch war, den sie liebte – das war revolutionär. Und wenn es in ihrem Redebeitrag auch etliche Taktlosigkeiten gegeben hatte, so war doch nicht zu verkennen gewesen, dass sie sich aufrichtig ein freundschaftliches Miteinander wünschte.

Jetzt klopfte Vater mit dem Löffel an seine Tasse. »Alle mal herhören!«, sagte er. Als alle Augen auf ihn gerichtet waren, fuhr er fort: »Ich mach's kurz und knapp, lange Reden waren noch nie mein Ding. Also, ich bin auch dagegen, dass Lea heiratet, wir sind uns ja alle einig, dass das eine Schnapsidee ist, mehr braucht man dazu gar nicht zu sagen. Die Zeiten, als man mit einundzwanzig volljährig wurde, wenn man nicht mehr ganz so grün hinter den Ohren ist wie mit achtzehn, sind leider vorbei, verbieten kann man dir nichts mehr, Mädchen. Lass dir wenigstens nicht gleich ein Kind machen, sondern lerne für dein Abitur und studiere was Vernünftiges, diese Ratschläge gibt dir dein alter Opa mit auf den Weg. Jetzt zu Vera und mir. Ich kann mich binden, aber ich kann die Beziehung auch wieder auflösen, wenn mir danach ist. Und mir ist danach, das weiß ich hundertprozentig, seit ich an diesem Tisch sitze.«

»Oskar!«, rief Tante Vera entgeistert dazwischen. »Aber wir waren uns doch einig.«

Vater hob die Hand. »Schhhhht. Ich bin dran, Vera, und ich möchte kein einziges Wort mehr von dir hören. Später, wenn diese Sitzung hier vorbei ist und wir allein sind, kannst du sagen, was du möchtest, aber an meiner Entscheidung wird sich nichts ändern. Du weißt, mein Sternzeichen ist Schütze, und Schützen sind immer für eine Überraschung gut. Frauen sind etwas Wunderbares, und du bist eine ganz besonders wunderbare Frau. Ich möchte Zeit mit dir verbringen, wenn uns beiden danach ist, aber ohne Verpflichtungen. Sehen wir der Tatsache ins Auge: Für zwei Leute in unserem Alter, die Unabhängigkeit gewöhnt sind, ist es einfach viel zu anstrengend, sich auf ein Leben als Teil eines Paares einzustellen. Jeder hat so seine Angewohnheiten und Meinungen und Vorstellungen, und ich bin die ständigen Diskussionen, Verhandlungen und Streitereien leid. Mir ist das alles viel zu kompliziert.«

Tante Vera hatte die Arme vor der Brust verschränkt und die Lippen fest zusammengekniffen. Es kostete sie sichtlich Mühe, ruhig zu bleiben, aber sie schaffte es. Ich war sicher, dass Vater später einiges zu hören bekommen würde, und möglicherweise war das letzte Wort doch noch nicht gesprochen, was die Konditionen ihrer Beziehung anging. Vaters Blick war zu Mutter gewandert. »Es tut mir leid, dass du es von Lea erfahren hast, Therese. Wir hätten gleich zu Anfang mit der Wahrheit herausrücken sollen, aber wir waren zu feige. Ich könnte schon verstehen, wenn du nichts mehr mit mir zu tun haben willst und sagst, mit Oskar setze ich mich nie wieder an einen Tisch, wenn er seine Tochter und seine Enkel sehen will, dann ohne mich …«

Mutter neigte leicht den Kopf, und ich sah, dass ihre Augen feucht geworden waren. Verstohlen wischte sie mit dem Finger ein paar Tränen ab. Vater räusperte sich. »Mir tun noch andere Sachen leid. Aber das ist alles lange her. Du hättest den Jungen vom Land heiraten sollen, der so hinter dir her war nach dem Schützenfest damals. Der war grundsolide und hätte dich glücklich gemacht. Ich möchte mir was wünschen, das Wünschen kann einem ja niemand verbieten. Ich wünsche mir, dass unsere Familie zusammenhält, egal was ist und was noch kommt. Ich wünsche mir, dass wir drei Alten es schaffen, die paar Jährchen, die wir noch vor uns haben, gesund zu bleiben und gut zu leben. Miteinander, nicht gegeneinander. Keiner von uns hat doch so viele Freunde und Bekannte und Abwechslung, dass wir auf die Vertrautheit verzichten könnten, die die Familie uns gibt. Ob ihr es glaubt oder nicht, es gibt nichts und niemanden, der mir mehr am Herzen liegt als meine Familie.«

Herrn Beckers Herzlinien fielen mir ein, die zarten Fäden von Herz zu Herz, die Menschen miteinander verbanden. An diesem Tisch in der *Kornblume* wurden die Fäden, die unsere Familie verbanden, neu verwoben und gestärkt, auf gänzlich unerwartete, wundersame Weise. Ich hatte keine Ahnung, wie dieses Wunder zustande gekommen war, aber das war auch nicht wichtig. Es reichte völlig, zuzuschauen, wie es sich entfaltete.

Als Mutter, mit ungewohnt leiser Stimme, zu sprechen begann, beugten sich alle vor, um ja kein Wort zu verpassen. Wir hörten, dass Mutter vollstes Verständnis dafür hatte, dass Lea ihren Seelenpartner so schnell wie möglich heiraten wolle. Solche Ehen würden im Himmel geschlossen, der es gut mit den beiden meinte, da sei sie ganz sicher. Oh, nein, dachte ich, das darf doch nicht wahr sein. Das Leben war kein Liebesroman, in dem Traummänner Traumfrauen heirateten und bis ans Ende ihrer Tage glücklich zusammen waren, auch wenn Mutter nach dem Konsum zahlloser Kitschromane anderer Meinung war. Dirk lächelte zum ersten Mal und sah beinahe nett aus, und Lea schmiegte ihren Kopf an seine Schulter. Alle anderen sahen je nach Temperament mehr oder weniger fassungslos aus. Dass Mutter die Romanze ihrer Enkelin so fernab jeglicher Realität betrachtete, damit hatte niemand gerechnet. Aber das war nicht die einzige Überraschung. Nachdem Mutter Lea und Dirk Glück gewünscht und sich bereit erklärt hatte, das Kleid und die Schuhe der Braut zu bezahlen, sagte sie: »Ihr werdet es nicht für möglich halten, aber ihr hättet euch keine Sorgen machen müssen wegen

Vera und Oskar. Wahrer Liebe würde ich mich nie entgegenstellen. Ich habe zwar keine Ahnung, wie es passieren konnte, dass Amor nach all den Jahren nun ausgerechnet auf diese beiden gezielt hat, er hätte sich mal lieber auf Stefanie konzentrieren sollen, mit fast fünfzig hat man einen Pfeil im Hinterteil nötiger als mit achtzig.«

Ich merkte, dass ich rot wurde. Super, dass nun alle am Tisch – besonders Ralf, der glücklich liiert und frischgebackener Vater war – wussten, wie nötig ich Amors Unterstützung hatte, weil ich allein in Liebesdingen nichts auf die Reihe bekommen hatte. Es lag mir auf der Zunge, darauf hinzuweisen (zum wievielten Mal eigentlich?), dass ich vierundvierzig war und noch weit entfernt von der fünfzig, aber ich verkniff mir den Kommentar. Ich hatte mir vorgenommen, mich an Ralfs Regeln zu halten und eisern zu schweigen, egal, was in dieser Runde gesagt wurde. »Aber vielleicht kommt das ja noch«, fuhr Mutter nun fort. »Wie dem auch sei, Ich kam hierher, weil ich Vera ins Gesicht sagen wollte, wie gemein und hinterhältig ich es finde, dass sie mir wegen des Männerkrams in ihrer Wohnung keinen reinen Wein eingeschenkt hat. Ich wollte ihr sagen, dass sie mit Oskar von mir aus selig werden kann, ich aber nichts mehr mit ihr zu tun haben will. Jedenfalls nicht außerhalb bestimmter Familienfeierlichkeiten wie Geburtstage und Weihnachten. Aber ich habe es mir anders überlegt. Ich hätte nie gedacht, mal von Vera zu hören, dass sie ihre Schwester lieb hat, und dass Oskar sich bei mir entschuldigen würde, hätte ich auch nie für möglich gehalten.« Mutter wurde tatsächlich rot vor

Verlegenheit. »Aber natürlich hast du auch eine Menge Frechheiten vom Stapel gelassen, Vera. Prinzessin auf der Erbse … ha! Ausgerechnet von Madame Diva höchstpersönlich, da lachen ja die Hühner. Ich habe mich nie benommen wie eine Prinzessin auf der Erbse, und werde es in diesem Leben auch nicht mehr tun.«

Ralf räusperte sich warnend. Mutter schoss ihm einen gereizten Blick zu. »Schon gut, ich bin gleich fertig. Also, ich fordere eine Entschuldigung von Vera. Und zwar jetzt. Und dann können wir uns von mir aus wieder vertragen.«

Zu meinem Entsetzen hatte Tante Vera einen Schmollmund gezogen, und ich ahnte auch, warum: der Terminus Madame Diva war nicht gut angekommen. Aber dann holte sie Luft, ihr Gesicht entspannte sich, und sie sagte: »Es tut mir leid, Therese, ehrlich. Ich hätte dir sagen sollen, dass du über Oskars Puschen gestolpert bist.«

Mutter nickte hoheitsvoll, ihr Blick blieb unverwandt auf ihre Schwester gerichtet. Tante Vera rutschte auf ihrem Stuhl hin und her. »Vertragen wir uns jetzt wieder?«

Mutter schwieg.

»Also gut«, sagte Tante Vera. »Es tut mir auch leid, dass ich Prinzessin auf der Erbse zu dir gesagt habe, Tessi. Bitte entschuldige.«

Mutters Gesicht verzog sich zu einem breiten Lächeln. »Ich nehme deine Entschuldigung an.«

»Möchte ich zum Augenblicke sagen: verweile doch, du bist so schön«, sagte Vater leise. »Das ist von Goethe.«

In genau diesem Augenblick betrat Sebastian die *Kornblume.* Er erspähte Lea sofort, blieb stehen und starrte sie an. Dann machte er auf dem Absatz kehrt und stürmte zur Tür hinaus. Ich hörte einen kleinen, traurigen Seufzer und sah einen Ausdruck in Leas Augen, der mir, wäre ich Dirk gewesen, zu denken gegeben hätte.

8

Wenigstens ein Mensch in dieser Familie freut sich mit uns über unser Glück«, sagte Dirk in das beinahe andächtige Schweigen hinein, das Vaters Goethe-Zitat vom schönen Augenblick, der doch verweilen möge, gefolgt war. »Danke für die Unterstützung, Oma Therese.«

Ich fiel beinahe vom Stuhl, als ich das hörte. Oma Therese! Sicher würde sich Mutter verbitten, von einem jungen Mann, den sie erst heute kennengelernt hatte, so genannt zu werden. Aber nein, Mutter neigte huldvoll den Kopf und sagte: »Bitte schön, junger Mann. Die Liebe ist eine Himmelsmacht, und ich stehe immer auf ihrer Seite.«

Es juckte mir in den Fingern, Mutters Gehirnwindungen in die Waschmaschine zu stecken, um sämtliche Schmalzspuren, die die Kitschromane im Laufe der Jahrzehnte hinterlassen hatten, zu entfernen. Ich hatte aber den Verdacht, dass selbst der Kochwaschgang versagt hätte. Mutters Gemüt war rettungslos durchtränkt vom klebrigen Stoff, aus dem Schmonzetten zusammengesponnen wurden – Zuckerwatte für die Seele. Dann fiel mir ein, dass Mutters Sehschwäche, wenn es in ihren Augen um *wahre Liebe* ging, aber auch ihr Gutes hatte: Dass ihre Schwester und ihr Ex-Mann plötzlich ihre Gefühle füreinander entdeckt hatten, hatte sie, ohne mit der Wimper zu zucken, akzeptiert und so maßgeblich zur Wiederherstellung des Familienfriedens beigetragen. Dirk gab zurück, dass das Wort *Himmelsmacht* exakt die Liebe zwischen ihm und Lea auf den Punkt brachte. Das sei für ihn das Stichwort, um sich jetzt auch etwas von der Seele zu reden.

»Dirk hat das Wort«, schaltete sich Ralf nüchtern ein und rückte seine Armbanduhr auf dem Tisch zurecht.

Es sei sehr verletzend, begann Dirk, von Leas Familie abgelehnt zu werden. Er selbst habe keine Familie mehr, seine Eltern seien leider verstorben. Wer ihn und diese Ehe nicht für gut befinde, beweise, dass er voller Vorurteile stecke, denn man lerne ihn ja erst jetzt persönlich kennen. Wenn man einen Menschen aber bereits verurteile, bevor man ihn kennengelernt habe, sei das ein Zeichen von engstirnigem Schubladendenken, das sich nur auf ein paar wenige Informationen gründete, die gegen ihn ausgelegt würden, dabei seien die Tatsachen an sich total positiv. Ja, er sei sechzehn Jahre älter als Lea, aber das sei nur von Vorteil, weil er seine Lebenserfahrung mit ihr teilen und sie vor Fehlern, die sie vielleicht aus jugendlichem Leichtsinn heraus begehen könnte, bewahren könne. Ja, er sei zweimal verheiratet gewesen, und er bereue keine Minute. Er habe unglaublich viel gelernt, über sich selbst und über die Frauen, und genau das mache ihn zu einem idealen Partner für eine junge Frau, die nur davon profitieren könne, dass er genau wisse, was er wolle und was in einer Beziehung funktioniere und was nicht. Lea habe ihm auch erzählt, dass ihre Mutter ein Riesenproblem damit hätte, dass er bereits zwei Kinder habe. Das könne er nun überhaupt nicht nachvollziehen, denn seine Kinder lebten bei ihren Müttern, zu denen er ein entspanntes Verhältnis habe. Natürlich kümmere er sich um seine Kinder und sehe sie regelmäßig. Lea käme wunderbar mit ihnen klar, irgendwann würde sie selbst eine tolle Mutter für die Kinder sein, die sie später miteinander haben würden. Natürlich müsse sie erst die Schule beenden und studieren oder eine Ausbildung machen, er tendiere ja zu einer Ausbildung, das sei was Handfestes, man sei schneller fertig und man bräuchte keine Ehe auf Distanz zu führen, weil Lea womöglich in einer anderen Stadt studieren würde. Er habe sich mit der Materie beschäftigt, Lea sei ja sprachbegabt und gewandt, er könne sie sich sehr gut in der Touristikbranche oder im Hotelfach vorstellen …

Alle am Tisch hörten gebannt zu, vor allem Lea, die ihren Bräutigam anschaute, als sähe sie ihn zum ersten Mal. Vielleicht sah sie ihn heute auch tatsächlich zum ersten Mal von einer Seite, die er entweder bisher nicht gezeigt hatte oder die sie nicht wahrgenommen oder ausgeblendet hatte, und ihrem Gesichtsausdruck nach zu urteilen, war sie sich nicht sicher, ob ihr gefiel, was sie sah. Jetzt legte Dirk den Arm um ihre Taille. »Ich kann natürlich verstehen, dass die Familie sich ein bisschen Sorgen macht, weil Lea noch so jung ist und wir uns so schnell entschlossen haben zu heiraten. Aber manchmal, wenn zwei Seelen sich gefunden haben, die sich ideal ergänzen, kann es eben schnell gehen, und das ist dann genau richtig so. Lea ist bei mir in den allerbesten Händen. Ich habe ein gesichertes Einkommen und Aufstiegschancen, ich kann für sie sorgen, bis sie selbst etwas zum Lebensunterhalt beitragen kann, das ist gar kein Problem. Sie kann ja auch ruhig ein bisschen jobben, in der Gastronomie zum Beispiel oder in einem Call Center, ich habe da Verbindungen und kann ihr was vermitteln. Lea wollte gern erst nach der Hochzeit zu mir ziehen, dann sind ja auch Sommerferien und sie hat Zeit. Ich habe eine Dreizimmerwohnung mit Balkon, ein Zimmer steht quasi leer, dort kann sie sich einrichten, wie es ihr gefällt, wenn wir das Gästebett und den Schrank in den Keller geräumt haben. Ich habe sogar nichts dagegen, dass sie eine Wand orange anstreichen möchte, obwohl ich orange nicht ausstehen kann.« Er lächelte in die Runde. »Ihr seht, wir haben uns über alles Gedanken gemacht, halbe Sachen sind nicht unser Ding. Wir wollen beide, dass unsere Ehe glücklich wird. Leas Opa hat sich was gewünscht, und ich wünsche mir jetzt auch etwas: Dass die Familie mich und unsere Entscheidung, zu heiraten, akzeptiert und versucht, mit mir klarzukommen. Ich bin – in aller Bescheidenheit – ein netter Typ, der es ehrlich mit Lea meint und den man mögen kann, wenn man will. Ich bin sehr froh, dass wir uns heute endlich alle kennenlernen. Das war schon lange überfällig. Ich wollte ja zusammen mit Lea die Familie informieren, dass wir uns entschlossen haben, zu heiraten, aber du warst dagegen, Baby, du wolltest erst allein mit deiner Mutter reden. Jetzt siehst du bestimmt ein, dass das ein Fehler war.« Er drückte Lea an sich. Ich bildete mir ein, dass Leas Lächeln ein bisschen gequält wirkte, vielleicht war sein Griff zu fest gewesen.

Mutter lächelte ein Mona-Lisa-Lächeln. Tante Vera wedelte mit ihrem leeren Proseccoglas in der Luft herum, ich vermutete, dass sie gerade bei Carl eine stumme Fernbestellung aufgab. Vater hielt zwei Finger hoch, offenbar hielt er die Zeit für gekommen, von Kamillentee auf etwas Stärkeres umzusteigen.

»Ich finde, wir sollten alle zusammen anstoßen, und zwar auf eine glückliche Zukunft«, sagte Dirk, dem das Manöver nicht verborgen geblieben war. »Ich gebe eine Runde Prosecco aus.«

»Sie haben noch eine Minute, Dirk. Möchten Sie noch etwas sagen?«, sagte Ralf.

Dirk nickte. »Ich bin dafür, dass wir ab sofort alle ›du‹ zueinander sagen. Es bleibt ja in der Familie.« Er lachte über seinen Witz. Dass niemand mitlachte, schien ihm nichts auszumachen. Als jetzt Carl mit zwei Gläsern Prosecco an den Tisch trat, bestellte Dirk eine Runde. Niemand protestierte, auch ich nicht, obwohl ich normalerweise tagsüber keinen Alkohol trank, was ich darauf zurückführte, dass niemand Dirk vor den Kopf stoßen wollte.

Ralf stützte die Ellbogen auf den Tisch und faltete die Hände. »Danke, Dirk, für deinen Beitrag. Und für den Prosecco. Dann ergreife ich jetzt mal das Wort. Als ich hierherkam, wusste ich nicht, wie sich unser Miteinander entwickeln würde. Jetzt weiß ich, dass wir erreicht haben, was wir uns vorgenommen hatten, und ich bin sehr stolz auf uns. Wir haben die Dinge, die in der Familie aus der Balance geraten waren, in ein harmonisches Gleichgewicht gebracht. Und das ist der Verdienst von allen, die hier am Tisch sitzen.«

Na ja, dachte ich, da übertreibst du aber ein bisschen. Okay, Mutter, Tante Vera und Vater haben es tatsächlich geschafft, ihre Kuh vom Eis zu kriegen. Obwohl abzuwarten bleibt, wie sich die Dinge entwickeln. Aber Lea und Dirk wollen immer noch heiraten, und ich habe damit immer noch ein Problem, und was für eins …

»Bei mir hat sich ganz viel bewegt durch das, was wir hier miteinander geteilt haben. Genau wie alle anderen, außer Therese, war ich ebenfalls dagegen, dass Lea heiratet. Jetzt kann ich guten Gewissens sagen, dass ich nichts mehr gegen eine Hochzeit einzuwenden habe, denn ich bin davon überzeugt, dass genau das passieren wird, was für alle Beteiligten das Beste ist«, sagte Ralf.

Vater tippte sich gegen die Stirn, was Ralf geflissentlich übersah. Tante Veras Augen waren geschlossen, ihr Kinn war auf die Brust gesunken, und sie schnarchte bei jedem Atemzug leise vor sich hin.

»Ich wünsche meiner Tochter ganz viel Glück, wie immer das auch für sie persönlich aussehen mag, und vertraue darauf, dass sie den für sich richtigen Weg findet. In meinem eigenen Leben ist das Glück sehr präsent, was mir beweist, dass der richtige Weg mich gefunden hat, und dafür bin ich sehr dankbar. Wie ihr wisst, hat mir meine Frau gerade eine kleine Tochter geschenkt. Ich empfinde es als großes Geschenk, noch mal ein Kind aufwachsen zu sehen. Glück ist für mich auch, dass wir uns hier in dieser Runde alle nähergekommen und respektvoll und offen miteinander umgegangen sind. Ich wünsche mir, dass wir diese Nähe ausbauen können. Seit der Scheidung hatte ich ja nur noch Kontakt zu Lea und Jannis.«

Die Zeit stand still, als ich Ralf anschaute und ihn ohne Bitterkeit oder Groll so sah, wie er war: Ein Mensch mit vielen Facetten, den ich in seiner Gesamtheit schätzen konnte, ohne dass ich etwas benennen oder in »gut« oder »schlecht« einteilen oder die Geister der Vergangenheit herbeidenken musste.

»Moment Mal, Papa«, platzte Lea dazwischen. »Habe ich das richtig verstanden? Du findest es auf einmal okay, dass ich Dirk heirate?«

»Ja. Wenn du ihn unbedingt heiraten möchtest, dann heirate ihn«, sagte Ralf, ohne mit der Wimper zu zucken. »Ich bin zu dem Schluss gekommen, dass du dein Leben leben musst, wie du es für richtig hältst und ich nicht mehr versuchen werde, mich einzumischen.«

»Das ist eine verdammt gute Idee«, kam es von Vater. »Reisende soll man nicht aufhalten, denn wer mit dem Kopf durch die Wand will, findet sowieso einen Weg, damit die liebe Seele Ruhe hat. Nachdem wir das geklärt haben, können wir eigentlich nach Hause gehen, und ich komme noch zu meinem Mittagsschläfchen. So wie Vera.«

Tante Veras Augen öffneten sich. »Ich hatte einen Alptraum, ich habe ganz deutlich Stimmen gehört, die ihren Segen zu Leas Hochzeitsplänen gegeben haben.«

»Das war kein Alptraum, Vera, das war die Realität«, sagte Ralf.

Tante Vera schüttelte den Kopf. »Einmal hü, einmal hott. Das versteh mal einer. Ich frage mich, was mit euch Männern los ist.«

»Das ist doch ganz einfach zu verstehen«, sagte Dirk mit einem zufriedenen Lächeln. »Kraft meiner unschlagbaren Argumente habe ich echte Überzeugungsarbeit bei den logisch denkenden Männern geleistet. Ich weiß ja, dass ich rhetorisches Talent habe, das wurde mir auch bei der letzten Fortbildung vom Coach bestätigt. Aber dass ich so glasklar transportieren konnte, dass ich der richtige Mann für Lea bin und unsere Hochzeit das Tor zu unserer glücklichen gemeinsamen Zukunft ist – wow. Ich habe mich selbst übertroffen. Ah, da kommt ja unser Prosecco. Genau zur richtigen Zeit, um miteinander anzustoßen!«

Ich sah, dass Carl, der die Gläser verteilte, sich mit Mühe ein Lachen verkniff. Das wiederum reizte mich so, dass ich losprusten musste, und je mehr ich lachte, desto befreiter fühlte ich mich. Meine Wahrnehmung hatte sich verschoben, die Familienkonferenz kam mir plötzlich vor wie ein absurdes Theaterstück – nicht von dieser Welt, sondern der Phantasie eines exzentrischen Dichters entsprungen. Durch diese Brille betrachtet, hatten Leas Pläne ihren Schrecken für mich verloren. Genau wie Ralf und Vater war ich zu der Erkenntnis gelangt, dass es besser für den eigenen Seelenfrieden war, etwas, das man sowieso nicht ändern konnte, zu akzeptieren.

Vater legte die Hand auf meinen Arm. »Ist das ein hysterischer Anfall, Stefanie? Möchtest du vielleicht ein Glas Wasser?«, erkundigte er sich besorgt.

»Nein, nein, danke, schon gut«, brachte ich heraus, presste meine Hand auf den Mund und biss mir auf einen Fingerknöchel. Mit dieser Methode hatte ich den Lachanfall bald im Griff. »Was ist hier eigentlich los?«, wollte Lea wissen. »Erst machen alle bis auf Oma einen Riesenaufstand, und dann gibt Papa uns seinen Segen, Opa bläst ins selbe Horn und Mama lacht sich halb tot. Ich frage mich, was als Nächstes kommt?«

»Nur Gutes!«, sagte Dirk. »Weil der Rest der Familie sich meinen Argumenten auch nicht verschließen kann. Manchmal dauert es nur ein bisschen länger, bis sich die Logik durchsetzt.«

»Es ist nicht die Logik, die sich durchsetzt«, schaltete sich Mutter ein, »sondern die Liebe. Wenn sie echt ist, räumt sie Widrigkeiten immer aus dem Weg. Liebe findet Lösungen, auch ungewöhnliche.«

»So kann man es auch sehen«, sagte Ralf diplomatisch. Es schien ihm nicht das Geringste auszumachen, dass seine Redezeit ständig unterbrochen wurde.

Lea hatte die Unterlippe trotzig vorgestülpt. »Trotzdem …«

Dirk strich ihr liebevoll das Haar zurück. »Baby, mach dir mal keinen Kopf, freu dich lieber, dass wir ganz offiziell grünes Licht haben. Das war's doch, was du dir gewünscht hast. Wir würden zwar auch heiraten, wenn die Ampel auf Rot stünde, aber schöner ist es, wenn die Familie mitzieht.«

»Ja. Genau. Aber was ist mit Mama und Tante Vera?«

»Ich bin immer noch dagegen«, sagte Tante Vera. »Irgendjemand hier muss ja zu seinen Grundsätzen stehen.«

»Ich nicht«, sagte ich und fing wieder an zu lachen. »Heirate ruhig, wenn du heiraten willst.«

Alle starrten mich an, als sei ich komplett übergeschnappt, und vielleicht stimmte das auch. Dirk nahm die Sache in die Hand. »Siehst du, deine Mama habe ich auch überzeugt. Und deine Tante hat vorhin gesagt, sie kommt zur Hochzeit. Alles ist total positiv.«

Das fand ich auch ungeheuer lustig, und während ich vor mich hin kicherte, in der sicheren Gewissheit, dass mich nicht nur die Familie, sondern sämtliche Gäste in der *Kornblume* einschließlich des Inhabers für verrückt hielten, erhob Dirk sein Glas. »Jetzt wollen wir endlich mal anstoßen!«, sagte er energisch.

»Gute Idee! Ich war schon wieder auf dem Weg, nüchtern zu werden«, sagte Tante Vera.

»Auf eine glückliche Zukunft!«, sagte Dirk. »Zum Wohl!« Wir ließen die Gläser klingen. Eine glückliche Zukunft, das klang verführerischer als der Ton, den die Gläser beim Anstoßen erzeugt hatten. Bestand eine glückliche Zukunft darin, dass man bekam, was man sich wünschte? War man also umso glücklicher, je mehr Wünsche sich erfüllten? Oft genug fiel einem aber zu, was man sich nicht gewünscht hatte. Lea hatte sich zu diesem Zeitpunkt ihres Lebens keinen Ehemann gewünscht, davon ging ich aus, aber es war ihr einer zugelaufen.

War das Glück womöglich nichts anderes, als das anzunehmen, was einem das Leben präsentierte, in der Gewissheit, dass alles irgendwie Sinn machte, auch wenn sich mancher Sinn erst viel später, wenn überhaupt, erschloss?

Mein Lachreiz war so plötzlich verflogen, wie er gekommen war, aber die Mir-doch-egal-Stimmung, oder wie immer man es nennen wollte, war noch präsent. Ich stürzte den Prosecco hinunter und stand auf. Die

Umgebung drehte sich ein wenig, aber das war nicht schlimm, im Gegenteil, es fühlte sich angenehm an. »So, ich verabschiede mich als Privatperson aus dieser Runde, ich muss wieder an die Arbeit.«

»Ich möchte jetzt nach Hause«, sagte Mutter.

Vater und Tante Vera nickten. Alle drei sahen müde aus. Sie waren beneidenswert fit und gesund für ihre Jahre, aber es war eine Tatsache, dass sie über den Tag verteilt viele Ruhepausen brauchten.

»Ich fahre euch selbstverständlich gleich nach Hause«, sagte Dirk. »Mein Auto steht um die Ecke.«

Ralf überraschte mich damit, dass er aufstand und mich umarmte. »Bis bald, Stefanie. Wir hören voneinander, ja?«

»Ja.« Ich hatte mich kaum an seine Berührung gewöhnt, als sie schon wieder vorbei war. Es war ein komisches Gefühl gewesen, von Ralf umarmt zu werden. Sein Körper hatte sich vertraut angefühlt, etwas kräftiger, als ich ihn in Erinnerung hatte, aber sein Geruch war fremd gewesen: ein anderes Waschmittel, ein anderes Rasierwasser. Ich merkte, dass ich schon wieder kurz davor stand, loszukichern, obwohl es keinen Grund dafür gab, außer dass ich nach diesem Glas Prosecco nicht mehr nüchtern war. Die Welt war aus den Angeln und drehte sich andersherum, und ich mich mit ihr.

Carl half mir wieder beim Umbinden der Schürze. Er hatte mich nach Hause schicken wollen, aber ich hatte abgelehnt. Ich würde meine Schicht zu Ende arbeiten, und die Stunde, die für die Familienkonferenz draufgegangen war, würde ich länger bleiben. Meine erste Amtshandlung war es, bei der Familie abzukassieren. Die Gläser waren leer, man war in Aufbruchsstimmung. »Ich komme nächstens mal abends vorbei, Stefanie, damit wir die Hochzeitsfeierlichkeiten besprechen können«, sagte Dirk, als ich ihm das Wechselgeld überreichte.

»Ja, tu das«, sagte ich lässig, und kicherte erneut. Lea schaute mich fassungslos an, so wie heute hatte sie mich noch nie erlebt.

»Möchtest du vielleicht eine Beruhigungstablette, Stefanie?«, fragte Tante Vera. »Ich könnte dir eine von meiner Nachbarin besorgen. Wenn ich ihr sage, dass es ein Notfall ist, schenkt sie sie mir bestimmt.«

»Nein danke. Ich brauche keine Beruhigungstablette«, sagte ich.

»Ruf mich so bald wie möglich an«, sagte Mutter.

»Mich auch«, kam es von Tante Vera.

»Ich würde auch ganz gerne etwas mit dir besprechen«, sagte Vater.

»Ich melde mich.«

»Wann?«, wollte er wissen.

»Ich weiß es noch nicht.«

Vater, Mutter und Tante Vera tauschten besorgte Blicke aus, bohrten aber nicht weiter nach.

Zehn Minuten später war der Tisch frei. Nur noch ein paar leere Gläser erinnerten an das überraschende Familientreffen, das hier stattgefunden hatte. Noch während ich abräumte, wurde er von einer Gruppe junger Leute besetzt, die aussahen wie Studenten. Jannis fiel mir ein, aber ich schob den Gedanken zur Seite. Ich hatte keine Zeit, mich mit ihm zu beschäftigen. Und auch keine Lust, flüsterte der Teil von mir, dem es schnuppe war, ob Lea nun heiratete oder nicht oder ob der Sohn nun sein Studium hinschmiss oder nicht oder ob jemand beleidigt sein würde, weil ich nicht angerufen hatte, wann es erwartet worden war.

Ich blieb, bis die *Kornblume* um sieben Uhr ihre Tore schloss. Ich hatte darum gebeten, meine Schicht zu verlängern. Hier war ich abgelenkt und telefonisch nicht erreichbar, und ich stand auch nicht in der Pflicht, irgendjemanden anzurufen, ich hatte ja keine Zeit. Carl ließ alles zu, ich glaube, er ahnte, dass die Arbeit gut für meine strapazierten Nerven war. Am Feierabend taten mir die Füße weh, und ich war sehr müde, und Hunger hatte ich auch, ich hatte ganz vergessen, etwas zu essen. Carl hatte mich bezahlt – auch für die Stunde, die ich privat verbracht hatte. »Das ist dein Überstundenzuschlag«, meinte er, als ich protestierte. »Und ich will jetzt nichts weiter dazu hören.«

»Okay. Danke.«

Er sah mich scharf an. »Wie geht es dir?«

»Gut«, sagte ich und brach in Tränen aus.

»Das hab ich mir gedacht«, hörte ich ihn leise sagen, und dann zog er mich an seine breite Brust und hielt mich in den Armen, während ich Rotz und Wasser auf sein Hemd heulte. Es war so lange her, dass mich ein Mann so in den Armen gehalten hatte, dass ich noch mehr weinen musste. Ich weinte um alles, was in der Vergangenheit gewesen war, und besonders um das, was nicht gewesen war. Besondere Begegnungen mit Männern, Berührungen, Zärtlichkeit, Erotik, Sex, Schmetterlinge im Bauch, Herzflattern – von Liebe ganz zu schweigen – kamen seit Jahren in meiner Welt nicht vor. Kein Wunder, dass ich mich vereinnahmt gefühlt hatte von meinen Eltern und Tante Vera. Ich hatte mich vereinnahmen lassen, weil sich mein Leben um meine Arbeit und meine Familie drehte, zwei Bereiche, die sich in meinem Fall teilweise auch noch überlappten.

Carl hielt mich fest und ließ mich weinen. Ich fühlte mich sehr geborgen. Wie schön, dass er so groß und kräftig war, ich konnte mich an ihn schmiegen, ohne Angst haben zu müssen, dass er umkippen würde. Irgendwann, als ich mich beruhigt und das Gefühl hatte, ich könnte in seiner warmen Umarmung einschlafen, wenn ich nicht aufpasste, sagte er: »Wir gehen zu mir, essen eine Kleinigkeit zusammen und trinken ein Glas Wein und reden. Danach fahre ich dich nach Hause.« Sein Ton duldete keinen Widerspruch. Ich hätte aber sowieso keinen eingelegt, denn was er sagte, hörte sich gut an. Ich wollte jetzt nicht allein nach Hause gehen, in eine leere Wohnung.

Das Haus, in dem Carl mit Sebastian wohnte, lag am Stadtrand, ganz in der Nähe der Norda, die sich in diesem Bezirk durch ein Wäldchen auf dem einen, und durch Wiesen auf dem gegenüberliegenden Ufer schlängelte. Auf der Fahrt in Carls VW Touran wäre ich beinahe eingeschlafen. Munterer wurde ich, als ich das Haus betrat, denn ich war neugierig, wie er wohnte. Carl führte mich durch ein großes Wohnzimmer mit Dielenboden, das leer war bis auf eine cremefarbene Sofagarnitur, einen runden orientalischen Mosaiktisch in Blau- und Türkistönen und eine riesige Kübelpflanze. Sie besaß große, kastanienähnliche Blätter, die eine Baumkrone bildeten, und einen aus mehreren dünnen Stämmchen geflochtenen Stamm. Ich erkannte sie sofort als Glückskastanie, denn im Wohnzimmer von Jette und Marcel stand die gleiche Pflanze, nur kleiner. Jettes seminarsüchtige Freundin Elke, die sich auch mit Feng-Shui beschäftigt hatte, hatte sie ihr einmal zum Geburtstag geschenkt, da die Pflanze – auch Geldbaum genannt – ihren Besitzern angeblich Glück und Wohlstand bescherte. Das mit dem Wohlstand mochte vielleicht stimmen, dachte ich, während ich mir die extravagante orientalische Deckenlampe aus Metall mit den bunten Glaseinsätzen anschaute. Aber Glück, zumindest in Liebesangelegenheiten, hatte die Glückskastanie wohl weder Jette und Marcel, noch Carl und seiner Frau gebracht. Aber das konnte man natürlich auch anders sehen: Jette fühlte sich ja glücklich und frisch verliebt in einen anderen Mann als den, mit dem sie nun zusammenlebte, und Carl war glücklich geschieden.

»Der Raum ist ziemlich leer«, sagte Carl. »Marlies hat die meisten Möbel im Haus mitgenommen. Ich habe festgestellt, dass mir die Leere gut gefällt. Sie hat etwas Befreiendes.«

Mir gefiel sie auch, und mir gefiel auch die mit einem grünen Sonnenschirm und wetterfesten Teakmöbeln ausgestattete Terrasse, die sich ans Wohnzimmer anschloss.

»Mach es dir gemütlich. Ich bereite uns schnell eine Kleinigkeit zu essen und zu trinken vor«, sagte Carl.

»Kann ich helfen?«

»Nein. Von mir aus kannst du dir den Garten anschauen, wenn du immer noch nicht genug Bewegung für heute hattest. Aber in der Küche will ich dich nicht sehen.«

Gut gebrüllt, Herr Löwe, dachte ich, und schon war er im Haus verschwunden, und ich unternahm eine Wanderung durch den Garten. Dieser war nicht groß, aber mit Liebe angelegt und gepflegt, ohne steril zu wirken. Pinkfarbene und weiße Strauchrosen, Lavendelbüsche und gelbe Lilien blühten in großen Terrakottakübeln, und es gab eine aus Naturstein gemauerte Kräuterspirale mit Rosmarin, Salbei, Basilikum, Oregano, Majoran und verschiedenen Thymianarten; ein Staudenbeet mit bunten Sommerblumen, und zwei Apfelbäumchen, und der Rasen war gänseblümchenverziert. Außerdem gab es einen kleinen Teich, über dem eine Libelle flirrte. Eine Grille zirpte von irgendwoher ihr Lied, begleitet vom zwitschernden Gesang einer Mönchsgrasmücke. Die Sommersonne tauchte den Abend in ein diffuses, goldenes Licht. Frieden breitete sich in mir aus, und ich suchte mir auf der Terrasse einen Platz unter dem Sonnenschirm. Kurz darauf erschien Carl mit Weißwein, Wasser, Brot, Käse, grünen und schwarzen Oliven, einem Töpfchen mit selbstgemachter Kräuterbutter, Cocktailtomaten, Nektarinen und blauen Weintrauben.

»Das sieht ja wunderbar aus«, sagte ich entzückt. Mein Magen knurrte seine Zustimmung.

»Lass es dir schmecken«, sagte er. Das ließ ich mir nicht zweimal sagen. Als der erste Hunger gestillt war, fiel mir Sebastian ein. »Ich habe Sebastian heute in der *Kornblume* gesehen. Er hat Lea mit Dirk entdeckt und war sofort wieder weg … das hat mir leidgetan.«

Carl zuckte die Schultern. »Mir auch, aber da muss er durch. Salzstetten ist eine kleine Stadt. Man läuft immer Gefahr, sich irgendwo über den Weg zu laufen. Es ist ja auch nicht so, dass Lea und er sich nicht in der Schule sehen würden. Sebastian ist in letzter Zeit viel mit einem Mädchen aus seinem Biologiekurs zusammen, wie weit die Freundschaft geht, weiß ich nicht, und ich werde mich hüten, ihn danach zu fragen. Er ist viel besser drauf, und darüber bin ich sehr froh. Heute Abend ist er mit Paula und der Clique auf Achse. Sie glühen irgendwo vor, dann geht's zum Tanzen ins *Venga*.«

Es machte mich auch froh, dass Sebastians gebrochenes Herz auf dem Wege der Besserung war. Ich lächelte Carl an und sagte: »Meine Mutter würde jetzt so etwas sagen wie: Das Wunder der Liebe heilt alle Wunden. Sie hat in ihrem Leben ungefähr hunderttausend Liebesromane verschlungen und kennt sich aus.«

»Ich glaube nicht an Wunder, und was die Liebe angeht, vermute ich, dass sie so etwas wie eine körpereigene, hormonell gesteuerte Psychodroge ist, gegen die man irgendwann immun wird, wenn man erkennt, dass andere Dinge im Leben wichtiger sind. Aber wie auch immer – Paula ist ein nettes Mädchen, und sie tut Sebastian gut. Ich habe keine Ahnung, wie sie es geschafft hat, ihn aus seinem Trübsinn zu reißen, aber ich könnte ihr die Füße dafür küssen.«

»Vielleicht tauchte sie genau in dem Moment auf, als Sebastian bereit war, aus seiner Traurigkeit aufzutauchen«, sagte ich und fragte mich, ob es wohl wirklich stimmte, dass man im Laufe des Lebens immun gegen Liebe wurde. In meinem Fall hielt ich es für sehr gut möglich, hatte ich mich doch nicht mehr verliebt, seit ich Ralf begegnet war, und das war gefühlte hundert Jahre her. Aber es gab genug Leute, bei denen es anders war. Manche verliebten sich noch im Herbst ihres Lebens, siehe Tante Vera und Vater und Herr Becker. Vielleicht war es eine Sache der Veranlagung, wie bei Warzen, Herpes oder Diabetes. Die einen waren immun dagegen, die anderen erwischte es.

»Gut möglich«, erwiderte Carl nun auf meine Bemerkung von vorhin. »Noch ein Glas Wein?«

»Gerne.«

»Will Lea immer noch heiraten?«

»Ja. Aber die Familie redet nicht mehr dagegen an. Es hat ja doch keinen Zweck. Lea muss tun, was sie für richtig hält.«

»Das ist eine weise Entscheidung. Aber sicher nicht so ganz einfach in die Praxis umzusetzen. Ich wünsche euch allen starke Nerven.« Er legte die nackten Füße auf den Stuhl gegenüber. »Ah, es tut gut, die Füße hochzulegen.«

Ich schlüpfte aus meinen Sneakern und folgte seinem Beispiel. »Alles in allem war diese Familienkonferenz ein Erfolg. Ich staune, damit hatte ich nicht gerechnet. Ich war überzeugt, dass der Streit zwischen meiner Mutter und meiner Tante eskalieren und mein Vater kräftig mitmischen würde, aber das war nicht der Fall. Vielleicht gibt es ja Friedensengel in der *Kornblume?*«

Carl grinste. »Ich würde es nicht ausschließen. Sicher ist jedenfalls, dass eine Bekannte von Marlies, die sich als Hexe bezeichnet, das Bistro vor der Eröffnung mit bestimmten Kräutern ausgeräuchert und einen Schutzzauber durchgeführt hat, der Glück, Harmonie und Wohlstand verbreiten soll.«

»Ich habe auch mal eine Hexe kennengelernt«, sagte ich versonnen. »Auf einem Seminar. Sie hieß Erika.«

»Unsere Hexe heißt Andrea und hat rote Haare, wie sich das für eine Hexe gehört. In ihrem Fall hilft allerdings Henna nach. Irgendwo muss es ein Nest von Hexen geben.« Damit hatte Carl den Nagel auf den Kopf getroffen. Vielleicht war die Frau, die ihr Räucherwerk in der *Kornblume* geschwungen hatte, ja Mitglied im selben Hexenzirkel wie Erika.

Carl klappte den Sonnenschirm zu. Der Himmel über uns war von einem transparenten Blau, mittsommerblau, es würde noch lange dauern, bis es ganz dunkel war. Ein leichter Wind war aufgekommen und streichelte über mein Gesicht. Einen Moment lang wünschte ich mir, dass es Carl war, der mein Gesicht streichelte, aber ich schob den Gedanken schnell beiseite. »Ich hoffe, der Frieden währt ein wenig«, sagte ich. »Die letzten Wochen waren das reinste Chaos. Lea will heiraten, mein Vater und meine Tante haben sich ineinander verliebt, einer meiner Klienten, der dreiunddreißig Jahre älter ist als ich, hat mir einen Heiratsantrag gemacht, eine gute Freundin von mir hat sich leidenschaftlich in einen anderen Mann als ihren eigenen verliebt, ich habe einen neuen Nebenjob, und mein Sohn hat sein Studium verbummelt und will alles hinschmeißen. Wir hatten deswegen Streit, und er ist irgendwohin verschwunden, keine Ahnung, wo er steckt. Immerhin hat er mir gesimst, dass er morgen nach Hause kommt. Dann sehen wir weiter.«

»Irgendein kluger Mensch hat geschrieben, dass man Chaos in sich haben muss, um einen tanzenden Stern zu gebären. Es ist in deiner Umgebung wohl gerade die Saison, in der tanzende Sterne zur Welt kommen.«

Tante Vera hatte es auch mit dem Spruch vom Chaos und den tanzenden Sternen gehabt, aber Carls Version klang poetischer, was wohl daran lag, dass er ja hauptberuflich Fantasy-Romane schrieb.

Ich warf ihm einen schrägen Blick zu. »Hoffentlich werden die Sterne ganz schnell erwachsen und ziehen dann vernünftig ihre Bahnen, wie andere Himmelskörper das auch tun.«

Carl legte seine Hand auf meinen nackten Arm. »Alles wird gut. Bestimmt.«

Das wollte ich nur zu gerne glauben. Ich schaute hoch in den grenzenlos weiten Himmel. Carls warme Hand lag immer noch auf meinem Arm. Ich fühlte mich wohlig beschwipst vom Wein, dem lauen Sommerabend und der Nähe und der Berührung eines Mannes, der mir gefiel. Gleichzeitig war ich sehr müde, während alle meine inneren Antennen auf Empfang standen. Etwas lag in der Luft, und ich war voller Erwartung.

»Genau. Irgendwie wird sich alles finden«, sagte ich, und wünschte mir, die warme Hand möge meinen Arm streicheln. Aber sie lag still, und ich wagte nicht, mich zu bewegen, damit Carl nicht etwa auf die Idee kam, sie wegzuziehen, weil er befürchtete, die Berührung sei mir unangenehm.

»Das sehe ich auch so«, sagte Carl, und ich bildete mir ein, dass seine Stimme ein bisschen heiser klang. »Die Kunst zu leben besteht darin, mit der Strömung zu schwimmen, nicht dagegen, und sich bei passender Gelegenheit ans Ufer zu retten. Das sagt jedenfalls ein weiser Zwerg in meinem neuen Buch, *Die Welt unter dem Großen Meer*. Apropos Wasser: Wollen wir hinunter zum Fluss spazieren? Wenn wir Glück haben, spiegelt sich der Mond in der Norda. Wir nehmen den Wein mit und eine Decke, ich kenne einen schönen Platz.«

»Das hört sich sehr verlockend an«, sagte ich, und mein Herz klopfte dabei um einiges schneller als gewöhnlich.

Ich hatte mir einen Spaziergang durch einen in Abendstille ruhenden Wald vorgestellt, nur Carl und ich, die Decke und der Korb mit Wein, Mineralwasser und Gläsern, und vielleicht ein Reh, das auf einer Lichtung graste und uns neugierig beäugte. Die Realität sah anders aus, es war erstaunlich, was um diese Uhrzeit los war im Forst. In der Viertelstunde, die wir bis zu Carls Lieblingsplatz benötigten, begegneten wir drei Joggern, einer Frau, die Nordic Walking machte, und zwei Hundebesitzern mit ihren Lieblingen sowie einem jungen Liebespärchen, das auf einer Bank saß und heftig knutschte. Aber Carls Plätzchen – eine kleine Lichtung direkt am Ufer – lag versteckt abseits des Weges, geschützt von Holunderbüschen, Brombeergestrüpp und Bäumen. Wir breiteten unsere Decke unter einer Eiche auf dem Gras aus, setzten uns hin und schauten aufs Wasser. Der Mond war nicht zu sehen, weder am Himmel noch als Spiegelbild auf dem Wasser, dafür schwamm eine Schar Enten vorbei, und in der Luft zog ein Mäusebussard seine Kreise.

»Schön«, sagte ich. »So friedlich. Bist du oft hier?«

»Früher fast jeden Tag. Aber seit ich so viel in der *Kornblume* arbeite, komme ich nicht mehr dazu.«

Carl zog den Verschluss von der Weinflasche, schenkte ein, und reichte mir ein Glas. Er selbst trank Wasser.

»Danke. Und danke für diesen wunderschönen Abend«, sagte ich. Carl beugte sich vor und küsste mich so leicht auf die Lippen, dass die Berührung kaum zu spüren war. Mehr, dachte ich, mehr davon, der letzte Kuss ist so lange her. Er musste mir meinen Wunsch an den Augen abgelesen haben, denn er küsste mich noch einmal, nahm mir wortlos das Glas ab und stellte es zusammen mit seinem ab. Dann legte er sich auf den Rücken, breitete die Arme aus und sagte: »Komm her …«

Ich zögerte, denn tausend ungebetene Gedanken schossen mir durch den Kopf: Er war mein Chef, wir kannten uns kaum, und überhaupt konnte alles Mögliche passieren, wenn man allein zu zweit an einem lauen Sommerabend auf einer Decke am Flussufer lag, geschützt vor neugierigen Blicken, und jede Haut- und Körperzelle nach Berührung schrie. Wollte ich, dass etwas passierte? Jette hätte sich schlappgelacht. Typisch Stefanie, hätte sie gesagt. Wünscht sich, dass endlich mal etwas Schönes, Spannendes in ihrem Leben passiert, und kaum ist etwas in Aussicht, packt sie den Regenschirm aus.

Carl grinste und wedelte mit den Armen. »Komm, leg dich zu mir. Liegen ist gemütlicher als sitzen. Ich beiße nicht, versprochen.«

Ich krabbelte zu ihm hinüber. Und dann lag mein Kopf auf seiner Brust, und seine Arme hielten mich fest, und das war so ein himmlisches Gefühl, dass ich es für nichts auf der Welt hätte eintauschen mögen. Eine Weile lagen wir ganz still und spürten ineinander hinein. Dann fing Carl an, meinen Arm zu streicheln, wie ich es mir gewünscht hatte, und ich erkundete, wie sich seine Haare und sein Gesicht anfühlten. Irgendwann lag er halb über mir, und schaute mich mit einem seltsamen Ausdruck im Gesicht an. Unsere Blicke trafen sich, sprachen ihre eigene Sprache über unsere Köpfe hinweg, dann spürte ich wieder seinen Mund auf meinem. Sanft und vorsichtig spielten unsere Lippen und Zungen miteinander. Ich schloss die Augen und ließ mich in diesen Kuss fallen, in die Wärme seines Körpers, seine Hände, die mich hielten. Carls Lippen wanderten hinunter zu meinem Hals. Alle Leidenschaft, die jahrelang in mir geschlummert hatte, brach auf einmal durch. Der nächste Kuss war wild, die Hitze, die zwischen uns aufflammte, unmissverständlich. Er wollte mich, ich wollte ihn, und zwar jetzt. Carl fing an, meine Bluse aufzuknöpfen. Er küsste meinen Brustansatz, streichelte meinen Busen. Es fühlte sich so gut an, dass ich meinen erschrockenen Gedanken, die wissen wollten, ob ich verrückt geworden sei, den Mund verbot. Etwas Wunderbares, Unerwartetes war im Gange, endlich, ich hatte es verdient und wollte es mir nicht vermiesen lassen.

Carl hatte mir gerade die Bluse und den BH ausgezogen, als ein hysterisches Bellen zu hören war, das schnell näher kam. Ich riss die Augen auf und sah ein Kaninchen an unserer Decke vorbeiflitzen, gefolgt von einem kläffenden Dackel. Wir hörten jemanden zornig und verzweifelt rufen: »Aaa-ttiii-laaaa! Bei Fuß, sofort!« Dann kam ein älterer Mann angelaufen. »Haben Sie meinen Hund gesehen?« Carl deutete stumm mit dem ausgestreckten Arm in die Richtung, in der Karnickel und Dackel verschwunden waren.

»Danke«, sagte der Mann, brüllte erneut: »Aaa-ttiiii-laaa! Bei Fuß! Hierher!«, und lief weiter. Meine nackten Brüste schien er nicht bemerkt zu haben. Carl und ich schauten uns an und fingen an zu lachen. Er zog mich wieder in seine Arme, aber die Stimmung hatte sich verändert, wir merkten es beide sofort. Es war noch Erregung da, auf beiden Seiten, aber auch Distanz – die Stimmung war im Eimer, dank Attila und seinem Herrchen. Ein bisschen verlegen angelte ich nach meinem BH und der Bluse und zog beides wieder an.

»Schade«, sagte Carl. »Ohne hast du mir noch besser gefallen.«

Ich murmelte, dass doch ziemlich viel Betrieb im Wald sei, und dachte bei mir, dass die Störung wohl ein Wink des Schicksals gewesen war. Es hatte nicht sein sollen, dass Carl und ich an diesem schönen Sommerabend leidenschaftlichen Sex am Ufer der Norda hatten. Wahrscheinlich wollte mich das Schicksal darauf hinweisen, dass wir überhaupt keinen Sex miteinander haben sollten, auch wenn mein Körper heftig widersprach. Aber Körper waren eben nur auf ihr flüchtiges Vergnügen aus, während der kluge Verstand wusste, wie man potenzielle Blessuren an Herz und Seele vermied. Ich hatte Sex und Emotionen noch nie gut trennen können, möglicherweise hätte ich mich trotz vermuteter Immunität in Carl verliebt, er hatte etwas, was mich sehr anzog, nicht nur körperlich, sondern auch vom Gefühl her. Das konnte ich nicht riskieren, ich hatte keine Lust auf Liebeskummer, weil ich womöglich mehr von ihm wollte, als er geben konnte. Er hatte offen gesagt, dass Liebe in seinem Leben keine Rolle spielte, weil andere Dinge wichtiger waren. Außerdem war er froh, dass er seine Frau los war und wollte keine Beziehung. Das waren klare Vorgaben, und ich beglückwünschte mich, dass ich mich rechtzeitig daran erinnert hatte.

»Stefanie?«

»Ja?«

»Ich weiß, die Frage stellen normalerweise gern Frauen, aber obwohl ich keine bin, interessiert es mich trotzdem: Was denkst du gerade? Du siehst plötzlich so ernst aus.«

Da ich für mich behalten wollte, was ich gerade gedacht hatte, sagte ich: »An gar nichts.«

»Hm. Das sagen normalerweise Männer, wenn sie keine Lust haben, sich ausfragen zu lassen«, bemerkte er und strich mir das Haar aus der Stirn. »Aber lassen wir das, es gibt Wichtigeres. Zum Beispiel: Weißt du, dass du wunderschöne Augen hast? Rehaugen …«

Rehaugen … Bambi … Ralf. Das war wie eine kalte Dusche. Auf einmal lief alles schief, von schön und spannend konnte keine Rede mehr sein, und ich wollte nur noch nach Hause.

»Danke«, sagte ich. »Ich bin schrecklich müde, Ralf. Wollen wir uns auf den Heimweg machen?«

Carl warf mir einen entgeisterten Blick zu, dann sagte er ruhig: »Ja. Sicher.«

Warum hatte er so seltsam geguckt? Warum klang seine Stimme so komisch? Kaum hatte ich diese Fragen in meinem Kopf formuliert, kam auch schon die Antwort: Weil du Ralf zu ihm gesagt hast, du dusselige Kuh.

»Oh, Gott, es tut mir leid, Carl. Natürlich weiß ich, wie du heißt. Ralfs Name ist mir so herausgerutscht. Wegen der Rehaugen. Das hat mich an ihn erinnert. Es tut mir wirklich leid«, stotterte ich.

»Das ist doch okay. Kann ja jedem einmal passieren. Wir sind ja beide keine unbeschriebenen Blätter mehr. Lass uns aufbrechen.«

Aber es war nicht okay, ich sah es an seinem Gesicht. Es war, als hätte jemand das Licht in seinen Augen ausgeknipst. Ich hätte mich ohrfeigen können, dass mir Ralfs Name entschlüpft war, war aber wenigstens klug genug, nichts mehr dazu zu sagen, denn das hätte die Angelegenheit nur noch schlimmer gemacht. Fünf Minuten später hatten wir unsere Sachen zusammengepackt und waren auf dem Weg zu Carls Haus.

Er fuhr mich gleich nach Hause und plauderte auf der Fahrt über alles Mögliche, nur nicht über das, was am Flussufer zwischen uns gewesen war. Er hatte sich, so wie die Autotüren hinter uns zugeklappt waren, in den netten, kumpelhaften, dynamischen Carl Schubert zurückverwandelt, der sich, wie er versicherte, auf meinen zweiten Arbeitstag am nächsten Samstag freute. Er sei übrigens mit meinem Einstieg heute sehr zufrieden gewesen. Ob ich mir vorstellen könne, zwei Tage die Woche in der *Kornblume* zu arbeiten? Ich möge doch bitte bis zum Samstag darüber nachdenken und ihm dann Bescheid sagen. Ich war froh, dass wir wieder auf freundschaftlich-sachlicher Ebene angekommen waren, aber ein Teil von mir sehnte sich nach etwas ganz anderem. Unser Abschied verlief zurückhaltend. Carl war mit mir ausgestiegen, beugte sich zu mir herunter, drückte mir einen Kuss auf die Wange und wünschte mir eine gute Nacht und viel Erfolg für mein Gespräch mit Jannis morgen. Er klang völlig neutral, so, als hätten wir uns nicht noch vor einer halben Stunde leidenschaftlich geküsst und gestreichelt.

Ich wünschte ihm auch eine gute Nacht und bedankte mich artig für die Einladung und das Nachhausefahren. Mir fiel auf, dass ich mich heute immerzu für irgendetwas bei Carl bedankt hatte. Ganz die brave, wohlerzogene, biedere Stefanie, die den Regenschirm aufspannte, auch wenn der Himmel blau war. Kein Wunder, dass Carl nicht fragte, ob wir uns privat wiedersehen würden. Einerseits war ich erleichtert, weil ich wusste, dass es mir Komplikationen ersparen würde. Andererseits war da ein Bedauern, dass etwas, das potenzielle Entwicklungschancen verdient gehabt hätte, im Keim erstickt war. Obwohl ich natürlich genau wusste, dass es besser so war.

Zu meiner Überraschung hatten meine Eltern und Tante Vera nicht angerufen. Dafür fand ich eine Nachricht von Jannis auf dem Küchentisch vor: *Hi, Mama, ich war da und hab ein paar Sachen geholt. Kann morgen nicht kommen, muss arbeiten. Melde mich. Bis demnächst, J.*

Ich ließ mich auf einen Stuhl fallen und brach in Tränen aus, zum zweiten Mal an diesem Tag. Jannis wollte nicht mit mir reden, das war klar, er mied mich, als hätte ich die Pest, und er wollte nicht nach Hause kommen, sondern erst mal dort bleiben, wo er war, bei wem auch immer. *Muss arbeiten* – ja, was musste er denn arbeiten? Und *wann* gedachte er, sich zu melden? *Demnächst* war ein weitgefasster Begriff. Ich weinte noch ein bisschen, auch wegen Carl und dem erstickten Keim, ich gebe es zu, dann putzte ich mir die Nase und kochte mir Kamillentee mit Honig, den ich auf dem Balkon trank. Der Himmel war jetzt mitternachtsblau und mit Myriaden von Sternen betupft, die Luft war immer noch angenehm warm. Ich fragte mich, was Carl jetzt wohl machte, vielleicht saß er auf seiner Terrasse, betrachtete ebenfalls den Himmel und war froh darüber, dass wir nur noch beruflich miteinander zu tun haben würden.

Nachdem ich meinen Tee getrunken hatte, ging ich in Jannis' Zimmer. Er hatte also ein paar Sachen mitgenommen, vielleicht ließ sich feststellen, welche. Ich betrat sein Zimmer normalerweise nur, um saubere Wäsche auf seinem Bett abzulegen. Jannis war relativ ordentlich, das hieß, ich musste nicht wie in Leas Zimmer durch Red-Bull-Dosen, Wäsche, leere Chipstüten, Zeitschriften, Schulhefte, Ordner und Bücher waten. Das Erste, was mir auffiel, war, dass Jannis sein Bettzeug mitgenommen hatte. Auf dem mit allerhand Krimskrams zugestellten Schreibtisch fehlte der Laptop. Die große Reisetasche war ebenfalls verschwunden, und als ich seinen Schrank öffnete, sah ich, dass er leer war. Mein Sohn hatte nicht nur ein paar Sachen mitgenommen, sondern sämtliche Klamotten, die er besaß. Ich ging ins Bad. Wie ich es mir gedacht hatte, hatte Jannis auch seine Toilettenartikel abgeräumt. Seltsamerweise war ich ganz ruhig, als ich sein leeres Regal betrachtete. Die Mir-doch-egal-Stimmung, die mich in der *Kornblume* über die Runden gebracht hatte, war wieder da, verbunden mit einer bleiernen Müdigkeit. Es war Jannis' Aufgabe, sein Leben auf die Reihe zu bekommen, nicht mehr meine.

Ich war sicher, dass ich tief und traumlos schlafen würde, und genau so war es, bis mich am nächsten Morgen um acht Uhr das Telefon aus dem Schlaf riss. Dran war Mutter, die unbedingt mit mir frühstücken wollte. Ich war kaum unter der Dusche hervorgekrochen, als Tante Vera anrief, die auch mit mir frühstücken wollte. Als ich fertig angezogen und geschminkt war, klingelte Vater durch und fragte, ob ich Lust hätte, mit ihm den Vormittag zu verbringen. Kein Zweifel, an diesem Sonntagmorgen war ich eine gefragte Frau. »Ich frühstücke bei Mutter, zusammen mit Vera, das haben wir vorhin ausgemacht. Du kannst dich ja mit den beiden kurzschließen und eventuell dazukommen.«

»Nein danke«, meinte er erschrocken. »Vera und ich hatten gestern noch eine Diskussion, sie ist nicht gut auf mich zu sprechen. Und Therese habe ich erst gestern gesehen. Man kann alles übertreiben. Kommst du nach dem Frühstück bei mir vorbei? Auf eine Tasse Kaffee?«

Ich sagte zu, denn es war klar, dass Vater ein offenes Ohr brauchte.

Tante Vera wartete wie verabredet vor dem Haus auf mich. Sie trug schwarze Leggings und einen knielangen, giftgrünen Kaftan, darüber hatte sie einen schwarzen Pashmina-Schal geschlungen, der mich an eine Krähe denken ließ. Sie sah müde und traurig aus, von ihrer üblichen Vitalität konnte ich keine Spur entdecken. Ich diagnostizierte einen klaren Fall von Liebeskummer. Das hatte man nun vom Verlieben, egal wie alt man war. Das wenigstens war mir mit Carl erspart geblieben.

Mutter sah auch müde aus, war aber guter Dinge. Wir hatten kaum am Frühstückstisch Platz genommen, als sie zu ihrer Schwester sagte: »Schön, dass du da bist. Es war eine gute Idee von Stefanie, dass wir zusammen frühstücken. Was ich dir noch sagen wollte: Ich hab dich vermisst.«

Tante Vera wurde tatsächlich rot, ein Phänomen, das ich bei ihr noch nie beobachtet hatte. »Ich dich auch.« Dann platzte sie heraus: »Sag mal, Therese, was ist eigentlich mit dir los?«

»Wieso?«, wollte Mutter wissen.

»Du bist so anders als sonst. Das ist mir gestern schon aufgefallen. Nie, nie, nie hätte ich gedacht, dass du akzeptieren würdest, dass Oskar und ich zusammen sind … waren, sollte ich sagen. Er hat sich ja abgeseilt, und dabei ist es geblieben. Wenn du jetzt sagst, das liegt daran, dass es eben doch keine wahre Liebe war, schütte ich dir Kaffee über den Kopf.«

»Ich sag's ja gar nicht«, meinte Mutter milde. »Die Liebe ist bestimmt da, sonst wäre nicht das passiert, was passiert ist. Nur ist es so, dass ihr beide für ein ewiges Hin und Her geschaffen seid und nicht für Beständigkeit bis in alle Ewigkeit.«

»Hm«, machte Tante Vera, »Du meinst also, das letzte Wort ist noch nicht gesprochen?«

»Bei euch wird das letzte Wort *nie* gesprochen sein.«

Tante Vera sah gleich viel munterer aus. »Ich glaube, du hast recht. Aber jetzt möchte ich wirklich wissen, wie es kommt, dass du kaum wiederzuerkennen bist. Du bist auf einmal die Friedfertigkeit in Person, es fehlt nicht viel bis zum Heiligenschein. Geradezu unheimlich ist das.«

»Der Grund bist du, Vera.«

»Ich? Wieso?«

»Weil ich in der Nacht, bevor Lea zu mir kam, von dir geträumt habe. Du warst tot und lagst ganz friedlich zu Hause in deinem Bett. Ich stand daneben und war furchtbar traurig und habe geweint. Und als ich aufwachte, dachte ich bei mir, dass es jederzeit passieren kann, dass wir Alten eines Abends einschlafen und am Morgen nicht wieder aufwachen. Ich möchte die Zeit, die mir bleibt, nicht mit Streit vergeuden.«

Tante Vera starrte ihre Schwester entsetzt an. »Ich war tot? Ich will aber noch nicht sterben. Und ich fühle mich überhaupt nicht alt. Jopi Heesters ist alt, der ist hundertsechs. Und wieso hast du mich überlebt? Du bist älter als ich!«

»Ich kann doch nichts für meine Träume«, sagte Mutter gereizt. »Meine Güte, du kannst wirklich aus allem ein Drama machen! Irgendwann sind wir alle tot, so ist es nun mal, es hat gar keinen Zweck, sich darüber aufzuregen. Dass ich dich in diesem Zustand gesehen habe, heißt aber doch nicht, dass dein Todestag unmittelbar bevorsteht. Wir sterben alle genau dann, wenn unsere Zeit gekommen ist. Das hat unsere Mutter schon immer gesagt, und sie war eine kluge Frau, die vom Herrgott ein langes Leben geschenkt bekommen hatte.«

Tante Vera schob das Kinn vor. »Ich will auch ein langes Leben. Und ich werde es bekommen. Was Jopi kann, kann ich schon lange!«

Damit war das Thema erledigt und die wirklich wichtigen Dinge kamen aufs Tapet. Die Schwestern waren sich einig, dass Dirk ein schöner Mann war, es sei kein Wunder, dass Lea sich in ihn verguckt hatte. Er sei auch ein Frauenheld, das sei unverkennbar, sonst wäre er in seinem jugendlichen Alter nicht schon zweimal verheiratet gewesen.

»Ich glaube ja nicht, dass sie heiraten«, meinte Tante Vera. »Das ging alles viel zu schnell. Er wird einen Rückzieher machen, weil ihm eine andere Frau über den Weg läuft. Ich habe schon frischverliebte Paare gesehen, die einen glücklicheren Eindruck gemacht haben. Es ist nicht alles Sonnenschein bei diesen beiden.«

»Unsinn«, widersprach Mutter. »Sie sind sehr glücklich, sie waren nur angespannt und nervös, was ja verständlich ist. Wollen wir wetten, dass sie heiraten?«

»Ja! Um eine Gesichtsbehandlung bei Betty. Die Wette verlierst du.«

Mutter ergriff Veras Hand und schüttelte sie. »Von wegen. Ich gewinne! Fang schon mal an zu sparen.«

Sie grinsten sich an – ein Herz und eine Seele, die eine Menge neuen, hochinteressanten Gesprächsstoff miteinander teilten und es in vollen Zügen genossen.

»Ralf hat sich in den letzten Jahren sehr zu seinem Vorteil verändert«, sagte Tante Vera. »Er ist beinahe nicht wiederzuerkennen.«

Mutter fand Ralf auch wesentlich sympathischer als früher, und war begeistert, wie er die Familienkonferenz geleitet hatte. »Souverän wie ein Talkmaster. Er könnte im Fernsehen auftreten. Seine Art hat mich sehr an den Herrn Fliege erinnert. Zu schade, dass es diese Talkshow nicht mehr gibt, da sind immer so interessante Leute aufgetreten.«

Ralf hätte einen Schreikrampf bekommen, wenn er das gehört hätte, er hatte eine Allergie gegen den Ex-Fernsehpastor mit dem seelenvollen Blick.

»Wo war eigentlich Jannis?«, wollte Tante Vera wissen. »Es wäre schön gewesen, wenn er auch dabei gewesen wäre. Dann hätte Dirk die ganze Familie in einem Aufwasch kennenlernen können.«

Mutter erklärte, dass Lea versucht hatte, ihren Bruder anzurufen, dass aber nur die Mailbox angesprungen sei.

»Dirk und Jannis haben sich außerdem schon kennengelernt«, warf ich ein. Und dann erzählte ich von unserem Streit und dass Jannis irgendwo verschollen war und anscheinend einen Job hatte.

Mutter und Tante Vera blieben gelassen. »Lass ihn. Junge Männer brauchen eine lange Leine. Er kommt schon wieder zur Vernunft«, meinte Mutter.

»Er hat sowieso viel zu lange an deinem Rockzipfel gehangen«, sagte Vera. »Es wäre viel besser gewesen, wenn Jannis nach dem Abitur in einer anderen Stadt studiert hätte.«

»Soso, aha, du musst es ja wissen, du hast ja so viele eigene Kinder großgezogen«, konterte ich süffisant.

»Jannis ist ein Mann, und mit Männern kenne ich mich aus.«

»Apropos Männer«, schaltete sich Mutter ein. »Der Kneipenbesitzer sieht nett aus. Und du gefällst ihm, Stefanie. Er hat dir schöne Augen gemacht, das war ganz offensichtlich.«

Tante Vera nickte. »Das ist mir auch aufgefallen. Er hat andauernd zu dir herübergeschaut. Wenn ich ein paar Jährchen jünger wäre, würde ich ihn dir ausspannen.«

»Dafür müsste etwas zwischen uns sein«, meinte ich trocken. »Und das ist nicht der Fall.«

Die zwei wechselten einen Blick. »Was nicht ist, kann noch werden«, sagte Mutter.

»In diesem Fall nicht.« Dass etwas zwischen ihm und mir gewesen war, das wir bereits wieder ad acta gelegt hatten, verschwieg ich natürlich.

Mutter winkte ab. »Das sagst du immer. Aber irgendwann erwischt es dich, pass nur auf. Dann verliebst du dich.«

»Wer sich nicht verlieben will, der verliebt sich nicht«, sagte Tante Vera. »Stell dir eine Brandschutz-Stahltür mit einem Sicherheitsschloss, einer Türkette und drei Riegeln vor. Die knackt keiner. Wozu sollte man sich auch die Mühe machen. Es gibt ja genügend andere Türen, die einladend offen stehen.«

Ich hätte jetzt erklären können, dass ich mich theoretisch sehr wohl verlieben wollte, es sei nicht meine Schuld, dass der Richtige mir eben noch nicht begegnet sei. Aber der gestrige Abend war mir eingefallen, und ich fragte mich, ob ich mein Herz tatsächlich hinter einer uneinnehmbaren Stahltür aufbewahrte, ohne dass es mir je bewusst gewesen wäre.

»Das ist Unsinn, Vera!« sagte Mutter. »Die Liebe ist eine Himmelsmacht, dagegen kann man sich nicht verbarrikadieren.«

»Wenn das stimmen würde, Therese, dann gäbe es keine alleinstehenden Leute auf der Welt, sondern nur Paare.«

Mutters Wangen röteten sich vor Eifer, das war eine Diskussion nach ihrem Geschmack. »Das sehe ich anders. Die Liebe ist eine Himmelsmacht, gegen die man sich nicht schützen kann, wenn einen der Pfeil trifft. Aber Amor entscheidet, auf *wen* er zielt. Wenn er nicht auf dich zielt, dann passiert auch nichts.«

»Hm. Das hast du jetzt aber wieder fein spitzfindig hingebogen. Ich glaube ja, es gibt so viele Erklärungsversuche, wie es Menschen gibt, die über die Liebe nachdenken. Aber ich muss sagen, die Vorstellung amüsiert mich, dass ein kleiner, pummeliger Junge unsichtbar durch die Gegend fliegt und mit Pfeil und Bogen Jagd auf menschliche Herzen macht, die sogleich in Liebe entbrennen, ob sie wollen oder nicht.«

Ich hatte das Gedankenspiel weitergeführt und nachgedacht, wieso Amor wohl manche Herzen als Zielscheibe benutzte und andere nicht. Vielleicht waren ihm manche Herzen einfach sympathischer als andere? Oder er zielte gar nicht, sondern schoss blind durch die Gegend, und wer gerade zufällig im Weg stand, den erwischte es. Wahrscheinlich, entschied ich, war Letzteres der Fall. Mutter hätte bestimmt widersprochen, aber mir gefiel diese Version der Geschichte so gut, dass ich sie nicht zur Diskussion stellte.

Vater, bei dem ich kurz nach elf klingelte, erkundigte sich als Erstes, was Vera denn über ihn erzählt hätte. Nicht viel, antwortete ich wahrheitsgemäß, nur, dass es dabei geblieben ist, dass du dich getrennt hast. Er sah mich misstrauisch an. »Das soll wirklich alles gewesen sein? Das kann ich nicht glauben. Ich kenne doch Vera. Sie hat mir gestern Abend noch eine Riesenszene gemacht. Ich kann gut verstehen, wieso ein Mann wie Boris Becker per SMS Schluss macht. Da spart man sich eine Menge Aufregung.«

Vater sah allerdings nicht aus, als habe er durch die Aufregung gelitten. Ich hatte den Verdacht, dass er seine Rolle als »homme fatal«, der die Herzen der stolzesten Frauen brach, genossen hatte.

»Vera geht es ausgezeichnet, mach dir keine Sorgen. Sie und Mutter sind ein Herz und eine Seele, es war eine Freude, das zu erleben.«

»Wenn Therese neuerdings Tranquilizer nimmt, möchte ich wissen, wie das Zeug heißt, damit ich es mir auch verschreiben lassen kann. Die Frau hatte gestern glatt den Friedensnobelpreis verdient. Ich habe mich gefragt, ob tatsächlich die streitsüchtige Therese vor mir sitzt, die ich seit fünfzig Jahren kenne oder ein Double. Die Königin von England hat ja auch eins …«

»Es war Mutter höchstselbst«, sagte ich lachend, und dann erzählte ich von Mutters Traum, der den Wandel bewirkt hatte. Vater schaute skeptisch drein und meinte, Träume seien ja Schäume, aber wenn Therese dadurch gelassener und klüger geworden war, sei es ihm nur recht, und er hoffe auf einen Traum der gleichen Sorte in Bezug auf Vera. Ich schaute ihn schräg von der Seite an. Er grinste. »Ja, ja, schon gut. Mir kann ein bisschen Klugheit und Gelassenheit auch nichts schaden.«

Ich seufzte. »Ich nehme auch gern etwas davon.«

»Amen«, sagte Vater fromm, und dann besprachen wir meinen Arbeitseinsatz bei ihm für die kommende Woche. Es war nicht viel: Einmal gründlich durchputzen, Großeinkauf beim Discounter und eine große Portion Rindsrouladen kochen, um sie portionsweise einzufrieren.

»Gibt es sonst noch was, das du mit mir besprechen wolltest? Wenn nicht, würde ich mich jetzt gern verabschieden, ich habe noch was vor«, sagte ich.

Nein, Vater hatte nichts mehr zu besprechen, er wäre einem kleinen Schnack über das Familientreffen nicht abgeneigt gewesen, aber das hätte ich ja schon mit Vera und Therese in allen Einzelheiten hinter mir, er könne wohl nichts Neues hinzufügen. Eines wolle er aber doch noch loswerden: Leas junger Mann habe ja wenigstens einen ordentlichen Beruf und außerdem gäbe es genug Scheidungsanwälte in Salzstetten, es sei ja nicht so, dass die beiden mit dem Jawort wie Galeerensklaven aneinandergekettet würden.

»Also, Augen zu und durch, Kind«, sagte er und tätschelte meinen Kopf.

Mit dieser gutgemeinten Aufforderung war mein Besuch bei Vater beendet.

9

Als ich nach Hause kam, kam mir Lea aus dem Bad entgegen. Sie war in ein großes, gelbes Badetuch eingewickelt und trug einen Handtuchturban um den Kopf.

»Hallo, Lea.«

»Hallo, Mama. Hast du einen Moment Zeit?«

Wir reden miteinander wie zwei Fremde, dachte ich traurig. Ich hatte mir immer eingebildet, ein gutes Verhältnis zu meinen Kindern zu haben, war sogar stolz darauf gewesen. Jetzt sah die Welt anders aus.

Wir setzten uns auf den Balkon. Lea hatte ihren Turban abgenommen, um ihre Haare an der Luft trocknen zu lassen. Das Badelaken ließ ihre gebräunten Arme und Schultern frei. Auch ihr Gesicht war gebräunt, Nase und Wangen mit Sommersprossen betüpfelt. Sie sah sehr jung und hübsch aus, und ich dachte seufzend, dass sie eine wunderschöne Braut abgeben würde.

»Dirk und ich haben beschlossen, den Hochzeitstermin zu verschieben«, sagte Lea. »Die Trauung findet am 14. August statt.«

»Aha. Und wieso habt ihr den Termin verschoben, wenn ich fragen darf?«

»Wegen der Flitterwochen. Wir haben gestern Abend noch mal alles genau durchgesprochen. Dirk möchte jetzt doch direkt nach der Hochzeit verreisen, und er hat ab dem 14. August eine Woche Urlaub. Außerdem haben wir dann auch mehr Zeit für die Vorbereitungen.«

»Am besten verschickt ihr schriftliche Einladungen an alle, und zwar so schnell wie möglich. Dann kann sich jeder darauf einstellen.«

Lea nickte. »Das haben wir uns auch gedacht. Dirk will Karten am PC entwerfen.«

»Und du?«

Sie sah mich fragend an. »Wie bitte?«

»Was willst du? Ich höre immer nur: Dirk möchte dies, Dirk entwirft jenes, Dirk hat Urlaub …«

»Ja und? Wir sind uns total einig.«

»Dann ist es ja gut. Wo wollt ihr denn feiern?«

»Wir hatten uns ja schon einiges angesehen. Dirk kennt den Besitzer vom *Siena* gut. Wir wollen den Nebenraum reservieren lassen für einen Sektempfang mit anschließendem Mittagessen. Wir sprechen nächste Woche mit Salvatore.«

»Das Essen ist gut im *Siena*«, bemerkte ich.

»Ja, genau. Jannis und ich waren öfter mit Papa da. Was ist eigentlich mit Jannis los? Wo steckt er? Ich hab ein paarmal versucht, ihn zu erreichen, aber nur die Mailbox erwischt. Dann hab ich gesimst und bekam als Antwort: *Bin total busy, melde mich, wenn ich wieder Luft habe.*

Ich berichtete, was vorgefallen war. Lea war nicht erstaunt. »Ich hab mir schon gedacht, dass er Probleme mit dem Studium hat. Er hatte keinen Bock.«

»Habt ihr öfter darüber gesprochen?«

»Fast nie. Das war überhaupt nicht Jannis' Thema, und außerdem nimmt er mich nicht für voll, weil ich fünf Jahre jünger bin als er.«

Ich nickte. Das Kleine-Schwester-Image würde Lea bei Jannis wohl nie loswerden.

»Wirst du weiter für Carl arbeiten?«, fragte Lea unvermittelt.

»Ja, ich denke schon. Vielleicht sogar zwei Tage die Woche. Das hätte er jedenfalls gerne.«

»Siehst du, es gefällt dir in der *Kornblume.* Und was hast du für einen Aufstand gemacht! Du wolltest gar nicht erst hingehen.«

»Ich habe keinen Aufstand gemacht. Ich war bloß skeptisch, ob die Arbeit etwas für mich ist. Schauen wir mal, wie es weitergeht.«

»Sebastian kam gestern herein und haute gleich wieder ab. Hast du ihn auch gesehen?« Lea wich meinem Blick aus.

»Ja. Er sah dich und Dirk, und weg war er.«

Lea wich meinem Blick immer noch beharrlich aus, als sie fragte: »Hat Carl dir rein zufällig erzählt, wie es Sebastian geht? Wir laufen uns ja ab und zu in der Schule über den Weg, aber wir reden nicht miteinander. Wir sagen kurz hallo, und das war's.«

»Sebastian geht es sehr gut, er hat eine neue Freundin.« Ich hätte diese Fakten auch etwas anders verpackt erzählen können, nämlich so, wie Carl sie mir vermittelt hatte. Aber ich hatte es nicht getan, und sah jetzt etwas in Leas Augen, das ich schon gestern bemerkt hatte, als Sebastian hereingekommen war. Ich wollte nicht versuchen, es zu benennen, es waren Leas Gefühle, die sich in ihren Augen spiegelten, nicht meine, ich war nur eine Beobachterin, die mit ihrer Interpretation völlig verkehrt liegen konnte.

»Eine neue Freundin … soso. Er hat sich ja schnell getröstet.«

»Gott sei Dank. Oder wäre es dir lieber, wenn es ihm schlechtginge?«

»Nein, nein, natürlich will ich, dass es ihm gutgeht.«

»Aber du bist eifersüchtig.«

Lea senkte beschämt den Kopf. »Ja. Ein bisschen. Ist das nicht bescheuert? Ich war immerhin diejenige, die Schluss gemacht hat, weil ich meiner großen Liebe begegnet bin.«

»Ja, es ist bescheuert«, sagte ich freundlich. »Total gaga.«

Lea stand auf. »Ich muss jetzt lernen. Wir schreiben morgen eine Deutsch-Klausur.«

»Hast du Papa schon Bescheid gesagt, dass die Hochzeit verschoben ist?«

»Nein. Ich rufe ihn später noch an.«

»Mach das. Und bestell ihm schöne Grüße von mir.«

Lea grinste. »Weißt du, was ich toll finde? Dass du dich endlich mit Papa verträgst. Ich dachte, ihr redet nie wieder ein Wort miteinander.«

»Du wirst lachen – das habe ich auch gedacht.«

Nachdem Lea gegangen war, überlegte ich, was ich mit dem Rest des Sonntagnachmittags anfangen sollte. Schließlich entschloss ich mich, zum Waldschwimmbad in Heidedorf zu fahren. Im letzen Sommer war ich oft da gewesen, es hatte mir gutgetan, meine zwanzig

Bahnen zu ziehen und anschließend unter einem Baum zu dösen. In diesem Jahr war ich noch kein einziges Mal schwimmen gewesen, es wurde höchste Zeit, die Saison einzuläuten. Ich packte also meine Siebensachen zusammen, sagte Lea Bescheid und fuhr los.

Wie ich erwartet hatte, war viel Betrieb im Schwimmbad, aber ich ergatterte noch ein Plätzchen unter einem Kastanienbaum. Nachdem ich meine Matte ausgebreitet hatte, stürzte ich mich gleich ins Wasser. Als ich zurück zu meinem Platz kam, sah ich, dass ich einen neuen Nachbarn bekommen hatte: Ein paar Meter entfernt saß ein Mann im Schneidersitz auf einem gestreiften Strandlaken. Er war sofort auf den Beinen, als er mich sah, und sagte: »Hallo, Stefanie. Das ist ja toll, dass wir uns hier treffen.«

Ich schaute genauer hin, und siehe da: Bei dem gutgebauten, braungebrannten Mann in der schwarzen Badehose handelte es sich um Erik, der vor kurzem eine Nachricht auf meinem Anrufbeantworter hinterlassen hatte.

»Oh, hallo, Erik. Ich hab dich gar nicht erkannt …«

Was kein Wunder war. Der Kontrast zu dem blassen, zurückhaltenden, bebrillten Seminarteilnehmer, den ich in Erinnerung hatte, hätte nicht größer sein können.

»Macht doch nichts«, sagte Erik und strahlte mich an. »Ich darf doch mein Handtuch neben deins legen?«

Er durfte, warum auch nicht, und er durfte mir kurz darauf auch den Rücken mit Sonnenmilch eincremen, was er mit Hingabe erledigte.

»Deine Schultern sind ziemlich verspannt«, meinte er. »Möchtest du eine kleine Massage? Ich habe gerade einen Workshop in intuitiver Massage hinter mir. Hat großen Spaß gemacht.«

»Mmh …«, schnurrte ich, denn seine Hände hatten die Arbeit bereits aufgenommen.

»Das war herrlich«, sagte ich, nachdem er meine Schultern und den Nacken durchgeknetet hatte. »Danke!«

»Gern geschehen. Hast du viel Stress gehabt in der letzten Zeit? Wenn man deiner Muskulatur Glauben schenken darf, ja.«

»Meine Muskulatur hat recht«, gab ich zurück, er hakte geschickt nach, und ehe ich mich's versah, hatte ich die wichtigsten Muskelstressoren der letzten Zeit offenbart, nur nicht, was gestern zwischen Carl und mir am Flussufer passiert war. Das, fand ich, ging außer mir nun wirklich niemanden etwas an.

»Puh. Bei dir ist ja eine Menge los«, war sein Kommentar.

»Allerdings. Und wenn du jetzt auch nur einen Ton über Leaping Salmon und das Seminar sagst, fange ich an zu schreien.«

Er grinste. »Keine Angst, ich hülle mich in dieser Angelegenheit in Schweigen. Möchtest du hören, was sich bei mir getan hat? Oder lieber nicht?«

»Doch. Ich bin von Natur aus neugierig.«

»Okay. Ich habe mir endlich Kontaktlinsen anpassen lassen, das wollte ich schon seit Jahren, habe mich aber nie dazu aufraffen können. Ein alter Bekannter hat sich nach Jahren wieder bei mir gemeldet, wir waren in der Stadt was trinken und hatten einen schönen Abend. Ich arbeite deutlich weniger als sonst, gehe fast jeden Tag schwimmen und habe kein schlechtes Gewissen, das ist sensationell, denn eigentlich bin ich ein Arbeitstier. Und ich plane gerade meinen Herbsturlaub, den ich normalerweise auf Rügen, Sylt oder Amrum verbringe. Dieses Jahr geht es in die Tropen. Ich schwanke zwischen den Malediven, Bali, Maui und Madagaskar.«

»Wow, das hört sich phantastisch an. Nimmst du mich mit?«, fragte ich scherzhaft, und staunte nicht schlecht, als er begeistert antwortete: »Ja, sehr gerne! Was für eine tolle Idee!«

»Das war doch nur Spaß«, sagte ich. »So einen Urlaub könnte ich mir zurzeit gar nicht leisten.«

Einen Moment befürchtete ich, dass er mir das Angebot machen würde, mir die Reise zu spendieren, aber er sagte nur: »Schade. Ich könnte mir sehr gut vorstellen, mit dir Urlaub zu machen. Ich bin ganz sicher, dass wir uns wunderbar verstehen würden und eine Menge Spaß hätten.« Das hatte wie eine Liebeserklärung geklungen. Vielleicht war es Erik auch aufgefallen, denn er stürzte sich unvermittelt auf seinen Rucksack und zog eine Flasche Apfelschorle und eine Packung Reiswaffeln heraus.

»Möchtest du eine Reiswaffel?«, fragte er.

»Nein danke.«

»Magst du keine Reiswaffeln?«

»Ich kann sie nicht ausstehen. Sie schmecken wie Pappe, finde ich.«

»Oh. Ach so.« Er kramte wieder im Rucksack und förderte einen Apfel zutage, den er mir wie eine Liebesgabe überreichte.

»Danke«, sagte ich. »Äpfel liebe ich.«

Er strahlte beinahe so, als hätte ich gesagt: »Ich liebe dich, Erik.«

Während die Nachmittagssonne langsam tiefer sank, lagen Erik und ich entspannt nebeneinander und unterhielten uns: über seine Arbeit, meine Arbeit, mein Leben, sein Leben. Er war seit acht Jahren geschieden, es gab keine Kinder, er suchte schon lange nach der Frau für die zweite Lebenshälfte, wie er es ausdrückte. Er hatte ein paar kürzere Beziehungen gehabt, aber die richtige Frau habe er noch nicht gefunden.

»Gibt es überhaupt so etwas wie die richtige Frau oder den richtigen Mann? Ich habe da so meine Zweifel.«

»Ganz bestimmt gibt es für jedes Schloss den richtigen Schlüssel«, sagte er und lächelte mich an. »Man muss einfach ausprobieren, ob der Schlüssel ins Schloss passt. Wenn eine gegenseitige Anziehung da ist, kann man sich öfter treffen, um sich kennenzulernen und schauen, ob es knistert, und wenn es knistert, herausfinden, ob man miteinander harmoniert. Gute Gespräche sind wichtig, gemeinsame Interessen. Vertrauen, Sicherheit.«

Unsere Augen trafen sich. In seinen las ich die unmissverständliche Botschaft, dass er Feuer gefangen hatte und mich sehr gerne näher kennenlernen würde, um zu schauen, ob wir miteinander harmonierten. Ich weiß nicht, was er in meinem Gesicht entdeckte, aber er legte wie selbstverständlich seine Hand auf meine und drückte sie sanft. »Könntest du dir vorstellen, dass wir beide uns näher kennenlernen und sich etwas Schönes, Spannendes zwischen uns entwickelt?«

Ich bekam Gänsehaut bei diesen Worten. Etwas Schönes, Spannendes … wie seltsam, dass er sich so und nicht anders ausgedrückt hatte. Das musste ein Wink des Schicksals sein, genau wie es ein Wink des Schicksals gewesen war, dass Carl und ich gestört worden waren, als wir beide lichterloh gebrannt hatten. Das Schicksal fand es, genau wie meine Mutter, an der Zeit, dass ich eine neue Beziehung einging, und es wollte, dass ich vernünftig an die Sache heranging. Mit Erik hatte es mir einen Mann präsentiert, den ich attraktiv und sympathisch fand und der sich eine solide Partnerschaft wünschte. Mit Besonnenheit testen, ob man zusammen passte, das war genau richtig für mich. Mein Herz war in Sicherheit, ich würde es nicht verlieren. Alles war schön und spannend und dabei wunderbar ungefährlich.

»Ja, das könnte ich mir sehr gut vorstellen«, sagte ich.

Es war, als wäre mit diesem Satz eine geheime Ampel von Rot auf Grün umgesprungen. Erik rückte näher, ich rückte auch näher, und dann kuschelten wir uns aneinander, mein Kopf ruhte auf seiner nackten, warmen Brust, er streichelte meinen Rücken. Ich fühlte mich wohl und geborgen, es war, als würde mein Körper seinen schon kennen. Irgendwann küsste mich Erik sanft, und es fühlte sich angenehm an. Da war keine heiße Stichflamme zwischen uns, aber ein leises Kribbeln, das mir ausbaufähig vorkam. Perfekt, dachte ich, das ist einfach perfekt für mich, und kuschelte mich enger an ihn.

Als ich um kurz nach sieben nach Hause kam, schwebte ich auf rosigen Wölkchen. Erik und ich hatten ein Date für Freitagabend vereinbart, wir würden im *Garten Eden* an der Norda essen gehen. Fröhlich vor mich hin trällernd räumte ich meine Badetasche aus, immer noch singend ging ich in die Küche, um mir etwas zu essen zu machen und prallte erschrocken zurück, als ich Dirk erblickte. Hatte ich etwa zu viel Sonne getankt und litt nun unter Halluzinationen? Die Halluzination, die neben Lea am gedeckten Tisch saß, sagte: »Hallo, Stefanie, da bist du ja. Wir warten schon auf dich. Nimm Platz, ich hab Wein mitgebracht und Antipasti vom *Siena*, als kleine Einstimmung auf das Hochzeitsessen.«

»Waren wir verabredet?«, fragte ich erschrocken.

»Nein«, sagte Lea mit leicht gereiztem Unterton »Ich war auch total von den Socken, als es vorhin klingelte.«

Dirk lachte. »Ich bin eben ein sehr spontaner Mensch. Ich hab doch gesagt, ich komme mal mit einer Flasche Wein vorbei, und wir reden über die Hochzeit.«

»Und wenn ich nun keine Zeit gehabt hätte?«

»Wär's auch nicht schlimm gewesen. Dann hätten Stefanie und ich alleine zu Abend gegessen.«

Ich hatte zwar nicht zwingend Lust auf Dirks Gesellschaft, die ich erst gestern ausreichend genossen hatte, aber ich hatte Hunger, und Antipasti und Wein klangen verlockend. Meine rosige Stimmung kehrte zurück und brachte mich auf eine geniale Idee: »Wenn wir schon über die Hochzeit sprechen, sollte der Brautvater auch dabei sein. Was meint ihr?«

Lea schaute mich mit offenem Mund an. »Du willst, dass Papa hierherkommt?«

»Das erspart dir einen Anruf.«

Dirk sagte: »Genau! Das ist doch eine super Idee, dein Vater muss doch auch wissen, was auf unserer Hochzeit laufen soll.«

Ich rief Ralf also an. Ja, er komme gern dazu, es sei eine gute Gelegenheit, Dirk besser kennenzulernen. So wie er es sagte, klang es so, als sei er tatsächlich daran interessiert, seinen Schwiegersohn in spe näher kennenzulernen. Der transformierte Ralf war zweifellos ein besserer und geduldigerer Mensch als ich. Eine halbe Stunde später saßen wir zu viert am Tisch. Es war ein merkwürdiges Gefühl, Ralf hier zu haben, es gab diesem Abend etwas Traumhaft-Unwirkliches, so, als könnte ich jeden Moment in einer völlig anderen Szene erwachen, so wie das kleine Mädchen mit den Schwefelhölzern, wenn die Streichholzflamme verlöscht war. Dirk hatte sich nicht lumpen lassen: Er hatte Vitello Tonnato mitgebracht, eingelegte Zucchiniröllchen, gefüllte Champignons, hausgebackenes Ciabattabrot und Insalata Caprese-Mozzarella mit Tomaten und Kapern in einer würzigen Marinade. Dazu gab es einen leichten Weißwein aus Sizilien. Es war ganz Dirks Abend, wir waren seine Gäste und sein Publikum, auch wenn es nicht seine Wohnung war. Er erläuterte noch einmal, wieso sich der Hochzeitstermin geändert hatte. Er beschrieb, welche Art von Kleid er sich für Lea vorstellte, welchen Brautstrauß er favorisierte, aber natürlich läge die Entscheidung allein bei Lea. Er habe schon ein paar tolle Ideen für das Menü bei Salvatore, aber er sei flexibel. Er wirkte eifrig wie ein kleiner Junge, seine Augen leuchteten, als er mich bat, doch bitte ein Fotoalbum anzulegen, das Leas Kindheit dokumentierte. »Ich wette, sie war ein bildhübsches kleines Mädchen!«, sagte er und schaute seine Braut verliebt an.

»Ich war ein Trotzkopf und hatte eine Zahnspange und einen unmöglichen Kurzhaarschnitt«, sagte Lea.

»Aber doch nicht von Geburt an, oder?«, erkundigte sich Ralf amüsiert.

»Mmpf«, machte Lea. Eine steile Falte zwischen ihren Augenbrauen verriet, dass sie alles andere als amüsiert war.

Von Ralf wünschte sich Dirk eine witzige, kurze Rede. Von mir, der Brautmutter, ebenfalls, es könne aber auch gern etwas Gefühlvolles sein, er selbst habe ja leider keine Eltern mehr, mit denen er diesen besonderen Tag feiern könne. Er war gerade dabei, die Schar der Gäste an den Fingern aufzuzählen, als Jannis mit einem jungen Mann hereinkam, den ich nicht kannte. Jannis riss die Augen auf, als er uns sah, ich hätte gerne einen Fotoapparat zur Hand gehabt, um sein verblüfftes Gesicht für die Ewigkeit festzuhalten. »Papa? Bist du's wirklich?«

»In voller Lebensgröße«, sagte Ralf.

»Hi«, sagte der junge Mann.

»Hallo. Schön, dass du doch heute nach Hause gekommen bist, Jannis«, sagte ich. Mein Herz klopfte heftig, ich spürte den Impuls, aufzuspringen, um meinen heimgekehrten Sohn in die Arme zu schließen, aber ich hatte das Gefühl, dass Jannis nicht der Sinn nach einer stürmischen, mütterlichen Begrüßung stand.

»Ich hatte heute Frühschicht und war um fünf fertig. Eigentlich wollte ich ja morgen kommen, um die restlichen Sachen abzuholen, aber das hat sich verschoben. Ole hat nur heute Abend den Van von seinem Vater.«

Vier Augenpaare richteten sich auf Jannis, der in Rätseln sprach. Der junge Mann, der vermutlich Ole war, zog sein Handy hervor und tippte auf der Tastatur herum.

»Vielleicht wäre es gut, wenn du dich ein bisschen klarer ausdrücken würdest, Sohn«, meinte Ralf. »Von welcher Frühschicht ist die Rede, und um welche Sachen handelt es sich?«

»Ich hab Mama doch geschrieben, dass ich einen Job habe. Ich arbeite jetzt in der Gastronomie, und zwar im *Cinema.* Noch auf Probe, aber der Chef war sehr zufrieden und meinte, wenn ich so weitermache, kriege ich eine feste Anstellung auf Sechshundert-Euro-Basis. Und ich habe beschlossen, zu Ole zu ziehen, das ist ein Kumpel von Tatjana, in seiner WG ist ein Zimmer frei. Ich komme finanziell klar, ich habe ja auch noch das Sparbuch von Oma und Opa.«

Es war totenstill im Raum.

»Heißt das, du hast dein Studium geschmissen, jobbst jetzt in einer Kneipe und ziehst hier aus?«, dolmetschte Lea, die sich als Erste gefasst hatte.

»Ja, genau«, sagte Jannis lässig.

»Aber warum willst du denn ausziehen? Du hast hier doch alle Freiheiten, kannst kommen und gehen, wie du willst, brauchst keine Miete zu zahlen.« Es fehlte nicht viel, und ich wäre in Tränen ausgebrochen. Nicht nur, dass Jannis seine Zukunft wegwarf, indem er sich mit einem Job als Servicekraft über Wasser halten wollte, anstatt etwas Ordentliches zu lernen, er kehrte auch seinem Zuhause den Rücken und seiner Mutter und seiner Schwester.

»Es geht nicht gegen dich, Mama, aber ich muss raus hier, das ist mir schon länger klar. Niemand in meinem Alter wohnt noch bei Mutti.«

Ich schluckte. Bestimmt gab es irgendwo in Salzstetten dreiundzwanzigjährige Studenten, die noch bei Mutti wohnten, aber es war sowieso egal, weil Jannis kein Student mehr war und nicht mehr bei uns wohnen wollte. Bei diesem Gedanken war es um mich geschehen, was dazu führte, dass ich aufsprang und mich in Jannis' Arme stürzte.

»Aber, Mama«, sagte er entsetzt, denn solche emotionsgeladenen Auftritte war er nicht von mir gewohnt. »Bleib cool! Ich bin doch nicht aus der Welt. Es gibt Telefon, und ich komme euch auch mal besuchen.«

»Aber … aber … was ist mit deiner Zukunft? Du musst doch etwas Vernünftiges lernen! Im *Cinema* jobben, das bringt dich doch nicht weiter«, brachte ich mühsam hervor.

»Ich muss meine eigenen Entscheidungen treffen«, sagte Jannis. »Es ist mein Leben, Mama. Nicht deins. Ich arbeite im *Cinema,* bis ich einen Plan habe, danach sehen wir weiter.«

Ich trat einen Schritt zurück. *Es ist mein Leben.* Wo hatte ich diesen Spruch in letzter Zeit schon mal gehört? Ach ja, von Lea.

»Mensch, Jannis«, schaltete sich nun Dirk ein. »Meinst du nicht, du hättest deinen Leuten die Sache ein bisschen geschickter beibringen können?«

»Ach, ist schon gut«, sagte ich. »Es hat ein wenig gedauert, aber jetzt habe ich es hoffentlich endgültig kapiert. Meine erwachsenen Kinder gehen ihre eigenen Wege und treffen ihre eigenen Entscheidungen. Meinen Segen haben sie. Wenn ihr mich jetzt alle entschuldigen würdet – ich mache einen kleinen Spaziergang, ich brauche dringend frische Luft.«

»Ich komme mit«, sagte Ralf und stand auf. An Jannis gewandt fuhr er fort: »Ich finde auch, dass du die Sache geschickter hättest handhaben können. Aber es macht keinen Sinn, darüber zu lamentieren. Ich wünsche dir viel Glück und Erfolg in deinem neuen Leben. Du weißt ja, wie du mich erreichen kannst.«

»Ja, klar«, sagte Jannis. »Ich melde mich demnächst bei dir und Mama.«

Ole, der die ganze Zeit so getan hatte, als sei er nicht da, steckte sein Handy in die Hosentasche. »Ich will ja nicht drängeln, Jannis, aber ich muss das Auto heute noch zurückbringen. Mein Vater braucht es morgen früh.«

»Dann wollen wir nicht weiter stören«, meinte Ralf und nahm wie selbstverständlich meine Hand. »Tschüs allerseits, und noch einen schönen Abend.«

Ich verabschiedete mich auch von meinen sichtlich verdatterten Kindern und dem Schwiegersohn in spe, und dann waren Ralf und ich zur Tür hinaus.

»Wohin?«, fragte Ralf, als wir vor dem Haus standen.

»Lass uns links ins Grüne gehen.«

Unsere Füße trugen uns in den Englischen Park, einer kleinen Anlage mit einem Denkmal aus Bronze, das einen nackten Mann auf einem Pferd zeigte, und von alten Bäumen umgeben war. »Ich finde, wir haben einen tollen Abgang hingelegt«, sagte Ralf. »Das hätte ich uns gar nicht zugetraut.«

»Ich staune auch.«

»Es heißt ja immer, dass Kinder sich von ihren Eltern abnabeln müssen. Aber mindestens genauso wichtig ist es, dass Eltern sich von ihren erwachsenen Kindern abnabeln«, dozierte Ralf.

»Schafft man das je ganz?«

»Hm. Wenn ich Politiker wäre, würde ich jetzt sagen: Wir sind auf einem sehr guten Weg.«

Am östlichen Ausgang des Englischen Parks trennten sich unsere Wege; Ralf hatte es von dort aus nicht weit bis zu seiner Wohnung. Ich wandte mich Richtung Altstadt, vorbei am Wasserturm und der Nikodemuskirche. Als ich durch die lichte Sommerdämmerung nach Hause ging, ließ sich eine Schar Krähen in den Linden auf dem Vorplatz zum Schlafen nieder. Ihr Gute-Nacht-Krächzen begleitete mich noch eine ganze Weile, und ich fragte mich, was wohl als Nächstes auf mich zukommen würde. Vielleicht würde ich Jannis gar nicht so sehr vermissen. Im Licht dieses Abends betrachtet, hatten wir wenig Zeit miteinander verbracht, seit er erwachsen war, und das war so, wie es sein sollte: Kinder waren ein Geschenk auf Zeit. Ich als Person war bei meinem Sohn seit Jahren weitaus weniger gefragt gewesen als meine Dienstleistungen: stets saubere Wäsche, ein gutgefüllter Kühlschrank und auf Wunsch Teilnahme an den Mahlzeiten.

Als ich nach Hause kam, fand ich Lea im Wohnzimmer vor dem Fernseher vor.

»Na, du«, sagte sie zur Begrüßung. »Hast du dich beruhigt?«

»Na, du … ich bin die Ruhe selbst und werde einen großen Zettel in der Küche aufhängen, damit ich auch die Ruhe selbst bleibe. Darauf steht: *Reisende soll man nicht aufhalten.* Jannis und Ole sind schon weg?«

»Ja. Sie waren ruckzuck fertig, Dirk hat geholfen.«

»Und wo ist Dirk abgeblieben?«

»Er ist nach Hause gegangen. Ich habe ihm gesagt, dass ich noch eine Menge für meine Klausur tun muss.«

Ich fragte nicht, wie man sich mit Hilfe des Fernsehers auf eine Klausur vorbereitete, sondern überließ Lea sich selbst und ging in Jannis' Zimmer. Er hatte nur den Schrank und sein Bett mitgenommen, Regale, Krimskrams, Poster und Bücher waren noch da. Trotzdem wirkte das Zimmer so, als sei es schon lange unbewohnt.

Die erste Woche ohne Jannis begann mit einer SMS von Erik, die ich während des Frühstücks mit Lea las und die folgendermaßen lautete: *Guten Morgen, liebe Stefanie! Ich freue mich schon sehr auf Freitagabend und wünsche dir einen wunderbaren Wochenanfang. Kuss, Erik.*

»Wer hat dir denn geschrieben? Du lächelst so verträumt«, fragte Lea neugierig.

»Ein Mann«, sagte ich und merkte, dass sich meine Mundwinkel noch mehr nach oben zogen. »Ein sehr sympathischer Mann.«

»Carl?«

Das war für meinen Geschmack eindeutig die falsche Frage gewesen. »Nein, nicht Carl. Wie kommst du denn auf die Idee?«

»Na, so abwegig ist das nicht, du arbeitest immerhin für ihn.« Lea musterte mich eindringlich mit hochgezogenen Augenbrauen. »Carl ist ein cooler Typ und sieht gut aus für sein Alter, an deiner Stelle würde ich zugreifen. Aber jetzt sag: Was ist das für ein Mann, der dir geschrieben hat? Wo hast du ihn kennengelernt?«

Ich fand, dass die halbe Wahrheit für meine naseweise Tochter ausreichend war und sagte:

»Er heißt Erik, und ich habe ihn gestern im Schwimmbad kennengelernt. Wir gehen Freitag zusammen aus.«

»Du hast einen Mann im Schwimmbad aufgerissen? Wow. Herzlichen Glückwunsch, das hätte ich dir nie zugetraut!«

»Das war kein Aufriss. Wir, hm, waren Handtuchnachbarn und sind einfach ins Gespräch gekommen. Mal schauen, wie sich alles entwickelt. Er ist jedenfalls sehr nett.«

»Nett, aha ... das klingt, als wärst du total scharf auf ihn«, sagte Lea und gähnte, ohne sich die Mühe zu machen, die Hand vor den Mund zu halten. »Ist was gelaufen?«

»Was meinst du damit?«

»Habt ihr euch schon geküsst?«

»Sei nicht so neugierig«, antwortete ich und simste zurück: *Hi, Erik, guten Morgen, ich freue mich auch. Hab eine gute Woche! Küsschen, Stefanie.*

Ob etwas gut oder schlecht ist, lässt sich bekanntlich oft erst hinterher und manchmal gar nicht beurteilen. Die Woche verging. Erik und ich tauschten täglich eine SMS aus, und ich kaufte mir in freudiger Erwartung meines Dates von dem Gutschein, den Vater mir zum Geburtstag geschenkt hatte, eine lila Tunikabluse mit bunten Stickereien am tiefen Ausschnitt und eine weiße Caprihose. Außerdem erstand ich ein neues Make-up und, weil die Verkäuferin mich so nett beraten hatte, auch noch ein Puderrouge samt Rougepinsel und einen Lipgloss, der nicht ganz so dezent war wie der Bio-Lippenstift, den die Kinder mir geschenkt hatten. An der Kasse bekam ich ein betörend duftendes Parfümpröbchen von Chanel No 5 dazu. Außerdem strahlte mein Teint jugendfrisch, denn ich hatte auch noch den Gutschein für die Kosmetikbehandlung eingelöst, den Mutter und Tante Vera mir verehrt hatten, und genoss Bettys Verwöhnprogramm in vollen Zügen. Ich war so begeistert, dass ich bei der Gelegenheit den Hunderter von Herrn Becker in eine Gesichtspflegeserie samt Crememaske und Intensiv-Kaviarserum investierte, die laut Betty wahre Wunder bei sensibler, reifer Haut wirkte. Ich fand, dass ich mein Geburtstagsgeld erstklassig angelegt hatte. Es war lange her, seit ich mich für einen Mann schön gemacht hatte, und es war erstaunlich, wie lebendig ich mich dabei fühlte.

Meine Eltern und Tante Vera kommentierten Jannis' Auszug und das geänderte Hochzeitsdatum mit Gelassenheit, es gab Dinge, die viel wichtiger waren als die Kapriolen der jungen Generation. Mutter hatte eine neue Autorin entdeckt, deren Romane im Wilden Westen angesiedelt waren, und war so begeistert, dass ich den Auftrag bekam, ihr deren Gesamtwerk in der Buchhandlung zu bestellen. Ich erfuhr außerdem, dass Vater und Tante Vera eine gemeinsame Nacht verbracht hatten, nachdem Vater mit pinkfarbenen Rosen und einem Buch mit dem Titel *Liebe ist ein Kind der Freiheit* überraschend bei Vera aufgekreuzt war. Vera plante einen Gegenbesuch mit Sekt und dem *Kamasutra.* Lea hatte viel für die Schule zu tun und hielt sich fast ausschließlich in ihrem Zimmer auf. Ich hatte das Gefühl, dass noch etwas anderes hinter ihrer Einsiedelei steckte, aber ich hütete mich, zu fragen.

Von Jannis hörte und sah ich nichts, aber ich hatte auch nichts anderes erwartet.

Als ich meinen Gute-Fee-Tag bei Frau Buntmann absolvierte, erzählte ich der alten Dame von meinem neuen Samstagsjob, und sie war sofort Feuer und Flamme. »Das klingt ja interessant. Ich besuche Sie am Samstag in der *Kornblume,* Frau Bachmann, ich komme zum zweiten Frühstück und schaue mir alles an. Was meinen Sie, ob es wohl heiße Schokolade mit Sahne gibt?«

»Bestimmt, Frau Buntmann. Schön, dass Sie kommen wollen, ich freue mich auf Sie.«

Auf einmal kam mir eine geniale Idee. Ob sich Frau Buntmann über Gesellschaft freuen würde? Die Vision eines samstäglichen Seniorenstammtisches in der *Kornblume* manifestierte sich in meinem Gehirn. Die alten Herrschaften könnten miteinander plaudern, leckere und gesunde Kleinigkeiten zu sich nehmen, Zeitung lesen, Leute gucken und gut gelaunt und innerlich gewärmt von ihrem Ausflug nach Hause gehen. Als ich meine Vision mit Frau Buntmann teilte, war sie begeistert. »Das wäre wunderbar, mal was ganz anderes als diese langweiligen Kirchenveranstaltungen für Senioren, da sind nur schlechtgelaunte alte Frauen unterwegs, die über ihre Krankheiten und ihre undankbaren Kinder und Enkel jammern. Vielleicht verliebe ich mich ja sogar endlich! Es sind doch auch hoffentlich Männer dabei?«

»Ich hoffe, dass ich meinen Vater und Herrn Becker von der Idee überzeugen kann«, sagte ich.

Das hoffe sie auch sehr, meinte die alte Dame entzückt. Zwei Männer im passenden Alter, dazu noch rüstig, da würde sich doch bestimmt etwas machen lassen? Sie werde jedenfalls vorher zum Friseur gehen und auch die Fingernägel lackieren lassen und den neuen Rock und die Bluse anziehen, die sie sich kürzlich beim *Lady 50 Plus-Versand* bestellt hatte. Beflügelt von der Begeisterung, die mein Vorschlag bei Frau Buntmann ausgelöst hatte, lud ich meine Eltern und Tante Vera ganz offiziell zum ersten Herbstsonne-Samstagsstammtisch in die *Kornblume* ein. Ja, wurde mir beschieden, man sei bereit, mal auszuprobieren, wie man sich vertrüge, zur Not könne man ja einfach aufstehen und gehen. Tante Vera erkundigte sich, ob denn auch hoffentlich noch andere Männer außer Vater dabei seien? Ich konnte berichten, dass ich mit Herrn Becker gesprochen hatte und dass er von der Stammtischidee sehr angetan war und gerne kommen werde. Meine restliche Klientel hatte ich kontaktiert, war aber auf Ablehnung gestoßen. Nur Frau Sibelius, die stark sehbehindert war, wollte es sich vielleicht noch überlegen und mit dem Taxi kommen.

Mit Herrn Becker hatte ich am Dienstag und Donnerstag auf der Terrasse zusammengesessen, denn das Wetter war unvermindert schön, aber *Der Prophet* war nicht in Erscheinung getreten. Stattdessen las ich auf seinen Wunsch hin aus einem Buch von Rumi: *Das Meer des Herzens geht in tausend Wogen.* Der alte Herr servierte mir Himbeeren und ein Glas Marillenlikör, den ihm sein Freund aus Celle vorbeigebracht hatte. »Wir zwei alten Zausel haben Streitpatience gespielt, während Alberts Tochter die Geschäfte in Salzstetten leer gekauft hat. Das war sehr schön, wir haben jetzt viel mehr Kontakt als früher. Albert wird sich auch um alles kümmern, wenn ich tot bin. Ich habe bei seinem Sohn mein Testament hinterlegt, er ist Rechtsanwalt.« Ich schaute ihn prüfend an. Er sah aus, als habe er abgenommen, aber es war schließlich Sommer, da hatten viele Leute einfach weniger Appetit als in der kalten Jahreszeit. Ansonsten war er klar wie immer und machte ganz und gar nicht den Eindruck, als sei er bald gezwungen, sich von diesem Planeten zu verabschieden. Er hatte meinen prüfenden Blick bemerkt und lächelte. »Ich weiß, dass Sie nicht hören wollen, dass ich bald sterben werde.«

»Stimmt. Ich hoffe nämlich, dass Sie mir noch lange erhalten bleiben. Und Ihrem Freund aus Celle und unserem Herbstsonne-Stammtisch, der hoffentlich ein Erfolg wird.«

»Ich werde versuchen, meinen Teil zum Erfolg beizutragen«, sagte der alte Herr mit einem Augenzwinkern. »Und wer weiß, vielleicht bleibe ich ja wirklich noch länger hier auf Erden. Vielleicht ändert der liebe Gott ja noch seinen Terminplan. Frau Bachmann?«

»Ja?«

»Darf … darf ich Stefanie und du sagen?«

Ich stand auf und umarmte ihn. »Ja, natürlich, Waldemar. Ich freue mich, wenn du Stefanie zu mir sagst.«

Wir küssten uns auf die Wange, um das »Du« zu besiegeln. Das Leuchten in seinen Augen war so überirdisch, dass es mich beinahe zu Tränen rührte.

Daheim angekommen, rief ich als Erstes Carl an, um für Samstag ab zehn Uhr einen Tisch für fünf Personen zu reservieren. Mein Herz klopfte schneller, als ich seine

Stimme hörte, was höchst albern war, aber das dumme Organ schien sich nicht daran zu stören. »Das ist aber nett, dass du schon wieder für Umsatz sorgst, Stefanie«, sagte er amüsiert, nachdem ich ihm die Sache mit dem Herbstsonne-Stammtisch erklärt hatte.

»Man tut, was man kann.«

Ich hörte, wie Carl Luft holte, und dann sagte: »Ich habe oft an dich gedacht in den letzten Tagen ...«

»Oh, ich habe ganz vergessen, darüber nachzudenken, ob ich zwei Tage in der *Kornblume* arbeiten möchte«, sagte ich ziemlich atemlos, denn mein Herz hatte einen Salto geschlagen, weil seine Stimme so zärtlich geklungen hatte. Nun mochte ja, wie es Blaise Pascal formuliert hatte, das Herz seine Gründe haben, die der Verstand nicht kannte, aber Fakt war, dass mich die Gründe meines Herzens in Bezug auf Carl schlicht nicht interessierten. Mein Herz würde sich schnell daran gewöhnen, denn es gab ja Erik, in den es sich nach eingehender Prüfung verlieben konnte.

»Ach so, ja«, kam es zurück. »Das habe ich aber nicht gemeint. Und das weißt du auch. Es war wunderschön mit dir am Fluss.«

»Ich fand es auch wunderschön. Aber wie heißt es doch noch gleich? Man kann nicht zweimal im selben Fluss baden. Ich habe einen Mann kennengelernt, von dem ich glaube, dass es passen könnte.«

»Verstehe«, antwortete er, immer noch mit diesem zärtlichen Unterton, den ich mir vielleicht auch nur einbildete. »Du erwartest jetzt aber nicht, dass ich dir viel Glück mit dem Kerl wünsche, oder? Das wäre nämlich nur politisch korrektes Gesülze, und davon halte ich nichts. Ich glaube übrigens, dass es zwischen uns auch passen könnte, aber da du dich anderweitig entschieden hast, bedeutet das für mich: neues Spiel, neues Glück. Okay. Das war das eine. Das andere ist deine Arbeit in der *Kornblume.* Das eine hat mit dem anderen nichts zu tun, wir sind schließlich erwachsen.«

»Genau«, sagte ich. »Ich habe damit überhaupt kein Problem.«

»Ich auch nicht«, sagte Carl. »Berufliches und Privates lässt sich mit ein bisschen gutem Willen ganz leicht trennen.«

»Genauso sehe ich das auch.«

Neues Spiel, neues Glück ... das klang mir noch in den Ohren, und ich beglückwünschte mich zu meinem guten Riecher. Carl wollte spielen, ich wollte mit dem nötigen Ernst und Sorgfalt an eine potenzielle neue Partnerschaft herangehen. Wir passten einfach nicht zusammen, da konnte Carl denken, was er wollte.

Erik und ich wollten uns am Freitag um sieben vor dem Eingang des *Garten Eden* treffen, er wollte direkt von der Kanzlei aus hinkommen. Der *Garten Eden* ist ein Biergarten direkt an der Norda, der nur von April bis Oktober geöffnet hat. Es gibt einen Tretbootverleih, für den ein freundlicher alter Mann zuständig ist, und einen kleinen Spielplatz, der im hinteren Teil des Geländes untergebracht ist. Es geht zünftig zu im Biergarten, man sitzt entweder an langen Kirmesbänken oder großen Holztischen, zwischen denen zutrauliche Enten auf der Suche nach heruntergefallenen Leckerbissen patrouillieren. Als ich in meinem neuen Outfit ankam, wartete Erik bereits mit drei dunkelroten Rosen und schaffte es trotz der Blumen, mich zu umarmen.

»Wie schön, dich zu sehen! Ich habe mich so auf dich gefreut!«, sagte er und küsste mich leicht auf die Lippen.

»Ich mich auch auf dich«, sagte ich und nahm entzückt die mit Gräsern und einem Zweig Schleierkraut gebundenen Rosen entgegen. »Danke, sie sind wunderschön!«

»Schöne Blumen für eine schöne Frau«, sagte er galant. Wow, dachte ich, dieser Abend fängt einfach wunderbar an, die Szene könnte aus einem von Mutters Romanen stammen. Mit diesem Mann gibt es garantiert ein Happy End!

Der Biergarten war gut besucht, aber Erik war so vorausschauend gewesen, einen Tisch direkt am Bootssteg zu reservieren, und rückte mir fürsorglich den Stuhl zurecht. Wir studierten die Speisekarte, um uns dann beide für einen »Paddler-Teller« zu entscheiden: Drei verschiedene Sorten gegrilltes Fleisch mit Baked Potatos, Sour Cream und Salatbeilage. Erik übernahm es, die Bestellung am Ausschank aufzugeben und kehrte mit einem wassergefüllten Bierkrug für die Blumen und zwei Gläsern Prosecco zurück.

Wir stießen auf unseren ersten gemeinsamen Abend an und sahen uns dabei tief in die Augen. Oh, das ist Romantik pur, dachte ich, mehr davon, mehr, mehr, und wir küssten uns über den Tisch hinweg, und Eriks Lippen schmeckten kühl und fruchtig-herb vom Prosecco. Ich musste Sterne in den Augen gehabt haben, denn ich bemerkte den ungebetenen Besucher erst, als er sein Bierglas auf dem Tisch abstellte und sagte: »Guten Abend, Stefanie! Das ist ja nett, dass wir uns hier begegnen. Ihr habt doch sicher nichts dagegen, dass ich mich zu euch setze.«

Mit dieser Feststellung nahm Carl Schubert neben mir Platz, ehe ich Protest einlegen konnte, und sagte breit grinsend zu Erik: »'n Abend auch. Ich bin Carl. Wir kennen uns – Sie sind öfter mal in der *Kornblume*.«

Erik starrte sein Gegenüber so entgeistert an, als könne er es nicht fassen, dass ein Mensch so dreist und ungehobelt sein konnte. Carl musste unseren Kuss gesehen haben und die Rosen, es war klar, dass es sich um ein intimes Date handelte, aber er fand trotzdem nichts dabei, in unser Beisammensein mit der Eleganz eines Elefanten im Porzellanladen reinzuplatzen.

Eriks Augen schossen Blitze, aber er blieb höflich. »Guten Abend, Herr Schubert, ja, ich bin öfter in Ihrem Bistro, aber jetzt möchte ich gern hier den Abend mit Stefanie verbringen. Und zwar allein.«

Carl grinste noch breiter, lehnte sich im Stuhl zurück und verschränkte die Arme im Nacken. »Ach, seien Sie nicht so ungemütlich. Wir sind in einem Biergarten, da darf man sich überall dazusetzen.«

Ich hatte meine Sprache wiedergefunden und sagte: »Wie wäre es, wenn du dich woanders dazusetzen würdest?«

»Keine Lust«, nuschelte Carl. »Ich sitze gern neben einer schönen Frau, die ich schon mal geküsst habe.«

Das war der Hammer.

Der offenbar angetrunkene Carl hätte es verdient, dass ich ihn am Kragen packte und in die Norda schubste. Mit dieser Heldentat hätte ich zwei Fliegen mit einer Klappe geschlagen: Wir wären die Schlange im Garten Eden los, und das kalte Wasser des Flusses hätte Carls Ausnüchterung beschleunigt.

Eriks Bräune hatte sich in ein deutliches rot verwandelt, und seine Stimme zitterte vor unterdrücktem Zorn, als er sagte: »Das interessiert mich nicht. Wir möchten jetzt in Ruhe unseren wohlverdienten Feierabend genießen, und zwar ohne Ihre Gesellschaft. Ich weiß nicht, wieso Sie sich so unmöglich taktlos aufführen, Herr Schubert, und ich will es auch nicht wissen, obwohl ich vermute, dass der Genuss mehrerer Liter Bier eine Rolle spielt.«

Carl fing an zu lachen. Ich beobachtete seine Augen und kam zu dem Schluss, dass er bei weitem nicht so betrunken war, wie er vorgab, zu sein. »Möglich, möglich, was ein echter Kerl ist, der gibt sich auch mal die Kante. Stefanie, mein Engel, bist du glücklich mit dem Herrn Advokaten?«

Es fehlte nicht viel, und ich hätte ihm meinen Prosecco über den Kopf gegossen. Aber damit hätte ich mich leider keinen Deut besser benommen als er. Ich raffte also alles zusammen, was Mutter mir an guten Manieren mitgegeben hatte und sagte: »Ich schlage vor, wir streichen die Zeit, die du an diesem Tisch verbracht und alles, was du gesagt hast, aus dem Kalender, und sehen uns morgen früh um acht zur Arbeit.«

Wir sahen uns in die Augen. Carls Blick war raubkatzenwach, er wirkte nicht die Spur betrunken. Sein Auftritt eben war von vorn bis hinten geschauspielert gewesen, darauf hätte ich wetten können. Dann nickte er fast unmerklich, wünschte uns sehr höflich einen schönen Abend und verschwand Richtung Ausgang. Sein halbleeres Bierglas ließ er zurück.

Erik seufzte. »Wir vergessen diesen unschönen Zwischenfall jetzt ganz schnell, okay?«

»Okay.«

Die Bedienung brachte unsere Paddler-Teller, aber auch das Essen konnte die Stimmung nicht wieder in Gang bringen, obwohl Erik und ich uns redlich bemühten. Irgendwann fragte er unvermittelt: »Du willst doch nicht etwa wirklich weiter für ihn arbeiten, nachdem er sich heute Abend so danebenbenommen hat?«

»Das entscheide ich morgen.«

Daraufhin kehrte Erik zum eigentlichen Thema zurück, der besonders schöne Sylt-Urlaub im vergangenen Herbst, als er Seehunde gesehen hatte. Doch er unterbrach sich plötzlich wieder: »Der Mann war nicht nur sturzbetrunken, sondern auch ganz klar eifersüchtig. Er behauptete, dass er dich geküsst hat …«

»Wir hatten abgemacht, dass wir den Zwischenfall ganz schnell vergessen«, erinnerte ich ihn.

»Ja. Aber ich möchte gern wissen, ob an der Sache was dran ist, das ich wissen müsste?«

»Nein«, beteuerte ich.

Ich sah Eriks Gesicht an, dass er mir nicht glaubte, aber er war klug genug, den Mund zu halten.

Unser erster Abend, auf den ich mich so gefreut hatte, endete damit, dass wir nach dem Essen einen Spaziergang am Fluss machten. Wir hielten Händchen, blieben immer mal wieder stehen, um uns zu küssen, und dann setzten wir uns auf eine Bank und schauten aufs Wasser.

»Hast du Lust, am Sonntag mit mir ins Grüne zu fahren?«, fragte Erik. »Wir hätten Zeit für uns und eine störungsfreie Zone. Kein Handy, niemand, der sich unaufgefordert an unseren Tisch setzt. Nur du und ich und Mutter Natur.«

»Ja!«, sagte ich. »Wir könnten irgendwo picknicken. Mein Vollkornnudelsalat mit Kapernfrüchten ist der Hit.«

Wir lächelten uns an. Die Sache mit Carl war nicht vergessen, aber das Stimmungsbarometer doch wieder deutlich gestiegen. Wir gingen noch auf einen Absacker in ein kleines Weinlokal, dann brachte Erik mich nach Hause.

»Ich rufe dich morgen Abend an«, verpsrach er. »Dann können wir unseren Ausflug besprechen.«

Unser Abschiedskuss war zärtlich, und ich genoss die Geborgenheit seiner Umarmung. Alles stimmte: wie er sich anfühlte, wie er mich berührte, wie er roch, er küsste gut, er war klug, man konnte sich wunderbar mit ihm unterhalten, und er war aufrichtig an mir interessiert. Plötzlich war ich mir sicher, dass es nach dem etwas unglücklichen Start heute Abend doch noch ein Happy End für uns geben würde. Ich war jedenfalls wild entschlossen, den Sonntag mit Erik zu einem denkwürdigen Tag zu machen.

Davor kam allerdings der Samstag in der *Kornblume.* Pünktlich um acht wünschten Carl und ich uns einen guten Morgen. Mein Arbeitgeber sah blass und müde aus und hatte tiefe Ringe um die Augen, er schien nicht gut geschlafen zu haben. Vielleicht hatte er sich nach seinem

Auftritt im *Garten Eden* wirklich die Kante gegeben und war nun verkatert. Wie auch immer, sein sonnig strahlendes Selbst schien ihm jedenfalls abhanden gekommen zu sein. Während er mir erklärte, was es zu tun gab, bis das Bistro öffnete, überlegte ich, ob es nicht klüger wäre, meinen Job heute Abend zu kündigen. Die Luft zwischen Carl und mir war aufgeladen, obwohl wir so taten, als sei alles in bester Ordnung. Ich spürte seine Anspannung in meinem eigenen Körper, und das machte mich nervös. Wir hatten beide großartig getönt, dass sich Privates und Berufliches mit ein bisschen gutem Willen ganz leicht trennen ließe, aber jetzt merkte ich, dass Theorie und Praxis doch zwei Paar Schuhe waren. Okay, dachte ich, während ich vor mich hin werkelte, dann ist dies eben mein zweiter und letzter Arbeitstag in diesem Lokal. Es macht keinen Sinn, sich freiwillig einer Situation auszusetzen, die mir innerlich Stress verursacht. Das ist ungesund, besonders fürs Herz. Lieber konzentriere ich mich mit vollem Einsatz auf meinen Senioren-Service, schalte mal wieder eine Anzeige in der Zeitung und gewinne damit neue Klientinnen und Klienten. Dann habe ich bald so viel zu tun, dass ich gar nicht mehr weiß, wo mir der Kopf steht. Und ich würde dann überhaupt nicht mehr dazu kommen, mich zu wundern, warum mir trotz allem die Aussicht, keinen Kontakt mehr zu Carl zu haben, zu schaffen macht. Aber das kriege ich in den Griff, indem ich an etwas anderes denke. Zum Beispiel daran, dass ich mich bis über beide Ohren in Erik verlieben werde, nachdem wir erforscht haben, ob wir miteinander harmonieren. Wer weiß, vielleicht werden wir sogar heiraten. Es gibt eine Menge Leute, die erst in der zweiten Ehe, wenn sie aus den Fehlern der Vergangenheit gelernt haben, richtig glücklich werden. Es war erstaunlich, fand ich, dass ich mir vorstellen konnte, irgendwann noch einmal zu heiraten. Bevor ich meinen Frieden mit Ralf und dem, was gewesen war, geschlossen hatte, hätte ich, wenn mich jemand gefragt hätte, ob eine Ehe noch mal für mich in Frage käme, sofort gebrüllt: »Nein! Nie wieder, unter gar keinen Umständen!« Jetzt würde die Antwort lauten: »Es kommt auf den Mann an, auf mich und den richtigen Zeitpunkt.«

Um kurz vor neun band ich ohne Carls Hilfe meine Schürze und die Kellnerbörse um und ließ meinen Blick prüfend durch den Raum schweifen. Ich hatte gestern Abend noch ein großes Pappschild mit der Aufschrift *Stammtisch Herbstsonne* gebastelt und bunt beklebt, es zierte nun den größten Tisch der *Kornblume* und sah fröhlich und einladend aus.

Um halb zehn traf der Hund Buddha mit Herrchen und Frauchen ein. Man bestellte Rooibos-Tee, frische Früchte der Saison und Rühreier mit Heidschnuckenschinken.

»Sagtest du nicht, die zwei bestellen immer das gleiche Frühstück?«, fragte ich meinen Chef, als ich die Bestellung weitergab.

Carl grinste, es war ein schwächlicher Abglanz seines sonnigen Strahlens, aber immerhin ein lobenswerter Versuch, die Atmosphäre zu entspannen. »Ich kann es mir nur so erklären: Die Zeiten ändern sich, und wir ändern uns in ihnen.«

»Scheint so. Von wem stammt das doch gleich noch mal?«

»Das Original ist lateinisch, die Quelle unbekannt. Ich denke, es ist eine universale Weisheit.«

Seine Stimme klang müde. Aus irgendeinem unerfindlichen Grund hätte ich ihm gern eine Löwenlocke zurückgestrichen, die ihm widerspenstig in die Stirn fiel.

Frau Buntmann traf als Erste ein, mit frisch gelegten Haaren und in einem fliederfarbenen Rock und fliederfarben-weiß gestreifter Bluse. Sie hatte zur moralischen Unterstützung Samson mitgebracht, der sich sogleich unter den Tisch verzog.

»Ich bin schrecklich aufgeregt«, gestand sie. »Wie sehe ich aus?«

Ich hatte ihr kaum versichert, dass sie wunderbar aussähe, als Herr Becker an den Tisch trat. Auch er hatte sich fein gemacht, ich sah ihn zum ersten Mal, seit wir uns kannten, im Anzug mit weißem Hemd. Als ich die beiden miteinander bekannt machte, wusste ich sofort, dass sie sich gut verstehen würden. Wer weiß, dachte ich, vielleicht erfüllte das Schicksal tatsächlich Frau Buntmanns sehnlichsten Wunsch, und Amor würde an diesem Morgen seine Pfeile treffsicher in der *Kornblume* verschießen.

Um elf war die *Kornblume* voll, und ich hatte keine Zeit mehr, über Amor, Carl, oder spannungsgeladene Atmosphären nachzudenken. Ich nahm Bestellungen entgegen, transportierte Tabletts, lief hierhin und dorthin, kassierte, wischte verschütteten Kaffee vom Boden auf. Am Stammtisch ging es munter zu, es wurde gelacht und erzählt, und man ließ es sich schmecken. Um kurz vor zwölf verabschiedete sich Buddha samt Herrchen und Frauchen, sie hatten sich heute viel Zeit für ihr Frühstück gelassen. Ich war gerade dabei, den Tisch abzuräumen, als jemand hinter mir sagte: »Guten Morgen, Stefanie.«

Es war Jette, strahlend und braungebrannt, in einem blauen Sommerkleid mit weißen Tupfen und hochhackigen Sandaletten im Gladiatorenstil.

»Oooh … du bist zurück!«

Jette lachte. »Jawohl, seit gestern. Und vorhin hat mir Lea verraten, wo du steckst. Ist der Tisch hier frei?«

»Du hast Glück, er ist eben frei geworden.«

Ich platzte beinahe vor Neugier, zu erfahren, wie Jette sich nach ihrem Norwegen-Aufenthalt entschieden hatte. Ob sie immer noch mit Leaping Salmon zusammen war? Oder war die Affäre beendet? Die Gelegenheit, das herauszufinden, war leider im Moment denkbar ungünstig. Als ich Jette, die es sich inzwischen mit diversen Zeitschriften gemütlich gemacht hatte, ihre Cranberry-Schorle, den Kaffee und einen Buchweizenpfannkuchen mit frischen Blaubeeren brachte, sagte sie: »Hast du Lust, nach der Arbeit bei mir vorbeizukommen? Dann können wir über alles reden. Leas Hochzeit, Oslo und was sonst noch so anliegt. Marcel ist nicht da, er ist heute Morgen sehr, hm, kurzfristig verreist.« Ich kannte Jette gut genug, um zu wissen, dass Marcels Reise ein wichtiges Gesprächsthema sein würde.

Um halb eins verabschiedete sich der Stammtisch Herbstsonne geschlossen von mir und hinterließ ein großzügiges Trinkgeld. »Es war sehr schön«, sagte Waldemar gemessen. »Bitte sag deinem Chef, dass es mir vorzüglich geschmeckt hat.«

Ich versprach, dass ich das Lob ausrichten würde. Den anderen hatte es auch geschmeckt. Frau Buntmann, die fast nie Alkohol trank, hatte glänzende Augen und rote Bäckchen von der Runde Prosecco, die Tante Vera nach dem Frühstück spendiert hatte und hängte sich beim Hinausgehen bei Waldemar ein. Mutter zischte mir zum Abschied ins Ohr, dass sie eine Romanze zwischen den beiden wittere, und ich hoffte, dass sie recht hatte. Vater meinte, dass dieser Stammtisch noch ein paar Gesichter mehr vertragen könne, er werde mal bei seinen Skatbrüdern und im Chor nachfragen. Kaum waren alle zur Tür hinaus, belegte eine Truppe älterer Frauen den Tisch. Als ich mit den Bestellungen zum Tresen kam, sagte Carl: »Dein, ähm, Liebhaber ist gerade gekommen. Zu dumm aber auch, dass alle Tische besetzt sind.«

Ich merkte, dass mir vor Zorn die Röte ins Gesicht schoss, wobei sich selbiger gleichmäßig auf Carl und Erik verteilte. Auf Carl, wegen seines unerträglich arroganten Tons und des Wortes »Liebhaber«, und auf Erik, weil er hier aufkreuzte.

»Er ist nicht mein Liebhaber, nur damit du's weißt!«, fauchte ich Carl an und marschierte zu Erik, der sich im Raum umsah, als wolle er jemanden hypnotisieren, seinen Tisch freizugeben.

»Hallo«, sagte ich kurz angebunden. »Es ist alles besetzt, wie du siehst.«

»Hallo, Stefanie«, sagte er, und ehe ich mich's versah, hatte er mir einen Begrüßungskuss auf den Mund verpasst. »Ja, ich sehe es. Schade, ich wollte einen kleinen Salat essen, ich komme gerade vom Laufen und habe Hunger.«

Das konnte er seiner Großmutter erzählen, wenn er noch eine hatte. Er war wegen mir gekommen und wegen Carl, er wollte sich ein Bild von etwas machen, das ihn nichts anging, darauf hätte ich glatt gewettet.

»Tja«, setzte ich an, aber dann stand plötzlich Jette zwischen uns und sagte honigsüß: »Dein Freund kann gern an meinem Tisch Platz nehmen. Wir kennen uns doch vom Seminar – allerdings vermisse ich deine Brille.«

Eriks Gesicht leuchtete auf wie eine Tausendwattbirne. »Ja, stimmt! Hallo! Ich hab dich gar nicht wahrgenommen beim Reinkommen. Ich setze mich gern zu dir!«

Jette hakte sich ungeniert bei Erik ein, und schon saßen die beiden am Tisch und begannen eine lebhafte Unterhaltung. Mein Blick fiel auf Carl, gegen dessen Gesicht eine Gewitterwolke ein fröhlicher Anblick war.

10

Jette und Erik schienen sich prächtig zu verstehen, aber ich wurde das Gefühl nicht los, dass beide mich im Auge hatten. Ich hatte auch das Gefühl, dass Carl uns alle im Auge hatte, aber vielleicht bildete ich mir auch alles ein.

Erik blieb nicht lange. Er aß einen Salat und zum Nachtisch hausgemachte Vanillecreme mit Himbeeren, danach zahlte er und ging, nicht ohne mich daran zu erinnern, dass er sich abends wegen unseres Ausflugs morgen melden würde.

»Ruf mich lieber morgen früh an«, sagte ich. »Ich habe nach der Arbeit eine Verabredung.«

»Du hast doch bestimmt dein Handy dabei?«

»Ich schalte es aus«, sagte ich kühl.

»Dann bis morgen früh«, meinte er leicht geknickt. »Viel Spaß bei deiner Verabredung.«

»Danke. Ab neun bin ich zu erreichen.«

Jette hatte unseren Wortwechsel interessiert verfolgt. Kaum war Erik außer Hörweite, sagte sie: »Er ist eifersüchtig, der Gute. Ich weiß auch, auf wen.«

»Soso. Was du alles weißt oder zu wissen glaubst«, gab ich ironisch zurück.

»Ich habe sehr feine Antennen. Außerdem bin ich bei Ulrichs Workshop in Helsinki meinem Krafttier begegnet. Seither sitzt es auf meiner Schulter und flüstert mir so einiges ins Ohr …«

»Wir reden nach der Arbeit drüber, ich muss jetzt weitermachen«, sagte ich schnell und nahm mir vor, Jette in Zukunft sofort knallhart zu stoppen, wenn sie mich mit ihren Eso-Weisheiten nervte.

Der Betrieb in der *Kornblume* riss bis zu meinem Feierabend um fünf nicht ab. Carl sah müder aus denn je, schien aber einwandfrei zu funktionieren. Ich hatte überlegt, ob ich kündigen sollte, bevor ich ging, war aber zu dem Schluss gekommen, dass der Zeitpunkt nicht günstig gewählt war. Es musste wirklich nicht sein, dass ich mich mit den Worten verabschiedete: »Tschüs dann, und übrigens kündige ich hiermit.« Ich würde noch mal über die Sache schlafen, und wenn ich tausendprozentig sicher war, dass ich nicht mehr in der *Kornblume* arbeiten wollte, würde ich Carl morgen Abend anrufen, wenn ich vom Ausflug mit Erik zurück war.

Jette empfing mich in Shorts und einem Träger-Top, und sie bestand darauf, dass ich als Erstes ein erfrischendes Fußbad nahm, danach würde ich mich wie neugeboren fühlen nach der anstrengenden Arbeit. Ich war entzückt, auf dem Balkon Platz zu nehmen und meine müden Füße in eine Schüssel mit lauwarmem Wasser zu stecken, dem Jette Zitronenöl und etwas flüssige Schlagsahne zugefügt hatte.

»Den Tipp habe ich von Ulrichs Freundin und Kollegin in Oslo«, verriet sie. »Die Sahne braucht man, damit das Wasser und das ätherische Öl sich vermischen können. Was möchtest du trinken? Ich habe einen Tee aus frischer Minze, Hibiskus und Zitronenmelisse vorbereitet, aber du kannst auch gern was anderes haben.«

»Nein, nein, das klingt toll«, sagte ich begeistert. Es tat so gut, verwöhnt zu werden, noch dazu von Jette, die mit Kräutern und mütterlicher Fürsorge nie viel am Hut gehabt hatte. Während sie in der Küche beschäftigt war, ließ ich meinen Blick über den großen Balkon schweifen. Ich war länger nicht mehr zu Besuch gewesen und freute mich an der prächtigen Bougainvillea, den Passionsblumen und rosa und weißen Oleanderbüschen in großen Terrakottatöpfen. Pflanzen waren Marcels Hobby, genauso wie das Kochen. Jette servierte den Tee in den blau-weiß geblümten Tassen, die ich ihr einmal zum Geburtstag geschenkt hatte.

»Lea hat mir am Telefon ihr Hochzeitsdatum verraten«, begann Jette, während sie Honig in ihre Tasse löffelte. »Sie wollte erst nicht so recht mit der Sprache rausrücken, aber ich war hartnäckig und habe ihr viel Glück gewünscht. Danach wurde sie ganz zutraulich – ich weiß jetzt alles. Du und Ralf, ihr habt euch versöhnt, und ihr seid mit der Heirat einverstanden. Jannis ist von daheim ausgezogen, hat sein Studium geschmissen und jobbt jetzt in einer Kneipe. Junge, Junge. Es hat sich eine Menge getan in der Zeit, die ich in Helsinki verbracht habe. Hab ich was vergessen? O ja … Das Allerwichtigste! Du hast einen Lover! Mindestens einen … Mensch, Stefanie, wer hätte das von dir gedacht. Erik hat mir verraten, dass ihr euch im Schwimmbad getroffen habt und im *Garten Eden*. Er hatte rote Herzchen in den Augen, das war unverkennbar.«

»Erik, mein potenzieller Lover. Wir sind übereingekommen, auszuprobieren, ob wir miteinander harmonieren und etwas Gemeinsames aufbauen möchten«, erklärte ich.

»Aha. Das hört sich sehr romantisch an.« Jette verdrehte übertrieben die Augen.

»Es ist auch romantisch – auf bodenständige Art romantisch und damit genau das, was ich brauche! Erik ist ein sehr netter Mann.«

»Ja, das ist er, und ich bin sicher, dass ihr gut zusammen passt. Du wirst dich erinnern, dass ich ihn dir bereits nach dem Workshop ans Herz gelegt hatte, und da wusste ich nicht mal, dass er auch aus Salzstetten ist. Du warst nicht interessiert, aber das Schicksal hat euch beiden auf die Sprünge geholfen. Wie gut, dass es Schwimmbäder gibt. Aber was ist mit dem Mann, mit dem du zusammen gearbeitet hast? Der sieht so bodenständig aus, als würde er seine gesamte Freizeit beim Holzhacken im Wald verbringen.«

»Was soll mit ihm sein? Das ist mein Chef. Carl Schubert, der Vater von Leas Ex-Freund Sebastian. Übrigens hackt er im Hauptberuf auf eine Computer-Tastatur ein, er ist Schriftsteller.«

Jettes Augen bohrten sich in meine. »Du bist rot geworden. Interessant. Das bestätigt meine Beobachtungen.«

»Welche Beobachtungen?«

»Dass etwas im Busch ist mit euch beiden. Herr Schubert hat dich kaum aus den Augen gelassen. Und unseren Tisch hatte er auch die ganze Zeit beobachtet.«

»Ja und? Es ist sein Job, in seinem Laden alles im Blick zu haben.«

Jette seufzte. »Soll ich dir sagen, was ich glaube?«

Einen Moment lang war ich versucht zu schreien: »Nein, bloß nicht, ich will es nicht wissen!« Aber die Neugier siegte. »Tu, was du sowieso nicht lassen kannst.«

»Okay. Ihr habt euch ineinander verguckt, und es ist auch was gelaufen. Stimmt's?«

»Da war eine gewisse Anziehung«, gab ich zu. »Wir haben ein bisschen geknutscht, aber wir haben beschlossen, die Sache zu vergessen.«

»Eine Tomate ist bleichsüchtig gegen dich«, sagte Jette genüsslich. »Du hast gar nichts vergessen. Und er auch nicht. Und er ist eifersüchtig auf Erik.«

Ich musste an den gestrigen Abend denken und konnte es leider nicht abstreiten. »Mag sein, dass er ein Problem mit Erik hat. Aber ehrlich gesagt weiß ich nicht, was das soll. Die Situation zwischen Carl und mir ist eindeutig geklärt. Ich werde übrigens mit allergrößter Wahrscheinlichkeit kündigen. Berufliches und Persönliches scheint sich doch nicht so leicht trennen zu lassen, wie wir uns das vorgestellt haben.«

Zu meiner Überraschung war ich plötzlich den Tränen nahe.

»Wo genau ist das Problem?«, erkundigte sich Jette sachlich.

»Es gibt keins. Ich habe rechtzeitig die Notbremse gezogen«, erklärte ich.

Jette schlug sich mit der Hand vor die Stirn. »Ja, klar! Wie konnte es auch anders sein. Erklärst du mir jetzt bitte noch, warum du es notwendig fandest, die Notbremse zu ziehen? Ein Mann ist kein Zug. Oder habe ich da bisher etwas missverstanden?«

Ich erläuterte, dass Carl durchaus Ähnlichkeit mit einem Intercity aufwies, auch wenn es auf den ersten Blick vielleicht nicht ersichtlich war. Außerdem sei es so, dass er frisch getrennt sei und kein Interesse an einer Beziehung habe. Das passe nicht zu dem, was ich mir wünschte. Nachdem ich zu dem Schluss gekommen sei, dass ich mir wieder eine Partnerschaft vorstellen könne, sei mir sonnenklar, dass Erik und ich exakt auf einer Wellenlänge lägen: Wir seien bereit, uns Zeit zu nehmen, um uns richtig kennenzulernen.

»Hast du in letzter Zeit viele Frauenzeitschriften gelesen? Oder gar Beziehungsratgeber? Dieses kopflastige Psycho-Blabla, wie man am besten eine ideale Beziehung am Reißbrett konzipiert, ist das reine Gift fürs Gehirn. Gibst du deinem Bauchgefühl eigentlich je eine Chance?«

Ruckartig zog ich meine Füße aus der Wasserschüssel. Kaum war Jette von ihrer Reise zurück, ging sie mir schon wieder gewaltig auf den Keks mit ihrem überlegenen Getue. »Und du? Gibst du deinem Gehirn eigentlich ausreichend Chancen? Was ist nun mit Ulrich und Marcel? Hast du in Helsinki auf die Reihe gekriegt, was beziehungsweise wen du willst? Kann es sein, dass Marcels spontaner Urlaub etwas mit dir zu tun hat? Ich bin es leid, von dir immer nur zu hören zu kriegen, was ich alles falsch mache, weil ich bin, wie ich bin. Wie wär's, wenn wir zur Abwechslung mal darüber reden, was *du* so machst?«

Jette fing an zu lachen. »Gut gebrüllt, meine Liebe, Chapeau.« Sie stand auf, entleerte mein Fußbad in einem Oleanderkübel und setzte sich wieder.

»Okay. Sprechen wir also über mich. Helsinki war wunderschön. Ich liebe Ulrich, und er liebt mich. Aber ich liebe auch Marcel.« Sie sah mir geradewegs in die Augen. »Ich bin zu dem Ergebnis gekommen, dass ich beide Männer will. Ich bin glücklich mit Marcel, wir verstehen uns, wir leben seit Jahren sehr gut zusammen. Es gibt keinen Grund, mich von ihm zu trennen, zumal Ulrich keine Besitzansprüche stellt. Wir haben sehr, sehr viel miteinander geredet. Er ist offen, Eifersucht ist ein Fremdwort für ihn. Allerdings sind ihm Heimlichkeiten verhasst, er war von Anfang an dafür, dass ich Marcel reinen Wein einschenke, aber ich war noch nicht so weit. Ulrich kann sich eine offene Beziehung gut vorstellen. Und ich kann mir auch vorstellen, so zu leben, ich habe das Gefühl, damit einen wichtigen Entwicklungsschritt zu tun. In Helsinki ist mir klargeworden, dass ich kein Bedürfnis danach habe, Ulrich an die Leine zu legen. Liebe ist eine universale Kraft, die frei fließen will, das ist die Erkenntnis, die ich gewonnen habe. Damit war klar, dass ich mit Marcel reden musste. Und das habe ich gestern Abend auch gleich getan.« Sie seufzte und betrachtete ihre blassrosa lackierten Fingernägel. »Er steht natürlich an einem ganz anderen Punkt als ich.«

Marcel, erzählte Jette, hatte zur Feier ihrer Heimkehr ein Menü gekocht. Auch hatte er sofort gemerkt, dass seine Frau etwas auf dem Herzen hatte, und gleich bei der Suppe die entscheidende Frage gestellt: »Was ist mit dir los? Du wirkst völlig verändert.«

Marcel schaute sie aus seinen blauen Augen so alarmiert an, als ahne er, dass gleich Unheil über ihn hereinbrechen würde. Es gab kein Zurück, das wusste Jette, der Augenblick der Wahrheit war unwiderruflich gekommen. Während sie sagte, was sie zu sagen hatte, unterbrach er sie kein einziges Mal. Wie versteinert saß er da und hörte ihr zu, während seine Welt zusammenbrach. Als es nichts mehr zu sagen gab, kamen ihm die Tränen. Es war das erste Mal, dass Jette ihren Mann hatte weinen sehen. Sie hätte ihn gern getröstet, aber sie wusste, dass es keinen Trost für ihn in diesem Moment gab, und schon gar nicht von ihr. Sie versuchte nicht, ihn aufzuhalten, als er aus dem Zimmer ging. Als er nach ein paar Minuten zurückkam, hatte er sich wieder unter Kontrolle und unterzog Jette einem regelrechten Kreuzverhör. Seit wann genau lief diese Affäre? Wo hatte sie den Mann kennengelernt? Wie hatte sie es über sich gebracht, ihn, Marcel, über Wochen hinweg so zu belügen und betrügen? Und jetzt – fast noch schlimmer – eine *offene Beziehung* einzufordern? Wieso war er auf einmal nicht mehr genug? Oder war Jette immer schon fremdgegangen und er, Trottel der er war, hatte ihr blind vertraut? Ob ihr klar sei, dass Sexsucht ein Leben ebenso zerstören könne wie Drogen- oder Alkoholabhängigkeit? War sie bereit, zusammen mit ihm zu einer Paarberatung zu gehen?

Jette hatte all seine Fragen ehrlich und dabei so behutsam wie möglich beantwortet und erläutert, dass von Sexsucht keine Rede sein könne und sie keinen Sinn in einer Paarberatung sähe. Ihr Weg sei klar. Es gehe darum, mit der Liebe zu fließen und leidenschaftlich im Jetzt zu leben. Es gehe auch darum, sich selbst treu zu sein. »Ich weiß, wie ich leben will. Besser gesagt: leben muss. Wenn du damit nicht klarkommst, werden sich unsere Wege trennen müssen. Es tut mir aufrichtig leid, aber so ist die Situation.«

Er hatte sie angestarrt, als sähe er sie zum ersten Mal. »Du bist nicht mehr die Frau, die ich geheiratet und mit der ich all die Jahre zusammengelebt habe. Du bist ein Monster.«

Er müsse hier raus, und zwar sofort, hatte er gesagt. Und dann hatte er eine Tasche gepackt und war gegangen, ohne Abschied, ohne ihr zu sagen, was er vorhatte. Seitdem war er verschollen.

»Und jetzt?«, fragte ich.

Sie zuckte die Schultern. »Ich denke, dass es das Ende für uns beide ist.«

Ich war einigermaßen fassungslos. Da lag ihre Ehe in Scherben, nachdem sie ihrem Mann um die Ohren geknallt hatte, dass sie ihn mit einem anderen Mann betrog und künftig freie Liebe leben wollte, und sie schien die Ruhe selbst zu sein.

»Du bist so cool … macht dir das denn alles gar nichts aus?«

»Natürlich macht es mir etwas aus. Ich gäbe eine Menge dafür, wenn ich Marcel begreiflich machen könnte, dass alle Beteiligten von dieser neuen Lebensform profitieren würden. Aber was soll ich deiner Meinung nach denn konkret tun? In Heulkrämpfe oder Depressionen verfallen? Zurück kann und will ich nicht mehr. Ich habe beschlossen, alles meiner inneren Führung zu überlassen und vertraue darauf, dass das Leben weiß, was es tut. Das Richtige wird passieren.«

Man konnte von Jettes innerer Führung, wie sie es nannte, halten, was man wollte, aber sie schien es ihr zu ermöglichen, mit Gelassenheit durch ein Trümmerfeld zu waten, den Blick unbeirrbar geradeaus auf den Weg gerichtet, den sie für den einzig wahren hielt. Ob man sie darum beneiden sollte, war jedoch eine andere Frage. Jette hatte sich seit diesem vermaledeiten Seminar bei Leaping Salmon um Lichtjahre von mir entfernt, und ich wusste in diesem Augenblick, dass es nicht lange dauern würde, bis sie ganz aus meinem Orbit verschwunden sein würde, weil die Herzlinien, die uns einmal verbunden hatten, sich in einem kalten Wind aufgelöst hatten.

Ich schlief schlecht in dieser Nacht und wachte am anderen Morgen wie zerschlagen auf. Dabei gab es Grund zur Freude: Es war Sonntag, es war Sommer, die Sonne lachte vom wolkenlosen Himmel, und ich würde den Tag mit einem Mann verbringen, in den ich mich gern verlieben würde. Trotzdem hatte ich ein ungutes Gefühl in der Magengrube, das auch nach dem Frühstück nicht verschwand. Als ich mit meinem Kaffeebecher auf den Balkon trat, flatterte eine Krähe vom Geländer auf. Dann rief Erik an. Er war auf dem Weg zum Briefkasten, um die Sonntagszeitung hereinzuholen, so unglücklich umgeknickt, dass an einen Ausflug nicht zu denken war. Kalte Wickel, eine Sportsalbe und den schmerzenden Knöchel hoch lagern war stattdessen angesagt. »Tut mir sehr leid, Stefanie, ich hatte mich sehr auf unseren gemeinsamen Tag gefreut. Aber mit diesem Knöchel wird das nichts.«

Ich bedauerte sein Pech und dachte bei mir, dass er sich eigentlich nicht so wirklich bekümmert anhörte, dass unsere Verabredung geplatzt war. Er werde sich nächste Woche melden, hörte ich weiter, und er wünsche mir einen erholsamen Sonntag.

Ich wanderte mit meinem Kaffeebecher zurück auf den Balkon. Was tun mit diesem Tag? Im Liegestuhl liegen und lesen? Ins Grüne fahren und eine Runde spazieren gehen? Mir fiel ein, dass ich ja Carl kündigen wollte, und das mulmige Gefühl im Magen verstärkte sich. Ich schaute auf die Uhr. Es war zehn, gut möglich, dass Carl noch schlief. Ich würde ihn irgendwann im Laufe des Tages anrufen. Das Telefon klingelte erneut, und mein Herz machte einen Satz, als sich eine fremde Männerstimme meldete. Der Unbekannte stellte sich mit dem Namen Warmholz vor, er sei ein guter Freund von Herrn Waldemar Becker. Herr Becker habe gestern Abend einen kleinen Schwächeanfall erlitten. Der Arzt sei da gewesen, es sei nichts Ernstes, er müsse sich nur etwas ausruhen. Herr Becker würde mich sehr gerne sehen und lässt fragen, ob ich vorbeikommen könne.

»Natürlich«, sagte ich. »Wann passt es denn?«

»Um elf?«

»Ich werde da sein.«

»Machen Sie sich keine Sorgen«, beruhigte mich die tiefe Stimme von Herrn Warmholz. »Es ist alles so, wie es sein soll.«

Ich glaubte ihm kein Wort. Wenn alles in Ordnung war, warum telefonierte Herr Warmholz für Waldemar, und warum wollte Waldemar mich sehen?

Waldemar empfing mich auf dem Sofa liegend, gestützt von einem Kissenberg. Trotz der Wärme war er mit einer dicken Wolldecke zugedeckt. Herr Warmholz, oder besser gesagt, Freund Albert aus Celle, hatte mir die Haustür geöffnet und mir die gelben Rosen abgenommen, die ich im sonntagvormittags geöffneten Blumenladen besorgt hatte.

»Schau mal, Waldemar, was Stefanie dir mitgebracht hat«, sagte Herr Warmholz und hielt ihm die Rosen vor die Nase. Dass er meinen Vornamen so ungezwungen benutzte, ließ mich vermuten, dass Waldemar öfter mit ihm über mich gesprochen hatte.

»Danke, sie sind wunderschön«, sagte Waldemar und lächelte mich an. »Und danke, dass du gekommen bist. Albert, die Vasen sind im untersten Schrank links in der Küche. Stell die Blumen doch bitte ins Wasser, und dann …«

»… lasse ich euch zwei Hübschen allein«, beendete Albert den Satz und verschwand.

Waldemars Stimme hatte schwächer geklungen als sonst, aber beileibe nicht wie die eines Schwerkranken. Vielleicht durfte man Albert doch Glauben schenken, und ich machte mir ganz umsonst Sorgen.

Ich holte mir das Sitzkissen aus Leder, das Waldemar einmal von einer Marokko-Reise mitgebracht hatte, setzte mich neben das Sofa und nahm Waldemars Hand in meine. Sie war kalt und ein bisschen feucht. Albert kam herein, stellte die Blumen und zwei Gläser mit Apfelschorle auf den Couchtisch und verschwand wieder.

»Ich wollte mich von dir verabschieden«, sagte Waldemar leise. »Keine Besuche mehr dienstags und donnerstags. Auch kein Stammtisch mehr. Heute sehen wir uns zum letzten Mal. Ich möchte auch nicht, dass du anrufst, um dich nach mir zu erkundigen. Ich hatte heute Nacht einen Traum. Es ist Zeit.«

Ich schluckte die aufgeregten Fragen hinunter, die mir auf der Zunge lagen, und betrachtete sein Gesicht. Er wirkte viel dünner als gestern, so unwahrscheinlich es natürlich war, dass er über Nacht an die zehn Kilo abgenommen hatte, und seine Haut war fahl. Aber seine Augen waren klar und friedvoll.

»Verstehst du, was ich dir sagen will?«, fragte er.

Ich nickte. Und konnte nicht verhindern, dass mir die Tränen kamen. Er drückte meine Hand. »Es gibt keinen Grund, zu weinen. Albert bleibt hier. Es ist für alles gesorgt. Ich möchte dir danken für die wunderbare Zeit, die Gespräche und Bücher, die wir miteinander geteilt haben. Ich liebe dich.«

»Ich liebe dich auch«, schluchzte ich, und es war wahr, mein Herz war voller Liebe für diesen Mann mit dem Mut und der Würde eines Kämpfers.

Mein Besuch dauerte nicht länger als eine halbe Stunde. Albert Warmholz brachte mich zur Haustür. »Seien Sie nicht zu traurig. Waldemar möchte das nicht. Er weiß, dass er sehr bald nicht mehr hier sein wird, und er wünscht sich, dass Sie glücklich sind und Ihr Leben genießen. Es ist so schön und so verdammt kurz, dieses Leben, egal, wie alt man wird, die Jahre fliegen nur so dahin. Ich bin fünfundsiebzig, und ich erlaube mir jetzt einfach mal, Ihnen zu verraten, was meiner Erfahrung nach wirklich wichtig im Leben ist: lieben und lachen. So viel wie möglich.«

Mir kamen schon wieder die Tränen, aber ich musste auch lächeln, weil der alte Herr diese doch sehr schlichten Weisheiten mit solcher Inbrunst ausgesprochen hatte. »Das ist manchmal nicht so einfach.«

»Es wird immer einfacher, je öfter man es tut. Übung macht nun mal den Meister, das verspreche ich Ihnen.« Er lächelte mich verschmitzt an. »Ich verrate Ihnen noch etwas, wo ich schon einmal dabei bin. In meiner Brieftasche, die ich immer bei mir trage, steckt seit vielen Jahren ein Kärtchen. Darauf steht: *Herz ist Trumpf. Immer.* Ich habe versucht, danach zu handeln, egal, um was es ging.«

»Danke. Ich werde das im Gedächtnis behalten.«

»Tun Sie das«, sagte der alte Herr und umarmte mich fest. »Ich melde mich bei Ihnen.«

Wir wussten beide, dass dann ein Herz aufgehört haben würde zu schlagen.

Ich ließ mich ziellos durch Salzstettens Gassen treiben. In den Straßencafés saßen fröhliche Menschen bei einem späten Frühstück oder frühen Mittagessen. Scharen von Touristen pilgerten über das Kopfsteinpflaster und hatten die Hälse nach oben zu den Giebeln der Backsteinhäuser gereckt. Die von belgischen Kaltblütern gezogenen Sightseeing-Kutschen waren pausenlos unterwegs, und auf dem Marktplatz saßen junge Leute um den Brunnen herum, lachten und unterhielten sich. Meine Füße trugen mich auch an der *Kornblume* vorbei, dem wohl einzigen Lokal in Salzstetten, das sonntags geschlossen hatte. Ich blieb stehen und lugte durch ein Fenster hinein. Gestern um diese Zeit hatte der *Stammtisch Herbstsonne* im Gastraum sein Debüt gefeiert. Waldemar Becker würde nie mehr hier sitzen und sein Frühstück in der Gesellschaft der anderen genießen. Es war eine Binsenweisheit, aber Herr Warmholz hatte trotzdem recht – das Leben war zu kurz, um es sinnlos zu verplempern. Und es fand jetzt statt, nicht irgendwann, weder in der Vergangenheit noch in der Zukunft. Ausschnitte eines Songtextes schossen mir unvermittelt durch den Kopf: »Es gibt keine Wahl, kein zweites Mal, bei wem jetzt nichts geht, bei dem geht was verkehrt ...«

Auf einmal wusste ich, wohin es mich in genau diesem Moment zog.

Ich lief rasch weiter und holte mein Auto. Kurze Zeit später parkte ich vor Carls Haus. Im Vorgarten schraubte Sebastian an seinem Fahrrad und staunte nicht schlecht, mich zu sehen.

»Papa ist spazieren gegangen«, antwortete er auf meine Frage. »Ich habe keine Ahnung, wann er wieder da sein wird.« Er zögerte einen Moment, dann fragte er: »Ist es wirklich wahr, dass Lea diesen Typen heiraten wird?«

»Es sieht ganz danach aus.«

»Ich versteh's einfach nicht. Bis heute nicht. Wir waren total happy. Und dann – peng.«

»Manche Dinge sind auch nicht zu verstehen. Man kann nur versuchen, sie so zu nehmen, wie sie sind.«

Sebastian sah mich ein bisschen merkwürdig an, und ich musste grinsen. Die Weisheit, die ich eben von mir gegeben hatte, hätte auch von Leaping Salmon stammen können. Oder von Albert Warmholz.

»Ich gehe auch ein Stück spazieren. Vielleicht treffe ich ja deinen Vater unterwegs.«

Sebastian zuckte die Schultern. »Der Wald ist groß – aber viel Glück, Frau Bachmann.«

Wenn man in Betracht zog, dass Carl einen Lieblingsplatz hatte, war der Wald gleich viel kleiner. Ich hatte das deutliche Gefühl, dass ich ihn dort finden würde, und mein Gefühl hatte mich nicht getrogen. Er saß mit dem Rücken zu mir auf einem Baumstumpf und schaute auf die im Sonnenlicht glitzernde Norda. Auf mein zaghaftes Hallo hin schoss er wie von der Tarantel gestochen hoch.

»Ich träume, oder? Du bist eine Fata Morgana.«

Ich versicherte ihm, dass ich leibhaftig an diesem Ort stünde und dass Sebastian mir erzählt hatte, dass er im Wald unterwegs sei. Und dass ich mir gedacht hätte, ich würde ihn vielleicht hier finden. Jedenfalls sei es ja kein Problem gewesen, nachzuschauen, der Weg sei mir noch gut in Erinnerung.

»Ähm … ja. Und da bist du also tatsächlich«, schloss ich, peinlich berührt über mein Gestammel.

Carls Antwort war allerdings auch nicht geistreicher: »Kann man so sagen.«

»Genau.« Ich überlegte fieberhaft, was ich wirklich zu sagen hatte. Es hatte mich nicht hierhergezogen, weil ich kündigen wollte, so viel war klar. Ich dachte an Herrn Warmholz' Kärtchen *Herz ist Trumpf. Immer.* Ich dachte an die Herzlinien, die das Leben zwischen Menschen spann und die manchmal der Wind davontrug. Aber andere Herzlinien waren hartnäckig, auch wenn man sie ignorieren wollte, sie waren tief im Gewebe verankert und zogen Menschen zueinander. Es ging um lieben und lachen, leben und sterben, das Leben wartete nicht und war unendlich kostbar. Ich sah Waldemars Gesicht vor mir, und mir kamen die Tränen, und ehe mir das schrecklich peinlich sein konnte, war Carl bei mir und hatte mich in die Arme genommen. Ich vergrub mein Gesicht an seiner Brust und schluckte die Tränen hinunter.

»Es tut mir leid, dass ich dir dein Date verdorben habe«, flüsterte Carl irgendwann in mein Haar. »Ich hab mich unmöglich benommen.«

Ich schaute zu ihm hoch. »Schon vergessen.«

Er strich mir mit seinen Fingern sanft übers Gesicht. »Was ist passiert?«

Ich erzählte ihm von Waldemar.

»Ein feiner alter Herr. Er ist mir gestern aufgefallen. Sein Lächeln hat mich berührt, und ich verbeuge mich vor seinem Mut. An das Wissen zu glauben, wann man aus dem Leben geht und diese Reise dann bewusst anzutreten, das ist etwas ganz Besonderes.«

»Ich wünschte, er würde noch lange bleiben. Ich werde ihn schrecklich vermissen. Du fragst dich vielleicht, ob es einen besonderen Grund dafür gibt, dass ich hier bin?«

»Es ging mir durch den Kopf, ja«, sagte Carl höflich.

»Es ist so, eigentlich wollte ich heute kündigen, weil ich gemerkt habe, dass es doch nicht so leicht ist, Berufliches und Privates zu trennen. Aber mir ist klargeworden, dass ich doch nicht kündigen will. Also, wenn du mir kündigen würdest, hätte ich natürlich Verständnis … Ich war für heute mit Erik verabredet, aber er hat abgesagt, er hat sich den Knöchel verletzt.«

»Aha«, sagte Carl. Es war sicherlich nicht einfach, meinen verschlungenen rhetorischen Pfaden zu folgen, aber sein konzentrierter Gesichtsausdruck verriet, dass er sich Mühe gab, meine Gedankengänge nachzuvollziehen. Seine Arme lagen locker um meine Taille, und die gesprenkelten Löwenaugen betrachteten mich aufmerksam.

»Es ist so, also, eigentlich weiß ich gar nicht, was ich sagen soll. Mein Kopf ist irgendwie leer.«

»So was soll vorkommen.«

Machte er sich lustig über mich? Immerhin ließ er es sich nicht anmerken. Sein Gesicht verriet nach wie vor nichts als gespannte Aufmerksamkeit.

»Auf einmal hatte ich das Gefühl, dass ich dich unbedingt sehen muss«, stotterte ich weiter.

Carls Gesicht wurde weich, er zog mich näher an sich heran. »Auch so etwas soll vorkommen.«

Sämtliche imaginären Regenschirme und Notbremsen lösten sich plötzlich in nichts auf. Mein Körper übernahm das Kommando, so stellte ich mich auf die Zehenspitzen, schlang die Arme um Carls Nacken und zog seinen Kopf zu mir herunter. Seine Lippen auf meinen waren weich, sanft erforschte seine Zunge meinen Mund. Sie fühlten sich genau richtig an, genauso richtig wie sein Körper an meinem.

Aber der Kuss dauerte nicht lange, Carl war mehr nach Reden als nach Küssen. »Danke für diesen Kuss. Ich hatte die Hoffnung aufgegeben, dass ich dich noch mal spüren darf. Aber jetzt brauche ich ein bisschen Klarheit, ich bin ja nur ein Mann, und ganz ohne Kopfarbeit geht es bei mir nicht. Wieso hast du deine Meinung in Bezug auf mich geändert? Oder hast du sie gar nicht geändert, sondern hattest nur Lust auf einen Kuss und verschwindest gleich wieder?«

»Glaubst du an Herzlinien?«

Er runzelte die Stirn. »An was bitte?«

»Der Ausdruck stammt von Waldemar Becker. Herzlinien sind die Verbindungen von Herz zu Herz, die Fäden, die Menschen zusammenknüpfen. Manche Fäden sind stärker als andere, sie lassen einem keine Ruhe, auch wenn man erst gar nicht merkt, dass sie sich im Herzen verankert haben. Ich glaube, dass Amors Pfeile solche Fäden verschießen, kleine Babyfäden, manche werden ganz schnell wieder fortgeweht, andere nicht, sie wachsen und wachsen.«

Carl räusperte sich. »Stefanie, das klingt sehr poetisch, aber absolut unverständlich. Was möchtest du mir sagen? Bitte nicht mehr als höchstens zehn Worte, möglichst einfach.«

»Okay.« Ich holte tief Luft und sagte: »Ich hatte Sehnsucht nach dir.«

»Das habe ich verstanden«, sagte Carl leise, und dann küsste er mich so, wie er mich schon einmal an diesem Ort geküsst hatte, und ich hatte das Gefühl, dass sich ein Kreis geschlossen hatte. Egal, was sein würde zwischen uns, ich würde mich immer daran erinnern, dass ich an diesem Sonntagmorgen zugelassen hatte, dass Herz Trumpf war. Ich war mutig gewesen, und ich fühlte mich durch und durch lebendig.

11

Der Dezember war diesmal klirrend kalt in Salzstetten. Auf einen Jahrhundertsommer war ein milder, sonniger Herbst gefolgt, der zum ersten Advent, dem letzten Sonntag im November, in einen frostigen Winter umgeschlagen war. Der Salzstettener Weihnachtsmarkt vor dem Rathaus verkaufte literweise Glühwein und Punsch an Einheimische und die Scharen von Touristen, die jedes Jahr wie die Heuschrecken in die malerische Salzstadt einfielen, um die wunderbare Weihnachtsatmosphäre zu spüren.

Heute, am letzten Tag des Jahres, wollte ich mit Waldemar sprechen. Das letzte Mal war ich im November bei ihm gewesen, kurz bevor Jannis nach Australien abgereist war. Ein Jahr lang würde er in Down Under reisen und arbeiten, und er hatte es kaum erwarten können, bis es endlich losging. Das Geld für den Flug und die erste Zeit auf der anderen Seite der Welt, hatte er seinem Sparbuch und Mutter, Vater und Tante Vera zu verdanken, die geschlossen hinter seinem Abenteuer standen, weil sie der Überzeugung waren, dass es endlich einen richtigen Mann aus ihm machen würde.

»Ich muss das machen, Mama«, hatte er gesagt. »Ich will dieses Jahr nutzen, um herauszufinden, was ich beruflich wirklich will. Ich brauche Abstand, um Klarheit zu bekommen.«

Schon verstanden. Aber musste es gleich so weit weg sein, und das auch noch zwölf Monate lang? Bei Jette hatten schließlich neun Tage Helsinki ausgereicht, um Klarheit zu erlangen. Allerdings war viel passiert seitdem. Marcel war ein paar Tage nachdem ihm Jette ihren Wunsch nach einer offenen Ehe präsentiert hatte, wieder aufgetaucht, um ihr um die Ohren zu knallen, dass er die Scheidung eingereicht habe. Außerdem habe er eine Zweizimmerwohnung zum nächsten Ersten angemietet. Bis dahin wohne er bei den gemeinsamen Freunden Bernhard und Anita, er packe jetzt ein paar Koffer und Kisten zusammen, dann sei er weg. Jette war fassungslos gewesen, in ihrem tiefsten Inneren hatte sie doch noch die Hoffnung gepflegt und gehegt, dass Marcel nachgeben würde, weil er sie nicht verlieren wollte. Aber Fehlanzeige. Er war bis ins Mark getroffen von ihrem Verrat und ihrer brutalen Forderung, wie er sich ausdrückte, seine Gefühle für sie seien gestorben, und er wolle einen sauberen Schnitt und einen Neuanfang für sich selbst. Er sei noch jung genug für eine Familie, er habe immer gern Kinder haben wollen, aber Jette sei dem Thema gegenüber ja nie aufgeschlossen gewesen. Er sah es als Wink des Schicksals an, dass er jetzt frei sein würde für seinen persönlichen Lebenstraum, der sich so sehr von Jettes Verlangen nach wilder Leidenschaft unterschied. Er sei ganz zufrieden damit, mit einer einzigen Frau an seiner Seite ein Haus zu bauen, einen Baum zu pflanzen, Kinder zu zeugen und diese aufwachsen zu sehen. Jette war nach diesem Gespräch zusammengebrochen, sie hatte nicht aufhören können zu weinen. Marcel hatte nach vergeblichen Tröstungsversuchen schließlich einen Arzt kommen lassen, der ihr ein Beruhigungsmittel spritzte. Er war sogar noch bei ihr geblieben und hatte auf dem Sofa übernachtet. Am nächsten Morgen hatte Jette zu ihrem inneren Gleichgewicht zurückgefunden: Was sein sollte, sollte sein – es gab keine gemeinsame Richtung mehr. Sie sei offen für eine einvernehmliche Scheidung, teilte sie Marcel mit, der sich erleichtert auf den Weg zur Arbeit machte. Kurz darauf war Jette dann mit Ulrich für einige Wochen nach La Gomera geflogen, um auszuspannen. Im Hotel lernten sie einen Geistheiler kennen, in den sich Jette Hals über Kopf verliebte. Der neueste Stand meiner Informationen war, dass Jette zwischen Berlin, wo der Geistheiler wohnte, und Hamburg, wo Ulrich seine Wohnung hatte, pendelte, und sich in seiner Akademie für angewandte Licht- und Geistheilung selbst als Geistheilerin ausbilden ließ. Sie hatte auch viel Kontakt zur Hexe Erika und ihrem Hexenzirkel und nahm an Kursen über Kräuterwissen teil. Mittelfristig, erklärte mir Jette, wollte sie nicht mehr als Journalistin arbeiten, sondern als Heilerin, und sie möchte das, was sie gelernt hat, in Büchern weitergeben. Für mich blieb in ihrem betriebsamen Leben wenig Platz, aber da mein Leben mittlerweile auch ziemlich ausgefüllt ist, wenn auch auf gänzlich andere Weise, ergänzte sich das gut.

Im Oktober hatte ich Waldemar erzählen können, dass Carl mich gefragt hatte, ob ich mit ihm zusammenleben wolle. Gerne in seinem Haus, aber wenn mir das unangenehm sei, weil er dieses Haus ja so viele Jahre mit Marlies geteilt hatte, sei das kein Problem für ihn. Es sei für ihn auch völlig okay, eine neue Wohnung oder ein Haus mit mir zusammen zu suchen. Ich fiel aus allen Wolken, als er das so nonchalant sagte. Nach dem denkwürdigen Sonntagmorgen, als ich mit meiner Sehnsucht wie ein reifer Apfel in seine Arme und am selben Abend in sein Bett gefallen war, waren wir oft in seinem oder meinem Bett gelandet, wir waren zusammen ausgegangen, hatten gemeinsam gekocht und gegessen, und ich arbeitete natürlich weiterhin an zwei Tagen in der Woche in der *Kornblume*. Aber über Gefühle oder den Status unserer Beziehung wurde bislang nicht näher gesprochen. Zum allerersten Mal in meinem Leben ließ ich mich auf etwas ein, das ich als unglaublich schön und spannend erlebte, ohne zu versuchen, einen Hochsicherheitstrakt darum zu errichten und Analysen zu erstellen. Ich ließ mich treiben und stellte keine Fragen, und Carl stellte ebenfalls keine Fragen. Noch nicht mal nach Erik, mit dem ich mich ab und zu traf. Ich hatte ihm erzählt, dass Carl und ich das Bett und gemeinsame Unternehmungen teilten und dass er nach wie vor mein Arbeitgeber war. Woher ich den Mut nahm, so eine Ansage zu machen, weiß ich bis heute nicht. Erik hatte mich angestarrt, als hätte ich nicht alle Tassen im Schrank, was ich ihm nicht verübeln konnte. »Wie bitte? Wiederhole doch bitte noch mal, was du gesagt hast.«

Ich wiederholte, was ich gesagt hatte, und sein gelenkiges Juristenhirn begriff sogleich den Knackpunkt. »Und was ist jetzt mit uns? Ich war gerade dabei, mich in dich zu verlieben, und du stürzt dich mir nichts, dir nichts in eine unvernünftige Affäre mit einem Kerl, der sich unmöglich benommen hat. Das steht natürlich in komplettem Widerspruch zu deiner verkündeten Absicht, es mit mir langsam angehen zu lassen und auszutesten, ob du und ich zueinander passen.« Er seufzte tief, was gar nicht seine Art war, und rieb sich die Nase.

»Wir können uns doch trotzdem sehen und etwas zusammen unternehmen«, erwiderte ich. »Ich mag dich und bin gern mit dir zusammen.«

Er betrachtete mich nachdenklich. »Ist diese Affäre, oder was immer zwischen euch ist, ähm, monogam?«

»Ich habe keine Ahnung. Wenn ich Lust habe, mit dir auszugehen, dann tue ich es jedenfalls, und sollte mich die Lust überkommen, mit dir zu knutschen, tue ich das auch. Ich habe beschlossen, dass Herz Trumpf ist. Immer. Das ist meine neue Maxime«, verkündete ich übermütig.

»Junge, Junge, ich weiß nicht, was in dich gefahren ist, und ich glaube, ich will es auch nicht wissen. Aber wenn du Lust hast, nächste Woche mit mir ins Kino zu gehen, bist du herzlich eingeladen.«

Er wirkte so durcheinander, dass ich ihn ein bisschen aufziehen musste: »Mit oder ohne Knutscherei auf dem Love-Seat?«

Erik schien seinen Sinn für Humor wiedergefunden zu haben, denn er grinste. »Das sehen wir dann mal.«

Wir knutschten bei diesem Kinobesuch zwar nicht, denn irgendwie war die Zeit, um uns zu küssen, für uns beide vorbei, obwohl wir darüber kein Wort mehr verloren. Aber Erik legte den Arm um mich, und wir saßen gemütlich aneinandergekuschelt da, und anschließend tranken wir einen Wein in einer kleinen Weinstube und unterhielten uns angeregt. In Erik hatte ich einen Freund gefunden, das spürte ich, und dafür war ich dankbar.

So also war die Lage, als Carl mit dem Thema »zusammenziehen« ankam. Vor Schreck ließ ich das Messer fallen, mit dem ich gerade Champignons in Scheiben schnitt.

»Gut, dass du dich nicht verletzt hast«, meinte Carl seelenruhig und hob das Messer auf. Dann legte er einen Arm um meine Hüfte. »Also, wie schaut's aus?«

»Das ginge doch gar nicht. Schon allein wegen Lea und Sebastian nicht.«

Dazu war zu sagen, dass ich Waldemar im September hatte mitteilen können, dass die für den Sommer geplante Hochzeit nicht stattgefunden hatte. Ende Juli hatte Lea der Familie beim gemeinsamen Kaffeetrinken bei uns zu Hause mitgeteilt, dass sie doch nicht heiraten werde.

»Rein in die Kartoffeln, raus aus die Kartoffeln«, murrte Vater. »Es ist nicht auszuhalten.«

»Sei doch froh und dankbar«, sagte Tante Vera fröhlich und tätschelte Leas Hand. »Simone de Beauvoir wäre stolz auf dich, Kind. Du bleibst eine freie Frau.«

»Na ja, nicht ganz. Ich ziehe zu Dirk. Es passt ihm nicht, dass ich einen Rückzieher gemacht habe. Aber ich habe ihm gesagt, dass ich die Katze nicht im Sack kaufen will und erst ein Jahr mit ihm zusammen wohnen möchte, bevor das Thema Heiraten tatsächlich spruchreif wird. Entweder, du akzeptierst das, oder es ist aus, habe ich zu ihm gesagt.«

Mutter, Tante Vera, Vater und ich rissen die Augen auf. Das war die Lea, die wir kannten. Plötzlich, aus heiterem Himmel, war sie wie von einer langen Reise zurückgekehrt und haute mit der Faust auf den Tisch.

Mutter hüstelte. »Soso. Was hat Dirk gesagt?«

»Er meinte, wenn du so wenig Vertrauen zu mir hast, dass du keinen Blankotrauschein unterschreiben willst, Baby, dann ist es eben aus. Ich fing an zu weinen und sagte: Wenn du so wenig Rücksicht auf meine Wünsche, Ängste und Gefühle nimmst, dann liebst du mich sowieso nicht. Lassen wir es also. Daraufhin sind wir uns in die Arme gefallen, und er hat gesagt: Ich will nicht ohne dich sein, Baby. Wir machen es so, wie du es dir wünschst, du bist noch jung und ein Panikhase. Ich hab euch doch gesagt, dass es die große Liebe ist.« Lea, der Panikhase, strahlte uns an. Obwohl ich zutiefst dankbar war, dass die Hochzeit ins Wasser gefallen war, war mir nicht nach Strahlen, dafür hatte Lea uns zu vielen Wechselbädern der Gefühle innerhalb kürzester Zeit ausgesetzt. Ich kann nicht für Tante Vera, Vater und Mutter sprechen, aber ich fühlte mich erschöpft und auch genervt von Leas Gefühlskapriolen. Womit würde sie als Nächstes ankommen? Mit einem neuen Lover? Vorzeitig wiederbelebten Hochzeitsplänen?

»Sag mal, Lea, wie bist du denn so plötzlich auf die Idee gekommen, dass du die Katze doch nicht im Sack kaufen willst?«, erkundigte sich Tante Vera neugierig.

Lea betrachtete angestrengt ihr Glas Orangensaft. »Hm. Sebastian hat mich auf die Idee gebracht.«

Das verschlug uns erst mal die Sprache, was Lea nicht störte, denn es gab ihr Raum zum Plaudern: »Er hatte mich um ein Treffen gebeten. Ich hatte Bammel, aber ich war auch total neugierig, klar, also hab ich zugesagt. Wir haben uns im Kurpark getroffen, an der Fontäne. Er sagte ein paar Sätze, und ich fing an zu heulen. Ich habe Rotz und Wasser geheult. Sebastian nahm meine Hand und hielt sie fest. Früher hätte ich mich in seine Arme geschmissen, aber das hab ich mich nicht getraut. Und er machte von selbst keine Anstalten.«

»Jetzt mach's nicht so spannend«, sagte Vater. »Was hatte er denn nun genau gesagt?«

»Er sagte: ›Es ist mir nicht leichtgefallen, dich um ein Treffen zu bitten. Mir tut immer noch alles weh. Aber der Gedanke, dass du einen Typen heiraten willst, ohne überhaupt mal ausprobiert zu haben, ob ihr es tagtäglich zusammen in einer Wohnung aushaltet, macht mich total fertig. Einerseits aus Eifersucht, das gebe ich zu. Aber andererseits, weil ich will, dass es dir gutgeht. Wie blöd kann man eigentlich sein, um eine Katze im Sack zu kaufen?‹ Wumms, kamen mir wieder die Tränen. Weil er will, dass es mir gutgeht, obwohl ich ihm so weh getan habe. Und weil er ja vollkommen recht hat.«

Niemand sagte, dass wir ihr das ja auch alle mehrmals zu vermitteln versucht hätten, dass man sich erst mal besser kennenlernen müsste, denn wir waren froh, dass es Sebastian gelungen war, die offensichtlich richtigen Worte zu finden.

»Der Junge hat Charakter«, brummte Vater.

»Eigentlich ist es aber schade, dass es dieses Jahr noch keine Hochzeit in der Familie gibt«, meldete sich Mutter zu Wort. »Ich hatte mir schon ein neues Kleid bestellt, und ich habe mich auf die Feier gefreut.«

»Therese, tu mir den Gefallen und halte die Klappe, ja?«, gab Vater genervt zurück.

»Ja, bitte, bitte«, sagte Tante Vera.

»Schon gut!«, hatte Mutter beleidigt geantwortet.

Und damit war das Thema Hochzeit erledigt gewesen, bis auf einen Anruf von Ralf noch am selben Abend, in dem er »Danke, lieber Gott!« in den Apparat trompetete und wir uns halb kaputtlachten vor lauter Erleichterung. Lea war kurz darauf mit Sack und Pack bei Dirk eingezogen. In meiner Wohnung standen nun zwei Kinderzimmer leer, aber das machte mich bei weitem nicht so fertig, wie ich erwartet hatte, dafür war ich viel zu beschäftigt.

»Wieso kannst du wegen Lea und Sebastian nicht mit mir zusammenziehen?«, hatte Carl wissen wollen.

»Wenn Lea wieder bei mir einziehen will, weil es mit Dirk nicht klappt, und du und ich und Sebastian wohnen zusammen, dann müssten Sebastian und Lea unter einem Dach leben. Ist doch logisch. Das werden sie bestimmt nicht wollen.«

»Würdest du denn mit mir zusammenwohnen wollen? Darauf kommt es doch an. Lea und Sebastian gehen ihre eigenen Wege. Sie sind flügge.«

»Ich weiß nicht, es ist schön mit dir, so, wie es ist, und alles ist noch so frisch.«

Carl lächelte. »Ja, das ist es. Ich sag dir jetzt mal was, du hörst zu und machst daraus, was du für richtig hältst. Irgendwann können wir drüber reden, wenn du möchtest. Wenn du nicht möchtest, lassen wir es. Also, Ich liebe dich, Stefanie. Du bist ganz tief in meinem Herzen. Ich möchte am liebsten jeden Abend mit dir einschlafen und am Morgen aufwachen. Ich wollte mich nie wieder verlieben, na, sagen wir, mindestens die nächsten fünf Jahre nicht, aber es ist passiert, und wenn es nach mir ginge, bist du die Frau, mit der ich alt werden möchte.«

Diese Liebeserklärung ließ mich prompt in Tränen ausbrechen. Carl nahm mich in die Arme. »Ich liebe dich auch«, schluchzte ich. »Aber ich will nicht drüber reden. Und auch nicht über Häuser und Wohnungen. Noch nicht.«

Carl lachte leise und streichelte so lange meine Haare, bis ich mich beruhigt hatte. Dann küsste er mich auf die Nase und erkundigte sich, ob ich nicht weiter Pilze schneiden wollte, er habe Hunger und freue sich aufs Abendessen.

Im September hatte ich Waldemar einen großen Strauß Sonnenblumen mitgebracht. Das war, nachdem *Haus Herbstsonne* ganz offiziell auf den Weg gebracht worden war. Der Umbau durch einen Architekten stand unmittelbar bevor. Ich hatte auch schon drei Mieterinnen für die Seniorenwohngemeinschaft gefunden: Mutter, Tante Vera und Frau Buntmann. Zwei Zimmer waren noch frei, die drei Damen würden mitentscheiden können, wer dort einzog, aber das letzte Wort lag sicherheitshalber bei mir, da ich für die Betreuung zuständig war. Bei eventuell eintretender Pflegebedürftigkeit würden Pflegekräfte von außen hinzugezogen werden.

Ich war überwältigt gewesen, als Albert Warmholz mir eröffnete, dass mir Waldemar bis auf einige kleine

Legate an ihn und seine Tochter sein Haus und sein gesamtes Vermögen vererbt hatte. Der persönliche Abschiedsbrief an mich, den er Alberts Tochter diktiert hatte, war kurz gewesen:

Geliebte Stefanie,
es ist alles zwischen uns gesagt worden. Nur eine Sache bedarf noch der Erwähnung. Den Stammtisch in der Kornblume mit deinen Eltern und der reizenden Frau Buntmann habe ich sehr genossen. Zu schade, dass ich nur einmal dabei sein konnte. Aber als ich vorhin aufwachte, sah ich mein Haus vor mir, nur war es nicht mehr meins, sondern es gehörte dir und hieß Herbstsonne. Dort wohnten einige ältere Damen und Herren zur Miete, alle hatten ein eigenes Zimmer, die Gemeinschaftsräume waren hell und freundlich, und sie lebten gern und gut zusammen mit deiner liebevollen Unterstützung. Es gab auch mal Streit, aber das gehört ja auch zum Leben dazu. Das war eine schöne Vision, die ich dir aber nicht aufdrängen möchte. Es würde meinem Herzen genauso wohl tun, wenn du das Haus anders nutzt. Es gehört dir. Ich weiß, dass es bei dir in den allerbesten Händen ist. Ich würde gern daran glauben, dass es Geister gibt und ich in Geistergestalt – vielleicht als einer deiner Schutzengel – miterleben darf, dass du glücklich bist und dir und allen deinen Lieben nur Gutes im Leben widerfährt.
In Liebe, dein Waldemar

Waldemar war Anfang August gestorben. Er hatte nichts mehr gegessen, nur noch etwas Wasser getrunken und sich einige Zeit in einem schläfrigen Zwischenzustand befunden – er war nicht mehr von dieser Welt, aber auch noch nicht in der nächsten angekommen. So hatte es Albert beschrieben, der mich angerufen hatte, nachdem Waldemar endgültig hinübergewechselt war auf die andere Seite. Er hatte sich morgens um drei aus diesem Leben verabschiedet. Albert, der geahnt hatte, dass sein Freund den Sonnenaufgang nicht mehr erleben würde, hatte am Bett gewacht. »Er hat einfach aufgehört zu atmen«, erzählte er mir.

Die Beerdigung fand im kleinen Kreis statt. In der Kapelle versprach ich Waldemar an seinem mit roten Rosen geschmückten Sarg, dass ich ihn jeden Monat auf dem Friedhof besuchen würde, um ihm zu erzählen, was sich gerade in meinem Leben tat. Ich hatte das Gefühl, dass ich ihm viel zu erzählen haben würde, und bis jetzt stimmte das. Mein Leben fühlte sich unglaublich reich an, und es tat mir gut, mir das jeden Monat bewusst vor Augen zu halten, wenn ich mit Waldemar sprach. Dadurch sah ich Schätze auch in den ganz kleinen Dingen, denn ich hatte mir angewöhnt, Monatstagebücher zu führen, damit ich nicht den Überblick verlor, was alles so geschah. Ich habe übrigens das sichere Gefühl, dass an Waldemars Grab eine liebevolle Präsenz ist, die mir zuhört. Möglicherweise habe ich mir das nur immer eingebildet, aber das machte nichts, es ging mir sehr gut damit.

Als ich dann heute, am letzten Tag des Jahres, im müden Licht des nasskalten Wintertags zu Waldemar ging, hatte ich ein Ewiges Licht dabei und einen Kranz aus Tannengrün. Wie jeden Monat las ich Waldemar aus meinem Tagebuch vor, was sich getan hatte, was ich besonderes gelernt oder empfunden hatte. Diesmal hatte ich etwas wahnsinnig Wichtiges zu erzählen: »So Gott will, ist das *Haus Herbstsonne* zu Ostern fertig, ich habe gestern noch mal mit dem Architekten gesprochen. Vater überlegt hin und her, ob er nicht auch einziehen möchte, es sind ja noch zwei Zimmer frei, ich habe mich allerdings auch überhaupt noch nicht um weitere Mieter gekümmert. Mutter und Tante Vera sahen die Aussicht, mit Vater zusammenzuwohnen, gelassen«.

»Ach, ich mache mir keinen Kopf deswegen«, sagte Mutter. »Ich kenne doch Oskar. Er wird sich nicht entscheiden können, und dann wirst du das Zimmer an jemand anderen vermieten. Du kannst es doch nicht leer stehen lassen.«

»Oskar ist sowieso nicht der Typ für eine Wohngemeinschaft. Er ist nicht aufgeschlossen und tolerant genug«, behauptete Tante Vera, und ich sah zu meiner grenzenlosen Verblüffung, dass Mutter nickte.

Es kam mir immer wie ein Wunder vor, dass die beiden sich entschlossen hatten, unter einem Dach zu wohnen. Als ich vorsichtig bemerkte, dass ich nicht einmal in meinen kühnsten Träumen mit so einer Entscheidung gerechnet hätte, hörte ich, dass das aber doch gar nicht erstaunlich sei. Ja, ja, wie schnell Meinungen sich ändern können!

»Ich probiere es einfach mal«, hatte Vera gesagt. »Wenn ich den unwiderstehlichen Drang verspüre, Therese zu erwürgen, suche ich mir wieder eine eigene Wohnung. Wer rastet, der rostet.«

Mutter meinte: »Es gibt ja noch andere Leute unter diesem Dach. Man hat Abwechslung und muss nicht immer vor dem Fernseher sitzen. Zur Not stecke ich mir Ohropax in die Ohren, wenn Vera mir keine Ruhe lässt.«

Diese Bemerkung führte natürlich zu einer kleinen Auseinandersetzung, die damit endete, dass Vera sich Kopfhörer aufsetzen würde, wenn Therese ihr auf den Wecker ging, was sehr wahrscheinlich war, zum Leben aber irgendwie dazugehörte wie der Matsch zum Regenwetter.

Was zu diesem Sinneswandel geführt hat? Ich glaube, dass der Stammtisch in der *Kornblume* maßgeblich dazu beigetragen hatte, und ich glaube außerdem ganz fest an die Magie der Herzlinien.

Zum Abschied sagte ich zu Waldemar: »Heute ist Silvester, das weißt du ja. Morgen beginnt ein neues Jahr. Wo immer du bist, ich hoffe, dir geht es gut!«

Ein Gefühl von Glück und großer Dankbarkeit durchflutete mich, kaum, dass ich den Satz beendet hatte, und es war so, als hätte ich von Waldemar eine Antwort erhalten.

Morgan Callan Rogers

Robinrotes Herz, eisblaue See

Roman

Ein Fischerdorf in Maine in den sechziger Jahren. Hier lebt die junge Florine geborgen bei ihren Eltern und Großeltern – bis ihre geliebte Mutter Carlie von einem Tag auf den anderen verschwindet. Auf einmal ist für Florine nichts mehr wie vorher, alle Nachforschungen führen ins Nichts, und die Frage, ob Carlie tot ist oder freiwillig ihr Zuhause verließ, wird Florine in den nächsten Jahren nicht mehr loslassen. Dass das Leben um sie herum weitergeht, empfindet sie als Zumutung: Ihr Vater nähert sich seiner Jugendliebe wieder an, ihre Großmutter altert zusehends, und ihr bester Freund interessiert sich nur noch für seine neue Freundin.

Anrührend und schlagfertig erzählt Florine vom Erwachsenwerden und davon, was es heißt, sich selbst treu zu bleiben.

»Das perfekte Sommerbuch. Wenn nur eins in den Koffer passt, dann bitte dieses.« Christine Westermann

Knaur Taschenbuch Verlag

Eine neue, turbulente Geschichte aus dem Leben der liebenswerten und chaotischen Heldin Annie Valentine:

CARMEN REID

Styling deluxe

Roman

Outfit gut, alles gut! Das ist Annies Motto. Da kommt ihr das Angebot eines Fernsehsenders, graue Mäuse in wahre Supermodels zu verwandeln, gerade recht. Und solange sie die Anweisungen befolgt, läuft alles glatt. Doch Annie hat ihren eigenen Kopf, was bald nicht nur ihr Chef, sondern auch ihr Herzallerliebster zu spüren bekommt …

Knaur Taschenbuch Verlag

KAREN ROSE

Feuer

Thriller

Aus Leichtsinn verursachen vier College-Studenten einen Großbrand in einem Apartmentkomplex, bei dem ein junges Mädchen qualvoll verbrennt. Was sie nicht wissen: Sie werden beobachtet. Wenig später erhalten sie ein Video und die unmissverständliche Anweisung, ein Warenhaus in Brand zu stecken. Sie haben keine Wahl und setzen ein Flammeninferno in Gang, das Feuerwehrmann Hunter und seine smarte Kollegin, Detective Olivia Sutherland, tagelang in Atem hält. Dann stirbt der erste der Freunde – bei einem Autounfall, angeblich. Als wenig später der nächste ums Leben kommt, entsteht Panik. Was für ein grausames Spiel spielt dieser Erpresser? Er muss zum Schweigen gebracht werden – für immer …
Karen Rose schreibt Spannung, die man kaum aushalten kann, und dennoch genießt man jede einzelne Minute – garantiert!

Knaur Taschenbuch Verlag

Tania Krätschmar

Die Wellentänzerin

Roman

Dana van Aken hat ihr Leben im Griff: Ihre drei Töchter sind fast erwachsen, und ihr Hotelschiff entwickelt sich zum Geheimtipp. Die Liebe ist nach dem Tod ihres Mannes kein Thema mehr. Doch dann lernt sie den deutlich jüngeren Maler Antonius kennen und beginnt eine heimliche Affäre mit ihm – bis ihre Töchter die beiden im Bett erwischen …

Knaur Taschenbuch Verlag